LAS HORAS CONTADAS

CARMEN DE ICAZA

LAS HORAS CONTADAS

NOVELA

SEGUNDA EDICION

MADRID

Distribuidor exclusivo:
LIFESA
Avda. del Llano Castellano, 15
Madrid-34

Depósito legal: M. 20.476.—1982
ISBN: 84-86110-00-9

Printed in Spain. Impreso en España por
ARTES GRÁFICAS BENZAL, S. A. - Virtudes, 7 - MADRID-3

A mis hermanos María y Victor

Todos los personajes y la trama de esta novela son puramente imaginarios. Y cualquier coincidencia con personas o hechos reales es casual. Si me he permitido nombrar, de pasada, a personalidades célebres, ha sido sólo por dar realce y situar una época. Por el mismo motivo, alguna casa particular, como C'an Xura, *lleva, con autorización de sus ilustres dueños, su verdadero nombre. Pero cuanto sucede en ella, al igual que en los palacios palmesinos o en las alquerías payesas, pertenece al mundo de la ficción.*

PRIMERA PARTE

«Los hombres que mueren, Señor, por vejez, mueren por falta de calor natural y por sobreabundancia de frialdad. Por lo cual, vuestro servidor y vuestro súbdito, si así os pluguiese, no querría morir de tal muerte, antes querría morir por calor de amor...»

RAIMUNDO LULIO

I

Berta arrancó la hoja del calendario. Era el primer gesto que metódicamente realizaba todas las mañanas. Lo hacía a las nueve en punto y de un modo consciente. Y al hacerlo no podía sustraerse a la idea, que en el fondo era divertida, de que aquella manía se le había pegado de Eugenio. Dieciséis años de matrimonio, después de todo, contaban. Lanzó un leve suspiro con la hoja entre los dedos.

Julio 8. ¿De modo que hoy era 9? El 9 de julio de 1946.

—No me falta más que decir que empieza un día cualquiera, para añadir luego que no existen días cualquiera. Que todos tienen su significado y sus peculiaridades—. No podía asombrarse de que aquello hubiera quedado tan grabado en su memoria, porque su difunto, el pobre, era un machacón. Torció un poco el calendario sobre el buró y quitó unas motas de polvo de la reluciente madera. ¡Ay, qué hermosura los muebles nuevos, y las paredes recién pintadas, y las tapicerías flamantes! Miró con satisfacción en torno suyo. Odiaba lo antiguo, la pátina, lo carcomido y lo tradicional. Pero ¿por qué lo pensaba de pronto? ¡Ah, sí!, era la llegada de Catalina la que evocaba en su mente un mundo de olvidadas estampas. Como si hojease uno de esos álbumes de familia que al dar la vuelta a sus páginas hacen exclamar: ¡Qué horror!

Se alegraba mucho, es más, le ilusionaba ver a su

hija y le encantaba la idea de enseñarle su casa, su bienestar: la nueva vida que había sabido hacerse. Se dirigió a la coqueta y dió unos toques a su pelo. Realmente estaba de buen ver. Nadie le habría dado los cincuenta y cinco años bien sonados que tenía. Su cabello seguía siendo negrísimo, y sus ojos conservaban su brillo juvenil. El traje sastre, de alpaca gris, realzaba su figura airosa. Lamentó que hubiera pasado de moda el llevar sombrero. Hacía más señora, más distinguido. Menos mal que el zorro plateado y el bolso caro realzaban su condición. Catalina se admiraría al verla. Hacía tres años, cuando estuvo en Palma para los funerales de Mateo (el entierro de un *botifarra* era allí lo único que, con las procesiones, conservaba toda su antigua solemnidad), no pudo desplegar su nuevo lujo. Pero ya debieron darse cuenta, aun viéndola de negro. ¡Qué miradas le echaban hasta las más encopetadas entre sus velos y sus mantos! Berta sonrió y se retocó los labios. Bajaría ahora a la peletería y pasaría al despacho a despedirse de Eugenio... Soltó una risa.

—¡De Ernesto! —se corrigió

Era de nuevo el pasado el causante de aquel *lapsus*. Taconeó rumbo a la cocina, tan modernista como el resto de la casa. Parecía mentira el partido que con buen gusto y maña había sacado de aquel viejo piso de la calle del Carmen. Y con dinero, naturalmente. El dinero era lo importante.

Mientras terminaba de ponerse los guantes, dió en la cocina unas órdenes a la chica. Que tuviera el desayuno a punto; era seguro que la señorita llegaría con apetito; que no gastara una gota de agua caliente del termo, porque de fijo querría bañarse.

—Descuide usted, señora —decía Lola, pensando que, en cuanto hubiese marchado, volaría escaleras abajo a echarle un ojo a Paco, el de la bombonería de la esquina. Respecto al agua caliente, no iba ella a estropearse las manos fregando con fría. Le achacaría después la culpa al carbón.

Berta volvió a taconear por el pasillo, y antes de salir fué a inspeccionar el comedor. Era de estilo inglés, con muebles tan brillantes que podía uno mirarse en ellos. En el centro de porcelana lucían unos claveles. Ella siempre se había cuidado de tener flores en casa, aun en los tiempos en que tenía que mirar el céntimo. Los dos aparadores estaban llenos de plata, y la lámpara de cristal que Eugenio, ¡dale!, Ernesto le había regalado por su santo daba tono al conjunto. Sacó unas tazas de la vitrina y unos estuches de un cajón.

—Pon todo lo bueno, ¿oyes? —gritó a la chica.

Luego, decididamente, se dispuso a marchar. Miró el reloj. ¡Dios santo, eran las nueve y media y el tren de Barcelona llegaba a las diez!

Había mucha gente en la estación. A Berta le gustaban las estaciones, como le gustaban los aeropuertos. ¿Por qué no habría venido esta niña en avión? En cambio, odiaba los muelles. Tenían para ella malos recuerdos. Frunció la frente. ¡Qué manía le había dado hoy! Como si no pudiera reírse a carcajadas del pasado. Hizo un gesto con los hombros que desplegó toda la opulencia del *renard*. Unas señoras elegantes cuchichearon a su paso. Un caballero de cierta edad se volvió. El taconeo de Berta sonó insistente.

—¿Trae retraso el expreso de Barcelona? —preguntó a un mozo.

Respiró al saber que llegaba a su hora. Sentía crecer su ilusión. Una hija era una hija. "Aunque siempre fuimos muy distintas", pensó. Y luego, la separación..., aquel ambiente..., su endemoniada familia... Quisiera Dios que esa criatura viniera bien presentada... Era tan poco presumida... La recordó la última vez que la vió, entre aquellos ropajes de luto que parecían de tiempos de Maricastaña. ¿Qué la habría traído, en verdad, a Madrid? Desde que recibió aquella carta lacónica en que sólo le pedía que le telegrafiara que estaba enferma y reclamara su presencia, nada que aclarase su venida había vuelto a saber. Sólo otro telegrama, en contestación al suyo, anunciando la fecha de llegada. ¿A qué vendrá?, se había preguntado mil veces. ¿Unos amores? ¿Un deseo de cambiar de ambiente? No se hacía ilusiones respecto a que Catalina hubiera sentido la necesidad de volverla a ver. Siempre había sido despegada, apática. ¡Así le fué...! Claro que todavía estaba a tiempo de rehacer su vida. No tenía aún treinta años, era viuda y muy rica. Su taconeo se tornó triunfal. El señor de cierta edad le sonrió al pasar. Tuvo ganas de decirle: "¿Sabe? Espero a mi hija, ¡una Torrent de Mallorca!"

Un largo silbido, un estruendo: el tren entraba en la estación.

La vista de Berta recorrió las ventanillas. No era ésta. Ni aquélla. Ni aquélla. Una mujer joven y bonita agitaba una mano enguantada de amarillo. Berta notaba que crecía su emoción, presa de un súbito amor maternal, de algo que rara vez había sentido. Le pareció verla en la puerta de un vagón, y se apresuró a su encuentro. El expreso venía lleno. Una carretilla le cortó el paso. La muchacha que había tomado por su hija saltó al andén, luciendo unas largas piernas. Berta se impacientó y miró en torno suyo. Era capaz de haber perdido el tren.

—¡Mamá! —dijo una voz a su espalda.

Giró en redondo. ¡Virgen Santísima!

—¡Hola, mamá! —repitió Catalina.

Para disimular su impresión la abrazó y se puso a hablar de prisa. ¿Había hecho buen viaje? ¿Traía algo facturado?

—Sólo traigo esta maleta —dijo Catalina, refiriéndose a la que cargaba ella misma; y como leyó un asombro en los ojos de su madre, se apresuró a añadir:— Vengo por pocos días.

Berta tragó algo que tenía en la garganta. Llamó a un mozo.

—Coja esto y busque un taxi. —Y tomando a su hija del brazo la arrastró hacia la salida.— De eso ya hablaremos luego.

Cuando el coche arrancó se volvió a mirarla.

—¡Qué alegría tenerte aquí!— Pero lo dijo sin convicción.

El aspecto de su hija la había desilusionado. Aunque ¿cómo pudo esperar otra cosa?

Catalina la miró a su vez y sonrió. Tenía los labios pálidos, sin pintar, y a no haber sido por los grandes ojos oscuros en la cara afinada, Berta habría pensado que la llamada belleza de su hija, de la que tanto había presumido a Ernesto, era fruto de su imaginación. Su traje de luto era correcto, demasiado correcto, y todo en ella respiraba un marcado sello provinciano. Peinaba el pelo liso en un apretado moño, y calzaba unos zapatos abotinados de afilada punta. Si Berta se hubiera dejado arrastrar de su impulso, antes de ir a casa la hubiera llevado a un peluquero, a una modista, a un almacén de ropas hechas, ¡yo qué sé!

—Ya verá usted la señorita —le había dicho a Lola anoche—. De soltera era la muchacha más guapa de Palma.

—Madre —dijo Catalina con dulzura—, ¡qué joven y elegante estás!

Berta se humanizó.

—¿Encuentras? Es Madrid. Ya verás lo que cambias tú también en estos días. Porque vendrás dispuesta a equiparte...

Catalina hizo un gesto ambiguo. Miraba ahora hacia fuera por la ventanilla, pero no veía la estampa veraniega y alegre que en la clara mañana le ofrecía la capital.

—He venido a... —no terminó la frase.

Un camión, cruzando delante del taxi, hizo que éste parase en seco, echándolas una contra otra.

—Estoy muerta de curiosidad —sonrió Berta, mirándola de cerca—. ¿Qué te trae? —Y como Catalina seguía sumida en su mutismo, volvió a su idea fija.— Lo primero que tienes que hacer es quitarte el luto.

—Ya hablaremos luego, madre —el tono de Catalina era el de siempre: plácido, demasiado plácido.

"Sigue siendo la misma —refunfuñaba Berta en su

interior—, cerrada, secreta. No hay quien la haga vibrar." Y se tachó de ilusa por haberla creído capaz de estar enamorada, de luchar por romper sus cadenas, de huir de la solemne cárcel en que estaba encerrada. "¿Para qué ha venido?", volvió a preguntarse, contemplando con callada impaciencia su aspecto insignificante y resignado.

—La Cibeles..., la calle de Alcalá... —Berta hacía los honores de Madrid con tonillo de propietaria.

Al pasar por la iglesia del Carmen, Catalina golpeó en el cristal.

—Quisiera bajar un momento.

Esto es en lo que se había convertido: en una beata.

—Vamos primero a casa. Te arreglas un poco y luego bajas. Hoy no hace calor.

—No, madre. He de entrar en seguida. Lo ofrecí.

El chófer renegó que tenía que dar la vuelta a la manzana. Catalina no le prestó atención. Se apeó de prisa.

—Es sólo unos instantes. No me esperes. Iré a pie.

Berta se encogió de hombros. "La misma", pensaba. El callado tesón de su padre. Decidió esperarla en el portal. ¡Qué desastre de criatura, qué desastre! Veintinueve años, viuda y muy rica. Que ella estuviera en su lugar. El mundo le habría venido chico.

Catalina la hizo esperar muy poco.

—No he tardado, ¿verdad?

Debía haber venido de prisa porque traía las mejillas con algo de color. "Sigue siendo bonita", pensó, de pronto, su madre. La empujó hacia el ascensor. El portal era feo, pero ya vería el piso. Lola salió a abrir, peripuesta como una doncella de comedia.

—Buenos días, señorita. ¿Ha tenido buen viaje la señorita?

La miraba de hito en hito, con su descaro de madrileña. ¡Menuda birria la tal señorita! Por lo que decía la señora, se la había imaginado como de cine.

Berta se empeñó en enseñarle a Catalina toda la casa, haciendo resaltar los detalles. Catalina sonreía con sonrisa cortés.

—Precioso, mamá, precioso.

Su cuarto, que daba sobre un patio oscuro, era un poema de cretonas en flor, con una alcoba de nogal que parecía de caoba.

—Lo he puesto para ti.

—Precioso, madre —repitió Catalina.

—No es el palacio Torrent —rió Berta, un poco estridente.

Catalina dejó de sonreír y preguntó si podía bañarse.

—Todo está preparado. Y tienes colonia, esponjas, jabones, lo que quieras, hija. Hasta bata y chinelas.

Catalina, acercándosele, le dió un beso.

—Gracias, mamá.

Cuando oyó cerrarse la puerta del baño, alzando la maleta sobre una silla, Berta soltó sus correas y la abrió. No venía cerrada con llave. De una ojeada apreció su contenido. Unos trajes negros y una ropa interior de punto de seda, tan corriente y sencilla que hubiera podido pertenecer a Lola. "Para esto no ha valido la pena", se dijo.

Catalina se deslizó en el baño. El agua estaba casi hirviendo. No le importaba. Al contrario, la reanimaría. Se extendió en la bañera. Su cuerpo le pareció excesivamente blanco y delgado. Había enflaquecido. Sus pechos menudos flotaban en el agua. Buscó con los dedos el bulto. ¿Duele? No, no dolía. Recostó la cabeza en el reborde y cerró los ojos. Intentó pensar. ¿Le diría algo a su madre? No, ¿para qué? En el caso de que no fuera nada, la habría alarmado inútilmente, y en el contrario, ¿para qué obligarla a agitarse, turbando esa felicidad que al fin había conseguido? A Catalina le había bastado un vistazo para saber que su madre se hallaba realmente encantada con su sino actual. Si hubiera dudado de las exageraciones de sus cartas, su solo aspecto le habría confirmado cuanto en ellas no se cansaba de proclamar: que había tenido una suerte loca y que Ernesto, ese padrastro al que aún no conocía, y tenía poco interés en conocer, colmaba todas sus ambiciones. Sí, la casa ordenada, pulcra, moderna..., la criada con cofia..., el *renard*..., la plata... Su madre, en el fondo, era de aspiraciones modestas. Lo material, lo externo, la colmaba de dicha. "Qué distintas somos", pensó una vez más. Sabía que si le confiaba su preocupación y el verdadero motivo de este viaje a Madrid, Berta pondría el grito en el cielo. "Maligno o no, te operas mañana mismo." La acompañaría al médico y, por más que protestase, la arrastraría al quirófano. Catalina apretó los labios. Y aquello era un lujo que no podía permitirse. O tal vez el lujo fuera lo otro: el vivir a su modo los días que tenía por delante. Precisamente aquellos días. Sonrió con los labios cerrados, y una ternura íntima le iluminó la cara. "Tenga lo que tenga, no me operaré, doctor." Quizá mañana mismo pronunciaría esa frase en la consulta del célebre cirujano madrileño, como días antes la pronunció en casa de don Conrado. El viejo médico de los Torrent, al reconocerla, había meneado la cabeza.

—Es conveniente, Catalina, que te vea cuanto antes un cirujano. ¿Quieres que hable con tu suegra?

—No —le contestó rápida, suplicándole guardase el más riguroso secreto sobre su visita. Le horrorizaba el revuelo: los comentarios, los bulos, que crecerían al pasar de boca en boca. "¿Le habría pegado Mateo lo suyo?"

—Don Conrado, ¿cabe contagio en esto? —preguntó.

El anciano le había cogido las manos. Aún no se sabía lo que era "esto". Seguramente se trataba sólo de un ganglio, como la otra vez. De todos modos, era necesario que la viese un especialista. Un bulto en el pecho era siempre algo sospechoso. Había que sacarlo. Que analizarlo.

—¿Cabe, en el peor de los casos, la posibilidad del contagio? —había insistido ella.

El le repuso que la ciencia la rechazaba, pero siguió porfiando en que hacía falta un dictamen más autorizado que el suyo y una acción inmediata. Catalina, entonces, resolvió:

—Me iré a Madrid con mi madre. Consultaré allí a quien usted me diga.

Y fué él quien le dió el nombre de Vendrell. En el primer momento en que estuviera sola, llamaría a su consulta. Abrió los ojos y alzó los brazos, cogiendo el jabón. Era verde como los azulejos de la pared. "¡Pobre mamá!", pensó de pronto. Y por primera vez en su vida sintió por ella una lástima. La lástima del viejo por el niño. Del que está de vuelta de todo por el que ve avanzar, inconsciente y silbando, hacia la vida. No pensó que su lástima era una incongruencia, que su madre, con sus manías y egoísmos, se había fabricado una blanda existencia, mientras que sobre ella tal vez se cernía la sombra de una nueva tragedia. Le dió simplemente lástima, de un modo irrazonado. Y se alegró al mismo tiempo de que hubiera conseguido lo que llamaba "su desquite".

—Aquí, en una silla, te pongo una muda limpia —oyó su voz.

—Muy bien, mamá.

Salió del baño, envolviéndose en la toalla. El espejo sobre el lavabo le reflejó su imagen. Una cara descolorida de ojos profundizados, que nimbaba, opulenta, una cabellera castaña.

"Pase lo que pase, no me operaré."

Una voz susurró en su oído: "¿Y si el médico te dice que es cuestión de vida o muerte? ¿Si tienes que elegir entre perder estas semanas o perder la vida?"

Apartó la toalla y volvió a tocarse el pecho. El bulto era pequeño, y no sentía la menor molestia. Tenía razón don Conrado. Ella era sana y *aquello* no se contagiaba.

—¿Estás pronto, hija?

—En seguida, mamá.

Entreabrió la puerta y cogió las prendas que le tendía. Unos instantes después entraba en su cuarto. Berta la esperaba sentada en una silla.

—¿No te quieres echar un rato? —le dijo—. Tienes aspecto cansado.

Catalina dudó un momento. Después, decidiéndose, apartó la colcha y se tumbó.

—Estoy bien así —dijo con un suspiro, y añadió que no había pegado un ojo en el tren.

—La falta de costumbre —Berta detallaba a su hija con renovada atención—. Realmente haces una vida absurda. —Y como Catalina dió la callada por respuesta, se puso a interrogarla. ¿Cómo seguían las cosas por allí? Todo igual, por supuesto. Su suegra, la Familia, las amistades... Preguntó por unos y por otros. Catalina contestaba de un modo automático. Todo, en efecto, seguía siendo lo mismo. Algún niño había nacido y algún viejo había muerto. Las solteronas andaban camino de ancianas, y algunas solteras, camino de solteronas. Fulano se había metido fraile, Mengana monja. Zutanita se había casado y era muy feliz.

—Y de los chicos, ¿qué hay de nuevo?

Catalina tardó un rato en contestar. Luego dijo con su voz tranquila que Biel volvería pronto a Palma; se decía que había tenido éxito en América.

Berta entornó los ojos.

—Se parecía mucho a su padre. —Durante un segundo sus pensamientos se dispararon muy lejos. Después volvió a mirar a su hija. ¡Pensar que la creyó capaz de haber estado loca por el hijo de Gabriel, como si esa criatura tan apática fuera capaz de sentir una pasión! "No parece hija mía", volvió a decirse. En voz alta preguntó:

—Y a Xim, ¿no le visitas? Quedó paralítico a consecuencia de su herida, ¿verdad?

Catalina asintió. Le veía poco. No le gustaba la gente. Se había hecho ahora una casa nueva, entre Cala Mayor y C'as Catalá.

—Se portó admirablemente en la guerra —el tono de Berta era apreciativo—. Pero ha tenido mala suerte. Me ha escrito Gertrudis que tiene las horas contadas.

Catalina cerró los ojos sobre su almohada.

—Todos tenemos las horas contadas, madre.

Berta se encogió de hombros.

—¡Tonterías! Tú, por ejemplo, lo tienes todo por delante.

La cara en la almohada sonrió sin abrir los ojos. Berta, levantándose, fué a sentarse en el borde de la cama.

—Catalina —dijo seria—, ¿qué te pasa? ¿Por qué has venido?

La muchacha abrió los ojos y no contestó. Y fué Berta la que siguió hablando:

—Supongo que no aguantarías ni un día más aquello. Lo comprendo. Mejor que nadie lo comprendo —suspiró—. ¡Si supieras lo que yo he sufrido entre aquellas gentes! Fué un martirio, un verdadero martirio.

Catalina tuvo ganas de echarse a reír. "¡Qué tonterías dices, madre! ¿Tú qué sabes de martirio?" En su lugar repuso:

—A todo acaba uno acostumbrándose.

—A eso, no. Y si te acostumbras, te has hundido —Berta se inclinó hacia su hija—. Catalina, soy tu madre. Dime lo que te pasa —y como Catalina sólo meneó la cabeza:— ¡Dios de mi alma, si yo estuviera en tu lugar! —la cogió por un brazo, como si quisiera sacudirla—. Bien está lo que está bien. Mateo te ha dejado la mitad de su fortuna... Ya sé que es en usufructo y que la pierdes si te casas, pero ¡eso qué importa! Por lo pronto, la tienes. Puedes viajar, lucir, divertirte. Ser lo que nunca has sido: una mujer atractiva y brillante. Y tener los hombres a tus pies. Y reírte de todo. Reírte del mundo entero.

—¿Reírme? —repitió Catalina con indefinible expresión.

—A carcajadas, hija. Pero para eso tienes que cambiar. Ahora ya te lo puedo decir porque te estoy viendo, así como estás, sin ese aire encorsetado con el que llegaste, y que me recordó a tu suegra. No seas tonta, hija. Manda al diablo a toda tu rancia familia, y sé, al fin, la que tienes derecho de ser —y añadió, ilusionada:— Yo te acompañaré de tiendas, y tú misma no te reconocerás después. Catalina, piensa que no se vive más que una vez.

Catalina volvió a cerrar los ojos.

No parecía comprender del todo aquellas palabras, sólo su sentido. "No se vive más que una vez. Por eso no me operaré, pase lo que pase. Precisamente por eso." La oía, como en susurro lejano, barajar nombres de modistos, hablar de peluqueros, de sombrereras. Todo dependía de Vendrell. Aún hacía una hora, de rodillas, había suplicado: "Haz que no sea nada."

—Yo que tú, me cortaba el pelo.

—Sí, madre.

¡Qué juego de despropósitos! ¿Pero no había sido siempre así?

Un reloj dió la hora. Berta se puso en pie. ¡Qué tarde! Bajaría al despacho a buscar a Ernesto. Catalina debía vestirse, arreglarse.

—Date un poco de colorete. ¿No tienes un lápiz de labios?

"Quiere presumir de hija —pensó Catalina—. Presumirle a su Ernesto de su bella hija, la viuda de un noble Torrent."

Se incorporó.

—Procuraré arreglarme lo mejor que pueda.

Pero cuando sintió alejarse sus pasos por el pasillo y oyó el ruido seco del portazo, saltó de la cama y, saliendo de su cuarto, fué en busca del teléfono. Por el olor a aceite supo que la criada trajinaba en la cocina. El aparato de sobremesa se hallaba en la sala. Buscó el número en la guía. Le contestaron al instante.

—Es un caso muy urgente —dijo, al pedir hora.

II

Doña Jerónima, como de costumbre, había amanecido de mal talante. Desde que volvió de su misa habitual, los timbrazos se sucedían, trayendo de coronilla a la casa entera. Las criadas aligeraban el arrastrar de sus alpargatas por las interminables estancias para recibir, en el gabinete, las órdenes de la *senyora*. Tenía ésta establecido su reducto en la parte del palacio que daba sobre la calle de San Cayetano. Fresco en verano y resguardado en invierno, le era dado observar por sus celosías lo poco que acontecía en la vecindad y comentar a sus anchas las veces que su viejo cocinero había entrado en la bodega de la esquina y lo torcido de los tacones de las niñas de Roselló.

Pero hoy no estaba para mirar hacia fuera. Ni siquiera le interesaba el Borne. Bastante tenía con la preocupación de lo que sucedía o iba a suceder dentro de sus propios muros. Alta, flaca, de cuello emballenado y rigurosamente enlutada, ostentaba bajo su pelo gris y tirante una cara color de pergamino, sin vestigio de belleza. Cierto que ni aun en sus años mozos le había preocupado su aspecto. Dar cuido y solaz al cuerpo era cosa de perdidas, de golfas. Englobaba en el término lo mismo las de tres al cuarto, anunciadas en las pizarras de los cafés cantantes de la calle del Socorro, como a las visitantes extranjeras de los yates anclados en la bahía. Para ella la "Decencia" era una fortaleza inhóspita, como lo habían sido frente a todos los embates las murallas almenadas y los fosos que cercaban su casa paterna junto a la Catedral. Casada ya talluda con su primo hermano Mateo Torrent, su carácter, áspero siempre, habíase tornado agresivo. Quizá porque junto al oscuro desenfreno del esposo se sintiera en el deber de defender la vieja casta de los suyos, con un orgullo de ricahembra mallorquina.

Mientras doblaba la mantilla con dedos grandes y nudosos, su vista cayó sobre uno de los innumerables lienzos negruzcos que cubrían las paredes. Representaba a aquella Jeronia Torrent que, para vengar su honra, mutiló de un hachazo al capitán corsario dormido a su lado. ¡Brava moza la tal Jeronia! Contaba la tradición que sonreía cuando, sólo cubierta por su pelo, la colgaron del mástil más alto de una goleta. Ella, la Jerónima Torrent actual, no había tenido tan lucida ocasión de demostrar su temple indomable, pero tampoco se había quedado corta. Mateo Torrent, *l'hereu* de una de las más nobles y altivas Casas originarias del Principado de Cataluña, fué, por desgracia —y sólo en contadas ocasiones se lo confesaba a sí misma—, un zafio lleno de instintos primitivos.

—Para animales, yo y mi padre —solía decir, engreído, cuando acudía como experto a dar su juicio sobre ganado. La *vox pópuli* suprimía la coma, añadiendo: "¡Cuando ellos lo dicen!"

Doña Jerónima suspiró. El pobre —*Déu l'haja perdonat!*— había sido un don Juan de cuadra y escalera interior. Y en una habitación, encima de las cuadras del patio, falleció un buen día después de uno de sus ataques. Si ella no había accedido a internarle en una de esas "casas de salud", fué porque ningún enfermo de su casta lo había sido jamás. Los locos de la familia podían malvivir como bestias, encerrados en torreones de palacios o castillos, mas nunca denigrar, estampando su nombre en la ficha de un llamado sanatorio, el prestigio de su sangre.

Y es que el prestigio de una casta —siguió pensando— se cimentaba en el *no sap transigir*... Los blandos, como los Priamo, por ejemplo, o su nuera Catalina, sólo servían para dar ínfulas a los de abajo. Por cierto que a Catalina tendría que tirarle de las riendas; Francisca le había llevado, para su inspección, la ropa de punto de seda que usaba. Un bochorno. Ella, desde que tenía doce años, sólo se había cubierto con prendas decorosas, desnudándose y vistiéndose entre las ropas de la cama Lo demás era una impudicia. Reflexionó unos instantes. Este viaje no le gustaba nada. Esa deplorable Albañil era capaz de cualquier cosa. ¿Pulmonía doble? ¡No caería esa breva! "Habrá querido sacarle dinero —pensó—. Y esa necia..."

Francisca, metiendo entre los cortinajes su cabeza de rata vieja, vino a interrumpir su soliloquio.

—*Mare de Déu!* ¡Si le cuento a vuesa merced lo sucio que tiene los cobres Sebastiana!

Doña Jerónima hizo un gesto de impaciencia. Le irritaba que le fueran con minucias cuando tenía preocupaciones más importantes. Tachando de indignas de su alcurnia las funciones de ama de casa, delegábalas en unos y otras, teniendo así motivo para recriminaciones y regaños.

—Déjate ahora de cobres —repuso—. ¿Has sacudido las alfombras del cuarto de doña Catalina? Había nidos de polillas cuando fuí a revisar ayer.

Francisca pensó que, en vez de revisar, hubiera podido decir revolver, ya que desde que marchó su nuera había husmeado durante horas hasta en la última rendija de su habitación. Pero se limitó a informarle que tanto ella como las otras se habían matado en limpiarlo todo.

—¡Que doña Catalina no es tan cuidadosa como vuesa merced!

El halago fué cortado por la voz atiplada de Simón anunciando a doña Magdalena. Corpulenta, jacarandosa, penetró la solterona en el gabinete, la mantilla en el cogote y el devocionario estallante de estampas. ¿Se tenían noticias del avión? Cada cuarto de hora había estado telefoneando a la Iberia y estaba nerviosísima.

—¡Qué disparate, tía, jugarse la vida sin necesidad!

Magdalena, en su fuero interno, no consideraba, ni mucho menos, que tomar un avión era jugarse la vida. Lo dijo para darle coba a su vetusta pariente. ¿Cuándo habían viajado ninguno de los de aquella casa más que en barco o en tren? Por la mañana, al leer el periódico, había estado contando los muertos en accidente de aviación. ¡Veintitrés en ese mismo día! Porque daba la casualidad de que en el Africa del Sur...

Doña Jerónima, que ignoraba la existencia del Africa del Sur, la interrumpió para preguntarle cómo andaba de su eczema:

—¿Te has dado polvos? Porque se te nota más.

Magdalena se acercó al espejo dorado y contempló ese maldito eczema que le subía del cuello a la mejilla, y que toda una serie de pomadas no lograba disimular.

—Nos hemos citado aquí todos para ir al aeródromo —dijo, quitándose la mantilla y atusándose el pelo oxigenado.

—¿Quiénes sois "todos"?

Anoche mismo, en la velada, prohibió que nadie fuera a esperar a su nuera. ¿Quién se atrevía a desobedecerle?

—Por Dios, Jerónima —intervino entonces su hermano Priamo—, te olvidas de que Catalina es mayor de edad y que los demás lo somos también.

Le fulminó con los ojos.

—¡Bah!

Y esa estúpida de Bárbara, que sólo decía cosas desagradables, se permitió añadir:

—Y que Tinóns, aunque no pueda volver a casarse o no le convenga, está en condiciones de hacer lo que le parezca.

La velada, reteniendo el aliento, había esperado su explosión. No les dió por el gusto. Se limitó a decir con su medio tono más seco que cuando una mujer había estado casada con un Torrent no hacían falta testamentos que la ataran a su viudez. Y su acento bastó para dar a todos la impresión de que acababa de enterrar a Catalina viva en el panteón de su hijo.

Magdalena la observaba con disimulo. Sabía que consideraba aquel regreso de su nuera en avión como una rebeldía, y, bondadosa en el fondo, compadeció a Catalina. ¡Buena la esperaba! Entró una de las domésticas a anunciar que los señores habían llegado.

—Vete con ellos —dijo doña Jerónima—. Yo, ni salgo. Y que no me reaparezcan por aquí. ¡Basta de manifestaciones!

Magdalena se despidió sin besarla. Se daba cuenta de que le repugnaba su enfermedad de la piel y que, por miedo al contagio, ni siquiera le daba la mano.

"Que yo fuese la dueña de todo esto", pensó al salir. Había tenido suerte en dar con la infeliz de Catalina. A pesar de estar muy habituada a los inmensos salones de las casas señoriales de Palma, gozaba atravesando los del palacio Torrent. Su falta de cultura no le permitía apreciar todo el valor de los tapices y de los cuadros que ornaban sus muros, ni de las alfombras que cubrían los suelos de parquet; sólo sabía que se sentía a gusto en su ambiente. Quizá fuera todo aquello demasiado severo, demasiado solemne, como marco para todas las horas de una vida, y se estuviera más confortable en uno de esos modernos chalets del Terreno; pero, qué caramba, ¡nobleza obliga! Y no cabía duda que ser la dueña de la Casa Torrent, con su fachada vetusta a la calle de San Cayetano y su galería renacentista sobre El Borne, era, como decía el pedante de Cosmito, algo *importante*.

En el salón de los tapices sólo aguardaban los Priamo, ocupando tres de los fraileros que se alineaban de un lado y otro de la enorme chimenea, formando lo que Catalina llamaba "el tranvía".

—Hija, que no vamos a llegar. ¿No viene Jerónima? Llevamos una hora esperando.

Cuando supieron que la señora mantenía su decisión de no moverse de casa, se limitaron a bajar y a instalarse en el cochecillo de Cosme. Al llegar al aeropuerto les dijeron que el avión no tardaría en llegar. El campo se hallaba lleno de gente, y fueron saludados de todas partes. Hasta los mozos se les mostraban afables, con esa innata cordialidad del pueblo isleño. Don Priamo, que, según doña Jerónima, jugaba a ser popular, como si pretendiera salir diputado por Palma, ahora que no existían, se interesó por la mujer del uno y las aspiraciones del hijo del otro. Doña Bárbara, que, en contraste con su cuñada, se distraía con todo lo moderno, miraba a través de sus impertinentes las vitrinas de la librería, llena de cubiertas catalanas, y preguntaba el precio de las perlas de Manacor, que se sabía de memoria.

—Pareces recién llegada de Marsella —observó su hijo.

Pero alguien les anunció que el aparato estaba tomando tierra y se apresuraron a salir. Empezaban a bajar los pasajeros. Fué Magdalena quien la descubrió.

—¡Miradla!

Señalaba una figura de blanco con un pañuelo morado anudado a la barbilla.

—¡Qué va a ser ella!

Don Priamo fué el primero en saltar con juvenil alegría a saludarla.

—¡Tinóns, hija! ¿Pero eres tú?

Los otros la rodeaban incrédulos. Doña Bárbara le palpaba los brazos desnudos, como si no pudiera concebirlo.

—¡Ese Madrid!

Con las manos en los bolsillos, Cosme esbozaba una sonrisa. Y mientras que sus padres se afanaban en torno a Catalina, comiéndosela a preguntas, murmuró a Magdalena:

—Lo que es yo no me pierdo la llegada de ésta a su casa.

A lo que la solterona le contestó que tenía orden de despedirlos. Tía Jerónima quería recibirla a solas.

Catalina, viéndose, por fin, libre de las efusiones de sus tíos, abrazó a Magdalena. Se echó ésta hacia atrás.

—No me beses.

—¿Por qué?

Al ver el gesto con que la otra señaló su eczema, la miró un instante fijamente, sonriendo de un modo especial.

—Eres tonta —y la besó en el peor de los sitios.

Luego se volvió para dar a un mozo órdenes sobre su equipaje, y Magdalena pensó que con sus zapatos sin tacón, que le daban andares nuevos, parecía volver de otro mundo. Se preguntó en qué la hubieran transformado a ella en Madrid, y lamentó no tener ni un cuarto para hacer la prueba. Cuando la vió subirse al coche, no pudo por menos de comentar, pasando una mano por su brillante melena:

—Hija, te has soltado el pelo.

Para sus adentros se dijo que ya se encargaría su suegra de recogérselo.

Catalina, durante el trayecto, sólo contestó con monosílabos a las preguntas que le hicieron. Miraba los árboles de la avenida, las edificaciones modernas, los jardines, como aplicándose en reconocerlos. El mismo cielo, de un azul añil, le era familiar y a la vez desconocido. Oía la charla de sus parientes sin enterarse, y hacía un esfuerzo porque sus contestaciones fueran coherentes. Al internarse el coche en la ciudad, su sensación de extrañeza se acentuaba. Todo era idéntico y, sin embargo, distinto. La luz de Palma le parecía, de pronto, cruda; las casas, grises, y la muchedumbre que deambulaba por las calles, pueblerina. Al entrar en San Cayetano, su corazón se encogió. Los paredones le parecieron más aplastantes que nunca.

—¿Quieres que te acompañemos hasta arriba? —le ofreció tía Bárbara.

—Naturalmente —añadió tío Priamo.

Cosme también asintió, mirándola entre asombrado y admirativo.

—No os molestéis. —Se daba cuenta de que querían suavizar su primer encuentro con *la señora,* como también ella seguía llamando en su fuero interno a su suegra. En otro tiempo hubiera aceptado, agradecida, su presencia. Hoy ya no los necesitaba. Cosme la cogió por un brazo.

—¿Estás segura, Catalina, de que, al menos, no quieres que suba yo?

Catalina le miró unos instantes, pensó que era guapo y simpático y que, a pesar de sus infinitas pretensiones, siempre le había demostrado afecto.

—No, Cosme. —Pero cayendo en cuenta que podía ser su mejor enlace con *Sa Proa,* añadió:— Ven esta tarde. Quiero hablar contigo.

—Yo almuerzo con vosotras —anunció Magdalena.

Simón, que bajó a hacerse cargo de su equipaje, la miró con estupor.

—Doña Catalina, ¡si parece otra!

Para todo el servicio de la Casa Torrent, en contraste con "la señora", ella era sólo "doña Catalina".

Antes de subir se detuvo, abstraída, a contemplar el hermoso zaguán, cuyas columnas de mármol brillaban, amarillentas.

Subió despacio por la célebre escalera bifurcada. Magdalena la seguía, detallándola con curiosidad. Esta chica tenía buen cuerpo, y las modistas de Madrid, un arte especial para hacerlo resaltar. Se regodeó pensando en la cara de su tía.

En el recibidor se arremolinaron las domésticas.

—¡Huy qué guapa! ¡Qué elegante! ¡Si vuesa merced parece de cine!

Francisca, que se entusiasmó más que nadie, le anunció que la señora se hallaba en la galería. Al asombro de todos, Catalina se dirigió hacia su aposento, dejando caer tras sí los cortinajes. La solterona y la criada antigua se miraron, y ésta hizo la señal de la cruz.

—*Mare de Déu!* —murmuró, cambiando de tono—. ¿Qué cree vuesa merced que va a pasar aquí?

Las sirvientas más jóvenes cuchichearon.

—Se ha echado novio en Madrid.

—*Mare de Déu!* —repitió Francisca.

Magdalena se encaminó hacia el salón encarnado. No encontrando allí a la que buscaba, siguió por la hilera de estancias hasta la primera que daba a la logia. Doña Jerónima, abanico en mano, ocupaba allí su mecedora. Tenía aspecto de pocos amigos.

—Ha llegado bien —dijo Magdalena, amable.

La mecedora emitió un chirrido. Su ocupante se abanicaba de un modo pausado. La solterona se dejó caer en una de las butacas de mimbre. Y, confidencial:

—Viene muy cambiada, tía. Te lo advierto para que no te asustes.

El abanico se cerró en seco.

—¿Asustarme?

La voz de Magdalena se hizo almíbar.

—Se ha quitado el luto.

—Se lo volverá a poner.

Pero su mirada se heló al clavarse en la puerta. Catalina estaba en el umbral, con su traje blanco sin mangas y su larga melena.

—¡Hola, madre! —dijo con tranquilidad.

Doña Jerónima estaba demasiado estupefacta para poder proferir ni una palabra. Sólo al sentir en su cara el roce de aquellos labios pintados se echó hacia atrás como si la hubiera picado un bicho.

—¿Qué significa esto?

Catalina la miraba serena. Magdalena observó que estaba pálida, pero que resultaba preciosa con su cutis claro y el color bugambilia de su boca. Acostumbrada a juzgar, en su fuero interno, la belleza femenina por la de las extranjeras del Terreno, había encontrado siempre que adolecía de una total falta de estilo. Bonita sí, pero pava, sosa. "Esto ya es distinto", pensó.

Catalina fué a acodarse en la balaustrada de la logia, y miró hacia el Borne. Grupos de muchachas paseaban rumbo al mar, con trajes como el suyo y melenas en la espalda.

Se volvió.

—De ahora en adelante, voy a vestime a mi gusto, madre. He llevado tres años de luto a su hijo...

—A tu marido —fué la seca corrección.

—A mi marido —rectificó ella—. Pero de ahora en adelante...

La señora no la dejó terminar.

—¿Qué has hecho en Madrid? —preguntó a media voz—. ¿Qué te ha pasado? ¿Quién te ha metido todo eso en la cabeza? ¡Tu madre, naturalmente!

Catalina refrenó una impaciencia.

—Deje tranquila a mi madre. —Y como vió que la otra iba a volver a interrumpirla:— Y déjeme hablar. Es mucho mejor que todo quede claro desde el primer momento. Esta casa nos pertenece a vuesa merced y a mí por partes iguales. Yo estoy dispuesta a que vivamos en ella en paz. Pero vuesa merced, haciendo su vida, y yo, la mía.

—¡Es el colmo! —doña Jerónima se volvió hacia Magdalena—. ¿La estás oyendo?

Según iba caldeándose la voz de la señora, la de Catalina cobraba mayor frialdad.

—Quiero, simplemente, que sepa, de una vez y para siempre, que todo va a cambiar. Tengo treinta años, soy viuda y libre. Quiero poder vivir como cualquier otra mujer en mi caso, sin sentirme esclavizada hasta en lo más insignificante.

Doña Jerónima permanecía rígida, pero en su larga cadena de azabache empezaron a temblar sus medallones.

—¡Esclavizada! ¿Te atreves a decir...?

Catalina alzó una mano.

—No dramaticemos, madre; se lo ruego. Le he dicho lo que tenía que decirle. Y nada más —y con paso resuelto salió de la galería.

—¿Tú has visto cosa igual?

El zapato de charol de la señora golpeaba nervioso las losas. En vano intentaba Magdalena calmarla. Hacerle ver que todo aquello había sido una explosión sin consecuencias. Improcedente, desde luego, y Catalina se había portado como una chiquilla. Pero había que hacerse cargo de que era joven todavía y de que, al fin y al cabo, no pertenecía por su nacimiento a aquel ambiente.

—¡No me lo recuerdes! ¡Eso es lo que me indigna! ¡Atreverse a decirme a mí que la mitad de esta casa es suya! ¡La *mossona* ésa, la hija de esa cualquiera que mi Mateo elevó hasta él!

Magdalena siguió procurando aplacar la cólera de su tía. Convenía dejar tiempo al tiempo, alegó. Catalina, tal vez influenciada por su madre, se había deslumbrado con la vida madrileña, lo que era comprensible en una chica que nunca había viajado más allá de Sóller, y en su inexperiencia creía que bastaba con un traje y un peinado modernos para cambiar igualmente de costumbres. Sufría, pinchada por la Albañil, como un ataque de emancipación.

—Pero ya se le pasará, tía. Y tú, con tu talento, te sobras para cortarle los vuelos. Tú le das siete vueltas.

Por una vez pensaba lo que decía. En su imaginación estaba viendo a una araña envolver en sus hilos a una mosca.

Doña Jerónima la escuchaba entrecerrando sus ojillos de azabache. Quizá pensara también en la araña.

El almuerzo transcurrió con lentitud. Doña Jerónima observaba un silencio hostil, que Magdalena intentó cortar iniciando diversos temas de chismorreo. Eran sabrosos, y su tía, en otra ocasión, hubiera picado; pero hoy apenas si le contestó. Catalina, por su parte, parecía ausente. La comida, como siempre, constaba de muchos platos, que, debido a la manía de aprovechamiento de la señora, resultaban flojos, sin substancia. Eso sí, servidos en vajilla de Sévres con escudos de oro. Así era todo en aquella casa, pensaba Magdalena: una mezcla de riqueza y mezquindad, de empaque auténtico y de un lugareño afán de aparentar. Cuando al fin terminó el almuerzo, la señora dijo a Magdalena que iba a descansar un rato. Podía esperarla tejiendo en el gabinete. Más que una indicación era una orden: la de no ir a entendérselas con su nuera. Buscando su bolsa de labor, la solterona obedeció. Miró a Catalina desaparecer hacia su cuarto, y tomó asiento junto al balcón. Mientras sus agujas volaban entre sus dedos carnosos, iba haciéndose reflexiones. Esto acabaría como el rosario de la aurora. La niña de Muro, como en tiempos la llamaban, se había "destapado", revelando bajo su sempiterna docilidad un insospechado espíritu de rebeldía. "¡Uf, la que se va a armar!", pensó con deleite.

Su curiosidad pudo más que su falso espíritu de acatamiento. Dejando su punto se dirigió hacia la habitación de Catalina y llamó con los nudillos.

—¿Quién es? —preguntó la voz de la joven.

Magdalena entró sigilosa, pero nada extraordinario se ofreció a su vista. Las maletas habían desaparecido, y el aposento se encontraba en perfecto orden.

Catalina no la invitó a sentarse. Mas como ella no

era persona que se amilanara, pasó el brazo por los hombros de la muchacha y la obligó a tomar asiento en el brazo del frailero en que se instaló. Su tono se hizo cariñoso. No podía engañarla. Algo le había pasado en Madrid; no se cambiaba en esa forma en unos días.

—¿Encuentras que he cambiado tanto?

Magdalena la miraba.

—Sí —dijo analítica—. Y lo grande es que no sé en lo que está el cambio. Dime la verdad, Tinóns: un hombre, ¿no?

La vió sonreír con los labios cerrados.

—¿Crees que sólo se puede cambiar por un hombre?

—¿Cambiar así? ¿Volver dispuesta a armar un terremoto por un poco de libertad? ¡Vamos, hija, que una ya ha vivido! ¿Para qué quieres la libertad si no es para perderla?

—No hay más que lo que he dicho antes a la madre de Mateo —Catalina miró en su derredor con una mirada lenta—. Siempre me he sentido como una enterrada viva entre estos muros que odio, ¡que odio!...

Y la solterona vió con estupor que aquella cara en que hasta entonces sólo había visto reflejada una placidez que en su fuero interno había calificado de insulsa, expresaba de pronto un odio salvaje. Sus ojos recorrieron la estancia, más sombría que el resto del palacio por el tapizado carmesí de sus paredes y el exceso de cortinajes y de cuadros lóbregos, y fueron a fijarse en el amplio lecho de dosel. Una convulsión de horror atirantó sus facciones.

—¡Que odio!... —repitió con voz sin tono. Y la solterona sintió un escalofrío. Tuvo la intuición de lo que debió haber sido para aquella muchacha sana y normal su vida conyugal con Mateo, con el repulsivo *Mateuet* Torrent, que había muerto, según decían, podrido hasta la medula. Y por primera vez en su vida se alegró de su celibato. Cerró un instante los ojos, queriendo apartar de su mente unas fantasías infernales, de las que sin duda tendría que confesarse, y cuando los abrió, la cara de Catalina había vuelto a ser la de siempre.

—Yo no quiero llevar las cosas por la tremenda —la oyó decir con acento que volvía a ser sereno—. Pero lo haré si me obligan. —Y el pliegue vertical se dibujó de nuevo en la lisa blancura de su frente.

Y Magdalena se sorprendió sintiendo ante ella el sordo temor que se experimenta ante lo misterioso. Le hacía el efecto de que estaba mirando en una de esas calas transparentes cual cristal, pero llenas de grutas oscuras que nadie sabe lo que ocultan en su profundidad.

—Te he traído un recuerdo —dijo Catalina cambiando de tono, y, yendo hacia la cómoda, cogió un paquete, que le tendió:— Son unos pañuelos.

Apenas si pudo darle las gracias, porque Francisca metió la cabeza anunciando a Cosme, y Catalina, cogiendo otro envoltorio, salió en su busca. ¡Con qué rapidez se movía de repente! Si no hubiera sido porque allí no cabían sospechas, la solterona se hubiera escamado. ¿Por qué esta visita a horas intempestivas? ¿Por qué esa prisa por correr a su encuentro? A su turno se apresuró hacia el gabinete. Al encontrarlo vacío, se dedicó a recorrer salones. Pero Catalina, a pesar del calor, se había sentado con Cosme en las mecedoras de la logia y le había ofrecido su recuerdo: una corbata en cuyo sobre lucía el nombre de uno de los mejores camiseros madrileños.

Cosme Torrent era, a sus veintisiete años, a la par que una de las jóvenes inteligencias más brillantes de la Isla, el muchacho oficialmente más elegante de su capital. Aunque en las tertulias vespertinas de la Taberna del Toboso capitaneara el existencialismo, defendía su tesis de que éste no estaba reñido con el refinamiento y la pulcritud, y que, en todo caso, cabía que adoptaran esta nueva modalidad de la doctrina a la moda sus adeptos de la calle del Vino. Su corbata en la mano, miraba, pues, a Catalina con el interés con que un entomólogo contempla a un insecto raro. Ya en el aeropuerto le había dejado intrigado, y el acudir con tanta celeridad a su llamada era porque esperaba encontrarla sola y que le aclarara el secreto de su transformación.

—No hay tal secreto —Catalina hablaba con su tono

un poco distante. ¿Era tan digno de asombro que una mujer que visitara por primera vez la capital hubiera intentado ponerse algo a tono con su ambiente?

Cosme no se daba por convencido.

—Sin tus trapos pardos y tu moño trenzado, me pareces particularmente guapísima; pero, como Torrent que soy, lo encuentro anacrónico.

—Oyeme, Cosme —prosiguió ella—. Yo necesito contar contigo. Tus padres y tú sois, de toda la Familia, los únicos que siempre me habéis demostrado cariño. —Lo dijo muy seria, y brevemente le explicó lo que esperaba de él: que le ayudara a salir algo de aquella casa, de aquel ambiente.

—Sabes que hasta lo más natural, lo más lógico, me está prohibido; que nunca, desde hace doce años, he tenido ni un atisbo de independencia, que ni para ir a misa he puesto un pie sola en la calle. No quiero dramas ni disgustos, pero tengo derecho a vivir como cualquier mujer, y estoy dispuesta a hacerlo.

Cosme la contemplaba, preguntándose, lo mismo que Magdalena, lo que habría detrás de aquel despertar tardío. "La Albañil —se dijo—. ¡Berta!" Y sonrió para sus adentros, imaginándose los esfuerzos de aquella madrileña de rompe y rasga por despabilar a su provinciana hija. No cabía duda de que lo había conseguido, pero ¿era un bien o un mal para la muchacha? Analizó lo que le parecería como mujer si no fuese su sacrosanta prima, la viuda de Mateo, y, sorprendido, tuvo que confesarse que la encontraría atractiva, con su perfil puro, sus gestos pausados y su suave voz. "No es una mujer picante —se dijo—, ni maldita la falta que le hace. Su encanto está en algo interno, que yo no he percibido hasta hoy."

En voz alta resumió sus impresiones:

—¿De modo que la hermosa momia ha decidido romper sus ligaduras? Estás en tu derecho, y puedes contar conmigo en cuerpo y alma.

Empezó a trazar proyectos. Naturalmente, convendría obrar con prudencia. A tía Jerónima no se le podía ir de frente, pero el verano había comenzado con todas sus posibilidades, lo que facilitaba el problema.

—Voy a hacer aliada nuestra a Irma. Ya sabes lo inteligente que es. La tía, a pesar de cuanto despotrica contra las Sindel, les tiene miedo. —Reflexionaba.— ¡Qué lástima que Xim...

Catalina permanecía pensativa. Irma Sindel la había tratado siempre con esa fácil amabilidad que irradiaba sobre los que no la interesaban. Pero, lo mismo que todos los otros de su llamado grupo "intelectual", la ignoraba casi por completo.

—A propósito —dijo—, le he traído también algo a Xim: un libro. —Y al ver una ligera sonrisa en los labios de Cosme:— Lo compré en "La Revista de Occidente". —Y enrojeció a pesar suyo.

Y Cosme pensó que resultaba encantadora con su mezcla de ansiedad y de timidez.

—Pues, si quieres —ofreció—, podemos subir mañana a verle y le llevas tú misma tu libro.

Catalina había de volver a sorprenderle.

—¿Has traído tu coche? ¿Por qué no vamos ahora mismo?

Cosme rió:

—¡Tinóns, que estamos en la Isla de la Calma! A ti, en Madrid, te deben haber puesto inyecciones de prisa.

Catalina le miró unos instantes. "Sí —pensó—. Es una buena expresión. ¿Inyecciones de prisa? Claro que tengo prisa."

Magdalena, que al fin los había localizado, se quedó de una pieza.

—¿Adónde vais los dos tan juntitos?

Catalina le contestó que a llevar sus regalos a doña María y a las Sindel, y desapareció en busca de sus cosas. Magdalena fué a encararse con Cosme.

—¿Tú entiendes esto?

—Bien claro está. En Madrid deben haberle dicho que es guapa, y viene dispuesta a vivir su vida. No te hagas la gazmoña, Magdalena. De sobra sabes que esa desgraciada tiene derecho a un desquite.

Catalina volvió dispuesta a marchar, en la cabeza su pañuelo morado y sus paquetes en la mano. Magdalena miró perderse las figuras juveniles por la hilera de salones y luego voló hacia el gabinete, donde topó de narices con doña Jerónima.

—¡No estás tú poco acalorada! Oye, eso del eczema te está aumentando.

"Eczema es el que te va a salir a ti", estuvo ella a punto de contestarle.

El coche se deslizaba a lo largo de la costa. El mar brillaba, cegador. Los jardines del Terreno rebosaban de flores entre sus palmeras. Al pasar por Porto Pí, un fuerte olor a sal se mezcló al de las madreselvas. Cosme se dijo que era hermoso vivir.

—¡Lo cierto es que ese pobre Xim...!

Catalina pensó que hacía mucho tiempo que no le veía. Cuando regresó del Continente, después de la serie de operaciones a que había sido sometido, marchó a convalecer a *C'an Xura*, y sólo desde hacía unos meses habitaba este *Sa Proa*, que se había hecho construir en lo alto de una roca sobre la Cala Mayor. Dos veces había ido a visitarle en compañía de los padres de Cosme, y le había causado una profunda impresión su estado. Resultaba imposible extraerle la metralla que, al incrustársele en la medula, le había producido la parálisis.

—Creo que su amigo el doctor Thaler le ha anunciado que vendrá a verle —prosiguió Cosme—. Pero me temo que nada podrá hacer.

El coche tomó cuesta arriba entre los pinos.

"La Jaula de Cristal", como Xim llamaba a su casa, no resultaba de fácil acceso, pero Cosme era buen conductor y conocía el camino. Venía con frecuencia a ver a Xim. Le admiraba con un fervor de discípulo joven. Admiraba que dentro de su cuerpo baldado conservase tan intacta su inteligencia, alerta con incansable curiosidad a cuanto de interés acontecía en el mundo. Y admiraba sus escritos, llenos de originalidad y de cultura.

Joan, al abrirles la puerta, torció el gesto. No creía que el señor pudiera recibirles.

—Se lo preguntaré a Aina. —Pero antes de que desapareciera, Catalina intervino: que se lo preguntara al propio don Xim. Acababa de regresar de Madrid, y tenía empeño en verle. Al cabo de un rato volvió, indicándoles que pasaran.

El vestíbulo conducía a un enorme cuarto de estar, cuyos paneles de vidrio le daban un aire casi irreal. Había sido construída la villa por un arquitecto madrileño, y constaba, aparte de aquella estancia transparente, sólo de dos dormitorios y de otra dependencia destinada al servicio. Cuando Xim adquirió aquel solar y se hizo construir en él su casa, todo Palma lo consideró un extravagante capricho de moribundo. Doña Jerónima lo criticó más que nadie. ¿No le bastaba a ese chiflado, que sólo debiera pensar en encomendar su alma a Dios su palacio de la Portella y sus posesiones de *C'an Xura* y *Son Paternó?* ¡Buena gana de gastarse el dinero que le daban sus vides y sus tomateras en ese disparate modernista, cuando falta le haría en misas para hacerse perdonar la endiablada vida que, tanto él como su hermano, habían llevado!

Catalina, a pesar de que no era el interés por Xim lo que la impulsó a subir hasta *Sa Proa*, comprendió súbitamente el porqué de aquella mansión. "Aire y cielo", pensó al verlos penetrar a raudales por la diafanidad de las paredes: lo contrario de una tumba. Volviéndose, miró hacia la puerta que conducía al dormitorio de Xim.

Sonó el leve chirrido de la silla de ruedas. Era un regalo de un amigo alemán, y se plegaba, giraba y extendía, según las necesidades de su dueño. Hoy se deslizó plana como una camilla al empuje silencioso de Aina.

—¡Qué sorpresa! —dijo la voz de Xim.

Cosme fué a inclinarse sobre él y le dió explicaciones de aquella visita.

—¿De modo que has estado en Madrid? —preguntó a Catalina—. ¿Y qué te ha parecido la Villa y Corte?

—Se ha acordado de ti y te ha traído un libro —intervino Cosme.

Se levantó ella y fué a darle el paquete. Al acercarse a la silla, las manos de Aina lo interceptaron. Soltó el bramante y colocó el tomo entre los dedos de Xim. Catalina levantó la vista, y durante un instante su mirada se cruzó con la de la sirvienta. Pensó que su cara, endurecida, conservaba aún los rasgos de su pasada belleza. Los ojos, cercados de ojeras, seguían siendo hermosos, y muy negro el cabello anudado en un moño en la nuca. Erguida como se hallaba, emanaba de ella una sorda hostilidad. Catalina la miró, aguzando la vista. ¿Habría sido en verdad la amante de Biel, de Xim, de los dos, como afirmaba su suegra?

Xim hojeaba el libro.

—Claudel... Has elegido bien. —Luego ordenó:— ¡Aina, incorporáme!

—No está hoy para incorporarse.

Xim se impacientó.

—Obedece.

Al verle de frente, Catalina se dió cuenta de que el mal debía haber hecho en él grandes estragos desde que no le veía. Pero bajo el ensortijado y oscuro cabello, la mirada pensativa seguía siendo la misma. Un olvidado afecto le hizo sonreírle. Vió que él la miraba con sorpresa, y supo que su asombro no era causado, como el de los otros, por su aspecto, sino simplemente por su sonrisa. La analizaba con atención, como preguntándose: "¿Qué tiene de raro Catalina?"

—Antes te peinabas de otro modo.

Comprendió que estaba intentando hallar la respuesta a algo que no había formulado, y que, por tratarse de ella, la buscaba en una cosa externa.

—¡Si ha vuelto que no hay quien la reconozca! —Cosme adoptó un tono ligero—. No hay como ventilarse. Ya lo has dicho tú mil veces: sacudir las alas. No te digo más que ha regresado tan levantisca que hasta se ha enfrentado con tía Jerónima. —Y como vió en la cara de Xim una mueca divertida:— Me temo que la mujer de Mateo...

Catalina le interrumpió, impaciente:

—¿Por qué me seguís llamando así?

—Hija, perdona, pero así te hemos llamado siempre.

Cosme estaba perplejo. ¡Diantre con esta Catalina! Desviando, preguntó por Biel. ¿Tenía alguna noticia de su llegada? Xim asintió. Se encontraba en Nápoles viajando en yate con un grupo de amigos. Dentro de unos diez días llegarían a Mallorca.

—Es toda ella gente interesante... —y citó unos nombres.

Cosme se enfrascó en una divagación que giró en torno a aquellas personas, acabando, como de costumbre, por barajar nombres que nada tenían que ver con el asunto: Hemmingway..., Proust..., Lin Yutang...

Las ideas de Catalina bailaban una zarabanda. "Tengo que averiguar más, mucho más." La ocasión se le presentaba única. Si conseguía quedarse sola con Xim, estaba segura de que llegaría a saber lo que le interesaba.

—Aina —dispuso Xim—, tráeme las últimas revistas de América —y cuando las colocó en una mesita a su lado:— Puedes irte.

La cara de la mujer se cubrió de un tinte sombrío.

—Va a cansarse con tanto hablar.

Xim hizo un gesto, y ella salió de la habitación.

Cosme observó que le tenía secuestrado. Había gentes que no se atrevían a ir a verle por lo mal que los recibía. Los pómulos de Xim enrojecieron.

—Cree que lo hace por mi bien y que no necesito más compañía que la suya.

Tendió a Catalina una de las revistas. Traía un artículo sobre Biel. Inclinó ella la cabeza, pasando las hojas. Y, de repente, percibió los latidos de su corazón. Un retrato de Biel llenaba toda una plana. "Así es en la actualidad", se dijo. Era una de esas fotografías realistas en las que el fotógrafo, más allá de las facciones, capta toda la fuerza expresiva de la fisonomía. Percibió un calor interno, cual si hubiera tenido la propia cara de Biel viva, intensa, entre sus manos. Y de un golpe cerró la publicación. No quería mirarle delante de nadie. Al alzar los ojos se encontró con que Xim la estaba observando a su modo quieto, y pensó que, a fuer de hundido y de sensible, su rostro casi no parecía humano.

Cosme hojeaba otra de las revistas.

—Tiene razón Salvador: "El éxtasis es el molde incorruptible en oposición al academismo, que es el molde corruptible." Biel demuestra que es todo éxtasis, todo renovación. ¡Mirad!

Para Cosme, Dalí, a quien había visto una sola vez en Cadaqués, era "Salvador"; Ortega y Gasset, al que citaba casi tanto como a Sartre, "Ortega", y Marañón no era "Gregorio" por milagro.

Catalina tendió la mano, cogió la revista, y sus ojos absortos fueron de plana en plana. De un primer vistazo hubiera podido apreciar que todo aquello era de Biel. De Biel, en lo que él llamaba su fase "trabajada". El colorido era el mismo, y la forma de captar, de reflejar, de hacer: la claridad de la atmósfera, la ausencia de perspectivas y de planos, que daba a todos sus lienzos la alucinante impresión de que se estaba mirando paisajes y seres por un telescopio o un microscopio... Y, sin embargo, había en aquellas obras algo hondamente cambiado. "¿Qué es?", se preguntó.

Xim hubo de sacarla de dudas:

— Se ha amanerado. Tú dirías, Cosme, que se ha *intelectualizado*. Es posible que haya ganado en técnica, pero, desde luego, ha perdido fuerza y ha ido a caer en el peligro que yo le vaticiné. Precisamente en un academismo seco, carente de inspiración. Busco y no encuentro su trazo exaltado.

Cosme protestó, esgrimiendo una plana:

—No estoy de acuerdo. Mira su "Danaé". ¡Genial! No irás a negar la tremenda elocuencia de este cuerpo de mujer... Xim, no te ciegues. Ahora es cuando Biel está en su plenitud creadora.

Xim hizo un gesto.

—Su plenitud creadora fué la que nos dió "La Madona de *C'an Xura*", ese primor de ternura y de serenidad, y su inspiración juvenil "Mi Primavera". Para mí siguen siendo sus mejores obras. —Y recalcó:— La "Danaé" es la antítesis de "Mi Primavera". Fijaos: no es una mujer desnuda, sino desnudada. Nada hay de puro, de clásico en ella. Me temo sea otra obra autobiográfica: "Mi Verano" o "Mi Otoño". Y que la pulsera de oro que esa furcia lleva en el tobillo sea el grillete del autor: erotismo y codicia.

Catalina miró el cuadro indicado. Una mujer flaca, musculada como un adolescente, que tendía los brazos hacia un cielo color de oro, del que caían, abultadas y rojizas, unas onzas sobre su carne. En la cara que alzaba hacia aquel cielo —un rostro anguloso, de boca voraz— se dibujaba un ansia, que tenía a la vez algo de sublime y de terriblemente bajo.

—¿No dicen que es un retrato de Xenia? —preguntó Cosme.

—Eso es precisamente lo que me preocupa.

Los ojos de Catalina iban del uno al otro. ¿A quién se referían? ¿Quién era aquella mujer? No le extrañaba oír criticar a Xim con tanta rudeza la obra de su hermano. Sabía mejor que nadie el cariño y el culto que entrañaba aquella crítica. ¿Pero quién era aquella mujer?

Cosme miró la hora y, saltando de su asiento, se despidió. ¡Buena debía estar a esas horas la dama de sus pensamientos! (Una noruega bárbara que tenía unos hombros tan anchos como los suyos y que también debía calzar el cuarenta.)

Catalina y Xim quedaron solos.

—Hace calor aquí; ¿quieres empujarme a la terraza? —Su voz, repentinamente, era suave.

Catalina se levantó y, cuidadosamente, condujo la silla a través de la habitación hasta la gran terraza que avanzaba sobre el Mediterráneo.

—La proa de mi propia galera —ironizó Xim—. La roca parece anclada al ribazo y a veces da la sensación de que se mueve, como si quisiera liberarse de sus amarras y lanzarse a la mar. Pero eso ni a mí ni a ella nos está permitido.

Catalina acercó la silla a la balaustrada y corriendo una butaca de lona se sentó a su lado. Era la hora del crepúsculo. Unos jirones de nubes rosa flotaban en el cielo. Las aguas brillaban con destellos rojizos. Xim cerró los ojos.

—La hora de todas las nostalgias... —se burló en su tono ligero.

Ella miraba hacia el mar. Un día de estos estaría allí anclado el barco. Intentó imaginarse su forma.

—¿Cuando venga Biel vivirá aquí contigo? —Sonaba natural, un tema cualquiera.

—Supongo —Xim seguía con los ojos cerrados—. También irá a *C'an Xura*. Ya sabes lo que le encanta aquello.

—Le estarás esperando con ilusión. ¡Estábais tan unidos...!

—Estábamos, tú lo has dicho.

Catalina se alegraba de que no la estuviera mirando.

—¿Tú crees que el tiempo desune? ¿Tú crees que cuando se quiere a una persona y se siente uno muy cerca de ella, y se piensa en ella a todas horas, esa persona no lo percibe, no lo siente? —Estrechó las pupilas cual si estuviera concentrándose:— ¿Tú no crees que el pensamiento puede ser una fuerza que se emite, como ondas, de sensibilidad a sensibilidad?

Se detuvo, suspensa. ¿Qué estaba diciendo?

Pero Xim, abriendo los ojos, sólo repuso:

—Te voy a regalar una cita, Catalina —parecía dirigirse a ella como cuando era niña—. "Dudo de todo menos de la santidad de los efectos del corazón y de la verdad de la imaginación. Lo que la Imaginación crea con el nombre de Belleza no es más que la Verdad... La Imaginación puede compararse con el sueño de Adán, que despertó y la halló convertida en realidad." —La miró:— Conste que eso lo dice Keats, no yo.

—¿Tú qué dirías?

—Que la imaginación es un maldito regalo que el

diablo hizo al hombre el día en que Dios le echó del Paraíso.

—¿No pudo ser una compensación... por haber perdido el Paraíso?

Xim la miraba con sus ojos profundos. Y de pronto adoptó su antiguo tono para decirle:

—Niña Catalina, ¿tú qué sabes si nunca has conocido el Paraíso?

Catalina se sorprendió contestándole casi lo mismo que en otra ocasión.

—¿Y tú qué sabes si lo he conocido? —Una amargura plegó sus labios.— ¿Tú qué sabes en verdad de mí?

—Sí —dijo Xim—; ¡qué sabemos nadie de nadie!

De pronto le vió crispar la cara.

—¿Te duele algo?

Xim hizo un gesto.

—Las píldoras.

Catalina se levantó a toda prisa. En el cuarto de estar tropezó con Aina, que, como si la hubieran llamado, traía una medicina. Irma venía con ella. Saludó a Catalina de pasada y fué a inclinarse sobre Xim.

—¿Cómo andamos?

En vez de contestarle, tragó Xim varias píldoras. Los dedos de la muchacha buscaron su pulso y él retiró la mano brúscamente.

—No seas pelma, pareces Aina.

Catalina miró a la aludida. Sin hacer un gesto salió de la terraza.

Irma corrió una silla junto a Xim, y como le vió calmado, se puso a charlar con animación. Parecía más joven que sus treinta y dos años, y su cara, sin belleza, reflejaba tan viva inteligencia que a veces daba la impresión de que era hermosa. Original, desbordante de vitalidad, hablando todos los idiomas, era una de las figuras más populares en ciertos ambientes de la Isla. Un pianista indio, un pintor sueco, unas estudiantes suizas y una poetisa norteamericana todos ellos pasaron en rápidas siluetas por su charla. Xim la escuchaba atento, inmóvil, interrumpiéndola con alguna pregunta o algún comentario.

—Mañana me lo llevaré a la Cartuja. Quitaremos del Pleyel la inevitable dalia roja y haré que me toque, para mí sola, la "Polonesa".

—Supongo que para esa orgía sentimental te pondrás unos pantalones descoloridos y un peinado de apache. ¡Oh, fracasada Aurora Dupin!

Catalina los observaba. Sabía que les unía una gran amistad; una camaradería basada en una afinidad de gustos. Irma, según su suegra, era una "extranjerizada", de costumbres libres, que parecía mentira fuera hija de una mallorquina. El solo hecho de que desde que Xim se encontraba imposibilitado viniera a verle casi a diario y sola demostraba hasta qué punto se reía de todo decoro.

—Lo que pasa es que está viendo si le pesca —había dicho, al principio, doña Jerónima.

Ahora que, paralítico e incurable, Xim había dejado de ser no ya un posible marido, sino casi un hombre, se limitaba a criticar que siendo una muchacha soltera pisara aquella casa donde reinaba una tirada.

—Y de Biel ¿sabes algo? —indagó Irma.

Fué Catalina la que le tendió las revistas. Pero cuando la vió mirar de cerca la página con el retrato tuvo el impuso de arrebatárselo de las manos: "Yo no lo he visto todavía, no lo he mirado".

—Tiene una cabeza magnífica, no cabe duda —la oyó decir apreciativa—. Y lleva impresa en la cara su enorme personalidad.

Entonces pensó, con repentino desaliento, que eso mismo llevarían años diciéndose y diciéndole mujeres de todas las latitudes. Oyó contar a Xim de la última exposición en Nueva York. Biel había vendido todos sus cuadros. Algunos a buenos precios. Dentro de dos semanas expondría en París.

—Pero si, como lo espero, vuelve a cogerle esto... —señaló el panorama que los rodeaba— me empeñaré en que regrese a pasar aquí algún tiempo para pintar honradamente. Le conviene.

"Si vuelve a cogerle esto". Catalina miró los pinos, el mar, el cielo y, a lo lejos, la silueta color de miel de la ciudad, brillando poderosa y suave sobre un telón lila.

—Claro que le cogerá... —observó—. Lo lleva en la masa de la sangre. —Tomó la revista mostrando el fondo de una de aquellas reproducciones a todo color.— Lo que llaman *su* luz es simplemente *nuestra* luz.

Xim siguió con los ojos el gesto de su mano y, haciendo girar algo su silla, miró también hacia la ciudad.

—Eso no es nada nuevo, Catalina —dijo Irma, con sorna.

Xim volvió a extenderse.

—Pero es lo cierto. La primordial característica de su modo de hacer.

Al obsequio del libro correspondía con el obsequio de su aprobación. Irma le lanzó una mirada. ¡Pobre Xim, queriendo ser amable con Catalina Muro! ¡Pobre Xim, qué bajo debía estar!

Catalina los miraba con tranquilidad. Era curioso lo poco que le importaba, de pronto, lo que pensaran el uno y el otro. Lo que pensara de ella el mundo entero. Los escuchó divagar sobre diferentes temas, discutiendo cosas ligeras o profundas con frases más o menos alambicadas.

Pero notó que los ojos de Xim iban cobrando demasiado brillo y que dos manchones se estampaban en sus pómulos. Y fué ella la que se levantó.

—Tiene razón Aina. Te estamos cansando.

Irma saltó de su asiento.

—Sí, es una barbaridad. Me olvido de que...

—Por eso eres de las pocas personas que veo con gusto.

Catalina, sin darse por aludida, le preguntó si le prestaba las revistas.

—¿Quieres copiar algún gorro o un plato de tomates rellenos?

—Quiero ver con calma los cuadros de Biel. —La ausencia de toda entonación hizo retadora la respuesta.— Te las devolveré por Cosme.

Xim había fruncido las cejas.

—No, tráemelas tú misma. —Su innata cortesía le hizo añadir:— Y gracias por tu visita... y por tu libro.

Al salir se encontraron con Aina, que estaba acechando su partida.

—¡Le están matando! —las increpó en mallorquín.

—¿Por qué, Aina? —dijo Irma—. ¿No crees que le hace mucho más daño estar solo?

—El día en que no viene nadie está tranquilo y por la noche puede dormir a ratos. Hoy le he oído reirse varias veces.

"Tiene algo trágico en la cara, pensó Catalina, trágico, duro y dominante. ¿Por qué le molesta que se ría? ¡Debe ser espantoso necesitarla y tenerle además que agradecer sus desvelos!"

—¡Madre! —Un chiquillo llegó corriendo desde el jardín, y al ver a las visitantes se detuvo.

Aina le miró como si hubiera querido que la tierra se lo tragase.

—Hola, Pep —Irma le pasó la mano por el crespo cabello—. Cómo has crecido.

El chico aparentaba tener unos once años. Era alto, fino, de piel tostada y rostro singularmente inteligente. Sin intimidarse, devolvió a Irma su sonrisa, que hizo extensiva a Catalina. Luego volvió a dirigirse a su madre y le participó que la reclamaban en la cocina.

Aina le dió en tono breve una orden y Pep desapareció, no sin antes haber vuelto a sonreir a las dos jóvenes.

—¡Qué guapo es! —murmuró, a pesar suyo, Catalina.

La cara de Aina no se dulcificó.

—¡Es un demonio!

Mientras bajaron en el *Renault* de las Sindel permanecieron calladas. Sólo cuando el coche tomó por la carretera, Irma observó:

—Es terrible este caso de Xim.

Catalina, las manos cruzadas sobre sus revistas, tardó en decir:

—¿Qué crees que hay en verdad en la historia de Aina?

Como las revueltas eran peligrosas y los coches pasaban rozando el suyo, Irma se concentró en el volante. Después contestó con evidente sinceridad.

—Muy difícil de saber. Le cuida con una abnegación feroz, pero tiene celos hasta del aire que respira.

—¿Tú crees entonces...?

—Entiéndeme. No lo digo en un sentido..., en fin, como las tías, sino me refiero a los celos que puede tener una criada antigua, un perro fiel. Al menos esa es mi impresión. ¡Lo que haya detrás...!

—El chico...

—Sí, se parece a ellos. Pero eso no quiere decir nada. Biel y Xim, cada uno en su estilo, son tipos muy mallorquines. Yo hacía tiempo que no veía a Pep. Aina debe tenerle prohibido aparecer cuando vamos.

Volvieron a callar.

—Te ha sentado bien Madrid —observó Irma, de repente.

Catalina sonrió. Iba resultando monótona la cantinela. Tocaba con la yema de los dedos la superficie fresca de las revistas. "Dentro de un rato", se decía, sintiendo cómo algo cálido le bajaba por todo el cuerpo.

Oscurecía sobre la ciudad.

—¿No subes? —preguntó cuando el coche paró ante el portalón de San Cayetano.

—Discúlpame con la tía. Tenemos gente en casa.

Un adiós con la mano y el *Renault* arrancó. En el zaguán, el gran farol emanaba su luz de velatorio. Subió de prisa, esquivando los salones cuyos resplandores demostraban que había gente. Se deslizó por uno de los pasillos y entró en su cuarto. Encendió y miró en torno suyo. Había algo raro en el ambiente. Tuvo la certeza de que alguien había estado allí durante su ausencia. Doña Jerónima o Francisca. Fué al armario y lo abrió. Todo se hallaba en orden; sin embargo estaba segura de que habían ido a revolver en sus cosas. El armario, como la cómoda, como las puertas, no tenían llave. Siempre tuvo la sensación de vivir en medio de una plaza pública, abierta a todos los fisgoneos. Ni siquiera en vida de Mateo había podido encerrarse por dentro. El cuarto de baño era el único sitio en que podía aislarse. Allí se había refugiado en momentos de desesperación o de ansias de soledad.

—¡Qué estás haciendo! —le gritaba entonces, fatalmente, Mateo—. ¿Por qué tardas tanto?

"Mañana mandaré hacer llaves para todas las cerraduras", resolvió.

Por lo pronto tenía el problema de esconder las revistas. Pensó en deslizarlas debajo del colchón. Desechó la idea. La cama no estaba abierta y Mariana era minuciosa. Decidió apartar una mesa abarrotada de cachivaches, levantar la alfombra y colocarlas una al lado de la otra en aquel rincón. Luego volvió a ponerlo todo en su sitio.

Yendo hacia el espejo se contempló unos instantes. ¿Había cambiado en verdad tanto?

"Mis ojos son distintos —pensó—, son lo que nunca han sido: batalladores."

Antes de dirigirse al salón hizo el gesto instintivo de ir a apagar la luz. Odiaba las habitaciones a oscuras, pero doña Jerónima renegaba durante horas por cada bombilla encendida. Dejó caer el brazo sin pulsar el botón. De ahora en adelante en su cuarto lucirían siempre los *apliques* de cristal.

El reloj francés del salón de los tapices daba las once cuando volvió. Sus notas temblaban en la oscuridad, acentuando el aire fantasmal de las estancias. Por las rendijas de los cortinajes subía desde el Borne un tenue resplandor, agigantando las sombras de los muebles. Al acercarse vió con gusto el hilo de luz debajo de su puerta. La empujó, y al cerrarla pensó que aquel día interminable había llegado a su fin. Estaba sola, y antes que nada se puso a realizar la idea que, mientras fingía escuchar el run-run de la charla, se le había ocurrido.

Delante de una de las puertas fué a colocar varias sillas. Ante la otra corrió la mesa de los cachivaches. Nadie podría ya entrar sin causar un terremoto. No que hubiera peligro. Doña Jerónima durante toda la velada no se había dignado ni mirarla, y las criadas hallábanse replegadas al piso de la servidumbre.

Sacó las revistas de su escondite y las llevó consigo al baño. Las colocó sobre el tocador y procedió a su atavío nocturno. Luego volvió a cogerlas y fué a meterse en la cama. Recostándose en las almohadas, aguzó la memoria.

¿Cómo era aquello que había dicho Xim? "La imaginación puede compararse con el sueño de Adán, que despertó y lo halló convertido en realidad."

—Despertaré y lo encontraré convertido en realidad —murmuró como un conjuro.

No tenía un bulto en el pecho. Nunca había visto a aquel médico. Y si lo había visto ero sólo para oírle afirmar que no tenía absolutamente nada. Sí, un poco de anemia: baños de mar y de sol, tranquilidad y distracciones. Lentamente abrió la revista. Y sobre sus rodillas, de nuevo, la cara de Biel. Recorrió con los dedos sus facciones, como si hubiera sido ciega y necesitara conocer sus líneas por el tacto. Años y años hacía que sólo le había visto en imaginación. Y este era el hombre que en verdad llegaba dentro de unos días.

Largo rato permaneció mirándole, absorta. Luego apagó la luz de su cabecera y, con los ojos abiertos en la oscuridad, siguió inmóvil, pensando. Hasta que sus ideas se hicieron incoherentes y quedó dormida.

Y fué entonces cuando las estampas del pasado fueron tomando forma viva en torno suyo. Cual si una mano invisible y poderosa diera marcha atrás al reloj del tiempo y todo volviera a empezar.

SEGUNDA PARTE

III

Eugenio arrancó la hoja del calendario. Era el primer gesto que, metódicamente, realizaba todas las mañanas. Lo hacía a las nueve en punto y de un modo automático. Como también casi automáticamente daba todas las noches la cuerda, a las diez en punto, a sus cuatro relojes. Un instante permaneció con la hoja delgada entre el pulgar y el índice, cual si hubiera cogido un insecto. Enero 12. ¿De modo que hoy era 13? El 13 de enero de 1915. Un día como otro cualquiera. Con sus horas dedicadas a actividades (bueno, relativamente) y otras a asueto y reposo. Sonrió. Una vida fácil, agradable y a la vez llena de íntima palpitación. Dentro de un rato Llorença le entraría el chocolate acompañado de mantecosas ensaimadas, de rebanadas de pan untadas de aceite y su vaso de agua fresca en que desleiría el azucarillo. Le pareció oír el suave tintineo de la cuchara al rozar con el cristal, y vió su mano blanca, gruesa, salpicada de pecas y algún que otro vello, en su ademán rotativo y pausado. Con la bandeja sobre la camilla colocaría la vieja criada "La Almudaina", y él, meticuloso, comenzaría por leer la fecha. Y volvería a pensar que comenzaba un día corriente. Hizo, como siempre, una bolita con la hoja entre sus dedos y la tiró en el cesto de los papeles. Y fué en aquel preciso instante en que se le ocurrió algo curioso, algo en lo que hasta entonces no se había detenido a pensar. Lo que acababa de echar en el cesto, cuyo contenido iría a engrosar el montón de basura que Felip dentro de un rato tiraría al agua, era en realidad un pequeño trozo de su vida. Unas horas marcadas que nunca podrían volver. Se acercó al calendario y miró la hoja recién estrenada con nueva atención. Le pareció de pronto llena de significado. Como con nombre propio y dos apellidos. Con propia y fatal personalidad. 13 de enero de 1915. Era raro pensar que en todo el infinito curso de las edades no podía existir otro día idéntico. Veinticuatro horas contadas le pertenecían. Y pasara en ellas lo que pasara llevarían su sello. Pensativo, se quitó los lentes y con una pequeña gamuza que llevaba para este uso en un bolsillo del chaleco limpió sus cristales. Era muy miope y la menor mota de polvo, que a su espíritu de orden y pulcritud molestaba, se le hacía insufrible ante la retina. Empezaba un día como otro cualquiera; al menos para él y para los de aquella casa y, quizá, hasta para los de aquella barriada, que era, en su catedralicio silencio, como una ciudad petrificada dentro de la ciudad viva, bulliciosa y moderna: una ciudad fantasma que hubiera estado siglos sumergida en el mar y que el mar hubiera devuelto, de pronto, intocada y hermética. En su recinto sólo podían suceder cosas comedidas, tamizadas por un rígido decoro. Aparte, claro, de los sucesos lógicos del vivir... En un atisbo de clarividencia tuvo repentinamente la sospecha de que estaba pensando lugares comunes y de que toda su existencia era sólo una amalgama de lugares comunes, a pesar de su facultad de ensoñación y sus devaneos imaginativos. Pero como oyó el arrastrar de unos pasos que precedían la aparición de la anciana sirviente, dejose de filosofar para mirar con una ilusioncilla golosa hacia la puerta. La bandeja que Llorença le traía entre las rudas manos ofrecía realmente un aspecto apetitoso. Eugenio cruzó con la criada las frases que llevaban años intercambiando en idéntica ocasión y se sentó a desayunar. El olor de las ensaimadas se mezclaba al aroma del chocolate y al de tinta fresca que exhalaba el periódico.

Cuando, en el intervalo de unos minutos, sus cuatro relojes dieron las diez, volvió a doblar el diario y, dirigiéndose a su alcoba, llenó de agua un vaso del tocador y echándole unas gotas de elixir de menta hizo unos buches. Se pasó el peine por los escasos cabellos amarillentos y comprobó que todo en su persona respiraba corrección. Luego lanzó un vistazo circular en torno suyo y, llamando a Llorença, le hizo las mismas recomendaciones que desde niño había oído hacer a su madre. La vieja le escuchaba con la impasibilidad de quien lleva lustros oyendo una cantinela y esperó a que cerrara la puerta del piso para hacer, como era su costumbre, lo contrario de lo encomendado.

Eugenio bajó la estrecha escalera que conducía al zaguán y, cruzando su amplitud, tomó por la principal. Por acostumbrado que estuviera al empaque del palacio Tremp, siempre que subía por aquella escalinata —y lo hacía varias veces al día— sentía un orgullo ante su pétrea grandeza y detenía la vista, complacido, en las estatuas romanas que adornaban sus recodos. Amaba el palacio Tremp casi más que su propio dueño. Había nacido en él, como su padre y su abuelo, en ese mismo entresuelo —*estudi*— del ala izquierda que heredó con el cargo de administrador, y se sentía vinculado en cuerpo y alma con aquella casa y con todos los de aquella casa. "El administrador es como el ángel de la guarda —solía decir su padre—. Alguien que está siempre presente aunque no se le vea. Y que vela, y que ampara, y que defiende en la sombra." A Eugenio le gustaba la definición, por más que reconociese que poco tenían de combativas, ni siquiera de defensivas, sus tareas, limitadas a una contabilidad que a nadie interesaba, a un papeleo sobre hipotecas y arriendos que apenas si él mismo entendía y a ínfimos recados y servicios que prestaba a los señores con silenciosa abnegación.

Pulsó el timbre y aguardó un rato antes de que uno de los *llibreas* se dignara abrirle. El enorme recibidor, con su hilera de sillones fraileros y de cuadros negruzcos hasta el techo, se hallaba sumido en la habitual penumbra, lo mismo que los salones, que, a pesar de los altos balcones, resultaban sombríos, debido a la estrechez de la calleja y al tamiz de los cortinajes. Cruzó bajo techos pintados y lustros de cristal a través de una sucesión de estancias revestidas de damasco —rojo, blanco, amarillo, verde— y alhajadas de muebles valiosos y pensó, una vez más, que veinte generaciones rebeldes y dominadas a un tiempo, hirvientes de sangre y comedidas de modales, habían conferido a aquella mansión un estilo de vida y que todo en torno suyo tenía el encanto de las cosas pasadas y el atractivo de una noble manera de existir.

Al entrar en el comedor se detuvo y echó un vistazo a su inmensidad, cortada por gigantescos aparadores, recargados de plata y porcelanas de China. Su vista rozó la abrumadora chimenea de piedra de Santany en que, algo empañado por el humo, lucía el escudo, en colores, de los Torrent, con sus tres torres almenadas, fieras y erectas. Vió que sólo se hallaban allí desayunando Berta y los niños. Al verle aparecer saltaron éstos de su asiento y, lanzando sus gritos de guerra, se abalanzaron sobre él. Eran dos chiquillos espigados e inquietos, de ojos vivos y encrespada pelambrera. Fué inútil que la señorita intentara llamarles al orden. Hasta que no cogieron los caramelos que les traía en los bolsillos, el de la derecha destinado a Biel y el de la izquierda a Xim, no se dignaron obedecerle.

—Cada día están peor educados —dijo la joven con su voz armoniosa.

Biel, que se aprestaba a engullir un gran trozo de *mantegada*, repuso que llevaba un año diciendo lo mismo. Xim, que, como de costumbre, era el eco de su hermano, corroboró:

—Sí, Berta, siempre dices las mismas cosas.

Berta se encogió de hombros, mirando a Eugenio.

—Como que aquí todo es eternamente igual.

Para no desmentirla, se apresuró él a ocupar el sitio a su lado. La mesa parecía servida para un banquete. Treinta sitiales se alineaban en su derredor, recuerdo de tiempos en que una numerosa familia se reunía en torno a su rico mantel, con su sabrosa carga de *enseimades*, *esses* y *coxins*, *concos* de las monjas de San Jeroni de Inca y *pasta real* de las Jerónimas de Palma, llamadas a acompañar el chocolate.

Berta le sonrió distraída.

—¿Le pasa algo? —preguntó Eugenio, solícito.

La vió hacer un gesto negativo, pero se dió cuenta de que su taza estaba intacta y que desmenuzaba con dedos lacios un bizcocho. Sintió una inquietud. La idea de que la hubieran disgustado despertaba en él un ansia protectora. Recordaba la mañana en que, un año atrás, cruzando a su piso, en un desafío de las conveniencias, fué a pedirle su ayuda.

—Don Eugenio —le dijo—, estoy desesperada. —No creía merecer lo que le sucedía. La casa entera la había recibido con sorda hostilidad, cual si de antemano hubieran estado prevenidos contra "la forastera". En silenciosa reprobación hacían causa común con Joanina, la doméstica que hasta su llegada actuaba de niñera, y el mudo boicot en torno suyo, estrechándose de día en día, le impedía poder cumplir con su cometido. No ignoraba que en la cocina la tachaban de ser "más señora que la señora", cuando simplemente aspiraba a que todo funcionara con orden y concierto. Llevaba tres meses estrellándose contra aquella resistencia sonriente y cortés. Y por su parte, los chiquillos, como azuzados por una fuerza diabólica, burlaban todas sus disposiciones, escabulléndose a través del laberinto del palacio con rumbo desconocido.

—Me siento como ahogada por una red invisible. Por algo contra lo que no puedo luchar.

Y a él le pareció más hermosa que nunca, con su expresión desalentada y su severo traje, que, a no ser por el cuello blanco, hubiera parecido un hábito.

—¿Por qué no se ha quejado a la señora? —le preguntó.

—Porque detesto quejarme, y más a una enferma. Tengo que resolverlo por mis propias fuerzas. Si no soy capaz de hacerlo, dejaré esta casa y volveré a Madrid. Pero crea que lo sentiré. Le había tomado cariño. —Le miraba clavando en él sus ojos oscuros y cálidos—. Écheme una mano, don Eugenio. Usted tiene un gran ascendiente entre estas gentes. Si usted me ayuda tal vez consiga salir adelante.

—Cuente usted incondicionalmente conmigo, Berta —le prometió con fervor.

Y al instante puso manos a la obra. De uno en uno tuvo que ir llamando desde Felip, el viejo cocinero, que llevaba cuarenta años en la casa, habiendo sucedido en sus funciones a su padre, hasta la última moza traída de los predios, para inculcar en su espíritu plácido y terco la convicción de que era voluntad de los señores ayudaran a la señorita Berta en su cometido de educar a los niños.

—Los hijos, don Eugenio —opinó Felip, con su filosofía de labriego—, es prudente los eduquen sus mismos padres, no una forastera que nadie sabe de dónde ha salido ni lo que que para ella es bueno o malo.

¡La eterna prevención contra todo lo de fuera! ¡La innata autodefensa isleña! Lo honesto, lo permanente, lo "que Dios manda", era siempre lo archiconocido, lo tradicional. Las gentes y las cosas que llegaban en los vapores o en los veleros infundían recelo desde los tiempos ancestrales de corsarios y berberiscos.

Fué, en verdad, gracias a que Eugenio tenía un prestigio firme —y heredado también— en la casa Tremp y que la frase "es voluntad de los señores" era lapidaria, que el ambiente en torno a Berta fué haciéndose menos denso, permitiéndole acreditar su propia pericia y eficiencia.

Dejando de pensar en el pasado, Eugenio la miraba afectuoso.

—¿Por qué no come, Berta? —indagó.

—Porque no quiere, tonto —gritó Biel desde la otra punta de la mesa—. ¿Qué te importa a tí lo que hace?

Xim también le observaba desde su sitial de enfrente, con sus ojos oscuros y pensativos, tan parecidos a los de su madre.

—Sí. ¿A tí qué te importa si Berta come o no? No eres su padre.

A Eugenio le pareció ver una sonrisa irónica en los labios de la joven y se sintió molesto. Los niños eran realmente revoltosos. En especial ese condenado Biel, al que nada escapaba.

Pero Berta se llevó la taza a los labios y fué bebiendo su chocolate, sorbo a sorbo. Y él observó con renovado deleite la belleza de sus manos. Eran blancas, de dedos torneados, como los de las damas pintadas por Mesquida. Se la imaginó con uno de aquellos indumentos de pasados tiempos y cubierta de joyas. Resultaría espléndida y más hermosa que ninguna. ¿No tenía aires de reina tal y como estaba, con su trajecillo gris y su cuello impecable?

"No hay otra como ella —pensó por milésima vez—. Y con eso tan digna, tan honesta." Ya sabía que tanto dentro como fuera de la casa la criticaban acerbamente. Por envidia tan solo. Porque las otras no poseían su figura, ni su porte, ni su sonrisa. Era natural que en una tierra de mujeres bonitas, pero tímidas, recatadas, la hermosura picante de la madrileña causara sensación.

Todo aquello cruzaba por su cerebro mientras contestaba a las preguntas de los niños, observando de reojo el perfil de su vecina.

De repente, los jóvenes Torrent lanzaron otro aullido y gritando "¡padre!" volvieron a saltar de sus asientos. Don Gabriel entraba en el comedor. Eugenio y Berta se levantaron, dándole los buenos días. El recién llegado acarició las crespas cabelleras de sus hijos y tomó asiento en una cabecera. Era un hombre de unos treinta y cinco años, singularmente apuesto, cuya altiva arrogancia realzaba el traje de montar. Sobre el rostro audaz, de pronunciadas facciones, se le encrespaba una cobriza cabellera, idéntica, según decían, a la que Gabriel Torrent, quinto conde de Tremp, lucía, pintado por Velázquez, en su famoso retrato del Museo del Prado.

Biel se acercó a su padre a preguntarle si quería llevarle a *Son Paternó*. Ansiaba ver los terneros recién nacidos y el sen Pàu le había prometido regalarle la escopeta de José para cazar tordos en los riscos.

—Cuando cumplas siete años —fué la breve respuesta.

—Soy más fuerte que todos los de mi edad —protestó el chico—. ¡Si vieras como dejé ayer a *Mateuet!*

Gabriel le miró con el ceño fruncido. Le había prohibido que se pegara con su primo, un pobre niño que no era como los demás.

—Es peor. Es un cobarde. Un asqueroso.

—Un traidor —aprobó Xim, mascando un pedazo de *conco.*

Un criado vino a anunciar que don Demetrio ya se hallaba en el cuarto de estudio y Berta se levantó para llevarlos a clase, de mal o buen grado.

—Vuelva luego —dispuso Gabriel—. Tiene que hacer unas compras para la señora.

Berta inclinó en silencio la cabeza y, tras unos dimes y diretes, consiguió llevarse a los niños.

Gabriel y Eugenio procedieron entonces a tratar de los asuntos del día. El señor le rogó que fuera a la llegada del barco a hacerse cargo de un envío de libros que venía desde Barcelona para doña Margarita.

—No dejes de hacerlo tú mismo —le recomendó—, son novelas francesas. Ya sabes que cuando se le acaban se aburre, la pobre.

—¿Cómo ha pasado la noche, Gabriel?

Aunque delante de la gente, impulsado por su innato respeto de clase, Eugenio le llamaba don Gabriel y acentuaba el tono subalterno, cuando estaban solos reinaba entre ellos casi la misma confianza y llaneza de sus años juveniles.

Gabriel hizo un gesto de incertidumbre. La había oído dar muchas vueltas en la cama, pero al ir a ver si necesitaba algo la encontró dormida. Miró el reloj sobre la chimenea.

—Vete. No esperes a que yo termine de desayunar.

Apenas se había alejado Eugenio por la puerta de la galería, entró Berta por la de los salones. Con un movimiento de cejas, Gabriel le indicó que se sentara.

—Esta tarde a las cuatro —murmuró, mirándola.

Berta bajó la vista.

—No sé si será posible.

—Tiene que serlo.

Levantó ella los ojos y los clavó en él. Y en su cara impasible, sólo aquella oscura mirada tricionaba un sentimiento violento.

—¿Lo mandas? —preguntó, moviendo apenas los labios.

—Sí, Berta —la voz de Gabriel se hizo un susurro—. Son tres días.

Durante un instante se miraron, absortos en su deseo. Y ella sintió lo mismo que si la hubiera cogido en sus brazos. El mismo temblor. El mismo loco galopar de su sangre. Pero, aunque entregada a su sensación, ese sentido de autodefensa que nunca dormía del todo en ella, le hizo percibir unas pisadas. Un sirviente entraba con unas cartas.

—Descuide, señor, esta misma tarde lo tendrá la señora. —No cometió la falta de levantar la voz. Nunca cometía una falta de ese tipo. Se puso en pié y preguntó si necesitaba algo más.

—Nada.

Otra nueva inclinación, y dirigiéndose a la galería apartó los blasonados cortinajes. Gabriel la siguió con la vista. Sobre el fondo de terciopelo carmesí sus manos, durante un segundo, le parecieron extrañamente desnudas.

Todo en la estancia tenía un aroma fragante. Margarita adoraba las esencias y ahuyentaba con ellas el posible olor a medicina. Recostada en su *chaise-longue* de raso celeste, en medio de aquel marco de un suntuoso refinamiento, parecía ella misma una bella y estilizada estampa de ese "Pastels" de Paul Bourguet que descansaba en su regazo. Tenía en aquel momento los ojos cerrados y una sombra de sufrimiento afinaba sus facciones, cuya delicadeza nimbaba el cabello rubio, suelto sobre los encajes. En la consola imperio, el reloj de bronce tintineaba las doce.

Se hallaba tan sumida en sus pensamientos que la voz de su doncella la sobresaltó.

—Es doña Jerónima, señora. Que si la recibe vuesa merced.

Estuvo tentada de contestar que no. No se sentía con fuerzas para aguantarla. Pero como era incapaz de hacer un desaire a nadie, dispuso que pasara.

—¿Qué tal, *Margalida?* —Sintió el roce de los labios secos en su frente y abrió los ojos.— Parece que no tienes buena cara.

Jerónima Torrent, para quien no la conociese, hubiera podido tener lo mismo treinta años que cincuenta. Aunque de facciones regulares y alta de cuerpo, era toda ella tan seca, soberbia y renegrida que le bastaba con aparecer para crear un ambiente inhóspito. Con su mantilla prendida sobre el pelo tirante y sus oscuros ropajes, simbolizaba a cuantas hacen odiosa "la virtud". Fué a acercar, ahora, una de las butacas francesas, y el mueble, antiguo y frágil, exhaló un lamento bajo su peso. Antes de seguir hablando miró con fijeza a Margarita, con ojos semejantes a carbones.

—¿Dices que estás mejor? Me alegro —su acento, aunque forzadamente suave, poseía el don de endurecer hasta el dulce idioma mallorquín—, porque he venido a decirte algo que desde hace tiempo tengo sobre la conciencia.

Margarita sintió un desfallecimiento interno. La conciencia de Jerónima era algo peor que las diez plagas de Egipto. Supuso que se trataría de los niños. *Mateuet*, el hijo único de Jerónima, un pobre chico que casi era un anormal, se empeñaba en venir a jugar con sus primos, y éstos le vapuleaban de lo lindo. Más de una vez había suplicado a su madre que no se le mandara. Ya sabía lo que eran las criaturas, y, en especial, los suyos: dos malcriados. Pero fué distinta la frase que brotó de los labios de la otra señora de Torrent.

—Se trata de tu institutriz.

"¡Ah!", pensó Margarita, resignada.

Jerónima prosiguió:

—Tú sabes lo que todos te queremos. Tú sabes que cuando nos llegaste de París después de la muerte de tu pobre padre, que en paz descanse, y a todos les pareciste muy especial, yo siempre te defendí.

Margarita se dijo que si empezaba a hacer historia, estaba perdida. Pero, a pesar de su decaimiento, su imaginación voló hacia atrás, hacia aquellos tiempos felices en que la Familia, de acuerdo como siempre cuando se trataba de censurar a alguien, la declaró muy "especial". ¿Por qué? Porque, criada en el extranjero por un padre que la adoraba, había vuelto a su ciudad de origen con costumbres propias, y en su juvenil inexperiencia extremó algo la nota: conducía un faetón importado, llevaba sombreros de plumas más grandes que las demás, cantaba romanzas en francés y se instaló en el desván del palacio paterno un estudio para pintar esos abanicos, llenos de pájaros y flores, que en el colegio habían sido el pasmo de sus condiscípulas. Sonrió para sus adentros. El escándalo de presentarse como una "forastera" cuando se había nacido una Algaida. Convocaron a consejo de familia como si tocaran a rebato. Y de allí salió la idea de casarla a toda prisa con uno de sus primos, en estricta tradición familiar. Y el primero al que le presentaron fué a Gabriel. Gabriel, con su fama de "juerguista", su estupenda planta y sus ojos dorados de gañán mallorquín. La sonrisa interna le brotó a los labios. Fué como el choque de dos fuerzas cósmicas. Se vió en aquella velada del *onclo* Pere, con un traje de paño rosa orlado de pasamanería y los rizos sujetos por un lazo celeste. Los habían dejado aislados en el gabinete isabelino, mientras los demás, disertando naderías, los vigilaban desde el salón.

—Nos quieren casar— le murmuró Gabriel.

Ella, coqueta, no bajó la vista.

—¿Y a ti qué te parece?

—Que si no nos casan en un mes, te rapto.

Se miraban de cerca, profundamente. Margarita enrojeció y le tendió una mano. Y, por primera vez, sintió la dulzura caliente de sus labios.

Fué maravilloso. No oía ya las impertinencias disfrazadas de afecto que seguía desgranándole su visitante, porque se hallaba inundada de una intensa ternura hacia sus propios recuerdos. Sólo cuando Jerónima lanzó, al fin, su flecha, despertó de su abstracción.

—Tienes que pensar que tú estás clavada aquí, ajena a cuanto pasa en tu propia casa, imposibilitada en todos sentidos —el tono se hacía insidioso—. Inútil como mujer. Y que tener en cuenta que él fué siempre un hombre muy mujeriego, muy calavera.

La miró con estupor. ¿Qué estaba diciendo?

—Eres demasiado confiada. Ya sé que a lo mejor ni se te ha pasado por la cabeza. Pero la gente no lo ve así. Se peca también por negligencia. Por comodidad. Por egoísmo.

Margarita se incorporó.

—No digas atrocidades.

Jerónima se echó hacia adelante, haciendo crujir con angustia el sillón.

—A mí no me ocultes la verdad. ¿Estás ciega o lo finges? Me consta que tú has tenido noticias del caso. Me consta.

—¿Quieres decir que alguno de los anónimos es tuyo?

—¿Anónimos?

—No te hagas de nuevas —la voz de Margarita tembló—. Si sabes quién se ha tomado la molestia de acribillarme a papeluchos, puedes decirle o decirles que sólo he leído el primero. No me gusta mancharme las manos ni el espíritu. Y puedes añadir que yo tengo en Gabriel una fe ciega y que nos queremos como el primer día. Más aún —dos manchones se estamparon en sus pómulos de enferma—, porque sólo yo sé todo lo bueno y cariñoso que es conmigo.

Jerónima la miraba apretando los labios. "A mí no me engañas", expresaba su actitud.

Margarita se acaloró:

—Pero, Señor, ¿es que creéis que por el hecho de que tengamos a nuestro servicio una muchacha más o menos agraciada, que además es decente, va a cometer la infamia de seducirla... en mi misma casa..., con mis hijos... ¿Pero por quién le tomáis?

Jerónima cruzó las manos sobre su misal.

—Por un hombre, hija, por un hombre.

El nervosismo de Margarita se acrecentaba.

—No comprendo, aparte de todo, de dónde sacáis esa historia sin tener un fundamento —se incorporó sobre un codo—, porque ¿qué habéis visto? ¿Qué sabéis?

Jerónima no necesitó reflexionar. De sobra lo tenían comentado. ¿No se había dado cuenta de que Gabriel apenas si iba al Club o al Círculo, se pasaba en casa las horas muertas y si pisaba la calle era sólo para sacar a los niños en compañía de la famosa institutriz? ¡Si ya no se podía ver al uno sin el otro!

—Naturalmente —la cara de Margarita volvió a cubrirse de azulosa palidez: Berta los acompañaba porque ésa era su obligación, su cometido. ¿Y qué tenía de particular que ahora, que ella se encontraba enferma, Gabriel se ocupara más que antes de sus hijos? Sólo demostraba que era un buen padre, como era un buen marido.

Jerónima emitió una risita.

—No seas boba. Lo que no es natural no es natural. ¿Gabriel un padre modelo? ¡Pues sí! ¡Con la vida que llevó en Madrid cuando hizo el servicio en Húsares!...

Margarita no dominó ya su indignación. Eso era historia vieja. Que un soltero con dinero y buen ver se divirtiera en la capital, nada tenía de extraño. Lo malo hubiera sido lo contrario. Gabriel no era uno de esos hipócritas, santurrones, que abundaban en la Familia. Era un hombre de pies a cabeza que se había divertido cuando era lógico que lo hiciera, pero que también sabía tomar las cosas en serio cuando le llegaba el momento.

—Es inútil que intentéis inquietarme. Porque, pase lo que pase, nunca dudaré de él y despreciaré las fantasías que inventáis a fuerza de no tener nada que hacer ni en qué pensar.

Jerónima fingió arreglarse los pliegues de la mantilla

y apretó con sus guantes grises de algodón el abultado devocionario.

—Bueno, hija, más vale así. Dios te conserve tu santa confianza. Yo he cumplido con mi deber y me voy tranquila. ¡Allá tú!

Se levantó solemne y rozó su frente con la aspereza de un beso.

Cuando marchó, Margarita cerró los ojos. Sentía un enorme cansancio. Desde que esa muchacha madrileña llegó a su casa, y parecía que el neurasténico Vicente, que la conoció en la travesía, andaba enamoriscado de ella, la Familia no había dejado de hacerla blanco de sus maledicencias. Todo en su persona fué objeto de la crítica más despiadada: su belleza morena, tachada de provocativa; su sobria elegancia, impropia de una "asalariada"; su seguridad, juzgada de desparpajo; en fin, cuanto Berta Albañil hiciera o dejara de hacer, había sido analizado y desfigurado por todas aquellas pupilas que, pegadas a los visillos, la habían visto entrar y salir del palacio Tremp.

En realidad, Margarita, ya a los pocos días de su llegada, se dió cuenta del efecto fulminante que la madrileña causó entre los hombres de su parentela. Cierto era que tenían la costumbre de visitarla con frecuencia, atraídos junto a su diván de mujer enfermiza, más que por una cortesía familiar, por su gracia y comprensión. Desde el tío Cayetano hasta el torpe y avieso *Mateuet*, que gustaba de acariciar con sus monstruosas manos el perfumado lujo de su *chaise-longue*, todos la consideraban algo aparte de las demás. Una criatura de novela o de poesía, trasplantada de otras tierras más complejas, más inquietas, a aquel austero y cerrado recinto medieval. Pero la aparición entre aquellos muros de Berta Albañil, tan real, tan viva, tan existente, trocó la solicitud un tanto romántica de los caballeros de la Casa de Torrent en algo también más vivo y real. Tío Cayetano apareció con su hermosa barba recién teñida de negro y oliendo a la legua a ronquina, y el consabido Vicente, apoyado el codo en aquella chimenea, pareció convertirse en rival de las cariátides que embellecían el salón de baile del Círculo. La parentela masculina, en general, demostró de la noche a la mañana un apasionado interés "por distraer a *Margalida*". Era comprensible: casados, un tanto como los miembros de una casa real, por razón de casta, con jóvenes que conocían desde la cuna, y que, dado el continuado cruzarse entre las mismas nobles familias, eran más o menos primas suyas; aburridos en el clima opresor de sus solemnes casonas, sólo contaban con el entretenimiento de sus horas de Club o de Círculo, o con la muy secreta diversión de alguna aventurilla en los barrios malfamados. Resultaba lógico que la aparición de una forastera hermosa, llamativa y, por su condición subalterna, posiblemente accesible, causara un terremoto en los barrios inmóviles del viejo Palma. Margarita procuró concentrar sus ideas. Se empeñaba en ser justa. No era ciega, ni quería serlo, como le echó en cara Jerónima. Sabía que hoy calumniaban a Berta como en su tiempo la habían criticado a ella, no por mala fe, sino porque lo más natural y sencillo que se saliera de su rutina les parecía modernista y pecaminoso. Con la diferencia de que ella era quien era y que eso siempre impuso respeto.

Oyó un ruido en la puerta, que se abrió de un empujón, y Biel y Xim entraron atropellándose.

—¡Hola, mamá!...

Detrás de ellos, la esbelta silueta de su institutriz.

—¡Hola, hijos! —los rodeó con los brazos, besándolos.

¡Sus hijos!

—¿Estás mejor? —la mano gordezuela de Xim acarició su mejilla.

Hablaban en castellano, como había ordenado lo hicieran en presencia de la señorita. Biel se encaramó en el respaldo del diván, preguntándole si era cierto que había venido "la bruja".

—¡Biel! —le reconvino Berta, pero sus ojos se encontraron con los de Margarita, y había en ellos una sonrisa.

Tampoco a la institutriz le era simpática doña Jerónima. (En realidad, Berta la odiaba con todas las fibras de su alma, pero se guardaba de demostrarlo.)

—¿Va a venir *Mateuet?* —indagó Xim arrellanándose con deleite entre la seda rosa que cubría las piernas de su madre.

—¡Ojalá —pronunció su hermano desde su alto asiento—. Hoy tengo ganas de pegar a alguien.

Margarita pensó que era una suerte ser niño y poder desahogarse en esa forma.

—Os tengo prohibido... —comenzó. Sabía que era inútil proseguir. Biel, de todos modos, sólo haría cuanto le viniera en gana.

Volvió la cabeza y le miró. Y una dulzura suavizó su mirada. Aunque indómito y caprichoso, era su predilecto. Pero recordó algo que Joana le había contado y, cogiéndole del brazo, le obligó a resbalar de su asiento. ¿Era verdad que anoche se escaparon de la cama y, subiendo al *porcho,* fueron a trepar por los aleros?

Biel la miró pensativo, midiendo el alcance de su contestación. Tenía una cara triangular, de frente despejada, como la de su padre, y la misma cabellera cobriza y encrespada.

—Hacía calor en el cuarto —se limitó a decir.

Margarita le miraba en los ojos. También eran idénticos a los de Gabriel: amarillos, como los de esos gatos que intentaba cazar, sagaces y profundos a la vez. ¿Calor en enero? ¡Qué mentira! Era un niño embustero y malo. La cara de Biel se acercó a la de su madre.

—Malo, sí —dijo con rabia—, pero embustero, ¡no! Embustero y falso y asqueroso es *Mateuet.*

Margarita, con gesto cansado, repuso que no se trataba de su primo. Berta, que había permanecido al margen de la escena, aunque sin apartar la vista de la señora de Torrent, le preguntó si ya podía llevarse a los niños.

Margarita alzó la mirada hacia ella. La vió como siempre, impecable, discreta, pero, a la vez, terriblemente atractiva y llena de vida. Pesadamente se dejó caer en sus almohadas.

—Sí, lléveselos.

Unos besos, unos apretujones y habían desaparecido. Le pareció, de súbito, que se hallaba sola en su diván en medio de un gran vacío. Como flotando en el mar. Joana entró a anunciarle a la señora marquesa de Colonya.

Margarita se pasó los dedos por las pestañas. Estaban húmedas. Dió la orden de que pasara. María Colonya era su mejor amiga.

—¿Cómo estás, querida?

Ya el solo sonido de su voz la llenaba de calor. Sonrió al rostro inclinado sobre el suyo, una cara hermosa, llena de dulzura; la hizo sentarse en la butaca que Jerónima había ocupado y sin preámbulos se lo contó todo Con ella no necesitaba disimular.

—Sólo de ti me fío, María, de tu criterio. Dime lo que opinas.

María Colonya la miraba con gravedad. Sabía la magnitud que iba cobrando el escándalo. Un escándalo sin datos precisos, ni acción en qué apoyarse, pero que por su misma aparente inconsistencia estaba preñado de amenazas.

—¿Me pides un consejo? Pues te lo voy a dar como a una hermana: quítate de encima a esa mujer.

Margarita la miró.

—¡Tú también! —las dos palabras encerraban un gran reproche. "Tú también, que, como nadie, conoces lo que Gabriel y yo somos el uno para el otro, que sabes lo felices que hemos sido y que somos, ¿le crees capaz de hacerme a mí esa infamia?"

María contestó a lo que no había sido formulado.

—Yo sé que Gabriel te quiere y que es un hombre de bien y un caballero, pero mira... —en sus bellas facciones tembló una emoción—: Los hombres no son como nosotras, ¿sabes? Gabriel puede adorarte y, sin embargo... —percibió cómo los dedos fríos de la enferma se estremecieron entre los suyos. Margarita había bajado los ojos. Aquel "sin embargo" abría un abismo ante ella. El que precisamente María Colonya viniera a decirle que despidiera a Berta era peor que si todos los Torrent a una se lo hubieran gritado.

Permaneció un rato callada, con la cara contraída. No indagó los motivos que tenía para hablarle en tal forma. Prefería seguirlo ignorando.

—No puedo despedirla —dijo al cabo.

Le explicó la situación: aparte de que la joven, en el año que llevaba en su casa, se había portado admirablemente, y no tenía una sola queja en contra suya, estaba sola en el mundo, y don Rufino, al mandársela, muy recomendada, como sabía, le había hecho abandonar otra colocación.

—No tengo ni un solo pretexto para despedirla, y no puedo dejarla en la calle.

María sugirió se trasladasen antes de tiempo a *Son Paternó* y que declarara que allí no la necesitaba. Margarita hizo un gesto negativo. Nadie lo creería. En el campo precisaban los niños aún de mayor vigilancia, y, además, ¿qué diría Gabriel...?

—Yo creo que debes empezar por contar con Gabriel —dijo María gravemente—. No comprendo cómo no lo has hecho ya. Estoy segura de que te dará la solución.

La cara de Margarita se aclaró como si María hubiera vuelto a hacerle concebir confianza en el mundo entero.

—Naturalmente —murmuró—. Hoy mismo, sin falta.

Pero cuando la otra, poniéndose en pie, la abrazó al despedirse, se agarró a su cuello.

—Dime, María, ¿crees en verdad que no tengo más remedio?...

María la miró, leyendo en ella como en sí misma. Con ternura le acarició el pelo.

—No tienes más remedio, *Margalida* —dijo en su blando mallorquín.

Al oír los pasos de Gabriel en la antecámara, escondió el espejo de mano en que había estado analizándose. "Tengo que sanar —se decía— tengo que volver a ser guapa y atractiva." Pero cuando le vió aparecer entre los cortinajes, una angustia le oprimió el pecho. Estaba tan lleno de virilidad, de fuerza, de poderosa gallardía, que sintió miedo. Un miedo irrazonado y atroz.

Gabriel se dirigió hacia ella y se inclinó para besarla. Sus labos le rozaron la mejilla, pero, brusca, le cogió ella la cara entre las manos y le besó en la boca. Luego le miró profundamente. Y vió que sus pupilas se retrayeron estrechándose, cual si rehuyeran su mirada. Dejó caer los brazos.

—¿Qué tal el paseo? —preguntó por decir algo, por oír el sonido de su propia voz.

Gabriel se golpeó las botas con la fusta, y también contestó cualquier cosa: que llegó hasta Ca's Catalá y que se había encontrado a tío Pere y tía María Ignacia en el landó y le habían preguntado por ella.

—¿No te has mojado? —vagamente se había dado cuenta de un ruido de lluvia contra los cristales.

—Un poco. El chaparrón ya me cogió de vuelta —Gabriel la miraba con atención—. No tienes buena cara. Lees demasiado.

—No, espera, no te vayas; tengo que hablar contigo de algo importante.

Gabriel se volvió. ¿No podía aguardar hasta después? Empezaba a sentir la humedad y quería cambiarse. Pero Margarita, por una vez, se hizo fuerte.

—Acércate, Gabriel —y, atropellando las palabras:— Son sólo unos minutos. Hace falta que lo sepas. No es el mucho leer lo que me quita el sueño, sino el pensar. el preocuparme... Ven, siéntate aquí a mi lado —corrió las piernas, haciéndole sitio—. No puedo hablar si estás de pie.

—Estoy empapado —exageró él, apretando el puño de oro de la fusta.

Mas vió tal ruego en la cara alzada hacia la suya,

que obedeció, y, optando por sonreír, le preguntó si se trataba de una nueva fechoría de Biel.

—Gabriel —dijo ella en tono bajo—, ¿no estás enterado de lo que dicen de esta casa?

—¿Qué dicen?

Era mejor lanzarlo brutalmente.

—Que Berta Albañil es tu amante.

Sonrió él, burlón.

—¿Y hasta ahora no te has enterado?

Pero Margarita prosiguió: todo había empezado con un anónimo. Era tan soez, que le repugnó enseñárselo; había cosas que manchaban sólo por rozarlas; mas ya no podía seguir haciéndose la desentendida. Por dignidad, por decoro, tenían los dos el deber de afrontar la situación. Los anónimos llovían sobre ella. La Familia la traía loca a insinuaciones, a indirectas. Las veladas se habían convertido en un martirio.

—Oyeme bien, Gabriel —dijo juntando las manos—. Te juro que ni por un instante he creído ni una sola palabra de esta repugnante historia. Te lo juro por nuestros hijos. ¡Te conozco demasiado para creerte capaz de...! —su voz se quebró.

Gabriel la rodeó con los brazos.

—*Margalida,* ¡por amor de Dios!

Y como, al súbito calor de su voz y de su contacto, ella se echó a llorar, atrayéndola hacia sí la besó, cariñoso.

—¿De modo que es eso lo que te atormenta? ¡Algo tan estúpido, obra de cretinos y de malvados!

Margarita se acurrucó temblando contra su pecho, buscando refugio en su fuerza.

—Sí, Biel, lo sé. Pero he sufrido, he sufrido tanto... —Por pudor no le gritaba su amor, su desesperación. "Ya sé que me rehuyes porque te han dicho que tengas cuidado conmigo, pero ¿no te das cuenta de que me está matando el consumirme apartada de ti, de tus besos, de tus caricias? ¡Qué saben los médicos del alma y del cuerpo de una mujer, de una mujer locamente enamorada como yo lo estoy de ti!" En su lugar murmuró:

—Estás empapado —y desabrochándole la camisa, sus dedos buscaron en el pecho de Gabriel el sitio del corazón. Latía pausado, seguro. "¿No te das cuenta?", preguntaban sus dedos a aquella otra piel. "¿No te das cuenta?"

Gabriel la obligó a recostarse y le remetió la colcha. Tenía que procurar no coger frío. Hacía mucha humedad. Volvió a besarla en la frente y luego se puso a dar vueltas, con las manos en los bolsillos. Iba dando rienda suelta a su irritación. Al entrar le dijeron que había estado allí Jerónima. ¡Para qué más! Ella y sus satélites eran las que habían lanzado el cuento. Las que, no contentas con susurrarlo de oído en oído, se dedicaban a su divulgación en esos repugnantes papeluchos. ¿Creía, acaso, que él no había recibido anónimos? ¿Que no le venían con historias? Ayer mismo, en el Círculo, había contestado a una insinuación que él no era de los que se meten con las mozas de sus predios ni con sus criadas. Lo que le reventaba no era todo aquello, que en el fondo carecía de importancia, sino que se llevara disgustos.

—Desde hoy echas de aquí a quien te venga con esos chismes, y ya me encargo yo de que no llegue a tus manos ni una sola de esas cartas. Descuida, nadie se atreverá a molestarte.

La palidez de Margarita iba acentuándose. Volvía a sentir un sordo temor. Haciendo un gran esfuerzo le dijo que no se podía luchar contra la opinión de toda una ciudad. Había que hacer algo más categórico.

—Sabes que estimo a Berta... —se dió cuenta de que parecía darle explicaciones y, violenta, resumió:— Pero he llegado a la convicción de que es necesario alejarla de esta casa. Al menos, por un tiempo.

—¿Quieres decir echarla? —Gabriel se había parado en seco—. Buen pago a como se porta con los niños, a sus desvelos durante tu enfermedad. No te reconozco, Margarita.

—No sería echarla, sino buscarle otra colocación.

—¿Y no piensas que si la despides das la razón a toda esa gentucilla? La desacreditas para siempre, y de paso pregonas a los cuatro vientos que crees que yo, tu marido...

Margarita tuvo un gesto de rebeldía. ¿Por qué, ni por un instante, pensaba en ella, sino sólo, como siempre, en él, en su persona, en su comodidad, en su conveniencia? ¿No sabía mejor que nadie lo gravemente enferma que estaba? Sintió que las lágrimas se le agolpaban en los ojos. "Y lo desgraciada que me siento —estuvo a punto de decir—. Lo que sufro, Gabriel, lo que sufro..."

Un nervosismo crecía en ella.

—Ahora soy yo la que te dice que esa muchacha tiene que salir de aquí. Te repito que no creo nada de nada. Pero mientras siga este estado de cosas, sé que me amargarán la existencia y no tendré ni un minuto de tranquilidad, lo que acabará costándome la vida.

Gabriel la interrumpió con frenada impaciencia:

—Está bien, haz lo que quieras —se encogió de hombros—. Después de todo, comprenderás que a mí...

Margarita volvió a tenderle los brazos. Aunque se había salido con la suya, le molestaba aquella victoria. Sin saber por qué, sintió un renovado agobio.

—Yo no quiero portarme mal con Berta —dijo más para sí misma que para Gabriel—. Haré por ella cuanto pueda —una ocurrencia le iluminó la cara—. ¿Sabes lo que sería la mejor solución? Que saliera de aquí para casarse. ¿No te has dado cuenta de quién está enamorado de ella? ¡Eugenio!

Gabriel sacó las manos de los bolsillos.

—¿Eugenio? —repitió estupefacto. Pareció meditar—. ¿Y tú crees que una mujer como ésa haría caso a un hombre como Eugenio?

Margarita alzó la cabeza, aguzando los ojos. ¿Por qué "una mujer como ésa"? Con su mismo medio tono contestó que Berta era una muchacha de origen modesto y que Eugenio sería para ella un buen partido.

—Es una bellísima persona y tiene una posición asegurada —le miró con fijeza—. Yo me alegraría muchísimo que esto se hiciera, y hasta estoy dispuesta a animarle. Sería una suerte para las dos.

Gabriel hizo un gesto.

—Deja a Eugenio que resuelva él mismo sus propios asuntos y no te metas a casamentera. Ya encontraremos otro arreglo —y yendo a coger la fusta que tiró antes en una silla, volvió a golpearse las botas—. Ahora sí que voy a cambiarme —le hizo un gesto afectuoso y desapareció por la puerta de su alcoba.

IV

Eugenio paseaba por el muelle sin impacientarse. El barco, debido al temporal, traía tres horas de retraso, y tres horas llevaba allí aguardando. En honor a la verdad, no lo había pasado mal. El nunca lo pasaba del todo mal. Ni aun en los momentos que otros podían considerar adversos. Y esto de hoy resultaba casi agradable. Se había fumado los tres cigarrillos que le correspondían como ración diaria, entre un café exquisito y una *llimoneta* deliciosa, y, calmosamente, se había sentado a esperar. Como era dado a la buena lectura y se honraba habiendo estrechado en varias ocasiones la mano de Rusiñol, mientras miraba al mar, algo agitado aquel día, recordaba una de sus frases: "Aquí esperar es la religión del que no tiene prisa de vivir, ni teme a la muerte el día que llegue; es el estado de perfección de las almas contemplativas, es el Santo Embabiecamiento." Ingenioso y gráfico. Todos en aquella bendita Isla se hallaban más o menos *embabiecados*. Y, en el fondo, era encantador que así fuese. Nada más odioso que la prisa. El abrirse paso a empujones, el correr tras algo, el romperse el alma en querer conseguir, en ambicionar, era cosa de villanos, de advenedizos.

Una llovizna le obligó a levantarse el cuello del sobretodo y a buscar refugio en un barracón. Le gustaba ver llover. Era excelente para el campo. Tendría que ir mañana o pasado a *C'an Xura* para echar un vistazo a los labrantíos. También convendría que se diera una vuelta por *Son Paternó*. Aquellas gentes llevaban siglos sin pagar sus arriendos, y aunque a Gabriel poco le interesaba su cobro, el abuso iba haciéndose crónico. Qué gran señor era Gabriel. Espléndido, llano y noble. Hasta sus mismos defectos eran de caballero. Su orgullo, su derroche, su afición a las mujeres... Quizá sin saberlo, Eugenio le admiraba más que por sus cualidades por aquellos defectos, tan contrarios a su modo de ser.

La lluvia saltaba sobre las piedras del malecón, resbalando en chorreo por una pirámide de cajones. "Calcuta", leyó pintado en rojo en la madera. ¿Sería ése su destino? En la bahía, entre barcazas cargadas de tomates y cebollas, fondeaban unos mercantes de cascos negros y pabellón extranjero. Se detuvo a pensar en lo hermoso de poder partir en uno de ellos hacia una meta desconocida. Le hubiera encantado viajar. Solía llevarse de la biblioteca del palacio libros que hablaban de tierras lejanas, y en sus ratos de ensoñación daba luego vueltas al relato. Vivía entonces extraños sucesos, siendo amado por mujeres hermosísimas como aquel don Bartomeu, padre de doña Margarita, que, a fuer de correrla por el ancho mundo de Dios, había adquirido en la Isla rango de figura legendaria. Sonrió recordando anécdotas que oyó contar, en secreto, en el seno de los suyos. Un magnífico tipo fin de siglo aquel prócer mallorquín que vivió a través de la rutilante Europa de su época una vida de derroche y fantasía, sustituyendo el lema familiar de "Yo y mi Rey" por el de "Yo y mi yo", cual si hubiera sido el discípulo de un psicoanalista cualquiera. ¡Lástima no hubiera escrito sus memorias!

La lluvia iba convirtiéndose en ducha. Sintió un placer pensando en el brote de los maizales y de las arroceras. Con tal de que lloviera también en Pollensa...

Notó un movimiento entre las gentes que, como él, esperaban con santa calma, y oyó anunciar:

—Ya llega.

Eugenio se quitó los lentes y cuidadosamente los limpió con su gamuza. Al volver a mirar hacia el mar, se encontró con que el "El Lulio", un armatoste caduco, que se mecía, borracho, al menor oleaje, entraba en el puerto. Lo hacía pomposamente, en un despliegue de penachos de humo y largos aullidos de sirena. Un rato después empezó la descarga: cajones, fardos y pasajeros. Traían éstos en su mayoría caras verdosas y un vago aspecto de desaliño, indudable consecuencia de una mala travesía. En especial las mujeres tenían aire de fatiga. Las de primera extremaban el apoyarse en el brazo del marido o del hijo, y sus indumentos de viaje colgaban de sus cuerpos como banderas a media asta.

—Hemos pasado un temporal —oyó decir.

Y de pronto tuvo una extraña sensación: la de que todo aquello ya lo había vivido otra vez. De que otra vez había oído aquella misma frase. Lo recordó con aguda intensidad. Fué hacía un año, en aquel mismo lugar.

Se estaba fijando, como hoy, en las pasajeras que bajaban, preguntándose cuál de ellas sería la joven a la que había venido a esperar, y olía, también como hoy, a madera húmeda, a brea y a sal. Las cadenas de las grúas chirriaban en torno suyo. Baúles y bultos iban saliendo del barco. Y él ya pensaba que la persona anunciada debía haber perdido el vapor, cuando sus lentes fueron a fijarse en una última pasajera que cruzaba por la pasarela levantando algo más de lo necesario los vuelos de su abrigo gris, que descubrían unas estrechas botas de caña y dos dedos de medias negras. Un caballero la seguía, llevando un maletín. Saltó la joven sobre las piedras del dique sin cogerse, como habían hecho las demás, a la mano que le tendía un marinero, pero, torciendo la cabeza, le sonrió. Y fué aquella sonrisa la que, atravesando los lentes de Eugenio, se clavó en su emoción. Nunca, ni aun en sus sueños más calenturientos, había visto una cara como aquélla. Sin saber lo que hacía, porque, naturalmente, era imposible que la deliciosa criatura fuera la nueva habitante de la casa Tremp, se le acercó.

—¿La señorita de Albañil?

Le había añadido el "de" por cortesía.

—Soy yo.

Eugenio procuró no aturullarse. De cerca era aún "más sugestiva", pensó con frase de novela. La vió volverse hacia el señor del maletín, y, tomándole de sus manos, darle las gracias por su amabilidad. Había sido su salvador en las últimas horas agitadas.

—No tanto —se inclinó él. Luego se volvió a Eugenio—. Hola, Muro, ¿qué haces aquí?

Como la joven había acaparado toda su atención, hasta entonces no le reconoció.

—*Vicens*, ¿vienes de viaje?

El recién llegado, un joven moreno y ojeroso, de porte distinguido, repuso con cierta sequedad que había estado en Barcelona. A Eugenio no le era simpático. Aunque, por ser primo de Gabriel, le conocía desde la infancia y se seguían tuteando, le trataba siempre de arriba abajo, haciéndole sentir su inferioridad. Nunca como en aquel instante le molestó su gesto desdeñoso. Menos mal que la señorita de Albañil no parecía haberse dado cuenta de nada. Su mirada al posarse en él era amistosa, risueña. ¿Había venido a esperarla? ¡Cuánto se lo agradecía!

Los tres se dirigieron hacia la salida. Había dejado de llover, mas el dique seguía lleno de charcos. La joven los sorteaba con naturalidad. Sus altos tacones no impedían que caminara sobre las piedras cual si pisara el parquet de un salón.

La berlina de los Vicente Torrent aguardaba junto a la *galera* de Gabriel.

—Me congratulo de la feliz coincidencia —dijo Vicente—. Y de haber sido el primero en darle la bienvenida en nuestra familia.

Eugenio notó una rabia desconocida. ¿Para esto llevaba tres horas mojándose como un pollo? La muchacha se subió ágilmente al coche, y él tomó asiento frente a ella. Por primera vez la contempló a sus anchas. Más que guapa, le pareció atractiva, graciosa. El óvalo de su cara distaba de ser perfecto, pero unos ojos oscuros de forma almendrada, una nariz corta y una boca grande, de dientes blanquísimos, le conferían un encanto singular. Su figura, demasiado delgada para la moda del momento, poseía la misma flexibilidad de su fisonomía y una innata elegancia.

—¿Por qué llaman a este carruaje una "galera"? —preguntó.

Era un término mallorquín, le dijo él, para designar el coche tipo ómnibus destinado a los viajes al campo, y que por ser cómodo imperaba también en la ciudad.

—¿Y usted quién es?

El interés en sus ojos quitaba a la pregunta lo que hubiera podido tener de impertinente. Se alegró de la oportunidad de poder dejar sentado ante ella desde un principio su verdadera posición, y dió una exagerada importancia a su cometido. Era aquello totalmente contrario a su modestia, mas, por una vez, sentía necesidad de crecerse ante sí mismo, de crecerse en la estima de aquellas pupilas oscuras que le escuchaban atentamente. Tan atentamente que ni siquiera miraban hacia fuera, y tuvo que ser él quien le señalara la Catedral. Berta Albañil lanzó un vistazo por el cristal, limitándose a murmurar: "Magnífica."

—Aquel muchacho que venía conmigo en el barco, ¿también es amigo de usted? —preguntó.

Eugenio sintió un contento. En efecto, no se había dado cuenta de nada. Colocó su historieta de que se había criado con todos los Torrent de su edad y que, unos más y otros menos, eran todos amigos suyos.

—Claro que ya sabe que siempre existen lo que Goethe llama "las afinidades electivas".

Aquella cita, un tanto pedante, estaba asimismo llamada a impresionarla.

Berta sonrió apreciativa, y, mirándole a través de su velo, dijo que también ella creía firmemente en la reciprocidad de las simpatías. Luego averiguó qué parentesco unía a sus futuros señores con aquel otro Torrent que se había portado con ella tan admirablemente, cuando todo el mundo se hallaba mareado y aterrado entre lloros, gritos y rezos.

—¡Pobre señorita Berta! —dijo Eugenio, atreviéndose, en su compasión, a llamarla así.

—¡Oh, no! Fué muy interesante —ya no le miraba, sino que alzaba la vista hacia los almenados muros del palacio de la Torre—. A mí me gusta el peligro.

La *galera* entró por la Portella. Antes de que, doblando hacia Serra, penetrara en el zaguán del palacio Tremp, Eugenio dió la orden de parar.

—¿No quiere bajarse y verlo desde fuera?

Como Berta asintió con la cabeza, se apeó y, galantemente, le tendió la mano. Apoyó ella unos dedos en su brazo y bajó.

—Es todo esto —le explicó él con un amplio gesto que abarcaba desde la mole sombría, con su jardín interior, cuyas palmeras parecían brotar de los mismos paredones, hasta el palacio de enfrente, comunicado, por encima de la calle, por un puente cubierto. Luego añadió:— Por la fachada de Poniente da al mar. Esas murallas son nuestras.

Berta miró en torno suyo, y su cara, por primera vez, expresó admiración.

En aquel día gris, tan poco mallorquín, la rinconada en que se alzaba el palacio del "Conde malo" tenía un empaque grandioso y tétrico. Al fijar la vista en el puente sobre la calle de Serra, murmuró:

—Recuerda el de "los Suspiros".

Y él asintió, disfrutando con su impresión. Sabía por las referencias de don Rufino que era culta, y pensó, ilusionado, que ya tenía con quien hablar de sus lecturas y de sus viajes imaginativos. La vió fijar la vista en las viejas balconadas de madera, tan vetustas que parecían ir a desmoronarse, en los hermosos aleros tallados que casi tocaban con los de las casas de enfrente, y le pareció que palpaba con los ojos aquellos muros de fortaleza, preguntándose, quizá, lo que la esperaba en su interior. ¡Cuántas veces, al volver de noche, se había detenido él en aquella encrucijada para contemplar su fantasmagoría a la luz mortecina del único farol! Y a pesar de que se sabía de memoria aquel rincón solitario, experimentaba como un goce morboso ante su aspecto siniestro.

Su vista volvió aquella tarde a la muchacha a su lado. Su cara no expresaba asombro ni inquietud; mas, sin saber por qué, tuvo el impulso de cogerle la mano y de decirle que no sintiera temor. Contaba con un amigo.

Al llegar a este punto de sus recuerdos, Eugenio percibió que le daban un golpecito en el hombro y volvió al presente. Era Guem, el marinero que se encargaba de traerles los encargos, con un paquete debajo del brazo. Se hizo cargo del bulto y le dió una peseta por la molestia, añadiendo que podía ir por el palacio a comer con sus hermanas. Al alejarse pensó en lo agradable que resultaba contar con gentes de las posesiones en todo lugar y dispuestas a todos los menesteres. Formaban como una gran familia, honrada y servicial, unida por inquebrantable solidaridad.

Como seguía lloviendo y en esta ocasión no había traído el coche, se desabrochó el sobretodo, deslizando el paquete a su amparo. Resultaba algo ridículo así, pero al menos no se mojarían los libros. Doña Margarita, después de leerlos, se los prestaría a Berta, que dominaba el francés, y ésta le contaría los argumentos en alguno de los ratos en que charlaban. Eran libros bastantes fuertes, impropios como lectura de una joven cristiana, mas Berta tenía el don de relatar las peores cosas en tal forma que casi resultaban edificantes. Y como en aquel instante oyó dar las dos en el reloj d'*En Figuera*, emprendió una carrera para no llegar tarde al almuerzo.

Así y todo, se hallaban ya comiendo cuando entró en el comedor y tuvo que disculparse con el retraso del barco. Por suerte, sólo estaban los de casa: don Gabriel, don Demetrio, el capellán, Berta y los niños. Eran éstos los que llevaban la voz cantante. Biel, autoritario e impertinente, y Xim, imitándole. Don Demetrio, grueso y jovial, les daba la réplica, deleitándose de paso en los guisos, sobrados de aceite. Gabriel, poco locuaz por naturaleza, no despegó los labios durante toda la comida, y Berta, aunque reprendiendo de vez en cuando a los chiquillos, se mantuvo en su habitual reserva. Después del postre, Eugenio vió con desagrado que la sobremesa se deshizo con rapidez. Don Gabriel anunció que iba a descansar y dió la orden de que nadie le molestara.

Berta se llevó una mano a la frente.

—Me duele mucho la cabeza, don Eugenio. ¿No le importaría vigilar un rato a los niños?

—Con mucho gusto, Bertita. Cuídese... cuídese...

Mientras seguía a las criaturas al cuarto de jugar, dispuesto a aguantar a pie firme lo que fuera, seguía pensando en ella. "Ojalá que no sea nada".

Una visita aguardaba a los niños en sus habitaciones: *Mateuet*, acompañado de su niñera, Francisca.

Lanzaron sus primos al verle un alarido de entusiasmo y Biel se precipitó a ponerle una zancadilla.

—Vaya por Dios —suspiró Eugenio, yendo a levantar al visitante, que chillaba como si le despedazaran.

La niñera acudió también a arreglarle la ropa, mascullando improperios en mallorquín contra los niños de la casa. Reían éstos como dos locos. Eugenio fué a sacudir a Biel de un brazo. ¡Buena falta le hacía que alguien le metiera en cintura! Rió el chiquillo:

—Tú sí que necesitas una cintura con la barriga que tienes.

—Parecéis niños de la calle —rezongó Eugenio, y volviéndose al berreante *Mateuet* le instó a que callara de una vez. Era el hijo de doña Jerónima un pequeño engendro, de cabeza abultada y cuerpo raquítico, en cuya cara descolorida resaltaban unos ojos saltones, de extraña negrura. Había nacido con seis dedos en las manos, por lo que su madre procuró ocultarle durante su primera infancia, y sólo le lució desde que le operaron, muy en secreto, de tal deformidad. Seguía teniendo, no obstante, las manos algo anquilosadas y era una criatura rara y desagradable. Eugenio no comprendía qué inexplicable masoquismo le impulsaba a visitar tanto a sus jóvenes parientes, ya que siempre salía malparado y jipioso de la casa Tremp. Biel y Xim, por su lado, le veían surgir con deleite, cual víctima propiciatoria a sus más funestas ocurrencias.

En efecto, Biel anunció que iban a jugar a "Guillermo Tell", y colocando a *Mateuet* contra la pared, desapareció en busca de su arco y de sus flechas.

"A éste me le matan", pensó Eugenio, resignado. Tomó asiento en una butaca para estar al quite, y en los segundos de tranquilidad de que disfrutó se preguntó de nuevo cuál sería la causa del dolor de cabeza de Berta. "Debe ser el tiempo", se dijo. Era dado a achacar al tiempo todo contratiempo.

Gabriel entró en el gabinete en que Margarita, en su diván, parecía sumida en una de sus nuevas novelas y le anunció, de pasada, que iba a echarse un rato. Le pidió una aspirina. Temía haberse enfriado. Cogió ella el tubo que tenía siempre a mano y se lo tendió, recomendándole se tapara bien. La casa estaba helada. Si quería le llevarían otro brasero. Gabriel se acercó y la besó en la frente.

—No te preocupes.

Cruzó el solemne aposento que ella ocupaba sola desde su última gravedad y entró en la habitación contigua, que era ahora la suya. Cerró la puerta con cuidado, corrió las cortinas y salió por el otro lado. Sabía que, pasara lo que pasara, Margarita defendería su sueño. Tomando por la escalerilla que partía de uno de los pasillos emprendió su clandestina ascensión. Aunque a aquella hora todo el servicio se hallaba abajo, comiendo, procuraba pisar flojo para evitar que crujieran las maderas carcomidas. Al fin llegó al desván, unas naves en que se amontonaban trastos y muebles en desuso. Una espesa capa de polvo lo enfundaba todo, dándole el aire espectral de una cueva de anticuario: retratos de familia, consolas, mármoles del jardín, lámparas de gas, estufas ennegrecidas... "un rastro", pensó, vagamente. De pronto el desván cambiaba de aspecto en uno de sus recodos, convirtiéndose, en la parte que daba a la logia, en una especie de estudio amplio y aseado. Unos extraños dibujos en color colgaban de las paredes. Eran esbozos de paisajes o animales trazados de un modo primitivo, pero que poseían una curiosa fuerza expresiva. A pesar del humor en que se hallaba, Gabriel sonrió. Como a Margarita, le hacía gracia aquella afición de Biel y le divertían sus garabatos.

Se sentó en el desvencijado sofá de los endiablados muelles rotos y encendió un cigarrillo. Un gesto duro atirantó sus facciones.

Oyó el levísimo roce de unos pasos y Berta surgió ante él. Se levantó y permaneció erguido, dejando fuera ella quien se le acercase. Berta se detuvo un instante. Su fina silueta gris resplandeció precisa. Tenía las mejillas arreboladas y los labios entreabiertos. Sin pronunciar una sola palabra fué hacia él y su cuerpo se pegó contra el suyo, un cuerpo joven, duro y ardiente. Cerrando los ojos le ofreció la boca.

Se había arancado de sus brazos y, lívida, con el cabello revuelto, se le encaraba.

—¿De modo que esa es tu manera de ampararme, de defenderme? ¿Tu modo de cumplir tu promesa? —La voz le silbaba entre los dientes—. ¿Me vas a contar a mí que te ves obligado a despedirme como a una criada ladrona?

Gabriel intentaba calmarla. Estaba dispuesto a cuanto quisiera, aunque tal y como se habían puesto las cosas no era fácil encontrar una salida. Podría tomarle una casita en un pueblo y que viviera allí, pero él era tan conocido que al poco tiempo la Isla entera sabría a qué atenerse. Cabría también la posibilidad de instalarla en el mismo Palma, mas existía idéntico peligro. Ella no sabía lo que era un ambiente provinciano, y en especial el espíritu policíaco de las mujeres de su familia.

Berta se revolvió.

—¿Y tanto te importa que se enteren, siendo hombre, cuando no me importa a mí?

Gabriel tardó en decir:

—Te has olvidado de...

—En cambio tú no la olvidas nunca. Todas tus consideraciones, todos tus miramientos, son para ella, que lo tiene todo.

—Menos salud —recordó él, breve.

—Tiene el respeto del mundo —articuló Berta, descompuesta—. Y tu nombre, y tu casa, y tus hijos. Yo, en cambio, sólo tenía una cosa que tú acabas de destrozar: mi fe en tí.

"¿Por qué se empeñarán todas en tener fe en uno?", pensó Gabriel. "Si es lo único que uno no les pide".

Pero como la encontraba más codiciable que nunca, con sus ojos chispeantes y el pelo destrenzado, y además temió posibles complicaciones, recurrió a su voz más cálida para decirle:

—No te quejes, Berta; ¿no sabes que me tienes loco? —Y atrayéndola la besó con renovada pasión. Cuando de nuevo volvió a sentirla ceder en sus brazos, la obligó a sentarse a su lado.

Tenían que ser sensatos y que defender su felicidad a costa de lo que fuera. Le repitió que haría por ella cuantos sacrificios hicieran falta, pero tenía que ayudarle.

Berta recostó la cabeza en su hombro, lo mismo que Margarita unas horas antes.

—¿Cómo?

Gabriel se mordía los labios.

—¿Y si te casaras?

Sintió su brusco incorporarse y vió su cara alerta, sobresaltada.

—¿Con quién?

Y él deslizó, despacio:

—Eugenio está enamorado de tí.

Le fué imposible adivinar su reacción, pero su cara pareció cerrarse como de un portazo. Luego, de pronto, rompió a reír.

—¡Casarme con Eugenio Muro! ¡Ja... ja...! ¡Ja, ja, ja!

—¡Calla! No te rías así.

—¡Ja... ja... ja...!

La risa crecía en carcajada, estridente, aguda. La cara de Berta iba encendiéndose, el pecho parecía ir a rasgarle la blusa.

—¡Cálmate! —ordenó él, impaciente y enardecido—. ¿Qué tiene de tan gracioso?

—¡Eugenio! —reía ella con las lágrimas saltándole en los ojos—. Eu... ge... nio... —hipaba—. Tú me propones que yo me entregue a Eugenio. ¡Tú! ¡Tú! ¡Tú!

Gabriel la agarró por los brazos, sacudiéndola.

—¡Cállate ya! —La estrujó contra sí, con la cara enfurecida, imponiéndole casi brutalmente su dominio.

Berta dejó de reír. Pero durante un rato, aunque ni un sonido saliera de su boca, pareció seguir estremecida por una risa interna. De repente se calmó por completo. Su cuerpo se hizo rígido; su cara, inexpresiva; sólo un pliegue vertical se le marcaba en la frente. Le miró muy de cerca entrecerrando los ojos.

—¿Casarme con tu administrador? —silabeó—. ¿Con tu amigo de la infancia...? ¿Con tu perro fiel... que se dejaría matar por tí si hiciera falta... y vivir bajo tu mismo techo... y reptar a escondidas hasta este desván, como una gata en celo, para proporcionarte un rato de diversión? ¿Es eso lo que me propones? ¿Y qué más, Gabriel? ¿Y qué más?

No le contestó. Se daba cuenta, demasiado tarde, del arma que había puesto en sus manos y del gozo que ella experimentaba en denigrarle ante sí mismo. Era su venganza, su ojo por ojo. Frunció las cejas. ¡Maldita idea de Margarita! ¡Y maldita la hora en que se le ocurrió repetírsela!

—Sólo quise ver cómo lo tomabas —dijo, seco.

Berta le miraba con una dureza en los labios y las pupilas rabiosas. Mas de pronto aquellas pupilas se velaron.

—¿Que cómo lo tomaba? De un modo digno de tí.

—Su acento era el ronco de sus momentos pasionales. Le rodeó el cuello con los brazos y aplastó su boca contra la suya.— ¡Qué canallita eres, amor mío, qué canallita!

V

Se hallaba Eugenio con el colono de *C'an Xura* sumido en una divagación sobre la posibilidad de cobrar alguno de los arriendos de las tierras de Pollensa, cuando un doméstico vino a decirle que la señora deseaba hablarle. Despidió al payés y se apresuró hacia el gabinete. Sentía por doña Margarita un culto, hecho de admiración y respeto. Hubo hasta un tiempo en que soñaba con ella, unos sueños líricos, ultra-platónicos, que eran el pálido reflejo del amor de Gabriel. La recordaba recién llegada de Francia, rubia, delicada, bonita como un cromo y toda sencillez y encanto. "¡Qué desgracia esa tremenda enfermedad! —pensó—. Claro que es joven y Dios la tendrá de su mano."

Al entrar en el gabinete le pareció muy demacrada y menuda entre sus encajes. Debía haberle cansado el visiteo de la tarde. Siete señoras de la Familia, por muy bondadosas y finas que fueran, eran demasiado. Margarita le indicó que se sentara y empezó dándole las gracias por los libros, lamentando hubiera tenido que esperar tanto en el muelle con tamaño tiempo. Luego, con ese tacto que era uno de sus atractivos, llevó la conversación por derroteros de intimidad, obligándole a hablar de sí mismo y escuchando con interés sus ínfimas confidencias. La vieja Lorenza estaba quedándose sorda y cada día le atendía peor. Y eso que, tomando él, como lo hacía, sus comidas en el palacio, no se mataba a trabajar.

Margarita cogió unas violetas del florero que tenía en el velador y, distraídamente, empezó a deshojarlas.

—¿Por qué no se casa, Eugenio?

La pregunta le cogió de sorpresa. La voz que la hacía era suave y estaba llena de simpatía.

—Usted que es tan amante del hogar, tan cariñoso, tan serio, haría un marido perfecto.

Eugenio enrojeció y repuso que a veces lo andaba pensando. Margarita esbozó una sonrisa. Que le confesara que ya tenía novia a la vista. Algo había creído ella notar. La rojez en las carnosas mejillas de Muro se tornó granate. Levantando un dedo, Margarita lanzó:

—Berta, ¿no es cierto? —y como él se limitó a un gesto ambigüo, le felicitó por su elección. No podía encontrar otra mejor. Enumeró las cualidades de la muchacha, haciendo hincapié en los antecedentes que conocían por las cartas de don Rufino. (Eugenio había de ignorar siempre que Margarita esgrimía aquellas tranquilizadoras cartas del ilustre abogado mallorquín, establecido en Madrid, como un escudo contra una irrazonada inquietud.) Además, prosiguió, también a Gabriel y a ella les complacería verle casado. Un administrador con familia parecía de "más peso". En caso de que se decidiera, por parte de ellos sólo encontraría apoyo y ventajas.

La cara de Eugenio brillaba de ilusión.

—¿Pero cree usted que una muchacha como ésa me haría caso a mí?

"También éste", pensó Margarita, con cierta ironía.

—¿Quiere usted que sea yo quien tantee la cosa? —le ofreció—. Puedo hablarle a Berta de usted mejor que usted mismo.

Los ojos de Eugenio lanzaron chispas tras sus gruesos cristales.

—Es usted un angel, doña Margarita, dígale que... —se detuvo, cohibido.

Margarita se echó a reír.

—Procuraré estar elocuente.

Salió del cuarto deslumbrado. Los salones le parecían pequeños; los techos, bajos; el palacio, chico. Pensó en lanzarse a la calle, bajo la lluvia, y dar vueltas abrazado al primer farol. ¿Estaría despierto? ¿Era posible que esa fantástica suerte fuera a recaer en él, Eugenio Muro y Vidal? Sintió la imperiosa necesidad de ver a Berta, de echarle aunque sólo fuera un vistazo, de decirle cualquier cosa... Corrió hacia el cuarto de los niños. Se hallaban en su dormitorio, saltando sobre las camas y batiéndose con las almohadas. El suelo estaba cubierto de plumas y su antigua niñera intentaba en vano cazarlos.

—No puedo con ellos, don Eugenio. Los arregla una y a los dos minutos ya están hechos dos mendigos. —Esgrimía un peine hacia la maraña rojiza de Biel, que gritaba que la mendiga lo sería ella. O mejor dicho, la marinera, porque siempre estaba abajo, en el dique, y no miraba a los barcos ni a las piedras. Miraba a los hombres.

—¡Descarado!

Eugenio preguntó por la señorita Berta, averiguando que seguía en su cuarto algo indispuesta. Y como se sentía incapaz en aquella ocasión de luchar con los niños, fué a refugiarse a su administración, y poniéndose de codos en la mesa se preguntó si no tenía el deber de ir a preguntarle a Berta si necesitaba algo. Con ansia esperó a que dieran las nueve para dirigirse al comedor. Se encontró con que cenaba solo. El señor acababa de tomar un chocolate en el cuarto de la señora y don Demetrio ya se había retirado.

"¡Qué ocasión perdida!", se dijo, pesaroso. Lo que hubiera disfrutado cenando con ella mano a mano, precisamente aquella noche.

Empezaba a dar las diez el primero de sus cuatro relojes cuando entró en su piso. Dió todas las luces. Las de las tulipas y las de las pantallas de seda. Necesitaba mirar su casa bajo un nuevo aspecto. Al hacerlo se frotaba las manos suavemente, cual si se las enjabonara. La casa era acogedora; es más, estaba alhajada con buen gusto. Miró con cariño los pesados muebles de negras maderas, las butacas de *peluche* encarnado con sus graciosas borlas de lana, los lindos cachivaches y figulinas... En un ángulo, el piano, con su mantón de Manila, daba un sello artístico al salón, y hasta los muebles de yute le parecieron bonitos. Se acercó a la temblona vitrina que albergaba recuerdos de varias peregrinaciones: de la de su abuela a Roma, de la de su madre a Lourdes y de la de una tía a Santiago. De la consola, bajo el retrato de boda de sus padres, cogió el de un niño desnudo, retratado boca abajo y luciendo un rollizo trasero. "Eugenio a los tres meses" había trazado en su margen una letra cursiva. Pensó, de repente, que podría tener un hijo parecido a aquel y se sintió invadido de ternura. Se imaginó a Berta en la camilla, en el lugar que ocupaba su madre, repasando, como ella, la ropa o haciendo encaje de bolillos. ¡Qué delicia, la morena cabeza inclinada bajo el chorro de luz! Al volverse hacia el buró, su vista cayó sobre el calendario. Acercándose, hizo algo fuera de su rutina. Arrancó la hoja que rezaba "13 de enero". La contempló durante un rato, sujetándola entre el pulgar y el índice. ¡Y había quien decía que el 13 traía mala suerte! Luego, cuidadoso, fué a coger un libro del estante, lo sacudió, por si acaso tenía polvo, y, abriéndolo, deslizó entre sus páginas la hoja del calendario. No; no había sido un día como otro cualquiera. Se ajustó los lentes y leyó alto, con sentida entonación:

Pero mudo y absorto y de rodillas,
como se adora a Dios ante su altar,
como yo te he querido..., desengáñate,
¡así no te querrán!

Ya al mediodía siguiente le informó doña Margarita que su gestión había tenido un resultado favorable; Berta le había confesado con franqueza la gran estima y simpatía que sentía por él y lo que le ilusionaba se hubiera fijado en serio en ella.

—Creo, Eugenio, que debe usted declararse cuanto antes. Las cosas, en caliente.

Decidió hacerlo aquella misma tarde durante un "improvisado paseo" que dieron por el gélido bosque de Bellver. Por mala suerte, no estaba tan elocuente como hubiera deseado, ya que en su mojadura del día anterior había pescado un catarro de nariz que le obligaba a estornudar con frecuencia. Pero Berta, fría y segura de sí misma como los mármoles de la colección Despuig, entre los que tuvieron que refugiarse, tuvo el tacto de ignorar todo lo que no fuera fundamental. Se mostró conmovida ante sus tartamudeados sentimientos y le permitió llevarse a los labios una de sus enguantadas manos.

—Dime que ya me quieres un poco —le suplicó él.

Berta, que contemplaba gravemente la musculatura de un dios griego, que le recordaba a Gabriel, repuso con voz lejana:

—Si no fuera así, ¿crees que estaría aquí contigo?

A sus instancias accedió a que la boda se celebrara en cuanto corrieran las amonestaciones.

El júbilo de Eugenio crecía por momentos, y cuando unos turistas, que también visitaban el Museo de Bellver, se volvieron a mirarla, un orgullo le ensanchó el pecho. En breve sería el marido de esa espléndida mujer.

—Les pediremos a los señores que nos apadrinen —dijo, cogiéndola por el codo con gesto posesivo.— A ellos les debemos nuestra felicidad.

Berta no contestó. Lo monstruoso de la situación apelaba a su excitación interna. Tuvo ganas de echarse a reír como en el desván.

Entraría en el templo del brazo de su amante.

Bajo la suave expresión con que escuchaba al que ya era "su futuro" se ocultaba un amargo sarcasmo.

Al volver a casa, Eugenio encargó a un criado preguntara a la señora si podía recibirlos. Ante la magnitud del acontecimiento se sentía ceremonioso. Volvió el sirviente, anunciándole que los señores les aguardaban.

Gabriel se hallaba junto al diván de su mujer, sumido en una butaca y hojeando una revista. Escucharon los esposos la gran noticia con diferente expresión. Margarita, satisfecha. Gabriel, serio. Los hombres se estrecharon la mano y la señora abrazó a Berta. ¿Habían fijado la fecha? Ella le regalaría el equipo. Sí, sí, era lo menos que podía hacer. Ya hablarían del traje de novia, que le encargaría a su modista. Nada, nada, por Dios, no valía la pena. Fué entonces cuando Eugenio salió con su petición de que Berta y él deseaban que los señores les apadrinaran.

—¡Encantados! —exclamó la señora de Torrent. Y al instante comprendió que en su bondad había cometido una pifia. Miró a Gabriel, esperando que añadiera algo. Pero éste no despegó los labios, limitándose a contemplar el San Jerónimo de Ribera colgado frente a él, como si no lo hubiera visto nunca.

—Me llevará usted del brazo, don Gabriel —sonó la voz de Berta, vibrante y alegre—. ¡Qué honor! ¡Qué ilusión!

Margarita acarició con sus manos transparentes su colcha, que aquel día era celeste.

—Y yo le regalaré él ramo de azahar..

VI

Desde las cinco empezaron a llegar visitas, cual si toda la parentela se hubiera dado cita en casa de Tremp. En el silencio sonoro de las callejas, los cascos de los caballos retumbaban con tal vibración que hacían temblar piedras y cristales. A lo largo de los desfiladeros retorcidos y oscuros que llevan por nombre Morey, Pureza, Santa Clara o Serra, y en el interior de las casonas heráldicas que los bordean, un mismo comentario iba prendiendo:

—Van a visitar a *Margalida.*

El zaguán, capaz para dar cabida a doce carrozas, se llenaba de ruidos y de sonar de látigos. Ya se sabía: el landó azul de los Mateo, el armatoste llamado "berlina" de doña Emilia Pons y las *galeras* de los demás.

Apeábanse las damas y algún que otro caballero, ya que los restantes se reservaban el venir a recogerlas al anochecido, terminada la partida en el Círculo o el rato de tertulia en *Ses Mines*, el más aristocrático de los clubs de la ciudad.

Margarita, casi translúcida en su diván, exhausta y peripuesta, recibía a la Familia con su encantadora sonrisa. Sabía que aquella tarde tendría que librar otra batalla y que era necesario, por ella y por Gabriel, que la ganara. Había visto llegar primero a su tía política, doña Emilia Pons, viuda de Torrent, dama gruesa y emperifollada que, oportunamente, había sido la primera en ir a notificarle lo preocupado que se hallaba todo Palma ante su vivir en el Limbo.

—Si a mí llega a presentárseme en casa esa Bertini, puedes estar segura de que la largo a la Península en el primer vapor.

Allí estaba ahora, incrustando su pretenciosa corpulencia en uno de los más bellos fraileros del xv, atenta a cuanto se decía y a cuanto se callaba, avispada como ardilla y locuaz cual cacatúa. En torno suyo se expandía el círculo familiar. Margarita los miró con aprensión. Se sentía débil, con pocas ganas de luchar. Sus ojos fueron de cara en cara. Jerónima, sin duda para borrar la posible mala impresión de su visita mañanera, habíase sentido obligada a repetirla y se hallaba tan lustrosa de cara y opaca de vestimenta como lo había estado horas atrás, con su boca sin labios y su mirada de ave de presa. Junto a ella, su joven cuñada, Bárbara, era un sedante a la vista. De rostro ingenuo, lucía, bajo un flequillo rubio, unos suaves ojos violeta que en aquel momento se alzaban hacia su marido, Priamo, uno de los hombres más agradables y distinguidos de la Familia.

—Estoy segura de que será una niña —acababa de proclamar Bárbara por centésima vez, orgullosa de su algo tardío embarazo.— Y la llamaré como mi suegra, que en paz descanse: Teresa.

Sintiéronse todos en la obligación de debatir en derredor de aquel nombre, saliendo a relucir la Santa de Avila y Santa Teresita del Niño Jesús. Realmente lo único que hasta entonces no poseían los Torrent era una santa propia.

—¿Por qué no la llamáis como la *Beateta*, que al fin y al cabo es más nuestra, puesto que sirvió en *Son Roxa?* —sugirió doña Emilia, que rebosaba iniciativas.

—Era sólo una payesa —argumentó Jerónima—. A mí eso no me convence. Yo creo que para todo hay que haber *nacido*. Ya véis la Santísima Virgen: era de lo mejor de su país: ¡Descendiente del Rey David!

—¡Pero su esposo era carpintero! —lanzó Tutú Battle, que a sus quince años jugaba a *l'enfant terrible*.

—¡Qué ignorante! —se hizo cruces doña Emilia—. San José también pertenecía a la misma estirpe, y en aquellos días no estaba mal visto ejercer un oficio.

Apoyado con un codo en la chimenea de mármol, Vicente Torrent parecía un dibujo de Méndez Bringas. Alto y muy moreno, alardeaba de una expresión tenebrosa y de un cuello exageradamente tieso. En una silla, al alcance de su mano, se hallaba su tercera característica: el último hongo gris de la capital. Ese *bombet*, unido a su gesto desdeñoso, le hacía gozar de un cierto renombre de conquistador, a pesar de su fama de maniático y de enfermo imaginario. Difuminada a sus pies, en una silla baja, su prima Isidra, la más fea de las hermanas Cruxach, alzaba hacia él unos ojos imbuídos de un doncellil arrobo. Se decía que aquel noviazgo era fruto de una rifa. Como Vicente, obligado por sus padres a casarse con una de las hijas de su tía Ana, llevaba años titubeando entre la escualidez de la una o de la otra, para acabar con las riñas y competencias familiares la condesa de Cruxach decidió encomendar aquella boda al Destino. Deslizando en una vieja chistera de su esposo varias papeletas, en las que entre nombres de santos figuraba el del aspirante a marido, hizo que sus hijas fueran sacando los correspondientes cartones. Y fué a Isidra a quien le tocó el novio.

Margarita, al mirarla, sintió por ella una vaga compasión. Con la falda cubriéndole los pies y el flequillo cubriéndole la frente, tenía un aspecto triste y falto de juventud. Sin querer, la comparó con Berta, de quien Vicente había estado, y tal vez siguiera estando, muy encaprichado. ¿Cómo iría a resultar aquel matrimonio?

En un rincón del gabinete, el *onclo* Tano, un cincuentón pomposo, de ojos picarescos y cuadrada barba negra, piropeaba por lo bajo a Tutú Battle, que, chorrera deslucida, pupilas alegres y nariz respingona, tenía un mucho de "Claudine".

—¿Es verdad que andas tonteando con esa bala perdida de Toni Inca? —averiguaba—. No seas boba, que a mí me gustas mucho.

—*A vosa mersé, onclo*? —se desternillaba de risa la chiquilla—. ¡Si ya no está para bromas!

—¡Eso te creerás tú, rica!

Tío Cayetano, que tenía nietos y estaba crónicamente a la conquista de alguna jovenzuela, era viudo y muy rico. Tutú, en cambio, no tenía ni un céntimo, y siendo una niña bastante mal educada resultaría difícil de colocar. Le había perjudicado, además, el matrimonio de su hermana Marta, que, en contra de toda la Familia, acababa de casarse con un alemán, llamado Sindel, uno de los oficiales procedentes de los internados del Camerón. Se decía, en efecto, que Toni Inca, el heredero de las dos Grandezas y las cien hipotecas de los Puig de Inca, parecía mirarla con ojos golosos, pero la cosa no pasaría de ahí.

Margarita volvió la vista en otra dirección. Junto a la emballenada Jerónima se hallaba Lola Teix, de tan lamentable historia. Había sido una de las seis hermanas Teix, orgullosas y tiesas, que por no hallar partidos dignos de ellas fueron consagradas por los suyos al más claustral de los celibatos. Pero ella, según decían, en un arrebato de locura, infringió todos los decoros, enamorándose, ¡oh, vergüenza!, del cochero de su casa y quedando, en castigo a su pecado, con un hijo en las entrañas. Fué, naturalmente, despedido el auriga, que, aunque plebeyo, tenía ínfulas de caballero y pretendió reparar con un casamiento la desgracia. Pero como "sangre noble pide sangre noble", fueron despreciadas sus súplicas y el fruto de aquella deshonra se vió ingresado al nacer en un asilo. En favor de Lola Teix cabía alegar que, aunque inclinó la cabeza ante el veredicto de la Familia y durante doce años nadie volvió a verla más que en la iglesia, visitaba una vez al mes a su hijo, que, ignorando su parentesco, la llamaba "la señora". Las religiosas, al introducirle en la sala de visitas, le limpiaban a toda prisa los mocos y le endosaban otro grisáceo delantal, diciéndole que "su bienhechora" le estaba esperando.

Margarita, de pronto, tuvo que volver a la realidad.

—¿Es cierto que casáis a vuestra institutriz con el bueno de Muro? —Era la voz de doña Emilia la que interrumpía sus reflexiones.

Se hizo un silencio compacto, como una losa. Todos los ojos se clavaban en ella.

Margarita consiguió esbozar su sonrisa más dulce. Se casaban, efectivamente, pero no eran ellos quienes habían hecho la boda, sino los propios interesados, que hasta entonces lo llevaron en secreto.

La Familia esbozó sus sonrisas más conejiles.

—¡Y tan en secreto! —estalló doña Emilia—. ¿Y es verdad que Gabriel será el padrino de la tal Bertini?

—¡Tía Emilia! —protestaron Bárbara y Priamo a la vez.

Pero Margarita seguía serena.

—Lo seremos los dos. Y si puedo me pondré de mantilla para hacerles honor.

—Lo necesitan —susurró don Cayetano.

Vicente indagó, con tono indolente, si les hacían falta testigos.

—Se lo preguntaré a Muro. De todos modos te agradecerá la atención.

Tutú dominaba a duras penas sus ganas de reírse. Qué gracioso era todo. Qué gracioso. Y qué estupenda Margarita. Tuvo el impulso de levantarse y de abrazarla. Aquella noche, en su casa, imitaría a cada uno. Y Marta y Hans se morirían de risa. ¡Dios Santo! ¡Por qué le habría tocado en suerte precisamente esta Familia, cuando si algo tenía la nobleza mallorquina era su sencillez y bondad! Allí estaba, sin ir más lejos, tía Emilia, tan cursi, raída y chulona que se creía la Squilache de Palma, y que en el fondo era divertida con su tronco de jamelgos famélicos y sus escudos hasta en la sopa y sus saraos a base de agua de limón. Marta decía que tenía una gran personalidad. Era posible, pero ella, Tutú, sólo tenía ganas de troncharse en su presencia. ¡Claro que comparada con las otras, como la cerril de tía Jerónima, resultaba amena! ¡Ay, en qué ambiente había nacido! Menos mal que Marta y Hans eran lo que éstos llamaban "modernistas" y que al comprarse aquella casita en Génova también a ella le habían abierto la jaula. Tío Cayetano —siguió pensando, irrespetuosa— era lo que en el colegio llamaban un viejo verde. ¡Pensar que presidía sabe Dios cuántos Comités contra la trata de no sé qué y las casas de no sé cuántos! Su enorme experiencia de quince abriles le permitía apreciar que todo en este cochino mundo era una farsa. Y los sesudos y venerables Torrent, los farsantes más grandes de aquel cochino mundo. Había excepciones, naturalmente, como tío Pere y tío Priamo y Margarita y hasta el mismo tío Gabriel, que era tan fascinador. ¿Sería verdad todo lo que ahora andaba murmurando la gente...?

VII

Fueron los siguientes, días de mucho trajín en las habitaciones de la señora, que se empeñó en dirigir personalmente el equipo de Berta.

—No se preocupe, me divierte —cortaba las protestas de la joven cuando le manifestaba su preocupación de que pudiera cansarse.

La miraba ésta manipular con hilos, opales, bordados y puntillas, con creciente irritación. Cuando le decía: "Tenemos que elegir cosas prácticas, fáciles de lavar", un rencor hervía en ella. A la mujer rica, a la privilegiada, le salían sobrando los lujos para la esposa del inferior, del asalariado, de ese infeliz que en la escala social de la provinciana intransigencia sólo ocupaba un escalón por encima de la servidumbre.

—El juego de novia tiene que ser más bonito, más fino —sonreía Margarita, eligiendo un crespón.

Berta sonreía también. "Si supieras el destino que voy a dar a esta seda que al fin te dignas concederme sea *natural*..."

Por la noche, en su cuarto, y mientras se cepillaba el pelo, analizaba con fría rabia la situación.

Recordaba los bríos con que había tomado el barco para trasladarse a aquella ciudad desconocida que se le antojaba repleta de promesas... Su conocimiento, en el vapor, de Vicente Torrent y cuanto puso en juego por conquistarle... Hoy que conocía el ambiente se tachaba de ilusa por haber creído que ni ése ni otro de los de su clase se habrían dirigido a ella con buen fin.

Berta apretó en dos trenzas su largo cabello. ¡Lo que pasó al principio en aquella casa, moviéndose en un clima de impopularidad, que subía desde la cocina como un tufo, destilando sus efluvios más allá del palacio Tremp! ¡Aquellas criadas, que tardaban horas en acudir a sus timbrazos, y que al hacerlo, al fin, la escuchaban como quien oye llover, con caras obtusas y pueblerinas...! Si quería agua caliente para la tina de zinc que le servía de baño, tenía que bajar a buscarla ella misma; y si en la ropa que daba a lavar faltaba un botón o se hallaba descosida una puntilla, podía aguardar sentada a que alguien lo remediase.

Cuando salía de paseo con los niños tenía la impresión de que las veinte mujeres de la casa corrían a fisgar detrás de los visillos. Odiaba aquel caserón, aquel barrio hermético y silencioso, y sólo al pisar la ciudad bullanguera y alegre respiraba a sus anchas.

En las avenidas llenas de gente, de hombres que la miraban, se sentía en su elemento. Siguiendo a los niños, que correteaban con sus pelotas o sus patines, caminaba indolente, en una estela de abierta o disimulada admiración.

En esos comercios y tenduchos en que la única preocupación del dueño y de sus dependientes parecía ser la de aconsejar a la clientela que no comprara ésto o aquéllo con tal de no bajarlo de un anaquel o subirlo del sótano, su presencia causaba estragos. Y ella se divertía ensayando su poder en víctimas fáciles, cuya devoción la hacía crecerse ante sí misma. Fué por eso por lo que se dedicó desde el primer instante a cautivar al bobo del administrador y porque comprendió que podía serle útil. Berta soltó una risita mientras se deslizaba en el camisón. También ahora iba a serle útil. Se metió en la cama y, amontonando a su espalda las almohadas, siguió pensando.

El cuarto, en torno suyo, era enorme, con sus anchos muebles de caoba, sus cuadros sombríos y sus damascos. Cerca del lecho el gran brasero de plata labrada llenaba el aire de un olor a espliego. La habían instalado como a una señora. ¡Ellos, los Torrent! Berta apretó los puños.

Llevaba unos días en la casa Tremp sin haber conocido al señor, que se hallaba en una de las posesiones, cuando se lo encontró de repente. Fué en la galería. La luz le daba de pleno en la cara y ella, instintivamente, se detuvo.

—La señorita Berta, ¿verdad?

No supo si aquel hombre era apuesto o no, sólo que nunca se había encontrado con una mirada como la suya ni con un porte parecido. Su instinto de mujer le hizo percibir de un modo fulminante algo indefinible en él: una fuerza, un atractivo, un secreto, la impresión de que la intimidad de aquel hombre debía ser distinta a la de los demás.

Berta escondió la cara entre las manos. Sentía ahora un desesperado remordimiento de habérsele entregado tan de prisa, de no haber sabido defenderse, por cálculo, por egoísmo. Con mayor habilidad y cabeza sería ella ahora tal vez la que dominaría la situación.

Si bien su primer amor, Gabriel Torrent no era su

primer amante. Prefería no recordar los otros dos, aunque uno de ellos había tenido, al menos, la ventaja de proporcionarle un protector: el célebre don Rufino de las referencias, quien de buena fe, y engañado por él, la tenía por una irreprochable huérfana venida a menos, merecedora de todos los respetos. Berta tragó algo amargo que le subía a la garganta. No cabía engañarse. Amaba a Gabriel con una pasión miserable y profunda. Y la situación, de momento, no podía estar peor. Sólo le veía ya a las horas de las comidas, y se daba cuenta de que a él se le hacían eternas, con sus cinco platos, la charla movida de los niños y la insustancial de Eugenio y del capellán. Desde su última cita no había vuelto a dar un paso hacia ella. Es más, la había rehuido por todos los medios. Llegaba siempre tarde a la mesa y se hacía servir el café en el gabinete de su mujer. Berta, por su parte, había fingido una glacial impasibilidad. Esperaba. "¿Qué espero?", se preguntaba ahora. Y una voz interna le contestó: "Todo." Nadie podía echarla ya de aquella casa. Gabriel, que se había metido sin darse cuenta en aquella sucia situación, se vería obligado a llegar hasta donde ella quisiera con tal de que su mujer y el mismo Eugenio siguieran ignorándolo todo. Con goce morboso pensó que sufría en su llamada dignidad y en su llamada conciencia.

De él sus pensamientos volvieron a ella, tan rota en medio de su lujo excesivo y estéril, como si a fuerza de volantes y perifollos pudiera rellenar los huecos de su cuerpo de esqueleto. Apartó las ropas de la cama y, levantándose, fué a mirarse al espejo. Alzando los brazos analizó la firme hermosura de su pecho, de sus brazos, la finura de su talle. Y de repente se acordó del caso de la famosa envenenadora de pueblo que años atrás agitó a la Isla: la curandera lugareña que en papelitos de arsénico vendía la liberación y la muerte. La cuota era modesta: diez duros, una suegra; veinte, un marido. Por una rival quizá hubiera hecho rebaja. Rió con coraje: ¡Lástima!

Con esas manos, que el cursi de Eugenio llamaba "de duquesa", se acarició los hombros turgentes.

—Veremos a ver quién puede más —dijo, encarándose a media voz con aquella sombra que probablemente lucharía contra el insomnio en su fastuoso lecho heredado—. Si tú o yo.

Una mañana, a la hora del desayuno, Gabriel despachó a los niños con el sacerdote y dijo a Berta:

No se vaya, tengo que hablar con usted.

Berta, que se retiraba, volvió sobre sus pasos.

—Siéntese.

Tomó asiento frente a él y cruzó las manos en la mesa. Su aire era digno y provocativo a la vez, con aquel traje negro que se le adhería como una segunda piel. Gabriel la miró unos instantes. Tenía la cara labrada. amarga.

—Es necesario que deshagas esta boda —dijo, bajando el tono—. Si tú no lo haces, lo haré yo.

Berta esbozó una sonrisa ambigua, sin contestar.

—Estoy decidido a que esto termine.

Le miró ella de frente, con calma.

—¿Y si yo no lo estoy?

Vió temblar las aletas de su nariz.

—Olvidas que aquí soy yo el que manda.

No la intimidó el tono. Se sentía de pronto fuerte y poderosa.

—Y tú olvidas que pasaron los tiempos feudales. No obligues a tu siervo Eugenio a elegir entre tú y yo.

Las manos de Gabriel fueron a agarrar el borde de la mesa, cual si quisiera doblar la madera.

—¿Y si te dijera a ti que eligieras?

Berta arqueó las cejas.

—¿Entre qué y qué?

La voz de él cambió. Se hizo más profunda, insistente.

—Mira, Berta, lo tengo todo organizado para instalarte en Barcelona. Te prometo que iré a verte allí en cuanto pueda.

Midió ella, en silencio, la proposición. La juzgó problemática. Más segura estaría instalada de por vida del otro lado del zaguán.

—Es demasiado tarde, Gabriel —dijo, suavizando también ella su acento. Y al ver la contracción de su rostro:— No te quejes. Tú lo has querido.

Gabriel la miraba fijamente con sus ojos amarillos de payés.

—Tú no te casas con Eugenio —dijo entre dientes.

Berta seguía con las manos cruzadas en la mesa, y de un modo casi físico percibía en sus nervios la tensión del hombre que la miraba, cual si aquella tabla entre ellos hubiera sido el vehículo de su tremenda y mutua atracción. Supo que Gabriel se hallaba dispuesto a echarlo todo a rodar. No le habría importado si hubiera sido a impulso de sus celos, pero temió un móvil distinto, y todo lo que de cerebral había en ella le aconsejó: "Sé prudente. No te fíes." Cambió bruscamente de táctica. Inclinando el busto sobre la mesa, le tendió su cara empalidecida.

—Las cosas han ido demasiado lejos, Gabriel, para poder volverse atrás. Sería un escándalo. El más sonado y peor de los escándalos. Y haríamos a todos un daño mucho mayor que el de seguir adelante —clavaba en él su mirada oscura y pasional—. ¿Crees que yo no estoy pasando por un infierno? Pero tenemos que ser fuertes, Gabriel. Tú por tu lado y yo por el mío —su voz tembló—. Y créete que soy yo de los dos la que lleva la peor parte.

Joana surgió de pronto en el comedor, sin que la hubieran sentido entrar. Con rostro plácido, bajo el pelo entrecano, anunció que la señora llamaba al señor.

Desde aquel momento Berta actuó con mayor prudencia, extremando el ser cariñosa con Eugenio y solícita y agradecida con Margarita. Tramaba en su imaginación ilusionados proyectos. Acortaría cuanto pudiera su "luna de miel" en *Son Paternó*, para volver en seguida a Palma, y el porvenir sería suyo. Ni por un instante dudaba de que Gabriel, fueran cuales fueran sus propósitos, le volvería más enloquecido que nunca. La misma situación sería un aliciente. Ella haría que mandase al bueno de Eugenio a recorrer las fincas, dejándola en completa libertad. Concibió la idea de recibir a Gabriel en su propia casa. El palacio, a pesar de sus múltiples pasadizos y recovecos, había sido siempre peligroso. Pululaba por él demasiado servicio. Pero se desprendería de la vieja Lorenza, bajo pretexto de que desde un principio le demostró antipatía, y sola en su casita recibiría a su amante sin el más leve riesgo. A Gabriel le sería fácil deslizarse hasta el zaguán cuando todos estuvieran durmiendo, y subir por la solitaria escalerilla. Comenzó a trazar planes, y su impaciencia por que fueran pasando los días se traducía en una febril actividad. Al desconsuelo de Eugenio decidió transformar el piso, preparándole para el destino que le reservaba. Hizo desaparecer del piano el mantón de la China, metió en un cajón al niño del trasero y realizó una trilla entre las infinitas cursilerías que su futuro veneraba cual sagrados objetos. Pero como para conseguir aquella renovación se vió obligada a mostrarse menos adusta, Eugenio, enardecido, accedió a cuanto quería. Tenía que reconocer además que las tapicerías de Berta y su nuevo acoplamiento de muebles y cachivaches daban a "nuestro nido" un aire de verdadera distinción.

Dos días antes de la boda, Margarita sufrió un mareo más largo que los anteriores. Se conmocionó toda la casa, y don Conrado, el médico de la Familia, decretó que la enferma, por encima de todo, necesitaba una absoluta tranquilidad. Cuando Berta, por la noche, entró en su aposento con los niños, le encontró muy mal aspecto entre los brocados de plata de su lecho. Su cara, en la penumbra, parecía de cera, y sus finas manos sobre el embozo estaban tan quietas que daban la impresion de dos objetos quebradizos y sin vida. Los chiquillos también parecieron darse cuenta de que algo insólito temblaba en el aire, porque se mantuvieron más tranquilos que de costumbre. Xim se acurrucó junto a la cama, acariciando la pálida mejilla de su madre con dedos gordezuelos y no muy limpios. Biel sólo la miró inquisitivo:

—¿Te duele algo, *mumara?*.....

Hizo ella una señal negativa y le atrajo hacia sí.

—Dadme los dos un beso y marchaos.

Berta vió que cuando los labios de Biel rozaron su frente tenía los ojos húmedos.

Al llegar a su cuarto, el chico, con la cara enfurruñada, dió una patada a la puerta. Luego se volvió a Berta.

—No volveré a hacer ruido —ofreció a media voz, como si por mucho que lo hiciera, apartada por treinta habitaciones, su madre hubiera podido oírle.

Dejándoles solos, Berta se dirigió al despacho de Gabriel para ofrecerse a velar a la señora. Era una ocasión para hablarle a solas.

Llamó a la puerta con los nudillos, y al entrar le vió en su sitio habitual detrás de la enorme mesa. Había un libro abierto delante de él, mas no leía. La luz de la lámpara afilaba sus facciones, dándoles una rigidez de piedra. La miró cruzar la estancia sin un gesto. Y Berta se sintió súbitamente incómoda y tuvo que hacer un esfuerzo para explicarle a lo que había venido.

—Gracias —repuso él, calmoso—, pero no hace falta. El médico ha dicho que no hay ningún motivo de alarma. Una de sus camareras se quedará con ella.

No se había levantado de su asiento. Y Berta no supo qué hacer. Tuvo la impresión de un paso en falso.

—¿Entonces...? —preguntó.

—Nada más. Y buenas noches, Berta.

El despacho, al salir, le pareció descomunal. Su mano cerró con suavidad el picaporte. Apretaba los dientes. Su hora no había llegado todavía.

VIII

Con dedos nerviosos se dió los últimos toques. Sobre el negro vestido de *piel de seda,* terminado en un volante plisado, la blonda de la mantilla, regalo de doña Margarita, ponía su altivez señorial. Entre sus pliegues, el rostro de Berta, tenso, voluntarioso, ardía en su mate morenez. Con un toque de crema avivó el color natural de sus labios. Su mirada sombría fué a clavarse en el espejo. "Se quedará pasmado", pensó con acre regocijo. Dentro de un momento saldría a los salones con su pisar de mujer bien plantada. Iría abrochándose los guantes, y luego, despacio, alzaría la vista hacia su padrino. La sangre le golpeaba en las venas. Había momentos en que valía la pena de haber nacido. Como el instante, dentro de unos minutos, en que deslizaría su brazo debajo del de Gabriel. Le vió ante ella: esbelto y fuerte en un correcto traje cruzado, con la cara severa bajo el pelo ensortijado. El bobo de Eugenio emitiría a su lado sus admirativas necedades, a las que nadie prestaría atención. Y ella, muda, con fija sonrisa, le diría al señor: "Esta noche seré de este tipo porque tú lo has dispuesto." Después bajarían del brazo la ancha escalera para tomar asiento, mano a mano, en la intimidad del coche. Y el paso por las callejas, y el sonido de los cascos, y el chasquear del látigo, con el escarnio de su lazo blanco y su azahar. Y luego, la bajada en Santa Eulalia, llena hasta los topes de curiosos y mirones... La ciudad entera venida al olor del escándalo... Y la admiración imponiéndose al cotilleo:

—¡Qué guapa!

Y ella, austera y digna, alzando su alta peineta en gesto de reina, pero por dentro con el desgarrado deseo de abrazar a su amante delante de todos, gritando: "¡Basta de farsa!"

Y la marcha nupcial... Y en el fondo, el altar... Por

tibias que fueran sus creencias —su padre había sido librepensador, y su madre, una maestra de escuela "avanzada"—, a Berta no le gustaba jugar con cosas de Religión. Era un temor supersticioso. No podía traer suerte. Si para cubrir las formas había tenido que confesarse a veces con don Demetrio, lo hacía siempre saliendo de otro confesonario anónimo, donde un sacerdote que no la conocía la absolvía de unas culpas que le presentaba a su modo. Trampeaba así con las apariencias, pero sabía que no lo hacía con Dios.

Sonaría, pues, la marcha solemne, y ella cruzaría orgullosa del brazo del que para todos era nada menos que don Gabriel Torrent de Tremp, el hombre más exigente y encopetado de la Isla. Para todos menos para ella. Para ella era simplemente Gabriel: su amante, su hombre.

Y la retahila de rezos y de frases que la unirían "hasta que la muerte los separara" con aquel ente endomingado. "¿Prometes obediencia, fidelidad y acatamiento...?"

Berta, en medio de su sombrío cuarto palaciego, tuvo ganas de gritar, con un grito de exasperación y de dolor.

Y la sacristía, con su afluencia de enhorabuenas.

—¿Me desea una felicidad eterna, don Gabriel...? —Le miraría en los ojos al preguntárselo, con sonrisa helada y brillante.

Y veía su cara labrada, los labios sensuales apretados sobre la dentadura de fiera.

—Te lo has buscado —murmuró con ferocidad.

Llorença, que le había ayudado a vestirse, entró a decirle que la estaban esperando. Lanzó un último vistazo al espejó y salió.

Eugenio daba impacientes vueltas por el salón de los Tiziano. Sudaba copiosamente, y para no manchar el pañuelo que asomaba su inmaculada punta en el bolsillo del terno que estrenaba, sacó uno viejo del pantalón y se enjugó la cara.

Cuando vió aparecer a Berta entre los cortinajes, se

quedó sin habla. Se sentía indigno de ella, y, en su emoción, tuvo ganas de arrodillarse.

—Berta... —balbuceó.

Se alegraba, de pronto, de haber llevado siempre una vida limpia y formal y poder ofrecerle, al menos, un pasado en el que no había recuerdos que frente a ella, en aquel momento, le hubieran avergonzado.

Berta avanzó muy derecha hasta colocarse debajo de uno de los lustros encendidos.

—¿Estoy bien? —le preguntó.

Como se acercaba un ruido de voces, sólo tuvo tiempo de lanzarla una mirada elocuente.

Gabriel entraba acompañado de Fausto Battle, uno de sus parientes.

—Margarita acaba de sufrir un colapso —dijo a Eugenio, sin prestar a Berta la menor atención—. He pedido una consulta de médicos. Siento, por tanto, no poder apadrinarte. Pero Fausto me representará.

Eugenio se apresuró a contestar que le parecía muy natural, aunque deploraba en el alma el motivo. Colocándose al lado de su novia, añadió que ambos se sentían muy honrados con que don Fausto la condujese al altar.

Berta había palidecido. Odiaba a Margarita y odió a Gabriel. ¿No sería aquello una comedia urdida entre los dos? Levantando los ojos le miró. Vuelto hacia ella, la contemplaba fríamente.

—Está usted guapísima.

Tuvo ganas de abofetearle.

Fausto Battle también la miraba risueño. Era un caballero atildado, de la misma edad de Gabriel, todo afabilidad y cortesía.

—¡Lo que voy a presumir, Muro! —dijo a Eugenio—. Es usted un dichoso mortal.

—¿Puedo pasar a ver a la señora? —la voz de Berta tenía una rara inflexión.

Gabriel repuso que estaba descansando. Les vería a los dos a la vuelta.

Fausto Battle le ofreció el brazo. Era hora de marcharse. Y ella, al verle tan vestido de oscuro, con sus botas de caña, comprendió que Gabriel había tramado desde el principio aquella sustitución, y que aun sin la enfermedad de su mujer nunca se hubiera prestado a su juego. "Soy una pobre imbécil", se dijo mientras bajaba por la escalinata. Y sintió el impulso de arrancarse la mantilla, de pisotear el azahar y de desahogar su rabia miserable escupiendo en la cara sudorosa y feliz de su prometido.

En el zaguán se apelmazaba la servidumbre para verles salir. Oyó cuchicheos, requiebros.

—¡Viva la novia! —gritaron algunos.

El novio y el padrino sonreían. Berta, ni se tomó la molestia.

Al arrancar el coche, le llegó una última frase:

—¡Menuda suerte ha tenido ésa!

IX

Apartó el visillo y miró hacia fuera. No veía el admirable paisaje que se extendía frente a la casona de piedra roja, en cuya fachada, cual columnas negras, se incrustaban cuatro viejos cipreses.

—Una semana —murmuró.

Tenía la sensación de llevar en *Son Paternó* una eternidad. No aguantaba ya su tensión interna. Se miró en el cristal de la ventana y sintió una náusea, pensando en las torpes y apasionadas efusiones de "su marido". El esfuerzo que hacía para vencer aquella repugnancia física irritaba sus nervios hasta el paroxismo, y sólo su autodominio la dotaba de una apariencia de serenidad. Todo le exasperaba en Eugenio. Su modo de deslizar la servilleta debajo de la barbilla cuando comía platos con grasa, su paleto pasmarse ante cualquier nimiedad, sus diminutivos cariñosos y, sobre todo, ¡oh!, sobre todo, el contacto de sus manos blancas, gordas, salpicadas de vello. Con exasperación se decía que de los brazos de un amante maravilloso, que era un gran señor, había ido a parar a los dos de un pobre hombre, al que despreciaba. Y tras las noches insoportables, los largos días de tedio y fatiga. Eugenio, a quien entusiasmaba la vida del predio, pretendía dársela a conocer hasta en sus menores detalles. Tuvo que recorrer las alquerías, fingir interés por las huertas y los campos de labranza, taconear de punta a punta por los valles de almendros, que constituían la principal riqueza de la posesión y lindaban con los de *San Roxa*, el famoso castillo de don Mateo.

—¿Ves? —le explicaba Eugenio—. Los Torrent son algo así como los reyes de la Isla.

Berta se mordía los labios. Cuando dejaba de contarle las viejas y nuevas glorias de la noble Familia, Eugenio, haciéndola trepar por endiabladas peñas, le mostraba aquel panorama que tenía fama de ser uno de los más hermosos del mundo, colocándole párrafos de sus lecturas.

—¿Te imaginas que estos mismos montes que ahora nos contemplan han visto pasar las huestes de fenicios, griegos, cartagineses, romanos, vándalos, bizantinos y moros...? —le decía—. ¿Y que nuestra tradición marinera hizo en el medievo de nuestros mercaderes los rivales de Venecia, de Génova y de Bizancio? A ellos les debemos nuestro florecer gótico y nuestra opulencia renacentista.

Berta asentía pensando en otra cosa. Vagamente le oía recitar desde "Mon cor estima un arbre..." hasta el lamento valldemosino de Rubén Darío: "¿Por qué mi vida errante no me trajo a estas sanas costas antes de que las prematuras canas...?"

Otras veces, cogiéndola amoroso por la cintura, le daba a conocer que en la antigüedad llamaban a las Islas "las Eudémonas", tierras de felicidad. Y también —para decirlo bajaba la voz y sus ojos azules brillaban tras los gruesos cristales— se las conocía por "las Afrodisíacas", paraíso terrenal en que reinaban la mujer y el amor.

—¿No te encanta? —le preguntaba, tierno.

—Posees una gran cultura —apreciaba ella, sardónica.

Al darse cuenta de su falta de compenetración, le reprochó él con dulzura que no se conmoviera ante lo que había arrancado lágrimas a muchos genios de la Humanidad.

Berta sonreía con ojos duros. Necesitaba sus lágrimas para otros temas.

Abrió la ventana y dejó que un sol de invierno entrara en la estancia. "¿Cuánto irá a durar esto?". se preguntaba. En vano había intentado sondear a Eugenio. Le contestaba, evasivo, que ya verían. El tiempo estaba hermoso, y ¿qué se les había perdido en Palma? Pero dentro de un rato, pensó, le obligaría a concretar. En último caso fingiría que se sentía enferma. No tendría más remedio que llevarla a la ciudad.

No fué necesario.

Oyó pasos y la puerta se abrió de un empujón. Eugenio, demudado, seguido del amo y de la *madòna,* dos viejos payeses de recio empaque, se precipitó en el despacho. Al verla se detuvo. Los ojos de Berta fueron de su cara a la igualmente impresionada del colono y la llorosa de su mujer.

—¿Qué ha pasado?

—*Mare de Déu!, Mare de Déu!* —gimió la madona.

Eugenio se le acercó con los brazos abiertos.

—¡No te vayas a asustar!

Berta se soltó, impaciente. ¿Qué pasaba?

Dejó Eugenio caer la cabeza.

—Doña Margarita...

—¡Ha muerto! —gritó ella.

—A las seis de la madrugada.

—*Mare de Déu!, Mare de Déu!*...

Berta no se movió. Permaneció erguida, inmóvil. Luego rompió a reír con una risa estridente.

—Ha muerto. ¡Ja, ja, ja! Ha muerto.

Eugenio, asustadísimo, volvió a abrazarla.

—¡Mi vida!... ¡Mi amor!...

Los colonos la rodearon. Era la impresión. A la pobre doña Berta le había dado un ataque.

Berta se liberó como una furia y, echando a correr, fué a meterse en la alcoba y se encerró con llave. Se tiró en la cama. Lloraba convulsivamente, mordiendo la almohada. "Por unos días. Por unos días." Ahora sí que Gabriel habría sido suyo. Y para siempre. Se habría casado con ella. ¡Claro que se habría casado con ella! Habría sido su marido en lugar de este criado. Y le habría dado a manos llenas cuanto una mujer podía desear.

Oía llamar a Eugenio en su puerta.

—Berta, Bertita, ábreme...

Pero le dejó fuera. No estaba de humor para contemplaciones.

Sólo cuando un largo rato después le oyó decir con voz enérgica que si no le abría marchaba sin ella a Palma, saltó de la cama. Eugenio tenía los ojos inyectados detrás de las gafas.

—No debiste hacer eso —le reprochó. Mas al ver su cara deshecha en el nimbo de la cabellera suelta, volvió a suavizarse.

—Perdóname —le dijo—, no sabía que la querías tanto.

Anochecía cuando llegaron. La calle estaba llena de ruido; el zaguán, de coches. El palacio parecía una colmena: cuchicheos, criados con flores, gentes enlutadas que entraban y salían. Berta dijo a Eugenio que iba a subir, primero, a su casa a ponerse de luto. Luego cruzaría en su busca. Le dió él la llave. No habría nadie arriba.

Al verse sola y en su piso, respiró. Dió la luz y miró en torno suyo. Y cuanto vió al brillo de las tulipas le pareció más ramplón que nunca. Pensó que sin esta jugarreta del Destino podría estar en vísperas de ser la dueña del palacio Tremp. Durante unos segundos jugó en su imaginación a que todo esto había sucedido ocho días atrás. Ella hubiera empezado por retrasar la boda. Era natural al haberse muerto doña Margarita... Sintió una rabia contra sí misma por entretenerse con tamañas idioteces. Sus ojos cayeron sobre la figurita de una niña de falso biscuit, de altos calcetines y gorro marinero. Eugenio la encontraba preciosa. La cogió y la estrelló contra el suelo. Después se sintió mejor. Se arregló cuidadosamente y se puso su traje de novia, el único negro que tenía. Antes de salir se miró largamente en el espejo. "Nunca he estado más guapa", se dijo con brusco contento.

Al abrir la puerta de la capilla le llegó en bocanada un olor a flores y a cera. El recinto, recamado de damasco rojo, se hallaba lleno de señoras y sirvientas que rezaban sollozando. En el medio se alzaba el ataúd, entre hachones y coronas. Berta fué a arrodillarse en un rincón, y como don Demetrio empezó a dirigir otro rosario, sus labios contestaron de un modo automático: "Santa María, Madre de Dios..."

Pero de pronto pensó: "Ahora ya lo sabe todo", y dejó de murmurar.

En cuanto pudo salió fuera y respiró a sus anchas. Unos criados que la cruzaron evitaron mirarla. Se dirigió al cuarto de los niños. Al hallarlo vacío, preguntó por ellos a una doméstica, que le dijo los habían llevado a casa de don Priamo. Sin saber qué hacerse, se dirigió a la administración. Encendió la lámpara de la mesa y se sentó en el sillón de Eugenio. Estudiaba el provecho que podía sacar de aquel nuevo estado de cosas. Resignada a lo que ya no tenía remedio, pensó que Gabriel viudo era una presa más fácil y codiciable que Gabriel casado. No había ya rival por medio. Quedaba dueña de la plaza.

Fué Eugenio quien interrumpió sus pensamientos al entrar con unos periodistas. Se mostró algo sorprendido de verla allí. ¿Cómo no estaba en la capilla? Berta alegó que se había mareado con el olor a cera, y él le recomendó tomara un café bien caliente. Luego, desentendiéndose de ella, se puso a redactar las esquelas y dió a los reporteros los datos genealógicos sobre los Torrent y los Algaida. Sólo cuando marcharon volvió a ocuparse de ella. Le dijo que el entierro se celebraría al día siguiente y le preguntó si iba a quedarse a velar. Berta dudaba. Margarita, muerta, le causaba un desasosiego que nunca le causó en vida. Mientras su cadáver se hallara allí, no se atrevía a acercarse a Gabriel.

—¿Dónde está el señor? —indagó.

—Solo, encerrado en su cuarto.

Eugenio se puso a tomar notas de las innumerables cosas que tenía que hacer. Estaba muy afectado, pero la sensación de que el peso de todo descansaba en sus hombros le aligeraba su pena. Se hallaba en su elemento: estaba sirviendo a la Casa de Torrent. Berta y sus posibles mareos habían pasado a segundo plano.

Luego que hubo marchado, permaneció ella largo tiempo en el despacho; hasta que, entumecida por el frío, que iba creciendo, y sintiendo hambre, optó por bajar a la cocina y pedir algo de comer. El viejo cocinero se lo dió de mal grado, cual si reprochase que estando la señora de cuerpo presente tuviera ganas de alimentarse. Mañana, después del entierro, ya sería otra cosa. Indiferente, le pidió ella también un vaso de vino, y, reconfortada, volvió a la capilla. Se instaló en su rincón, detrás del confesonario, dispuesta a pasarse allí toda la noche. En el altar, seis candeleros de plata alzaban sus cirios de cera amarilla hacia el retablo gótico de Joan Daurer. Junto al féretro sólo quedaban doña María Colonya, que lloraba suavemente, y doña Bárbara, a la que vino a llevarse su marido.

De pronto Berta vió entrar a Gabriel y sintió un choque interno. Le pareció distinto en su traje de luto, demacrado, envejecido. Dirigiéndose hacia la marquesa de Colonya, le murmuró algo en voz baja. Hizo ella un signo de asentimiento. Iría un rato a su casa y volvería luego. Berta se sumió en las sombras de su rincón. El confesonario la tapaba casi por completo, pero con todas las fibras de su ser estaba pendiente de Gabriel. Sabía que se creía solo. Le vió inclinarse sobre la caja y mirar a la muerta largamente. La luz de los hachones ponía raras sombras en su cara. Berta se sintió helada de pies a cabeza.

Gabriel se inclinaba más y más, la cara amarga, atirantada.

—*Margalida*... —dijo a media voz. Y había una ternura infinita en su acento.

Una de sus manos fué a posarse sobre las manos exangües, como si quisiera transmitirles su calor. Y de pronto, la expresión de su rostro cambió por completo: algo blando y roto asomó en él. Algo que suplicaba y se aferraba.

—*Margalida*...

Berta sintió que dentro de ella otro grito respondía a ese grito: "¡No! ¡No!" Hubiera querido taparse la cara con las manos y no seguir viendo, pero permanecía allí petrificada en su escondrijo frente a lo que era la verdad de aquel hombre. ¿Y era ella la que había dicho "¡Veremos a ver quién puede más, si tú o yo?" La muerta debía estarse riendo en su ataúd, dentro de su carne fría y sus ojos vidriosos. "Mañana empezará a oler", pensó con ferocidad. Pero aquello no la consolaba.

Gabriel se inclinó y besó al cadáver en la frente. Luego giró en redondo, y entonces vió a Berta. Una brusca repugnancia convulsionó sus facciones. Tal vez no fuera hacia ella, sino hacia sí mismo. Sin una seña ni un gesto salió de la capilla.

Ya mucho antes de la hora fijada para el entierro, un inusitado vaivén estremeció el barrio. Detrás de balconadas y ventanillos, las caras se pegaban, sin disimulo, a los cristales.

—Van a enterrar a doña *Margalida*...

Y era como un responso que prendía de boca en boca. El barrio, la ciudad toda, la querían. ¡La habían visto pasar tantas veces, joven y bonita, en sus perifollos de fuera!... Y, en especial, sabían que era tan buena y cariñosa... Llorábanla por igual la menestrala y el artesano, ante cuyos talleres solía detenerse al volver de comulgar, cambiando con ellos palabras de llaneza, como en los gabinetes isabelinos de los palacios solariegos. Se evocaba su sonrisa en la sala principal —*sa cuadra bona*— de las heráldicas casonas y en las reboticas de los tenduchos.

El murmullo de los mirones en la calle crecía impresionado. Sonaban nombres ilustres.

Las "Nueve Casas" en pleno subían por la escalinata. Algunas de ellas en despliegue de cuatro generaciones e incalculables ramas menores. Sobre el empaque de los trajes de luto, ponían las blondas de mantillas y velos su nota seria y noble. El rosario heredado se trenzaba en todas las manos. Rindiendo cortejo a las damas de su estirpe, enfundados en su luto y su mutismo, cruzaban los caballeros.

Los Torrent, alineados y graves, recibían en separación de sexos —las damas en el salón de los Gobelinos y los caballeros en el de los Tiziano— de uno en uno el pésame de sus graves parientes y amigos de la nobleza mallorquina. Cubríanse las señoras más allegadas con espeso manto de luto y en los linderos de todas las puertas lucían los servidores de la casa las casacas de gala, con sus medias blancas y zapatos con hebillas de pedrería. En el umbral de la sala de las señoras, las dos viejas camareras de *Margalida*, vestidas de negro y con *volant llis a defora* —símbolo de que servían en casa de *botifarres*— lloraban con desconsuelo. Un enérgico "chits" lanzado detrás del velo tupido de doña Jerónima las llamó a compostura. Las y los Torrent hallábanse alineados por orden de edad y de parentesco. Pero mientras que los hombres desfilaban en silencio, limitándose a apretar con cara compungida la mano de los deudos, las señoras estallaban en demostraciones de dolor y de interés. ¿Cómo no habían llamado a algún médico de Madrid? ¿No la mataría algún disgusto a la pobrecilla? Esa muerte no resultaba natural.

El susurro crecía entre suspiros.

—¡Dios de mi alma, qué vida esta...! ¡No somos nadie...!

—Esa es una gran verdad —descubrieron todas—. ¡No somos nadie...!

Detrás de las señoras penetraban las madonas de los distintos predios, llorando a jipíos.

—*Pobre senyora, tan amig dels pobres, tan comú!*

"Comú" para ellas, tenía el significado de sencillez y falta de orgullo.

—*Senyors com es nostres no ni has ni seu feran.*

Abajo empezaba a formarse la comitiva, obedeciendo a un canon tradicional. Junto a las huérfanas asiladas del Temple —las *vermeietes*—, con su uniforme rojo, las *blebetes,* de azules delantales, del Asilo de las Miñonas, y los hombres de la Misericordia con sus fúnebres faroles. Entre ellos, el lujo de las casacas de color, galoneadas de oro, de los criados de las muy nobles casas y las ricas casullas del clero.

—¿Por qué lleva entierro de segunda con arreos de primera? —indagó una de las lindas bordadoras de la calle de la Pureza, mirando la carroza.

Fué un anciano de las Hermanitas de los Pobres el que la ilustró:

—Los verdaderos señores sólo llevan cuatro caballos cuando mueren, que la carroza de seis queda para los enriquecidos, al estrenarla uno que no era *botifarra* —y en la cara enjuta del asilado se reflejó al decirlo un desprecio infinito. Su estirpe marinera era tan vieja como la de los Torrent y su intransigencia de casta idéntica: nada de advenedizos.

Berta, oculta tras una de las persianas del gabinete, no perdía detalle. En la presidencia, de uniforme, el capitán general, don Francisco María de Borbón; el señor obispo, el gobernador y, en hilera a su espalda, lo más rancio de lo rancio. Ancianos hieráticos de perfil de estatua y barbas patriarcales que habían acudido de las más lejanas posesiones y que en sus ternos negros más o menos anticuados tenían el mismo aire de sublime señorío del viejo asilado de la Misericordia. Junto a ellos, por muy elegantes que fueran, resultaban de figurín de sastre las levitas de las Autoridades y ramplonas las de las Fuerzas Vivas.

Los Torrent iban formando hilera en la presidencia familiar.

Berta vió a don Pere, el conde de Pareis y jefe de la Casa, esbelto como un adolescente bajo la grisácea cabellera. Junto a él, don Cayetano, reteñido y solemne. Y luego Vicente, doblemente afectado en su sombría apostura al lado de la sencillez distinguida de don Priamo. Su vista se fijó en don Mateo. Como Gabriel, tenía el pelo cobrizo, pero había algo casi bestial en su expresión, una sensualidad primitiva y sin freno... y sin embargo, observó, no carecía de clase: los pies finos, las manos sensibles. Pensó en las historias turbias que corrían sobre su persona.

—El esposo de doña Jerónima —se dijo con ironía.

—Berta, hijita, hazme el nudo de la corbata. —Eugenio, encorsetado en el traje negro que le había prestado su amigo el boticario, venía en su busca.— Date prisa, vida mía.

Le anudó la corbata, igualmente negra, quitándole, de paso, unas motas en los hombros.

—Gracias, Bertita.

La besó en la mejilla y se precipitó hacia las habitaciones de Gabriel.

Berta se escondió entre los pliegues de los cortinajes. Pasaron unos minutos hasta que los vió pasar. Gabriel parecía enflaquecido. El luto realzaba la arrogancia de su porte. Su rostro, muy pálido, tenía un rictus áspero. Volvió a mirar hacia abajo. Y le vió salir del portal y ocupar su puesto. Hubiera querido en aquel instante haber podido coger su cara entre las manos y besarle, mordiéndole en la boca.

La carroza arrancaba en un vaivén de góndola. La Cruz alzada... el clero... el séquito de los *ploradors*, con su melancólica cantinela. El entierro empezaba su recorrido, que había de detener el tráfico de la ciudad.

Berta se retiró del balcón. En los salones, las señoras,

en anchos corros lúgubres, esperaban el regreso de los hombres. Un cuchicheo mezclado de suspiros se hacía audible.

—Ha muerto de un disgusto, no os quepa duda.

—¡Esa mujer! —susurraba doña Emilia Pons—. Cuando Vicente me contó que no se mareó al venir en el barco, ya me dió mala espina.

—¿Qué irá a hacer ahora Gabriel? —se esperanzaban las solteras.

Doña Jerónima, bajo su manto, fruncía los labios estrechos.

—No pensará que ésa siga en esta casa —emitió doña Emilia—. Iríamos en comisión a ver al señor obispo. El gobernador tomará cartas en el asunto, porque yo telegrafiaré a la Reina Cristina, y lo que es la Reina en cuestión de moral... —su voz se perdió en un bisbiseo.

—Gabriel sabrá lo que tiene que hacer —cortó doña María Ignacia, la condesa de Pareis, de perfil puro bajo el pelo entrecano.

Una de las Cruxach se aventuró a preguntar, murmurando, si sería cierto lo que la *vox pópuli* achacaba al abuelo de Gabriel: que, locamente enamorado de su mujer y desesperado por su muerte, hizo que el sepulturero durante años le abriera su tumba en el día de su aniversario, permaneciendo toda la noche con el cada vez más descompuesto cadáver.

—Esos son inventos de mentes enfermizas —protestó, también por lo bajo, doña Bárbara—. Si fuera uno a creer todos los cuentos.

—Los Tremp siempre han sido muy raros —emitió doña Emilia—. Y los que salen pelirrojos desde el *Conde malo* acá son capaces de todo.

Un silencio se hizo en la estancia. Ante aquellos ojos de mujer, jóvenes o viejos, surgió la figura enlutada de Gabriel, con su cara desencajada y violenta, la llamarada de su pelo y ese poderoso atractivo que hasta las más austeras le reconocían en su fuero interno.

—Pobre Margarita... —murmuraron estremecidas.

En otro de los salones, las madonas jipiaban a moco

tendido, en espera de que el regreso del entierro les permitiera bajar con sus hombres a la cocina, donde les sería servida una sólida merienda.

—¿Y si rezáramos el rosario? —propuso, grave, doña María Colonya.

Fué Eugenio quien comunicó a Berta las determinaciones del señor. Cerraba el palacio y marchaba al Continente, llevándose a los niños, a los que ingresaría en Madrid en un colegio.

—Quiere marchar en el acto.

Las medidas fueron ejecutadas con carácter vertiginoso, y por más que Berta, cruzando al palacio, intentó, bajo un pretexto u otro, ponerse en contacto con Gabriel, fué inútil. Se hallaba encerrado en su despacho, con orden de que nadie le molestara, y transmitía sus órdenes sólo a través de Eugenio.

—Aunque no lo demuestre, está destrozado —confiaba éste a Berta—. Ahora se ve cuánto la quería.

Berta, en la oscuridad de la alcoba, se mordía los puños hasta hacerse sangre. Qué largas eran aquellas noches, cortadas sólo por un tañido de campanas o un aullar de gatos. Dentro, latían alto los relojes, llenando el silencio con su martilleo implacable. Berta daba una vuelta en la cama. Y otra. Y otra. Pero con cuidado para no despertar a Eugenio, rehuyendo con todas las fibras en tensión su contacto. Y según avanzaba la madrugada iba tomando las más locas determinaciones. Dentro de unas horas buscaría a Gabriel, se hallara donde se hallara, para decirle: "¡Llévame contigo! Tú y yo nos queremos con locura. ¿Qué nos importa todo lo demás?" Y si dudaba se abrazaría a él: "No caigas en la morbosidad de los tuyos. Lo muerto, muerto está. Sólo cuenta lo que vive. Y tú y yo vivimos. ¿No lo sientes, Gabriel?"

A la mañana siguiente se levantaba dispuesta a llevar a cabo su plan. Procedía cuidadosamente a su atavío y pasaba al palacio llena de esperanza. Usando de diversas estratagemas, intentaba ver a Gabriel, pero se encontraba siempre con lo mismo: el señor estaba encerrado en su despacho con Colás de *Son Paternó* o con Rafael de *C'an Xura* y había dispuesto que no se le molestara o el señor había marchado muy temprano a una de las posesiones y don Eugenio tenía sus órdenes.

Berta tuvo que retirarse al cuarto de los niños, donde le aguardaban los baúles vacíos. Biel y Xim, que habían vuelto de casa de su tío Priamo, se agitaban en torno suyo.

—Mete también esto, Berta. Y esto... Y esto...

No preguntaban por su madre, pero se excitaban ante la perspectiva del cambio.

—Tú eres de Madrid, ¿verdad? —le preguntaba Biel—. ¿Hay allí bandidos y ladrones y piratas?

Una mañana, sin embargo, le sorprendió tendiéndole un paquete, toscamente envuelto en un periódico, para que lo metiera con sus cosas.

—¿Qué es? —le preguntó ella.

—¡A ti qué te importa!

Berta lo desenvolvió. Era un retrato de Margarita. Lo contempló, pensativa, pareciéndole que había una sonrisa burlona en sus labios.

"Era guapa", pensó con odio.

Biel se volvió en aquel instante, y al ver el retrato de su madre entre sus manos se lo arrebató.

—Ni que yo lo manchase —dijo Berta, rabiosa.

Sabía que no se dirigía al niño, sino al otro. Y que lo que la sacaba de quicio era el maldito parecido de aquella criatura con su padre.

Fué sólo el día fijado para la marcha que consiguió verle. Mientras Eugenio se preocupaba de que bajaran baúles y maletas, dando acaloradas órdenes a diestro y siniestro, se dirigió al despacho, dispuesta a arrostrarlo todo.

Gabriel, el sombrero en la mano, se hallaba en medio de la estancia, mirando gravemente en torno suyo, como despidiéndose.

Al ver a Berta aguardó a que se acercase, y ella fué hacia él, pálida y erguida. Al volver a encontrarse con sus ojos, todas las frases preparadas se le secaron en la garganta.

—¿Cuándo volverás? —le preguntó solamente.

El la miraba con profunda seriedad. Y ella notó en sus sienes unas canas que nunca había visto y unos surcos desconocidos junto a su boca.

—Algún día...

Calló un rato mirándola. Luego volvió a hablar.

—Sé que te debo una explicación y quiero dártela. Puedes creer que estoy pagando duramente mi culpa. Pero al menos, respecto a tí, me queda una tranquilidad. Eugenio es un hombre de bien y te quiere. Merece, por tu parte, lealtad y afecto.

La cara de Berta brillaba lívida. Sus labios temblaban:

—Pero yo te quiero a tí —articuló.

Gabriel la miraba con desprendimiento.

—Las cosas tienen su tiempo. Lo pasado, pasado. Tú eres joven. Tienes tu vida por delante. No te la amargues ni te la compliques. Y no se la amargues ni se la compliques a quien no se lo merece.

Dió ella un paso hacia él.

—¿Entonces todo ha acabado?

Gabriel hizo un gesto. Su cara reflejaba un profundo cansancio.

—Perdóname si soy brutal —dijo con una voz que no parecía la suya—. Nada me interesa ni nadie me importa. Aunque tarde, quiero ser honrado contigo.

Berta permaneció muy quieta frente a él. "¡Honrado!" —le gritaba sin palabras—. Ahora me sales con que quieres ser honrado, cuando yo estoy loca por tí y me consumiré y me desesperaré y viviré en un tormento, sin tu presencia, sin tus brazos, sin tus besos. ¡Has encendido en mí esta ansia maldita, esta necesidad de tí y me vienes a hablar ahora de tu "honradez"!

—Maldeciré hasta el último instante de mi vida la hora en que te conocí —dijo con labios secos.

No le contestó. Y ella tuvo que frenarse para no echarle los brazos al cuello y suplicarle:

—Gabriel, no me dejes... por compasión...

Pero Eugenio entró en aquel momento. El equipaje estaba cargado y los niños en el coche. Tenían los minutos contados para llegar al barco. Gabriel se volvió.

—Vamos.

Media hora después oyó Berta un largo aullido de sirena. Tirada de bruces en la cama, lloró como nunca había llorado.

X

Durante varios días permaneció sin levantarse y, vuelta contra la pared, fingió que estaba enferma. Cada vez que Eugenio se acercaba al lecho, se quejaba de una espantosa jaqueca, lo que la eximía de responder a su solicitud y sus preguntas. Por primera vez en su vida se hallaba incapaz de fingir. Su dolor y su nostalgia la llenaban de desesperación. Acurrucada en su cama, con los ojos cerrados, sin probar bocado y sin dormir, sólo ansiaba morirse, acabar. La vida que la esperaba la llenaba de espanto, y la presencia de Eugenio, con su amerengada bondad, le producía una irritación rayana en la locura. A ratos, cuando le oía acercarse de puntillas, se clavaba las uñas en la piel hasta herirse. "Toda mi vida unida a este tipo —sollozaba en su interior—, toda mi vida." En otros momentos, sola en la alcoba, a oscuras, alzaba los brazos y le hacía el efecto de que sus manos crecían y crecían hasta alcanzar a Gabriel allí donde estuviera y que, rodeándole, le atraían hacia ella. "Te quiero. Te quiero", murmuraba entonces a media voz. Luego se revolcaba en la cama con un ronquido bronco y angustiado.

Cuando Eugenio, en su alarma, llamó al médico, éste diagnosticó unas fiebres tifoideas.

Estuvo seriamente enferma unas semanas, y ayudado de la vieja Lorenza, él se desvivió por cuidarla. Sus gritos y lloros le llenaban de preocupación. Los achacaba a la calentura y a las impresiones recibidas.

—¡Tenía que sucedernos esto en los primeros días de casados! —confiaba al médico—. Cuando estábamos en la gloria.

Y en su afán por dar explicaciones, añadía que Berta había profesado un gran cariño a la señora y a los niños.

El doctor meneaba la cabeza. Una desgracia nunca venía sola. Pero confiaba en la naturaleza joven y fuerte de su esposa.

El porvenir le dió la razón. Berta despertó una mañana libre de fiebre, aunque en estado de gran debilidad.

Eugenio no cupo en sí de gozo. La rodeó de infinitos mimos y cuidados. Y Berta, haciendo un máximo esfuerzo, tuvo que soportar sus caricias y que tragarse sus golosinas. Casi no entendía su parloteo. Don Gabriel le había dejado encargado de la administración directa de todos sus bienes; sólo rendiría cuentas a don Pere, quien, a su vez, se entendería con don Rufino Meléndez, en Madrid. El señor se proponía viajar. Había metido los niños en los Jesuítas de Chamartín y, tranquilo por ese lado, intentaría, por lo visto, distraerse como pudiera.

—Claro que tarde o temprano volverá —resumía Eugenio, optimista.

Nada en la cara de Berta traicionaba el menor interés.

Pero poco a poco fué recuperándose. Y un día, al mirarse en el espejo de mano y encontrarse muy afeada en su demacración se dijo, de pronto, lo mismo que Margarita, pensando en el mismo hombre: "Tengo que volver a ser lo que fuí". Desde aquel momento hizo un esfuerzo pertinaz por sobreponerse. Y el día en que Eugenio le anunció que la señora marquesa de Colonya vendría aquella misma tarde a hacerse cargo de la ropa de la señora y que, si se sentía con ánimos, debía ofrecerse a ayudarle, le contestó que estaba dispuesta.

Mucho antes de la hora fijada cruzó al palacio. Tenía un aspecto desolado en su desierta y tenebrosa inmensidad, con sus enfundados muebles y sus lustros envueltos en tarlatana. Se dirigió a la habitación de Gabriel. Estaba casi a oscuras, con las persianas cerradas. Un olor sutil la estremeció: una mezcla de tabaco, de loción y de algo que era sólo suyo. Fué hacia el lecho y, cogiéndose a una de las columnas salomónicas, miró su amplitud. "Un día volverá."

El choque de los cascos sobre los guijos del zaguán la volvió en sí. Atravesando el cuarto de doña Margarita, salió a recibir a doña María.

—Una triste misión —venía diciendo ésta a Eugenio. Vestía de luto, con la mantilla enmarcando el hermoso rostro.

Saludó a Berta con seriedad y continuó transmitiendo al administrador las órdenes de don Gabriel. Deseaba que toda la ropa de su mujer fuese distribuída entre las jóvenes del asilo del que era protectora. Iba a seleccionar lo que pudiera servirles. Lo demás podía ser guardado en los arcones.

—Berta se puede encargar de hacerlo —ofreció Eugenio.

Doña María miró a Berta y hubo una sombra en sus ojos claros.

—No necesita molestarse. Yo indicaré a Joana y Petra lo conveniente.

Berta comprendió que sobraba y debía retirarse. Pero ese espíritu batallador que volvía a erguirse en ella le susurró: "Sigue en tu sitio".

Llamó Eugenio a las antiguas domésticas, que al ver a la que había sido la mejor amiga de su señora rompieron en gemidos.

—¡Ay, doña María! ¿Qué va a ser de esta casa?

Cuando después de unas palabras cariñosas de la marquesa dieron comienzo a su tarea, Berta vió sacar del enorme armario de palo santo y marfil las cascadas sedosas de la ropa interior, el lujo de las batas, de los frascos de perfume, de los pañuelos, de las medias... Como el aposento de Gabriel, el de Margarita se llenó de su olor. Algo suave y muy personal que, de pronto, la resucitaba. Berta miró hacia la puerta. Tuvo la sensación de que alguien acababa de entrar y de que aquel alguien se acercaba a ella y le murmuraba: "Fuera de aquí". Sintió un malestar. Lo ahuyentó. No estaba bien todavía. Pero al ir a seguir a doña María y a las criadas, que se dirigían al cuarto de armarios, y echar un último vistazo sobre aquel amasijo frívolo y femenino que se amontonaba sobre los plateados damascos del lecho, unos feroces celos retrospectivos le retorcieron el corazón. Y no supo si dijo en voz alta o si sólo lo pensó: "Pero yo estoy viva. Yo estoy viva".

Fué a los tres meses cuando se dió cuenta, con espanto, de que estaba en estado. Si esto le hubiera sucedido a raíz de la marcha de Gabriel habría experimentado una loca alegría. Era el arma suprema en sus manos. La fuerza y el derecho de hacerle volver: "Tengo un hijo tuyo". Pero aquí no cabía engaño. El hijo que empezaba a cobrar vida en ella era de Eugenio. Se sintió vencida frente a aquella realidad. Era distinto recibir a Gabriel como amante fiel y ardiente a hacerlo con un hijo de otro entre los brazos. Sintió una rabia frenética contra Eugenio, maldiciéndole en su interior, y en sórdida represalia tardó varios meses en darle la noticia. Eugenio, al enterarse, se quedó pálido de emoción.

—¡Dios te bendiga!

Berta apretaba los labios. La vida era un trágico despropósito.

De Gabriel llegaban escasas noticias a la casa Tremp. Una vez era don Pere quien había tenido carta suya, otra don Rufino el que escribía desde Madrid. Los niños se encontraban bien y el padre viajaba por lejanos mundos.

Eugenio y Berta vivían sus días en apariencia tranquilos, siempre iguales. Cruzaba ella desde temprano al palacio, empleándose en mil trabajos. Si antes, como criticaban las criadas, había tenido humos "de lo que no era", admiraba ahora a las mujeres de la limpieza por los bríos con que compartía sus faenas. Sacudía colchones o alfombras, golpeándolas con la palmeta "como si azotara al diablo". y Eugenio la sorprendió una mañana sacando furiosamente brillo con el pie.

—No hagas atrocidades —la reprendió—. Te puedes hacer daño.

Berta se echó a reír. Que no temiera. Tenía una salud de hierro.

Pero llegó el momento en que brúscamente, como lo venía haciendo todo, cambió de actuación, y con la misma furia con que había sacudido y cargado muebles, se dedicó a la confección de faldones y ropitas, cosiendo hora tras hora. Eugenio no daba abasto para admirar los primores que salían de sus manos. Y cuando al anochecido la veía tirar de la aguja con la cabeza inclinada bajo la lámpara, se decía que el día en que tuviera un hijo no habría en todo Palma un hombre más feliz que él.

—Será, a su vez, administrador de esta casa —dijo en una ocasión.

Berta dejó caer su costura.

—¡Administrador! —y hubo tal desdén en su voz que él se molestó.

Ni que fuera algo vergonzoso y tuviera quejas de las ventajas y la posición que el cargo les proporcionaba.

—Siendo ahorrativos como somos, podemos vivir con holgura. ¿Qué echas de menos? ¿Qué te falta?

Berta se mordió la lengua. Y sólo contestó que quería que su hijo fuera militar o marino. Y él reconoció que era natural que una madre tuviera aspiraciones.

En mayo dió a luz una niña. El parto se efectuó normalmente y la comadrona certificó se trataba de una espléndida criatura que pesaba más de cuatro kilos. Eugenio no cabía en sí de felicidad. Una y otra vez se arrodillaba junto a la cama, acariciando el pelo de su mujer o apretándole las manos.

—¿Tú sabes lo que es tener un hijo nuestro? —le dijo cuando ya la vió tranquila, con la niña envuelta en una toquilla a su lado—. ¿Te das cuenta, vida mía? Es una gran bendición del Cielo. —Miraba a la recién nacida con ojos extasiados.— Y un gran misterio.

A Berta, por primera vez, no le molestó su entusiasmo. La criatura, junto a ella, la ablandaba de un modo extraño. Era algo suyo. Algo a que aferrarse en espera de lo otro.

—¿Por qué un misterio? —preguntó irónica.

Eugenio hablaba como en trance.

—Un ser nuevo: un pequeño mundo nuevo. Y lo hemos creado tú y yo. ¿No es maravilloso? Tendrá de tí y de mí y procuraremos los dos que sea lo mejor de cada uno. Fíjate, está chupándose la mano. Ya tiene hambre. Tendrá hambre de todo: de ternura, de bondad, de belleza...

Berta rió breve:

—De amor...

Y él repitió con suavidad:

—Sí, de amor —la miraba con profundo afecto—. Quiera Dios darle nuestra suerte.

Berta sintió un sobresalto. "¡La mía no!", estuvo a punto de gritar. Pero se limitó a coger a su hija en brazos.

—Por lo pronto tiene hambre de leche. Voy a darle el pecho.

XI

Catalina, como la llamaron, fué una de esas criaturas que, según el dicho popular, "se criaba sola". Robusta y plácida, tenía un apetito voraz y dormía a sus horas. No lloraba nunca ni tuvo en los primeros meses de su existencia uno solo de esos desarreglos o enfermedades tan frecuentes en los niños. A Berta le servía de distracción y de motivo en qué emplearse. A Eugenio, de objeto en qué volcar su capacidad afectiva. Por muy dado a ilusionarse que fuera, no podía ya cerrar los ojos a la realidad de que su mujer era poco amiga de efusiones y un tanto arisca y seca de carácter. La niña que, en cambio, pronto respondió a su cariño con gorjeos y risas, le compensaba de esa íntima desilusión que no se confesaba ni a sí mismo. Dijo "papá" antes que "mamá" y su carita redonda, en la que lucían unos grandes ojos oscuros, se iluminaba de alegría al verle aparecer. Todo era entonces agitación y latir de brazos.

—No cabe duda de que te adora —observaba Berta con displicencia.

—También a tí —contestaba Eugenio, temeroso de que sintiera celos.

Berta, por otra parte, era una madre a la que nada cabía reprochar y la educación severa que desde la cuna impuso a su hija sólo podía redundar en beneficio de ésta. En efecto, Catalina ya desde muy pequeña llamó la atención de cuantos la conocieron por su docilidad y su sentido del orden y de la pulcritud. No rompía jamás un juguete y ya a los dos años ayudaba a recoger su cuarto. Las amistades que poco a poco iba haciéndose Berta se pasmaban ante tamaña educación. No eran estas amistades todo lo selectas que ella hubiera querido. Se limitaban a un trato bastante frecuente con la viuda de un comandante de Intendencia, doña Gertrudis Llorca, natural de Manacor, que vivía en un caserón destartalado con muebles del peor isabelino, presididos por una salamandra siempre apagada y una camilla que era vivero de habladurías; y unas relaciones más espaciadas con la familia del farmacéutico don Nicomedes Salvá, persona muy estimada en la población y cuya botica, en la calle de Pueyo, reunía a una tertulia de magistrados, canónigos y altos empleados que a Eugenio deleitaba.

—Realmente, la de Muro es una mujer muy dispuesta en todos sentidos —se empezó a comentar en la tertulia y en la camilla.

Berta, al sentir crecer en torno suyo esa oleada de aprobación, sonreía para sus adentros. A la picota del escándalo, su habilidad sustituía la plataforma de la buena fama. Cuando volviera Gabriel, en su modesta esfera habría sabido hacerse un sitio. Sería doña Berta de Muro, en vez de "la Albañil". Día y noche pensaba en aquel regreso, y cuando a solas se contemplaba en el espejo, un orgullo la hacía erguirse. Su cuerpo, fino y duro, seguía siendo como un mármol de la colección Despuig. A veces subía al desván y contemplaba el escenario de sus amores. Se sentaba en el sofá y una violenta nostalgia la hacía replegarse sobre sí misma.

"Vuelve —gritaba todo su ser—. Vuelve."

Fué brutalmente, por el periódico, como supo la noticia. Gabriel Torrent había fallecido a consecuencia de una caída de caballo en una montería. Un telegrama de Madrid relataba el hecho escueto. Berta miraba la letra impresa con una especie de estupor. Le extrañó no sentir absolutamente nada. Nunca supo el tiempo que permaneció en la camilla, inmóvil, con las manos lacias sobre el verde tapete. Cuando Eugenio, que había salido de paseo con Catalina, entró en la habitación, que se hallaba casi a oscuras, sólo le dijo:

—Gabriel ha muerto —y le pareció que no era su voz la que pronunciaba aquello.

Tuvo una vaga sensación de que luego pasaron muchas cosas: ajetreo, visitas, comentarios, lamentos. Y que ella contestaba frases que debían ser coherentes, puesto que a nadie llamaron la atención. Cual si su cuerpo, por velocidad adquirida, siguiera funcionando como un artefacto, ajeno a su espíritu y su voluntad.

No guardó cama ni se sintió enferma. Era simplemente cual si hubiera muerto dentro de sí misma y fuese otra la que siguiera viviendo.

XII

Llegaron al muelle con anticipación. El barco, para no perder su costumbre, traía retraso. Como a ninguno de los dos les importaba esperar y estando juntos se sentían felices, se instalaron sobre unos fardos. Ardía un sol veraniego, amarilleando las ojivas góticas de la Catedral y los torreones árabes de la Almudaina.

—Qué bonito es esto, ¿verdad, papá? —Catalina entrecerraba los ojos, mirando en lontananza.

—"Puerto del corazón marinero del mundo" lo ha llamado un poeta —murmuró Eugenio.

La niña volvió la cara y le sonrió ¡Lo que sabía! Le encantaba escucharle, sobre todo cuando le contaba esas leyendas y consejas que escuchó de niño junto al llar payés de boca de su abuela, y el mejor premio para ella consistía en acompañarle en sus viajes a los predios. Se sentía orgullosa al ver la estima que le profesaban desde los aparceros a los pastores... "Mi padre es un hombre importante", solía pensar. Sin embargo, a veces tenía la impresión de que había algo profundamente malogrado en él, y la idea, sin saber por qué, la llenaba de tristeza.

—Si hubieras podido elegir, ¿qué te hubiera gustado ser? —le preguntó ahora, de repente.

Los ojos azules de Eugenio se perdieron a lo lejos.

—Marino... navegante... —murmuró—. O tal vez algo en lo que hubiera podido hacer el bien... misionero...

Catalina le miró con estupor.

—¿Tú crees que hubieras servido?

Vió una sombra cruzar por su cara.

—¿No me encuentras lo bastante inteligente?

Catalina meneó sus trenzas.

—No te encuentro lo bastante echado para adelante, pero de inteligente y de bueno... ¡no habría otro!

Y a él le pareció que un chorro de sol le ensanchaba el pecho.

La nave blanca destacó su silueta sobre el mar. Catalina, saltando al suelo, quería correr hasta el borde del malecón. Eugenio la retuvo. Calma. Todavía pasaría un rato antes de que desembarcaran. Se lo comió ella entonces a preguntas sobre los chicos, aunque se sabía de memoria lo que iba a contarle. Biel y Xim le eran tan familiares como los cuentos del "Conde Malo" y los de la *bruixa* de *Son Paternó*. Desde que tenía uso de razón las dos sílabas de sus nombres habían ejercido sobre ella una fascinación mágica.

—Esos son —oyó exclamar, al fin, a su padre, que, agarrándola de la mano y sorteando los pasajeros, se precipitó hacia dos chiquillos que acababan de cruzar la pasarela.

Los abrazó una y otra vez. En su nervosismo, Catalina se puso a saltar en puntillas, con el corazón brincándole en el pecho.

—Dejadme que os mire —decía Eugenio, cogiéndoles la cara—. Tú eres igual que tu padre. Y tú —se dirigió al menor— tienes mucho de doña Margarita.

Los chicos sonreían sin emoción.

—Yo soy Catalina —dijo la niña, impaciente porque no se fijaban en ella.

Los chicos la miraron con indiferencia. Ella los encontraba elegantísimos con sus trajes grises, sus sombreros de paja y sus altos calcetines.

En la *galera* les vió tirarse por la ventanilla. Biel preguntaba a cada instante:

—¿Te acuerdas de esto?

Xim meneaba la cabeza. No se acordaba.

Al llegar a la Portella, Biel hizo lo mismo que Eugenio en cierta ocasión. Mandó parar el coche. Quería ver su casa desde fuera. Cruzó la calleja y, la cabeza en la nuca, pareció beber con los ojos toda la ruda fachada. Catalina pensó que era feo, con sus ojos muy separados y amarillos, como de bicho, bajo unas raras cejas oblícuas, y su frente demasiado alta, sobre la que le caían unas rizadas greñas color de estopa. Su vista volvió a Xim, mucho más guapo y agradable de aspecto.

Los chicos enmudecieron al pisar su casa, pero miraron en torno suyo con profunda curiosidad. En el primer salón les aguardaba Berta. Al ver a Biel sintió un sobresalto. Ese pelo. Ese maldito pelo.

—¿Sabes quién soy? —le preguntó, cogiéndole por los hombros.

El chico frunció las cejas en un gesto que acentuaba su semejanza con su padre.

—Berta.

—¿No encuentras que se parece a...? —empezó Eugenio.

Berta le miraba ahora de cerca, detallando sus facciones, buceando en sus ojos. Tenía Biel algo tan diametralmente distinto al otro en su expresión, que la semejanza se desvanecía. Sí, era hijo suyo, pero también de *ella*. Le soltó para besar a Xim. Pensó que era una lástima no fuera una niña, con su perfil correcto y sus rizos castaños.

—Queremos ver el cuarto de mamá —dijo Biel de pronto.

Eugenio los condujo, seguido de Catalina.

—Este era —dijo, abriendo la puerta.

Biel se acercó a la *chaise-longue* de raso azul sin decir nada. Sólo volvió a fruncir las cejas, y Eugenio vió en su cara flaca que se acordaba. Miró el respaldo ondulante como diciendo: "yo me subía allí". Xim no miraba el cuarto. Miraba a su hermano.

—Yo no me acuerdo —dijo en tono de queja.

Biel se encogió de hombros y sólo manifestó que ahora lo que quería era cambiarse.

Cuando aparecieron en el comedor para almorzar, Catalina se quedó boquiabierta: todo rastro de elegancia había desaparecido de sus personas. Llevaban unos pantalones muy cortos y descoloridos y unas camisetas viejas. Tenían aspecto de todo menos de ser los Torrent Algaida.

—Cuando esta tarde venga la Familia... —sugirió Eugenio, solemne.

—Le dices que no hemos llegado —el tono de Biel era categórico—. Este y yo no los queremos ver.

Berta intervino. Eso era imposible. Hasta las cinco podían hacer lo que les pareciese, pero a esa hora tendrían que estar de punta en blanco esperando a los suyos.

—¿Y si no nos da la gana?

Fué Eugenio quien contestó, muy serio, que si no les obedecían a Berta y a él se vería obligado a dar parte a don Pere y que seguramente sería doña Jerónima la que se encargaría de ellos. Biel pareció meditar un rato. Luego dijo, con tono indiferente:

—Está bien. Pero si crees que nos asustas con eso de ir a vivir con *Mateuet,* te cuelas. Es a *Mateuet* y a su mamá a los que debe asustar la idea de que éste y yo vayamos a vivir con ellos.

—Este chico es de miedo —dijo Eugenio después a Berta—. Tiemblo pensando en lo que nos espera.

Berta, que parecía ausente, se abanicaba en una mecedora.

—Ya no será tan fiero el león —repuso con inusitada dulzura.

Se equivocaba, el león era fiero. Porque de los hermanos era Biel en todo el inductor y Xim su ferviente adepto. Apenas llevaron dos semanas en Palma que la fama de sus fantásticas andanzas fué del dominio público. Habían heredado, y sobradamente se encargaron de demostrarlo, toda la extravagancia de los Algaida junto al endiablado ímpetu de los Torrent y Tremp. Mil anécdotas, más o menos verídicas, empezaron a correr sobre ellos. Nocturnas cacerías de gatos en que se jugaban la vida trepando por los aleros y saltando entre las vigas carcomidas sobre el mortal desfiladero de la Portella; clandestinas expediciones de contrabando a bordo de la barca de Guem, al que, siendo hermano de Joana, su antigua niñera, se conchavaron fácilmente; batallas campales y palizas organizadas entre los chicos del barrio, y hasta el inverosímil asalto, según decían, con viejas armas de panoplia a un tenducho chueta, al que restituyeron al día siguiente lo sustraído, añadiendo el regalo de una magnífica cadena de oro. La Familia se hacía cruces. Y en sus frondosos árboles genealógicos buscaba antecedentes. Los había para dar y prestar: desde el corsario que violó a la altiva Jeronia hasta el diabólico "Conde Malo", existía dónde elegir en cuanto a salvajismo, arrojo y fantasía.

Don Pere llamó a Eugenio para que le informase. Y éste tuvo que reconocer que, aunque desorbitado, cual de costumbre, existía en todo aquello un fondo de verdad: los Torrent Algaida eran unos chicos audaces y algo mal educados. No comprendía cómo en el colegio no los habían tenido más sujetos.

—Me temo que esa sea la causa —meditó don Pere—. Y que ahora estén soltando su válvula de escape. ¿Pero ha notado en ellos malos instintos? Dice Jerónima que a su pobre niño...

Eugenio protestó con energía. ¡Eso sí que no! Podían ser alocados e insensatos, pero eran nobles en su fondo, incapaces de una mala acción.

¡Ojalá no se hubiera aventurado a afirmarlo! El día siguiente había de darle un terrible mentis. Habiéndose encontrado, en el desván que les servía de leonera, a su primo Mateo martirizando a un gato, le arrastraron, a pesar de sus voces, escalera abajo y, secundados por un amigo que se les unió, fueron a tirarle desde el parapeto al mar. Si Eugenio, alarmado por los chillidos que subían de la calleja, no se hubiese precipitado en su auxilio, el chico, que no sabía nadar, hubiera podido darles un buen susto.

—¡Menuda suerte si la diña! —gruñó Biel mientras que Eugenio, sacudiéndole, le hacía ver lo que podía haber sucedido.

Catalina, que en un rincón acunaba entre los brazos al gato ileso, miró a Biel con admiración. Empezaba a sentir por él un respeto.

No sospechaba que poco después sería ella la víctima

del inquieto afán aventurero de los hermanos. Enterada de que en un solar del barrio había de celebrarse una guerra entre el bando de los Torrent y el bando enemigo de los Montcada, decidió ir a meter sus narices en la pelea. Se hallaba en pleno apogeo cuando se deslizó por una brecha en la valla. Las piedras volaban de un lado a otro. Biel lanzó un alarido.

—Lárgate. Fuera mujeres.

No le hizo caso. Proveía a Xim de proyectiles, correteando entre la pedrada. De pronto un canto vino a darle en la frente y cayó sin un grito.

—¡Alto el fuego! —se oyó una voz de mando.

Catalina yacía con la cara contra la tierra, y un hilillo de sangre le resbalaba de la sien. Biel la volvió boca arriba, y, cogiéndola en brazos, la cargó hasta la casa. Berta palideció al abrir la puerta.

—¡La has matado, bruto!

Se la arrancó y fué a echarla sobre la cama. La niña, entonces, abrió los ojos.

—¿Quién ha ganado?

Xim chilló, triunfal, en su oído:

—Nosotros.

Era mentira, pero Catalina esbozó una sonrisa y se sumió de nuevo en su inconsciencia.

—Hay que meterlos en un correccional —bramó doña Jerónima—. Van a acabar con todos los niños de Palma.

Don Pere decidió simplemente devolverlos a su punto de procedencia. De todos modos, las vacaciones tocaban a su fin. Hizo ir a su despacho a Biel, acompañado de Eugenio, y tuvo con el chico a solas una conferencia de "hombre a hombre". Luego llamó a Muro, y con tono solemne le participó:

—Gabriel me ha dado su palabra de Torrent y Algaida de que de aquí hasta su marcha, ni él ni su hermano nos volverán a dar motivo de disgusto.

Biel se limitó a permanecer callado. Los pelos rojos le colgaban sobre la alta frente, y, a pesar de los desvelos de Berta, tenía un aire zarrapastroso. Como Eugenio se sintió en la obligación de decir que estaba seguro cumpliría lo prometido, le lanzó una mirada iracunda.

—Tío —preguntó—, ¿si uno se llama Pérez o Sánchez no tiene por qué cumplir su palabra?

—Toda persona decente la cumple lo mismo.

—¿Los Torrent han sido siempre personas decentes?

Don Pere optó por soslayar la cuestión.

—Han cumplido lo que prometían.

Eugenio le hizo despedirse, y caminaron rumbo a casa. De vez en cuando el chico se paraba y daba un puntapié a una piedra. Estaba pálido y se mordía los labios.

—Te convido a un helado en *Can Tomeu* —dijo Eugenio de repente.

Biel dió una patada a un árbol, y Eugenio temió que le fuera a lanzar alguna de sus insolencias. Pero el chico volvió la cara y le sonrió. Y su sonrisa era muy joven y desamparada.

—Invítame a dos, Eugenio —dijo, cogiéndole del brazo.

XIII

Catalina, después de su marcha, los echó terriblemente de menos y contó en el colegio que tenía dos hermanos que se llamaban Biel y Xim.

—Si ésos son los de Tremp —protestó una compañera, Pacita Arranz, que, siendo hija de una señora cursi, era muy versada en nobleza mallorquina.

Lo repitió en casa a su madre, doña Gertrudis, que era precisamente una de las nuevas amistades de Berta, y a la que le faltó tiempo para repetirle la especie. Lo hizo con una risita y pésima intención. ¡Ay, qué criaturas de sus pecados, qué incautas eran en su inocencia! Berta sonrió, tascando el freno; pero en cuanto Catalina volvió del colegio la interrogó, frenética. La niña la miró con un vago asombro.

—Biel y Xim son mis hermanos —afirmó con tranquilidad.

Su madre la zarandeó furiosa, y como sólo consiguió que con tozudez repitiera la misma frase, le propinó unos fuertes azotes.

—¡Embustera! ¡Mentirosa! —desahogaba su ira en el cuerpecillo de su hija con un rabioso dolor: el de que aquello no fuera verdad.

—¡Repítelo ahora!

La niña no lloraba. Unas ojeras le agrandaban los ojos y tenía los labios estrechamente apretados. Miraba a su madre con mudo reproche. Berta la mandó a la cama sin cenar. Obedeció en silencio, plegando, como siempre, su ropa en el taburete. Cuando su padre, al volver de la calle, entró para besarla y le preguntó por qué la habían castigado, no se lo dijo. Sabía que estaba sufriendo una injusticia, pero ella no era una acusica, y menos tratándose de su madre.

—No te importe —le dijo echándole los brazos al cuello.

Mas cuando se quedó sola, en vez de su acostumbrada oración, rezó algo distinto, con toda su alma:

—¡Dios mío, haz que Biel y Xim se hagan hermanos míos!

—¿Y por eso la has pegado? ¡Estás loca!

Eugenio, que sólo perdía su paciencia cuando se trataba de la niña, miró a Berta con indignación. Se revolvió ésta, airada. ¡Cómo era posible que no comprendiera a lo que en una ciudad tan maledicente como aquélla (siempre que se le presentaba ocasión despotricaba contra lo que Eugenio más podía querer) se prestaba la idiotez de la chiquilla!

Y como él la seguía mirando sin manifestarse, le gritó que ignoraba todo lo que había tenido que sufrir de aquel afán de calumniarla de sus paisanos.

—¿Te refieres a lo que dijeron de ti y de don Gabriel? —preguntó Eugenio con repentina tranquilidad. Su estupor pareció divertirle—. ¿Cómo has podido creer que no estaba al cabo del asunto? Recibí en su tiempo innumerables anónimos llamados a abrirme los ojos y deshacer nuestra boda.

Berta recuperó de golpe su dominio.

—¿Y no hiciste caso?

Experimentaba un insano placer en hablar del pasado, precisamente con él, cual si por el solo hecho de hacerlo le confiriera una nueva realidad. Se preguntaba, de súbito, lo que a fuer de mal pensada se le había ocurrido a veces: que si a sabiendas había pasado por todo, movido por su enamoramiento o por su conveniencia.

Eugenio la observaba a través de sus gruesos cristales.

—Me casé contigo.

Y la sola nobleza del tono barría todo equívoco.

XIV

Los años fueron pasando. El barrio de la Seo seguía siendo el mismo: mudo, sensible, secreto. Con sus murallas medievales, sus pinas callejas, sus escudos, sus zaguanes y sus cerradas celosías. El oleaje de la ciudad moderna, hecho claxons, timbres, ajetreo y forasteros, se estrellaba en vano, como otro mar menos plácido que ese Mediterráneo que lo lindaba por uno de sus costados, contra sus paredones. Las horas en su recinto seguían su ruta tranquilamente, sin bruscos adelantos ni atrasos. El silencio de sus noches sólo se cortaba por las campanadas de su Catedral y el maullido enamorado de sus gatos, y el silencio de sus días, por las pisadas de algún canónigo o de alguna enlutada, el silbido de pájaro del afilador o, de tarde en tarde, el de un carruaje noble al salir de un no menos noble zaguán. Por lo demás, tan sólo el batir de golondrinas contra sus aleros, o el del mar contra sus murallas. Las primaveras llenaban las callejas del aroma moruno de jazmines y alelíes que brotaban de los jardines interiores. Los veranos, de un olor a algas y a sal. Los otoños volvían a endulzar la atmósfera con el perfume de las albahacas. Y los fríos del invierno descendían un tenue telón de bruma sobre los recovecos, arcos islámicos y puertas románicas abiertas al océano. De la de la casa Tremp salía por todos los tiempos una niña que, al correr de las estaciones, iba espigándose y haciéndose hermosa. Sus dos trenzas apretadas fueron dejando lugar a una larga mata de pelo, y luego, a una trenza recogida bajo la mariposa de un lazo.

Catalina había cumplido quince años, sin que nada de muy particular hubiera sucedido en su existencia.

Cuando por las noches, en la cama, analizaba su diario vivir, se decía que era un ser feliz. Tenía una madre bastante dominante y áspera, era cierto; pero, en cambio, su padre saciaba con creces sus necesidades de ternura. Poseía su misma imaginación y sus mismos gustos. Si colocaba un libro en sus manos diciéndole: "Lee esto", ya sabía de antemano el placer que la aguardaba; y si le preguntaba: "¿Vienes conmigo?", era siempre para ofrecerle una sorpresa llena de encantos. Juntos solían recorrer la ciudad de punta a punta, y Eugenio le había enseñado a amarla en sus infinitos aspectos. Reconcentrada por naturaleza, no tenía amigas de su edad. Las compañeras de colegio habían ido alejándose de ella. Unas, porque la posición de sus padres y su snobismo provinciano las hacía sentirse superiores a la hija de "un administrador", y otras, porque, considerándolas insulsas, fué ella la que renunció a su trato. Berta la reñía: era conveniente tener relaciones.

Un anochecido, Eugenio, que había ido a pasar el día a *Son Paternó*, volvió con la mano vendada.

—No es nada —dijo—. Me lo hice con un clavo en la cuadra.

Y como única explicación añadió que le habían curado en la farmacia del pueblo y que por haberse dado un buen tute caminando quería meterse temprano en cama. Catalina le llevó, solícita, un caldo con unas rebanadas de pan y sobrasada. Se sentó en la colcha y le miró comer.

—Está riquísimo —comentó él con golosa satisfacción.

Y ella sintió un contento, pareciéndole que más que su padre era su hijo.

Al acabar le vió colocar la taza en la mesilla y sonreírle quitándose los lentes. Rara vez le había visto sin los cristales. Su cara le causó una extraña impresión. Como algo terriblemente desnudo y sin defensa.

—¡Qué buena eras conmigo, hijita! —dijo Eugenio con dulzura.

Catalina, acercándosele, le acarició la frente.

—Tienes aire cansado. Debes dormir. ¿Rezamos antes?

Se arrodilló y sacó su rosario. Al llegar al tercer misterio notó que él empezaba a cabecear. Terminó de prisa, y, después de persignarse, le arregló la almohada y le besó en la sien.

—*Bona nit*, papaíto.

Al día siguiente Eugenio amaneció con una temperatura altísima, que fué principio de una infección. Y tres días después había fallecido sin recobrar el conocimiento.

Catalina se encerró en un dolor huraño, al que el duelo convencional y aparatoso de su madre ofendía. Su razón no abarcaba su desgracia.

Berta, en cambio, aunque se propuso guardar el más severo de los lutos, no tuvo la sensación de una pérdida. Unicamente el de un problema. ¿Qué iba a ser ahora de ella y de su hija?

Don Pere se portó como quien era. El cadáver de Eugenio estuvo expuesto en la capilla del palacio, y todos los Torrent asistieron al entierro. Luego, en cuanto pasó el novenario —en que las amistades de los Muro, haciendo a la viuda y huérfana "objeto de una verdadera manifestación de simpatía", como comentó en cortos renglones la Prensa local, rivalizaron en enlutado visiteo, veladas y rosarios—, se personó para tratar con ella de su porvenir.

Berta le recibió con gran dignidad y escuchó de sus labios noticias que no dejaron de tranquilizarla. Creía cumplir don Pere con la voluntad de Gabriel al manifestarle que mientras viviera habitaría aquella casa y recibiría, en calidad de viudedad, los mismos haberes de su marido. Como era una mujer muy dispuesta y ordenada, podría seguir ocupándose del régimen interno del palacio, corriendo todo lo demás por cuenta del nuevo administrador.

Berta, dentro de su dolido empaque, se mostró muy agradecida.

—Como mi pobre Eugenio, que en paz descanse, estaré siempre a la disposición de los Torrent—. Más que un acatamiento parecía una concesión.

Cuando el prócer hubo marchado, lanzó desde el fondo de su alma un suspiro de alivio. ¡Bendito sea Dios! Pensó que mandaría hacer una ampliación de un retrato de su difunto, que con un lazo negro y unas hojas de laurel prendidas en el marco resultaría muy aparente sobre el piano.

XV

Pasados los dos años de riguroso luto, Berta decidió poner a Catalina de largo por Todos los Santos. Entre las dos confeccionaron el obligado *vestit de sede negre*, que en adelante le serviría para la Semana Santa con el complemento de la magnífica mantilla que Berta llevó en su boda.

—Tienes edad de presumir —le dijo al prendérsela.

Y, apartándose unos pasos, la detalló. La chica era preciosa, desde luego, y tenía un cuerpo esbelto y cimbreante, pero nada había heredado de su garbo y picardía. Era muy mallorquina, con su porte recatado y grave y su mirada llena de una clara ternura. "¿Con quién conseguiré casarla?", se preguntó, siendo ésta la nueva meta de todas sus ambiciones. Consideraba inestable su situación en el palacio Tremp. Un día volverían los jóvenes, quizá casados, y, como a las viejas sirvientas, les ofrecerían un retiro en un predio. Era necesario, por tanto, situarse antes, y su única oportunidad consistía en que Catalina hiciera una buena boda. Analizó todas las posibilidades. El irreductible sentido de casta isleño envolvía su mediocridad como en cinturón de hierro. ¿A qué podía aspirar su hija? A un pobretón como ella, a un empleadillo, a un funcionario con cincuenta duros de sueldo, que encima creería hacerles un favor. ¡Si, al menos, Catalina se le hubiera parecido! Unida su juventud a su propia experiencia, ¡qué no hubieran logrado!

Catalina, acostumbrada a una vida muy casera y recluída, temió el cambio que aquella "presentación en sociedad" —sin sociedad y sin presentación— iba a llevar consigo.

Adivinaba horas llenas de fastidio y complicaciones junto al arrogante empaque de su madre, que, en el fondo, ocultaba un complejo de inferioridad. ¡Ay, esas periódicas visitas a casa, uno por uno, de los Torrent, en que solían hacerlas esperar siglos antes de recibirlas! Se sentaba ella entonces en el borde de una silla de dorado bambú o en la madera de un taburete, con las faldas por los tobillos y enrojeciendo si una de las damas se dignaba dirigirle la palabra. Cierto era que había quien las recibía con afabilidad, como doña Bárbara, que les hablaba sin parar de Teresita, que de no haber muerto de aquella meningitis tendría ahora su misma edad, o doña María Ignacia, la condesa de Paréis, más guapa que ninguna con su pelo blanco y sus ojos azules; típicas señoras mallorquinas, bondadosas y encantadoras... Pero doña Jerónima, en cambio... Al recordarla, Catalina sentía siempre el impulso de tocar madera.

—¿Qué necesidad tenemos de ir a rendir estas pleitesías? —preguntaba luego en la calle.

—¿Olvidas que vivimos de la caridad de los Torrent?

Aquello la humillaba hasta el fondo del alma.

Berta, en su nueva fase, se puso a seguir en cuanto podía las costumbres de las nobles damas palmesinas, y obligaba a Catalina a acompañarla. Iban a diario a misa de tres cuartos para las doce a San Nicolás, o a la de doce a Santa Eulalia, y a la salida fingían un recorrido de tiendas o se dirigían a tomar el sol a lo largo del muelle. Imitando a doña María Colonya y sus semejantes, Berta realizaba también alguna que otra visita a casas de menesterosos, aportándoles el consuelo, más espiritual que material, de unos consejos a base de resignación. A lo que, en cambio, no se atrevía era a seguir el ejemplo de las señoras *botifarres* visitando al zapatero remendón, al carpintero de la esquina o al herrero de más allá, para sostener con ellos esas interminables charlas en mallorquín en que unos y otros repetían infinitas veces lo mismo. Temía, sin duda, la ironía oculta de los menestrales, que, por mucho que hiciera, no la consideraban del todo una señora.

Pero lo peor para Catalina eran las interminables horas en las sillas del Borne viendo pasar y repasar a las chicas *bien* y sus pretendientes.

—Mira Irma Sindel. Su madre es una Battle.

Catalina, que se lo sabía de memoria, pensaba en otra cosa. Todo aquel quiero y no puedo llegaba a exasperarla. Y al verlas pasar en sus *galeras,* tan naturales y sencillas, envidiaba a las muchachas de la alta sociedad. Por la noche, mientras, balanceándose en una mecedora, repasaba la ropa de la casa, se las imaginaba siendo blanco de todas las miradas en su palco del Lírico o en alguna tertulia palaciega. Creía oír sus bromas y risas entre charadas, juegos de prendas o ensayando bailes populares para alguna fiesta de caridad. De vez en cuando, doña Bárbara, que le demostraba un bondadoso afecto, les mandaba dos butacas para algún festival. Preparaban entonces durante días sus mejores galas, y Berta, como al descuido, deslizaba en las veladas de doña Gertrudis o en casa de Salvá la noticia de la invitación, pero la adjudicaba a la marquesa de Colonya o a la condesa de Paréis, por juzgarlas más elegantes.

—Me las ha mandado con una cariñosa tarjeta. No quiere que falte Catalina.

"¿Por qué mentirá?", se preguntaba ésta. Sabía que ni la viuda del comandante de Intendencia ni la esposa del boticario se tragaban la bola y que se reirían de ellas en cuanto volvieran la espalda.

Pero un día, de pronto, había de salirle un pretendiente. Y fué precisamente el hijo del boticario: Miquel Salvá, que, terminados sus estudios, volvía de Barcelona con muchas pretensiones y aire mundano. Empezó a acercársele en el Borne cuando paseaba con Pacita Arranz, la hija de doña Gertrudis, muchacha guapa llena de ínfulas, que sólo estaba pendiente de los dimes y diretes de "la nobleza". Tenía un novio de clase superior a la suya, un primo en quinto o sexto grado de los Ternelles, que se dignaba hablar con ella por la reja y que, poseedor de un penco, la deslumbraba en el muelle con las evoluciones de su noble bruto, que, como él, era de quinta mano.

—El matrimonio —solía emitir doña Gertrudis en esas veladas en que reunía en su gabinete isabelino a unas cuantas amigas con sus hijas por merecer— es como el ricino. Algo que, cuando conviene, hay que tragarse con los ojos cerrados y sin pretender tomarle gusto.

—¡Mamá! —protestaba Pacita, sofocándose a fuer de mal pensada.

Berta, en cambio, se mostraba de acuerdo. Y al analizar luego en casa las vueltas que había dado junto a Catalina el joven Miquel, y calculando de paso a lo que podía ascender el haber de sus padres, le decía satisfecha que "no era mal partido". Se callaba Catalina su opinión. ¿Para qué decirle que le encontraba pesadísimo con su monomanía de "hacer negocios", su larga nariz y su eterno hablar de la ciudad *condal*? Felizmente no tuvo ocasión de defender su criterio. Miquel Salvá, encontrándola "bonita, pero pava", como dijo en el Fomento del Progreso, se dedicó a una sobrina lejana de las Cruxach. Su madre, doña Luisa, se bañaba en agua de rosas, no soltando de la boca el hecho archiconocido de que el primer Cruxach, ¡y cómo no!, había tomado parte en la conquista de Mallorca.

"¿Y si me metiera monja?", pensaba Catalina a veces. Qué tranquila y feliz viviría en uno de esos conventos herméticos de las calles más calladas. Se imaginaba la vida en su interior: una pequeña comunidad; diez o doce hermanas; rezar, trabajar en la huertecita o en la cocina, donde se fabricaban dulces y hojaldres, y cantar desde los maitines hasta el Angelus. Qué bueno y simple debía ser todo allí.

Mas don Demetrio, cuando le consultó, meneó la cabeza. No se entraba en un convento como recurso. La vocación era un don de Dios. Desde entonces, después de comulgar, Catalina le pedía a la Virgen aquel don.

XVI

La noticia de que al fin volvían a sus lares los Torrent Algaida cayó como una bomba en la Familia. Venían precedidos de una verdadera leyenda negra. No sólo habían derrochado gran parte de su herencia, que reclamaron a su respectiva mayoría de edad, en viajes exóticos y aventuras descabelladas, sino que, según corrían las noticias, se habían convertido en dos tipos bohemios, mujeriegos y estrafalarios. "De fuera", en una palabra.

En el piso de las Muro, la nueva produjo no menor sensación.

—¿No te hace ilusión volverles a ver, mamá? —preguntó Catalina.

Berta tardó en contestar.

—Naturalmente. —Analizaba la perspectiva. Los jóvenes Torrent, por muy emancipados y locos que fueran, o quizá por eso mismo, necesitarían de un ama de gobierno experta. Se dió cuenta de las ventajas que el cargo podía proporcionarle, y se propuso conseguirlo. Los pensamientos de Catalina vagaban por otros derroteros. "Los niños", nunca habían salido del todo de su imaginación. ¿Cómo serían de hombres? Le pareció de pronto que una puerta se abría ante ella, sobre un mundo brillante y desconocido.

—¿Iremos a esperarles?

Berta cerró su libro de cuentas.

—Sí, iremos a esperarles.

Catalina estaba pensando en su padre. En el día, doce años atrás, en que juntos se dirigieron al muelle con el mismo motivo. Y de nuevo sintió hacia él esa nostalgia de sus calladas horas de soledad. Dobló su labor y se levantó.

—Tengo curiosidad...

Al día siguiente había de salir de dudas. Se aprestaban a marchar al embarcadero, cuando unos timbrazos estremecieron la puerta. Fué a abrir y vió dos sombras altas en el umbral.

—¿Está doña Berta? —preguntaron en castellano.

Sintió que el corazón le golpeaba contra las costillas.

—Bien venidos —murmuró.

—¡Anda, si es Catalina! ¡La niña Catalina!

Unos brazos la cogieron en alto. Sintió unos besos en las mejillas y unas risas.

—Berta, ¿dónde está Berta? —gritaron luego Biel y Xim.

Salió ésta a recibirlos, y a su vez se vió abrazada, aupada.

—¡Hola, Berta! ¡Vieja Berta!

¿Vieja? Encontrando exageradas aquellas expansiones, los rechazó.

—¿Cómo habéis llegado, si "El Isleño"...?

—¡Al diablo "El Isleño"! Hemos venido en un yate particular de un fulano inglés y su amiga japonesa.

Berta los hizo pasar al gabinete. Catalina los miraba con los ojos muy abiertos. "Son ellos", pensaba con estupor. Y mientras les oía hablar con su madre, dándole pormenores del viaje, su sensación de extrañeza se iba acentuando. Su vista iba del uno al otro, buscando en sus rasgos su propio recuerdo. Berta sólo miraba a Biel. "¡Dios de mi alma!" se decía con un olvidado temblor. Y al ver su cabeza cobriza delante del reloj de pared que tantas horas malditas había sonado para ella, sintió un deseo desgarrado. ¿Por qué, aunque sólo fuera por unas horas, no podía dar marcha atrás?

—Vamos a pasar a casa —dijo Biel—. Acompañadnos. ¿Está todo dispuesto?

Berta hizo un signo afirmativo. Hasta el timbre de su voz le pareció idéntico.

Catalina, al salir, se echó un vistazo en el espejo. "Son estupendos", pensaba.

Los Torrent reaccionaron de distinto modo al pisar el solar de sus mayores. Biel iba dando las luces. se acercaba a los cuadros, a los muebles.

—Es fantástico que esto sea nuestro —observó alzando la vista hacia los techos pintados.

Xim. las manos en los bolsillos, parecía perdido en una ensoñación.

—Sí, es maravilloso.

Era algo más bajo que Biel, aunque también enjuto y fuerte. ¿Seguiría siendo, como de niño, un instrumento dócil en sus manos? Los ojos de Catalina se encontraron con los suyos.

—Ya eres una mujer —comentó—. ¿Te has fijado, Biel? Y, además, guapísima.

Catalina sintió que se turbaba.

Biel volvió la vista hacia ella.

—Me fijé antes que tú, pero se peina de un modo atroz.

Sus pupilas agudas, que parecían hechas a mirar en lontananza, la detallaron de un vistazo.

—Quiero subir al *porcho* —anunció luego.

—Os dejamos —resolvió Berta.

—No —dispuso el joven en su tono breve—. Te ruego que subas porque allí querré cambios.

Treparon los cuatro por el dédalo de escalerillas y pasillos. "¡Qué cosas tiene la vida!", pensaba Berta, sintiendo una excitación correrle por las venas.

—Todo sigue igual —observó Xim—. ¿No te dan ganas de saltar por los aleros, Biel?

—Me dan ganas de tirar todo esto. Mira, Berta: tú verás dónde metes estos trastos, pero yo quiero aquí un estudio grande, con luz. Pintaré en días buenos en la logia, pero quiero que me habilites cuanto antes este local.

Xim protestó: que no empezara por revolucionarlo todo. ¿Qué iba a hacer Berta con tanto mueble? ¿Quemarlos o dárselos al trapero?

—Me da lo mismo.

En el recodo se entusiasmó al ver sus dibujos que seguían clavados en la pared. Entre ellos había uno que representaba a Catalina, con una cara muy redonda, dos trenzas tiesas y un gato en los brazos.

—Tiene gracia —Biel lo contemplaba con las piernas abiertas y las manos en los bolsillos—. Parece un Gaugin.

—Parece un espanto —lanzó ella.

Biel se volvió a mirarla.

—Ahora te haré otro en desagravio.

—Nunca posaré para ti. Estoy escarmentada.

Los dos Torrent se echaron a reír. Berta presenciaba la escena en silencio. Pero cuando vió a Biel ir a tumbarse en el sofá y, cruzando sus largas piernas, recostar la cabeza en el respaldo, sintió que un sudor le mojaba la frente. Los muelles chirriaron. "Levántate de ahí", tuvo ganas de gritarle.

—Este chisme me lo tiras también, ¿sabes? —dijo Biel con la misma voz del otro—. Es un armatoste. Para colmo, musical. Y tiene aspecto de tener chinches.

Los Torrent agotaron pronto todas las posibilidades que para ellos podía tener Palma. Hicieron turismo, visitaron cortésmente a la Familia, que les correspondió con finos agasajos, y fueron a pasear su curiosidad desde el Palace más cosmopolita del Terreno hasta la última bodega marinera, pasando por *dancings* a la moda y cafetuchos de contrabandistas.

Cuando terminaron con sus experiencias, comunicaron a don Pere que "la trama estaba vista" y que habían decidido instalarse hasta fines de verano en su posesión de *C'an Xura,* donde pensaban dedicarse a sus aficiones: Biel, a pintar, y Xim, a sus estudios literarios. De paso se preocuparían de las faenas agrícolas. Don Pere, que en principio aprobó el proyecto, les aconsejó dejaran tranquilos a sus amos, que de sobra sabían cómo manejárselas, y si, en efecto, creían tener vocaciones artísticas, procuraran perfeccionarse en ellas. Dudaba mucho el señor de que sus sobrinos fueran a realizar algo de provecho. Poseía, en una carpeta bajo llave, un expediente de cartas e informes que pocas ilusiones dejaban sobre el particular.

—Hijos míos —les dijo—, poco os queda de vuestra hacienda. Ya sabéis que nuestras fortunas mallorquinas son siempre relativas. Muchas tierras, muchos hombres y un rendimiento que se comparte con todos. Si existe orden y seriedad, podemos vivir en nuestra bendita Isla como nadie en el mundo; pero vosotros habéis tirado por la ventana gran parte de vuestro caudal, habéis malgastado...

Se hallaban los tres sentados en el inmenso despacho del conde, entre maderas talladas, cuadros vetustos y sillones tapizados con viejos cueros de Córdoba. Don Pere, en su sitial, con la cara curtida por el sol y el mar, blancos el pelo y la barba, y recio de contextura, era el representante genuino de esa nobleza mallorquina que, siendo una de las más ilustres de Europa, vive plácida y patriarcalmente una existencia campesina, rodeada del respeto y cariño de sus gentes.

Biel, los codos en las rodillas y las manos cruzadas,

se inclinó hacia él. Parecía sonreír sin que un músculo se moviera en su cara.

—No hemos malgastado nada, tío. Hemos estudiado. Hemos aprendido.

—¿El qué?

Biel no contestó. Pero el rictus de su cara flaca se acentuó.

Xim intervino:

—Pensamos sentar la cabeza, *onclo*. No nos desanimes.

Don Pere pensó que era un guapo mozo, con el perfil romano de los Algaida y su gravedad en el mirar. "Me gusta más que el otro —se dijo—; parece menos complicado." Una frase que había pronunciado Margarita poco antes de morir sonó en su memoria: "No quiero que mis hijos tengan el alma retorcida de los olivos y de los Torrent." La pobrecita se refería, posiblemente, a esos miembros de la Familia que eran "un poco especiales". ¡Pero qué revuelo armó aquello en el novenario! Claro que acabaron reconociendo, y eso gracias a Emilia Pons, que la "infeliz debía ya haber perdido la cabeza, porque los olivos no tenían alma, y si la de los Torrent era retorcida o no, no era asunto para tratado en *artículo mortis*".

Allí tenía, pues, frente a él el problemático resultado de aquella educación en el extranjero.

—¿Pensáis quedaros aquí para siempre? —indagó.

Fué Biel quien contestó que *siempre* era una palabra demasiado importante para manejarla a la ligera. Su proyecto consistía en permanecer una temporada en Mallorca haciendo ahorros para poder marchar luego a Roma a estudiar y pintar, mientras que Xim se dedicaría a recorrer Italia, tomando notas para un libro que tenía en proyecto.

Don Pere, que llevaba setenta años de raíz echada en su terruño, y sólo ansiaba morir allí, a la paz de Dios, hizo un gesto de reprobación. ¿Es que tenían el diablo en el cuerpo? ¿No habían viajado ya bastante? ¡Caray con los nietos de Bartomeu!

—Tío, el viajar es el puente que han encontrado los

hombres entre el mundo de la realidad y el de la fantasía —Biel, levantándose, estiró su cuerpo flaco—. Este y yo, ¿sabes?, somos dos soñadores.

¿Soñadores? Don Pere pensó que de lo que tenían fama era de ser dos pintas. Miraba la alta figura de Biel con atención. A pesar de que, con un brazo apoyado en el respaldo del frailero, se hallaba inmóvil, daba en su absoluta quietud una impresión tal de vitalidad, que hasta el aire del solemne despacho parecía agitarse.

"Tiene mi mismo porte —pensó el anciano con súbito orgullo—. Y mis espaldas. ¡Qué lástima de chicos, demonio! ¡Qué lástima!"

Biel y Xim se dedicaron con entusiasmo a preparar su nueva vivienda. Compraron cuanto consideraron necesario para gozar allí de máximas comodidades y eligieron en el palacio los muebles y cuadros que más les gustaron. Berta satisfacía con solicitud sus gustos. Una tarde, Biel la sorprendió subiendo a su casa. Quería hablar con ella.

—Tú me dices con franqueza si te conviene lo que voy a proponerte. Xim y yo quisiéramos que te vinieras a *C'an Xura*. Nosotros somos dos calamidades, y como siempre hemos estado rodando por hoteles y pensiones, no entendemos una palabra de llevar una casa. Tú te encargarías de todo.

Berta pareció reflexionar. Como siempre en presencia de Biel sentía una turbación secreta que pugnaba por vencer. "Acabaré acostumbrándome", se decía, mirando al hijo de Gabriel con una mezcla de atracción y de rencor.

—¿Y Catalina?

—Se viene contigo, naturalmente. —Biel también la observaba.— Sé lo que estás pensando. Que tenemos fama de locos y que tal vez nuestra vecindad no favorezca, según vuestra mente provinciana, a una niña casadera. Ya había caído en ello. Por eso te ofrezco la casa de la galería. Allí podéis vivir con la misma independencia como lo hacéis aquí. Para amueblarla te llevas de arriba lo que quieras.

Berta permaneció seria, midiendo los pro y los contra. Dijo a Biel que no tomara a mal lo que iba a preguntarle. ¿Qué clase de vida pensaban hacer en *C'an Xura?* Comprendería que por ella poco le importaba, pero, antes de instalarse allí con su hija, necesitaba saber a qué atenerse.

—Estaréis en una casa aparte —repitió Biel—. Yo no te puedo ofrecer la garantía de que Xim y yo hagamos vida de cartujos. No es lo nuestro. Creo que una vez que vosotras os hayais retirado y atrancado las puertas y ventanas de vuestra casa nada teneis que ver con lo que pase en la nuestra. De todos modos, te aseguro que cuando queramos organizar esas bacanales a las que dicen que somos tan aficionados lo haremos bajo otros horizontes. —Un recuerdo le hizo añadir:— Espero que no me irás a pedir mi palabra de Torrent y Algaida.

Y Berta, de pronto, se sorprendió sintiéndose Torrent y Algaida hasta la medula de los huesos. No era cosa de burla, le reprochó.

—Entiéndeme —aclaró él—, me río de todos esos prejuicios de casta, no de mi sangre. De esa sé de sobra a lo que me empuja y también a lo que me obliga.

Y fué Berta, de repente, la que sonrió. Y él no pudo comprender todo lo que había en la sonrisa de aquella matrona, de austero empaque y cruz de filigrana en el pecho. La sonrisa de la mujer le decía en su innato desgarro de madrileña: "Niño, de lo que es tu sangre y sus reacciones soy yo la que sé un rato largo".

Pero Berta volvió a tornarse seria y le rogó que la dejara pensarlo.

XVII

Situada en la llamada "Huerta de Pollensa", uno de los parajes más fértiles y deslumbrantes de la isla, *C'an Xura* gozaba del renombre de ser hermoso entre los más hermosos predios de montaña. Su casona, de toscas piedras, edificada sobre las ruinas de un molino árabe, se enclavaba en un valle que tenía de selva virgen y de paraíso terrenal. Unos riscos escarpados y salvajes lo cercaban. La transparencia de la atmósfera hacía casi inverosímil la proximidad de aquella muralla indomable, acolchada de pinos en su base y desnuda en sus crestas, que parecía alcanzar el cielo con su fiereza. Tal vez en aquel contraste del frondoso desfiladero y de su rudo engarce consistía la fabulosa hermosura de la posesión. Aunque Catalina la conocía por haber acompañado en varias ocasiones a Eugenio en sus visitas y la idea de trasladarse allí la había llenado de alegría, no sospechó lo feliz que iba a encontrarse en su recinto. Todo la deslumbró en torno suyo: desde la casa en que habitaban, típica y fresca, con sus encaladas estancias, de techos surcados de vigas, su vasta cocina, con el hogar de campana y los anaqueles refulgentes de cobres, hasta la rica huerta y la célebre cascada, que brotaba de una roca junto a la casa de los señores. Le gustaban las gentes del predio, con su cortesía y cordialidad —*gent muntayenca, bona gent,* proclamaba el dicho popular— y la existencia alegre de las alquerías y de los campos de labranza.

Ya muy de mañana, con el primer rayo de sol, saltaba del lecho y, yendo a sacar unos cubos de agua fresca del pozo de la cocina, procedía en ruidoso chapotear a sus abluciones. Una vez aviada, iba a encender la lumbre para preparar el desayuno. Miquela, la moza que venía a ayudarle en las faenas domésticas, sólo llegaba de los caseríos mediada la mañana. Entre las dos se afanaban, luego, en tener la casita como los chorros del oro. Berta, aunque madrugadora, sobrado trabajo tenía con la casa grande. Luego del desayuno marchaba para allá a disponer y organizar, y sólo en ocasiones la acompañaba Catalina.

—Nuestro papel es pecar de reservadas —le había dicho ya en Palma—. Y tú, por el buen parecer, procurarás, no estando yo, ir poco por la casa de los señores.

Catalina había procurado en los primeros tiempos pecar de reservada, pero como también pecaba de curiosa y, sobre todo, de deseosa de ayudar a los Torrent en su instalación, acudía, rauda, a todas sus llamadas. Y Biel y Xim eran dados a reclamar a gritos auxilio y consejos. Y bien se tratara de ir a dar a Biel su opinión sobre un cambio de cortinas o de echar a Xim una mano para alinear sus libros en los anaqueles de la biblioteca, siempre la hallaban dispuesta. Y cuando, la cara seria y los ojos atentos, procuraba serles útil, los que antaño había llamado "sus hermanos" no sospechaban lo que gozaba al hacerlo.

Resultaba curioso ver lo de prisa que iban haciéndose los jóvenes a los usos y costumbres de la tierra. Llevaban apenas un mes en el predio, cuando sorprendían a sus gentes por una resistencia y un saber superior al suyo. Cual si en vez de recorrer el Globo terrestre de cabo a cabo se hubieran pasado la vida trepando, escopeta al hombro, por sus riscos a la caza de cabras salvajes o de aguilas marinas, disponiendo un nuevo trazado de regadío o planeando cruces entre el ganado. Aunque seguían estando íntimamente compenetrados y poseían muchas aficiones en común, las diferencias de carácter entre los dos se marcaron desde un principio. Xim era más tranquilo, más equilibrado. Quizá la problemática antepasada mora —cuya losa sepulcral, entre los algarrobos, parecía guardar, cual un reptil dantesco, el tronco de una parra tan secular como ella— le hubiera dejado en herencia su amor a la contemplación y al silencioso vegetar. Biel, en contraste, era arriesgado e inquieto. "El legado del corsario", solía decir, refiriéndose a otra de las leyendas. Casi todas las madrugadas partía para ir de caza acompañado de un perro de rojo pelaje y colmillos de fiera que parecía su prolongación. Le puso de nombre "Luzbel", lo que dió motivo a que su tía doña Jerónima, en uno de sus escasos chispazos de ingenio, bautizara a la pareja de "Luzbel y Luzbiel".

—Es de hombre como era de niño —solía decir Berta, y Catalina adivinaba que aquello no era precisamente un encomio.

Como al trasladarse a *C'an Xura* había renunciado a su proyecto de instalarse un estudio en su casa de la Portella, sólo tuvo una obsesión: fabricárselo cuanto antes. Eligió la que había sido la antigua casa del guarda y se dedicó a transformarla con ayuda de sus gañanes. Resultaba curioso verle manejar la pica. Lo hacía con un brío que electrizaba a los demás. Se rasgaron ventanales, se derribaron paredes, se abrieron huecos para que la luz y el paisaje entraran en lo que ahora era un aula grande y clara.

El día en que Biel dió por terminada su obra llamó a Catalina para que la admirase.

—¿Con qué vas a decorar estas paredes? —le preguntó ella.

—Lienzos. ¿Para qué más? —Una ocurrencia brilló en sus ojos.— Mira voy a empezar por pintarte a tí. Procuraré que esta vez quedes contenta.

Pero Catalina meneó la cabeza.

—Déjate de bromas —y como el perro, colándose por la puerta entreabierta, se deslizaba en el estudio, se inclinó y hundió las manos en su pelaje—. Pinta a "Luzbel", que te saldrá mejor.

Biel dió un paso hacia ella. Sonreía con su peculiar sonrisa.

—Tú no crees en mí, ¿verdad?

Catalina sentía entre sus dedos los pelos del perro. Eran tibios y rojizos, como los del otro.

—Ni falta que te hace —dijo con su tono grave—. Tú te sobras para creer en tí mismo.

Oyó su risa, una risa profunda que parecía brotarle de las entrañas.

—Eres lista, niña Catalina.

El perro la miraba, brillantes los ojos color de caramelo. La lengua roja le pendía de las fauces. Se tumbó a sus pies, azotándose los flancos con el rabo sin dejar de mirarla.

—A "Luzbel" le gustas —observó Biel.

Catalina hundía sus dedos en el pelaje. Las uñas arañaban el cuerpo del can.

—Eso le pasa a algunos.

Biel la observaba, estrechando las pupilas.

—¿Te gusta gustar?

Catalina rió con risa ligera.

—Claro que me gusta.

Dió él un paso hacia ella.

—Pues te sales con la tuya.

Y Catalina, sin saber por qué, sintió una alarma. No era ese el tono que debía reinar entre ellos. Se esforzó en mirarle con frialdad y en que su acento fuese indiferente.

—¿Me llamabas para algo?

Biel comprendió al instante.

—Para que me digas lo que te parece esto.

—Ha quedado estupendo —concedió Catalina, y le preguntó cuándo comenzaría a trabajar.

—Ahora mismo.

Vió, en efecto, que unos mozos empezaban a entrarle caballetes y lienzos y, despidiéndose, le dijo que le dejaba a su empresa. Antes de salir se volvió.

—Buena suerte, Biel.

Se hallaba él en medio de su nuevo estudio, contemplándolo con orgullo, las manos en los bolsillos de su viejo pantalón.

—Igualmente, Catalina —le contestó en tono alegre.

Supo por unos y por otros que empezó a trabajar y que el recinto iba llenándose de cuadros. Comentaban los payeses que le bastaba una hora para fijar en el lienzo la luz de una cala, el perfil de una roca o la languidez de un valle. Y en el pueblo se dijo que nada menos que Anglada Camarasa, el célebre maestro de la Escuela Pollensina de Pintura, le había vaticinado, si seguía por ese camino, que sería un gran pintor.

Cierto era que en las que llamaba sus "rachas" vegetativas", el posible descendiente del corsario pasábase días casi inmóvil, fumando su pipa en una tumbona y sin pronunciar palabra en castellano o mallorquín. Pero de pronto, cual si le picara un bicho, saltaba de su asiento y precipitándose al estudio se dedicaba a pintar día y noche, bebiendo taza tras taza de café, no sin ordenar antes:

—Aunque se hunda el mundo, que nadie venga a molestarme.

En una ocasión un gañán se atrevió a infringir tal precepto y le lanzó su paleta a la cabeza. Al día siguiente, llevándoselo en el cabriolet, le convidó a una jarra de vino en una de las bodegas de Pollensa.

Tal y como eran, gozaban los dos hermanos de gran predicamento entre sus gentes. Con su innata mezcla de llaneza y altivez, encarnaban para ellos el tipo perfecto del mallorquín: *que "de porcs i de senyors n'han de venir de casta"*. Y si gustaban de divertirse de un modo poco usual entre los de su clase, haciendo manchones de color el uno y emborronando papeles el otro, ¡allá ellos! ¿No hacían rarezas parecidas muchos pollensinos llamados "artistas" y la mayoría de los extranjeros que pululaban por el contorno? Pues cada cual a su chifladura y Dios por encima de todos.

Mientras que Berta, rodeada de las mozas a las que estaba adiestrando para camareras, permanecía largas horas en la casa grande, disponiendo el orden en alacenas y arcones y vigilando la pulcritud hasta en el último recoveco, Catalina se entretenía bordando el tapete con que obsequiaría a su madre por su santo. Se instalaba en una silla baja a la sombra del emparrado, delante de su casa, y al elegir los hilos para matizar los racimos de bugambilias trazados en el lino, se decía que había tenido suerte. ¡Qué distinta a lo que había sido era ahora su existencia!

Desgranábanse los días dentro de un ritmo pausado, llenos de fascinadores descubrimientos.

Berta, que con los años iba haciéndose devota, solía ir a diario a misa al pueblo y Catalina la acompañaba. Partían muy de mañana en uno de los carricoches y el paseo era muy hermoso. Campos y huertas brillaban a su paso y de la tierra subía un olor agudo. El pueblo, rico en artesanía y heráldico en sus escudos de piedra, era de paz, de honradez y de llaneza. Ni los más ancianos del lugar recordaban que hubiera habido en su demarcación un hurto, ni siquiera una riña de borrachos. Se bebía, pero con mesura, con calma, lo mismo que se trabajaba, y se amaba, y se moría. Un encanto tranquilo flotaba en sus callejas y plazuelas. Entre los palacios herméticos, de ricos patios, se incrustaban los alegres zaguanes de casas modestas en que trabajaban, labraban y cosían sus cueros, sus hierros y sus rafias los artesanos. A Catalina le encantaba, después de oír misa en la vieja iglesia, el recorrido de tienda en tienda, parándose ante los escaparates de las innumerables zapaterías y tenduchos. Le gustaba fisgar en la encalada pulcritud de las bodegas, donde lucían sus panzas venerables los barriles. Berta tenía siempre una lista de encargos. Muchos detalles faltaban aún en la casa grande y quería tenerlo todo a punto. Su eficacia fué oportuna. Apenas terminó con sus arreglos cuando Biel le comunicó que quería organizar una fiesta en *C'an Xura* para celebrar la inauguración de su estudio. Deseaba en especial obsequiar a las gentes del predio con una buena merienda. En la casa grande, en cambio, serían pocos. Sólo unos íntimos.

—Entre ellos cuento contigo y con Catalina.

Berta le agradeció la atención, pero ella prefería quedarse al tanto del servicio. Catalina la representaría.

Al enterarse del convite permaneció ésta pensativa. El estar mezclada de modo directo en la vida de sus antiguos amigos le hacía viva ilusión, mas sentía el temor de no hallarse a su altura. Se sabía insignificante, carente de todo trato social.

—¿Tú qué opinas, madre?

—Que eres guapa —fué la tajante respuesta.

Anduvieron de coronilla con la organización, sacando de armarios y alacenas plata, cristalería y porcelana. Las secundaban las mozas de las masías y en especial Aina, una nieta, huérfana, del anterior mayoral que en los veranos servía en los hoteles del puerto de camarera. Poseía esta Aina una belleza singular: alta, esbelta, de cara oscura y hermosa, que parecía indicar un origen sarraceno. Berta apreciaba que, en contraste con las otras, era dispuesta y refinada. La altivez de su porte le recordaba sus años mozos. "Lástima que la niña no tenga su empaque", se decía.

Se hallaba Catalina, en vísperas de la fiesta, sumida en la faena de limpiar la plata, cuando oyó pasos a su espalda. Alguien le tiró del pelo. Giró en redondo. Era Biel con un pincel en la mano. Al ver sus trazas observó:

—Estás ideal para un cuadro. ¿Por qué no vienes a posar?

—Porque tengo mucho que hacer —y se puso a frotar furiosamente la bandeja.

Cuando Biel se alejó se miró en el metal, encontrándose grotesca con sus tiznones y desaliño. Vió luego a Aina pasar con un cesto de ropa en los brazos, la tez mate y el cabello repeinado, y renegó contra sí misma. "Tengo que ser más presumida."

Por la noche se entretuvo en planchar hasta las tantas su mejor vestido. "Se peina de un modo atroz." Le resultaba difícil dominar su pelo; palpitaba rebelde, con vida propia. ¿Y si le pidiera a Aina que la peinase? No, nada de Aina. Colgó el flamante traje de una percha y se soltó el moño. El manto oscuro le llegaba a las caderas. Intentó recogérselo de distintos modos, hasta que los brazos le dolieron y un peso le obligó a cerrar los ojos. Miró el viejo reloj de caja. Marcaba las tres.

—*Déu meu!* —murmuró.

Berta y sus huestes trasladáronse desde temprano a la casa principal para proceder a los preparativos. Constaba la casona de dos plantas y estaba puesta al viejo estilo mallorquín, en mescolanza de muebles y cuadros de todas las épocas: camas pintadas de altos copetes o de torneados barrotes, con el *cubricel* y las cortinas de tela de *llengos,* colchas de Artá y mesas, bargueños y arquetas de seculares maderas.

—Los platos moriscos, ya sabes, los de reflejos de oro, me los limpias tú misma —ordenaba Berta.

Las camareras se atareaban con los cobres, que habían de dejar cual soles; enceraban las losas, sacudían esteras y alfombras, sacaban lustre a las puertas de cuarterones... Entregadas a su faena, lanzaban al aire un cantar:

Filla de Roma nasqué Pollença
bell nom li daren, vol dir poder...

Los jóvenes señores, al marchar al amanecer de pesca, les dejaron mayor libertad. Catalina y Aina desvalijaron de flores el jardín, llenando cobres y jarrones. Iba ella aprendiendo, entre risas, sus nombres.

—*Ginjols... murtons... nesples... adzeroles...*

Su incultura de ciudadana la hacía confundirse. Volvía a reír mientras que Aina la aleccionaba.

Cuando oyeron el ruido del coche era mediodía y habían dado fin a su tarea. Las payesas, rientes y sudorosas, salieron a recibir a los señores.

—A ver si quedan contentos.

Biel paseó por el grupo sus pupilas de gato montés. De Aina, que con su pañuelo rojo en la cabeza parecía, más que nunca, una hurí del Profeta, su vista pasó a Catalina, que llegaba del jardín, la cara sofocada bajo el sombrero de palmito y los brazos arremangados cargados de adelfas. Adivinó ella que las estaba comparando y sintió rabia. Xim las detallaba también y Catalina se preguntó si desmerecería ante ellos por hallarse allí trajinando con las mujeres del predio.

—Fijacs la pesca que hemos traído —gritó Biel, volviendo a la *galera*.

Iban acudiendo hombres y mozos de las alquerías, curiosos del resultado de la expedición. Cogían las piezas con manos expertas: calamares, salmonetes, pajeles, doradas...

Los Torrent y sus compañeros de lancha presumían mostrándoles las nasas en que se agitaban las langostas.

—¿Dos kilos? ¡Qué va! Tres al menos.

Con sus viejos pantalones de mahón, sus camisetas a rayas y descalzos como la juventud marinera, los Torrent no desmentían su propia infancia.

Xim se acercó a Catalina.

—¿Te ayudo a colocar las flores?

Pero Biel le llamó.

—¡Eso es cosa de mujeres! ¡Joan! —ordenó al gañán encargado de las cuadras—. Saca el cabriolet. Vamos al pueblo.

Tal y como estaban volvieron a marchar. Biel empuñó las riendas y Xim se encaramó a su lado. Catalina siguió al coche con la vista en su correr entre las chumberas hasta que desapareció.

Un alegre bullicio la acogió en la cocina. El enjambre de mujeres batía huevos, amasaba hojaldre, pelaba patatas y fruta. Las enormes mesas de pino resultaban pequeñas a su afán y pocas las perolas de cobre, a pesar de su cuantía. Un rico olor a cerdo asado se mezclaba con el dulzón de los confites. Reían las fámulas. Los señores habían dispuesto se sirviera también una merienda a los payeses y tramaban armar bulla y jolgorio.

—¡Que ha dicho don Biel que hay que dar aire a la inauguración!

"La inauguración", pensó Catalina. Y sonrió sin saber por qué, pareciéndole que también ella inauguraba algo.

Mediada la tarde fueron llegando los invitados, invadiendo el predio con sus carruajes. Aunque arreglada desde temprano, Catalina no se atrevía a pasar a la casa grande, sintiéndose como agarrotada en su timidez. De un cacharro fué a coger unas adelfas blancas y se las prendió en el moño. Le favorecían y el traje inmaculado y vueludo tenía un aire primaveral.

En el porche, tomando unas brebajes, vió, al llegar, que se hallaban diez o doce personas, a las que la presentaron los Torrent. Eran extranjeros en su mayoría, salvo Sentís, un pintor indígena de mediana edad que vivía en una "choza" cercana, y otro joven llamado Félix Balart, que llevaba una barba rubia y vestía de un modo extravagante. Catalina, después de estrechar las manos que le tendieron, fué a sentarse al lado de Xim.

—Estás guapísima —le murmuró por lo bajo—. Nuestra colección de fenómenos se va a prendar de tí.

En el transcurso de la tarde fué conociendo las particularidades de aquellos a los que los hermanos llamaban "sus fenómenos". Supo que el hombre corpulento sentado frente a ella era Max Polgar, el célebre compositor vienés que vivía en Deyá, y al que se consideraba el émulo de Paderewski. Hablaba el mallorquín con la misma facilidad que otra media docena de lenguas y dialectos, sembrando sus frases de expresiones incomprensibles para Catalina, pero que debían ser ingeniosas porque provocaban las risas de los demás. Sentado en el suelo y bebiendo whisky se hallaba Otterdahl, un individuo gigantesco, con el pelo rubio cortado en cepillo sobre la frente ancha. Era un impresionista de primera línea que después de haber triunfado en París y en Nueva York vivía como un anacoreta en una casucha de Orient, adosada al cementerio, sin agua y sin luz. Los cuadros que pintaba allí, captando la belleza apoteósica de aquellos parajes, eran altamente cotizados por los entendidos.

—Espero que no se te cruzará por la mente abandonar esto —decía a Biel, señalando cuanto le rodeaba—.

Tú que tienes la suerte de empezar por donde acabamos los demás.

Biel, que en aquel momento reía por lo bajo con Elga, una muchacha muy rubia y fea, hija de la señora Sohlberg, novelista noruega, afincada también en las cercanías, se encogió de hombros.

—Empiezo por aquí y bendigo mi suerte. Pero pronto seguiré mi camino.

—No le corra prisa, Biel —intervino la señora Sohlberg, mujer distinguida, de mirada inteligente—. Hoy día es usted un chorro de inspiración, algo así como su cascada, pero le conviene desconfiar de su ímpetu. Trabájese en profundidad.

—A Biel le va el ser un torrente —gritó Otterdahl—. No pretendamos convertirle en domesticado canal.

Xim corroboró:

—Es bueno cuando salpica, cuando bosqueja. Tiene el don de dar en el clavo con un vigor brutal. Pero veo un peligro en lo que llama su academismo: el amaneramiento.

—No sé por qué dices eso —protestó Biel—. Yo no puedo ser el pintor de un único estilo. Soy demasiado inquieto.

—Diverso y multiforme —murmuró Polgar.

Biel se recostó en su tumbona con su vaso en la mano.

—Siento debatirse en mí tal vez demasiados atavismos...

Xim emitió un silbido.

—Sí, desde los invencibles honderos mallorquines de Aníbal hasta el humanista Cardenal Torrent tienes donde elegir.

Junto a Polgar se hallaba sentado un matrimonio inglés de cierta edad, los Sinclair, ambos delgados, con una especie de parecido en su natural distinción. Catalina los conocía de oídas. Después de haber vivido durante muchos años juntos en una cala solitaria, acababan de casarse, al enviudar ella, convirtiéndose antes al catolicismo.

La señora Sinclair dejó oír de pronto su acento armonioso.

—Hasta que he conocido a los hermanos Torrent creí que los mallorquines eran gentes plácidas, sesudas, que vivían en esta maravillosa Isla sin inquietudes ni ambiciones. Ahora comprendo mi equivocación.

Fué Sentís quien le contestó que sus amigos ni siquiera eran la célebre excepción de la regla.

—Aunque de apariencia flemática, somos un pueblo secretamente sobrecargado de fantasía. Una raza de soñadores, es decir, de aventureros en potencia. Y los aventureros, ¿qué son sino soñadores de acción? Nuestra historia local cuenta con un buen muestrario de tipos fantásticos, alguno de ellos buen discípulo del *poverello* de Asís, como Fray Junípero, el mísero labriego de Petra, que fundó California. Por algo dice Costa y Llobera que somos "fills d'una raça dreturera i forta que unía el seny amb l'ímpetu".

Xim alzó las cejas.

—Reconozcamos que hoy el ímpetu se nos ha quedado fofo, tal vez debido al estupefaciente del clima.

La noruega, volviéndose hacia él, le preguntó por sus escritos. Había leído alguno de sus artículos de crítica literaria en la prensa de Palma.

—Me tachan de pedante y de afrancesado —repuso Xim—. La mayoría dice que no me entiende.

—Eso es el máximo galardón —emitió Félix Balart—, *épater les bourgeois*. La lástima es que no tengas temperamento tremendista. Lo soez, lo monstruoso, está de moda en el mundo.

—Pasajero, como todas las posturas. —El tono de Biel era categórico.— Tanteos, estridencias. Una de las grandes lecciones de la Historia es que la belleza perdura a través de todos los derrumbamientos.

La discusión se enzarzó. Catalina escuchaba muy atenta. Félix Balart se corrió a su lado.

—¿No le aburre esta charla, Catalineta?

La miraba con evidente admiración y ella pensó que sin aquella barba absurda y vestido como todo el mundo el joven hubiera resultado simpático. Se enteró de que era "frivolista", es decir, creador de una nueva doctrina filosófica: la de ver en todas las cosas de la vida su aspecto trivial, desechar preocupaciones y prejuicios y gozar con intensidad del minuto presente.

—Como lo hago ahora, mirándola a usted.

Aina apareció en aquel instante con una bandeja. La llevaba un poco en alto y con su porte clásico y su andar pausado parecía todo menos una sirvienta.

—Una diosa, una vestal —murmuró el *frivolista*, absorto—. ¡Caray con estos Torrent, qué domésticas gastan!

Catalina enrojeció como si le hubieran dicho algo inmoral. Su vista fué de uno a otro de los hermanos y vió que los dos estaban mirando a Aina.

Con la merienda el ambiente se caldeó. El vino de la tierra, negro, fresco y alegre, aumentaba la cordialidad. Se discutía de arte, de literatura, de música. Catalina, entre Xim y Félix, sentía que las mejillas le ardían y le chispeaban los ojos. Fué a reunírseles otro de los invitados: el doctor Thaler, un médico judío alemán, elegante, de cutis oscuro y sienes grises, que residía en Londres.

—¿Es usted mallorquina, señorita? —le preguntó.

Hablaba el español correctamente. Y ella averiguó que le unía una gran amistad con sus anfitriones desde que realizaron juntos un viaje a la India. Charlaron un rato hasta que la conversación general reclamó su atención.

—Sueño con hacer una biografía de Lulio —proclamaba Xim—. Me fascina su figura. Es la de un coloso.

—No olvidará usted la bella leyenda de Ambrosia del Castello —indicó la noruega.

—Esa me apasiona a mí —dejó caer Biel—. Tengo mi visión de la estampa. —Y como le instaron a que la expusiera, les hizo la descripción del fresco que él pintaría un día en el muro de la vieja basílica de *Son Paternó*.— Imaginaos un fondo a lo Gozzoli —sus manos trazaban lo que veía en el aire—. Sobre un paisaje muy nuestro, el cortejo de caballeros y pajes de la noble mallorquina. Y en primer plano, resguardados por un cerco de mirtos y cipreses, Ambrosia y Lulio, ataviados con todo el lujo de la época. El, de espaldas, a punto de hincar la rodilla, anonadado por la revelación y tapando con su gesto el pecho carcomido de la mujer. Ella, de frente, pues su cara es lo único que me interesa en todo el cuadro, su cara de mártir, transfigurada de amor.

—¡Como amor! —gritaron a coro. Sí, todos los anales estaban de acuerdo en que la virtuosa mallorquina, al desgarrar sus vestiduras, sólo había tenido un objeto: desilusionar para siempre a su audaz pretendiente.

Catalina volvió sus ojos expectantes hacia Biel. El rictus irónico se acentuaba en sus mejillas.

—Los anales de todas las épocas suelen ser miopes. ¿De cuándo acá una mujer que goza fama de ser la más hermosa entre las hermosas, por muy virtuosa que sea, apela a ese método brutal para quitarse de encima a un enamorado? Si ese hubiera sido su objeto le habría bastado con encargar del asunto a su esposo y hacer que sus servidores defendieran a punta de lanza su umbral —Biel meneó la cabeza—. ¡Cómo debió amar en el fondo de su corazón aquella mujer a aquel hombre para ser capaz de hacerle la entrega más grande que un ser humano puede hacer a otro: la del secreto de su propia podredumbre, gallardamente sobrellevada. —Fumaba con largas bocanadas y parecía seguir viendo su estampa:— Sus manos no debieron temblar cuando se arrancó el corpiño: "Mira", le dijo solamente.

La señora Sohlberg, interesada, se echó hacia adelante en su asiento.

—Y debía saber que era la última vez que le veía.

—Sí —dijo Thaler, que también parecía estar contemplando una lámina, que ciertamente no era un Gozzoli—. No más versos, ni trovas, ni suspiros del más apuesto de los senescales... No más deseo: repugnancia, horror.

—Quizá quiso someterle a una prueba —dijo Elga.

—¡Qué inocente eres! —exclamó su madre—. ¡Todavía si llega a ser un hombre el que enseña su llaga secreta, su complejo vergonzoso, a una mujer...! Pero un hombre es capaz de llegar a santo cruzando desiertos, redimiendo salvajes y muriendo apedreado, mas no le pidamos que haga de Hermana de la Caridad cuando ha dejado de amar.

Sonaron protestas y risas.

—Lulio entonces no era Beato —dijo tímidamente Catalina, escandalizada del giro que iba tomando la cuestión—. Su amor era pecaminoso. Ambrosia tenía a su marido. —Y se calló asustada, pensando en los Sinclair.

Pero fué precisamente la señora Sinclair quien dijo en tono tranquilo:

—Nada sabemos de él. Tal vez la tenía abandonada, conociendo su mal.

—Lo que pasa —dijo Xim— es que Lulio, "que entonces no era todavía Beato" —sonrió en dirección a Catalina— la codiciaba, no *la amaba.*

Esta vez fué Biel quien emitió un silbido, mirando a su hermano. Y como todos los ojos se fijaron en él, esperando lo que iba a decir, sólo soltó una risa.

—¡Claro que no *la amaba!* —Y no se supo de quién se estaba burlando.

Unos acordes sonaron en la casa. Por las ventanas abiertas brotaban las notas de un "Nocturno" de Chopin. Polgar se dejaba ir en una interpretación patética y estremecida. Catalina miró las manos que tenía cruzadas en el regazo. Tenía una impresión de irrealidad. Algo dulce e inquietante la fué penetrando, como el presentimiento de que todo aquello estaba marcando en ella una huella indeleble. Mas la música cambió, brusca. Las mismas notas brotaron del piano en forma desgarrada y rebelde. Gritaban nostalgia, deseo, violencia. Catalina vió cómo en la falda sus dedos se apretaban unos contra otros. Sus ojos se encontraron con los de Xim, que la estaba observando. Félix Balart se inclinó hacia ella.

—¿La ternura o la pasión? —le preguntó.

Biel se levantaba en aquel momento. La mirada de Catalina se clavó en su cara.

—No sé —repuso, absorta.

—Mamá, tú que los conoces desde niños, ¿a cuál prefieres? ¿A Biel o a Xim?

Un silencio se hizo en la alcoba. Berta tardaba en contestar.

—A Xim —dijo, luego, enérgica:— Biel desde que ha nacido ha sido un loco, un egoísta, que sólo va a lo suyo. No es de fiar.

En realidad no era en Biel en quien pensaba.

—Hasta mañana, madre.

—Hasta mañana.

Pero cada una en su cama seguía despierta. La mente de Berta trabajaba. Sensaciones contrarias se agitaban en ella. Oculta detrás de las cortinas había estado al tanto de la reunión y por primera vez se había sentido orgullosa de Catalina. Resultaba encantadora con su traje blanco y las adelfas prendidas en el pelo: inocente, limpia. Había visto la mirada de todos los hombres posarse en ella. Lo oscuramente previsto podía hacerse realidad. El que su hija fuera a gustarle a uno de los Torrent no era para ella un caso de conciencia. La voz sin escrúpulos de su ambición se revolvía: "¿Por qué ha de serlo?" Catalina era hija de Eugenio Muro y no llevaba en las venas más sangre que la de los humildes y leales servidores de los Torrent. ¿Que quizá la suerte le ofreciera el desquite de encaramarse por la escala social hasta las ramas heráldicas del viejo tronco? Un premio, pues, a tantos anónimos desvelos. Un pago, ya no en aceite ni en sobrasada, a los sudores y al bregar de varias generaciones de Muro. Berta no dudaba de que en aquella bucólica soledad Biel y Xim fueran a buscarse rápidamente una diversión más o menos sentimental. Poco tenían dónde elegir. La muchacha danesa le había parecido fea. Su madre, vieja. ¡Como no fueran a surgir otras más peligrosas...! Claro que quedaban las mozas del predio, pero eran recatadas, honestas, y ya se encargarían sus padres de tenerlas a buen recaudo si necesario fuera. Catalina, en su clara juventud, resultaba un confite apetecible. "En mí está el saberla defender —se dijo—, o boda o nada." Pensó en la posibilidad de que fuera Biel y un calor la inundó. "Ese no", resolvió con rebeldía.

Bajo el alto copete de su cama pintada, Catalina dejaba vagar su imaginación.

¿Biel o Xim?

Xim era mucho más cariñoso, más simpático, más guapo también. Las gentes del predio le adoraban. Se imaginó siendo su prometida, la joven señora de *C'an Xura* y de *Son Paternó*. Cierto que existía el mayorazgo y que era Biel el dueño de todo, pero eso no tenía importancia. Se preguntó lo que sentiría si la besara. "Sería feliz", se dijo. Evocó luego la cara de Biel y se extrañó de no recordar sus facciones, sólo su expresión: intensa y fría a un tiempo. Intuía que su madre tenía razón: no era de fiar. Recordó la mirada con que seguía a Aina, en que la envolvía a ella... Y el tono de su voz... y su risa... y sus manos. "Ese no", resolvió con rebeldía.

Berta, Catalina y el servicio se ocuparon en volver a colocar cada cosa en su sitio, mientras que los señores andaban en el llaúd navegando por el mar, dedicados a uno de sus placeres: la pesca submarina. Poco se les veía, entretanto, en el predio. A Catalina no le importaba. Mientras alineaba los servicios de china y los viejos cristales, canturreaba para sí misma. Lo importante era saber que ésta era su casa y que cuanto miraban sus ojos o acariciaban sus manos eran cosas que les pertenecían. Su presencia invisible le bastaba.

Hallábase un anochecido bordando bajo el emparrado cuando vió surgir a Xim delante de ella.

—¡Hola, Catalina! —y se sentó en una piedra.

Nunca tiró del hilo con mayor cuidado ni bordó más aplicada. Sentía que él la observaba con atención.

—La señora Sohlberg me ha encargado que te invite mañana por la tarde a su casa. Quiere que intimes con Elga. Le has sido simpática.

Catalina dejó caer su labor.

—Yo no pego en ese mundo —dijo con sencillez—. La otra tarde estuve encantada en vuestra reunión porque era en vuestra casa. Es muy distinto cuando se trata de ir a otra parte. Déjame aquí en mi sitio. Yo aquí soy feliz.

Tenía un suave encanto en su traje claro, con las luces que se filtraban por el parral jugándole en la cara. Xim sonrió.

—¿Feliz? Eres graciosa. ¿Tú qué sabes de la felicidad, Tinóns?

Catalina siguió bordando.

—¿Tú qué sabes si yo sé?

"Tiene una cabeza admirablemente colocada —pensaba Xim—, y unas manos tan finas, tan ligeras..."

—Me gustaría saber muchas cosas de ti.

Catalina tiraba de su aguja. Tenía ganas de decirle: "A mí sí que me gustaría saber mucho de vosotros, de cómo sois. Tú..., Biel..."

En vez de eso le preguntó si estaban contentos en *C'an Xura*. Se admiraba de que después de haber corrido tantas tierras y gozado de tantas cosas pudieran hacerse a aquel medio.

Pareció él reflexionar.

—Quizá el ideal romántico de Fray Luis de León o de Rousseau. O, simplemente, que en el fondo somos muy mallorquines, muy payeses. Más de lo que nosotros mismos podíamos creer —se levantó de un salto—. Anda, arréglate mientras pido el coche. Me empeño en que nos acompañes —y como la vió titubear, añadió que ya se lo había dicho a Berta y que la autorizaba.

Dobló ella la labor y corrió a cambiarse de traje. Cuando salió, ya se hallaba Xim en el coche esperándola. Se subió a su lado y partieron entre un sonar de cascabeles. Tuvo el deseo de preguntarle por Biel, pero no lo hizo. Cruzaron entre huertas hasta la carretera. El Puig alzaba su agreste trazado en el atardecer, con su santuario, donde los ermitaños veneran a la pequeña Virgen, que es *tota somriù*. Repicaban los cascos del caballo. Los olivos tenían un reflejo en sus puntas de metal.

—¿Vas a gusto, Catalina?

Sí, iba a gusto.

La casa, que la señora Sohlberg había comprado años atrás a un aristócrata arruinado, hallábase situada entre pinos, en un altozano. Como todas sus semejantes, estaba provista de soberbias rejas y de un gran escudo en la portada. En torno tenía un jardín agreste, y detrás, las alquerías.

Al bajar del coche vió Catalina dos figuras tumbadas en la hierba. Eran Biel y Elga. Llevaba la joven unos pantalones de dril y camiseta a rayas, lo mismo que su vecino. La melena, rubia, le tapaba media cara. Incorporándose, le explicó en pésimo castellano que su madre andaba enseñando la granja a unos amigos. Podía esperarla allí. Xim se alargó a su lado, y Catalina tomó asiento en una silla baja. Elga había vuelto a tumbarse, y, quitando a Biel la pipa de la boca, le dió unas chupadas. Biel se divertía en provocarla, riendo ante sus crecientes desatinos.

—Me gustaría probar el amor español —proclamaba la chica—. Debe ser como un bebedizo de brujas, algo excitante, enloquecedor.

Apoyándose en un codo, Biel le murmuró unas palabras.

—Eres un salvaje —gritó la muchacha.

Catalina se sintió enrojecer. ¿Para qué habría venido? La señora Sohlberg, apareciendo entre unas cuantas personas, se alegró de verla, y, llevándosela a un lado, le dijo que deseaba se hiciera amiga de su hija. Le convendría mucho el trato con una muchacha española.

Al volver a reunirse con los demás, Catalina se dió cuenta de que eran los mismos del otro día. La saludaron afectuosamente, y Félix Balart no disimuló su satisfacción de volver a encontrarla. Catalina se oyó llamar "*tendrá flor de pagesia y camperola del meu cor...*".

Mirando los ojos entornados del partidario de la frivolidad, se preguntó si se estaría burlando de ella, tomándola por una lugareña. Le dijo que le parecía haber leído su rima en algún lado. Quizá en la hoja de un calendario. Y Félix se echó a reír y la miró con un nuevo interés.

La tarde transcurrió de modo agradable. Xim vino a sentarse a su lado, dejando a Biel y a Elga entregados a su destino. Sólo a la hora de marchar se dignaron sumarse al grupo. Quedaron los Torrent en que vendrían a recoger a Elga por la mañana para ir a bañarse reunidos. La señora Sohlberg preguntó a Catalina si sabía nadar, y como le contestó afirmativamente, propuso a los jóvenes que la llevaran también.

—Has de estar preparada mañana a las diez —le dijo Xim mientras regresaban.

Iba sentada entre los dos, respirando la brisa fresca de la tramuntana. Los cascabeles repicaban en la oscuridad. Las cigarras les respondían con agudos chirridos. Catalina sentía en sus brazos el roce de aquellos otros brazos.

"Estoy viviendo una novela", pensó.

Biel silbaba suavemente.

—¿Vamos esta noche a Palma?

Xim pareció pensarlo.

—No tengo ganas. Ve tú solo.

Volvieron a callar. Una tibieza húmeda subía de la tierra. Las sombras monstruosas de los montes se recortaban sobre un cielo claro de estrellas.

—Di a Joan que me saque el Ford —dispuso Biel cuando entraron en *C'an Xura.*

Xim ayudó a Catalina a apearse. Le apretó las manos al hacerlo.

—Hasta mañana, Tinóns.

—¿Crees que debo seguir alternando con ellos? —volvió a preguntar a su madre al contarle la nueva invitación. La miraba ansiosa, pendiente de su respuesta.

Berta no lo dudó: naturalmente, y tenía que hacerlo con la frente alta y segura de sí misma. ¡Pues no iba a despertar pocas envidias entre las cursis que se daban tono por veranear en el Puerto! Ahí era nada aparecer llevando como escolta a los Torrent Algaida.

—Pero yo no soy de su clase —volvió Catalina a su preocupación—. ¿No temes dé que hablar el que los chicos me suban y me bajen?

Cuando se hallaban a solas los llamaban "los chicos", aunque delante de la gente, siguiendo el ejemplo de Eugenio, Berta los nombrase "los señores". Ahora sólo sonrió. La familia del boticario debía llevar ya unos días en Hotel de la Sirena, "poniendo cara de Formentor", y doña Gertrudis también andaría paseando a su hija ante los bares de la costa. Hubiera dado cualquier cosa por ver su expresión cuando Catalina bajara del cabriolet.

—Escucha, hija: siendo apocada no se llega a ningún lado —le dijo con energía—. El mundo es de los que saben lo que quieren —la miró cual si quisiera inyectarle su empuje—. Tú eres joven y bonita. No se te olvide.

Catalina miraba pensativa la cara de su madre. Seguía siendo hermosa en su dominante vitalidad. Y pese a que en su interior una voz le aconsejaba: "Ten cuidado; tú no eres como ella; tú puedes romperte las alas", su ilusión juvenil, que sólo pedía ser convencida, aceptó la consigna.

Desde aquella tarde, los Torrent, de un modo tácito, parecieron adoptarla. Casi todas las mañanas se la llevaban, ya fuese a bañarse al Puerto o a tomar en Alcudia la motora que los conducía a la playa de Formentor, donde se reunían con sus amigos, entre los que figuraba Elga en primer lugar. Era la pareja oficial de Biel, y tan diestra en todos los deportes como los propios jóvenes. Catalina pensaba que en *maillot* hubiera podido parecer un chico a no haber sido por su cabellera de lino y su endiablada coquetería. Se sentía encogida y pueblerina a su lado, con ese traje de baño casero que le llegaba hasta media pierna.

—Creación Berta Albañil —diagnosticó Biel cuando la vió salir del agua, con sus vuelos de cretona pegados a las rodillas. Y ella, al percibir una sonrisa en los ojos de cuantos la miraban, se irguió retadora:

—¡Milagro que hoy no quieras pintarme!

Biel la detallaba con su acostumbrada insolencia.

—No estés tan segura.

Otterdahl, que en su taparrabos parecía una foca blancuzca, gritó enfático:

—Despréciele, Catalina bonita. Saliendo del mar me ha parecido la propia *Luminosa.*

Catalina le sonrió.

—Ariosto y usted son muy amables.

Y en su fuero interno bendijo a su padre, al que debía aquel átomo de cultura.

Algunos atardeceres, Xim venía a buscarla para llevarla a Puerto-Pollensa. Los cafetines a lo largo de la costa constituían lugar de reunión de nativos y extranjeros. Con sus postes y columnas que casi alcanzaban el mar, tenían un vago parecido con esas cabañas de los mares del Sur que las películas americanas estaban poniendo de moda. Alternaban en su recinto, que llevaban los pomposos nombres de "Maxim" o de "Cactus Bar", las camisetas desteñidas de un Kaiserling, de un Valderbilt o de un Par británico venido del Formentor, con el correcto trazado de los ternos de "mil rayas" de los comerciantes de Inca o de Sóller. Los príncipes de sangre, los artistas célebres y los *gigolos,* procedentes de los yates anclados en la bahía, llevaban alpargatas. La gente de peso, sandalias de cuero sólido, y los Torrent iban descalzos.

Berta no se había equivocado al pensar que la aparición de Catalina, flanqueada de los dos jóvenes, causaría sensación. Doña Gertrudis, que, junto a doña Luisa, hacía *frivolité* en la terraza de su fonda, creyó ver visiones.

—Dígame, Luisa: esa criatura con el traje de amapolas, ¿es acaso la niña de Muro?

Doña Luisa se caló sus impertinentes.

—Ellos son los Torrent Algaida —certificó, enfática, quedando después pasmada—. Sí, es Catalina. ¡Qué cosas!

Doña Gertrudis dejó de lanzar su lanzadera.

—¡Huy, huy, huy!

Parecía el sonido de una flauta. Pero bastaba. Doña Luisa asintió como diciendo: "Comprendido." Y los cristales de la una y los ojillos de la otra, así como la mente truculenta de ambas, pusiéronse a trabajar.

—Berta ha perdido el juicio —dijo luego doña Gertrudis a su hija, mientras comprobaba que en la minuta de la fonda volvía a figurar la sopa de pescado, que, por comerla a diario en su casa, no le parecía digna de un "buen hotel"—. Estos jóvenes están muy pervertidos. No habrá en todo Palma un muchacho que se case después con Catalina.

—¿Después? —indagó Pacita, sintiendo por dentro como un cosquilleo.

Los Torrent le habían parecido hermosos cual arcángeles o peliculeros, y envidió rabiosamente a la niña de Muro aquel sugerente "antes".

Muy ajena al ambiente que su sola aparición entre los Torrent comenzaba a crear, Catalina sorbía en "Maxim" su refresco. Félix Balart había venido a sentarse con ellos y empezaba a soltar sus frases raras, que ni se molestaba en entender.

—Hablas de "la Líbido" como si fuera "la Lirio" —le decía Biel, la pipa entre los dientes.

Catalina, aunque ignoraba quién era "la Líbido" se guardó de preguntarlo, temiendo fuese una vicetiple. Iba haciéndose al tono que reinaba en torno a los Torrent.

—El día en que te cases —vaticinó Xim—, tus hijos serán como los de los Dunkal, que miran todas las noches si hay un complejo escondido debajo de su cama.

—No se puede hablar en serio con vosotros —protestó Félix—; acabaremos discutiendo el radical-socialismo.

Biel se levantó.

—Os dejo —y, como todas las tardes, fué a unirse a la tertulia de pintores y artistas, que ocupaba su mesa habitual. Le recibían con agrado. Estimaban su juventud y su ímpetu, y algunos hasta creían en su talento, a pesar de que era un aristócrata.

Mientras que Xim y Félix se entregaban a más o menos profundas filosofías, Catalina dejaba vagar la vista por el paseo. Grupos de jóvenes isleñas, con sus modosos trajes veraniegos, escoltadas por muchachos no menos correctamente vestidos "de tenis", alternaban con el exotismo de los veraneantes de fuera, que en sus pijamas multicolores, sus faldas "a lo Hawai" o sus *shorts*, parecían arrancados de una revista.

De pronto sonó una voz:

—¡Aquí está!

Era un joven de aspecto un tanto extraordinario el que los señalaba al grupo que le seguía.

—¡Anda, demonio! —dijo Xim entre dientes.

—Xim, ¡oh Xim! —exclamaron varias voces femeninas, que, aunque musicales, al pronunciarlo en mallorquín, parecían mascar ensaimada.

Catalina adivinó que Xim tuvo ganas de repetir su "¡Anda, demonio!", pero se levantó y, bajando los dos escalones hasta la acera, fué a saludar a los recién llegados. Serían seis o siete entre chicas y muchachos.

—¿No queréis sentaros? —les indicó su mesa. Y como el grupo, dudoso, fisgaba a Catalina, se apresuró a decirles:— ¡Si ya la conocéis, es la hija de Eugenio!

Catalina, naturalmente, los conocía a todos. Las dos muchachas rubias y bonitas eran María Dolores y María Soledad, las hijas de don Vicente y doña Isidra, tan etéreas y tan dulces que las llamaban "los angelitos". Y las otras tres, morenas y poco agraciadas, eran sus primas las Cruxach. La miraban todas cual si la vieran por primera vez. Las Torrent, a su modo suave y asombrado. Las Cruxach, con su fija mirada de pájaro. "¿Qué hace ésta aquí?", parecían preguntarse.

Félix, que, servicial, se había lanzado a la busca de

sillas, consiguió, ayudado por Xim y otro de los jóvenes, reunir las suficientes para que se sentaran. El muchacho que los descubrió se incrustó junto a Catalina.

—Tú eres la niña de Albañil —le dijo, mirándola de hito en hito.

Catalina ni se molesto en corregirle.

—Y tú eres *Mateuet* Torrent —repuso en el mismo tono.

Desde su más remota niñez había sentido por el hijo de doña Jerónima una mezcla de aversión y de lástima, encontrándole insufrible con su gran cabeza rala, su cuerpo al parecer de alambre y su necia superioridad. Visto de cerca resultaba aún peor, casi inquietante. Tal vez fuera porque sus ojos, negros y saltones, tenían algo de furtivo, de poco usual.

—Un día vi cómo tu madre te daba unos azotes —dijo, torciendo la boca en una sonrisa—. Lo vi.

Catalina no supo por qué le irritó tanto la frase. "No, no es la frase. Es su expresión."

—Y yo me acuerdo de cuando te pegaban Biel y Xim. Salías hecho una lástima.

Xim sonreía, pero "los angelitos" la miraban reprobadores, opinando que para ser hija de la viuda de un administrador resultaba impertinente.

Catalina se preguntó cómo sería posible que aquellos dos jóvenes tan dispares fueran primos. Y para colmo, por partida doble, ya que Mateo tenía el honor de llevar cuatro veces seguidas el mismo apellido. ¡Caro pagaba el infeliz tal privilegio!

Ajeno a los pensamientos que cruzaban por la mente de su vecina, Mateo la analizaba con desfachatez. Le preguntó si venía con frecuencia al Puerto y a qué hora acostumbraba a bañarse. Y mientras escuchaba sus respuestas, se inclinaba hacia ella más de lo necesario. Xim, que, aunque atento con las otras chicas, los estaba observando, propuso dieran un paseo por la costa. Pero ni así logró librarse Catalina de aquella compañía. *Mateuet*, que entre toda una juventud de pantalones de dril y camisetas deportivas parecía un maniquí de escaparate, con su correcto traje, camisa de seda y zapatos de gamuza, se pegó a su lado, dispuesto a no ceder su sitio a nadie. Menos mal que Félix Balart acudió en su auxilio.

—No me dejes sola con éste —le murmuró en un momento dado.

—Pues estuviste hecha una tonta —fué el comentario de su madre cuando se lo contó—, porque, cargante o no, Mateo Torrent te viste. —Y ante la protesta de Catalina:— No olvides que es el primer partido de Palma.

Catalina, que desde su más tierna infancia había oído contar horror y medio sobre "el partido", optó, una vez más, por callarse. Aún hacía poco había oído relatar a doña Gertrudis que doña Jerónima no permitió que nadie le viera de recién nacido, y le tomaron de nodriza a una moza tan cerril, que casi no sabía hablar. Así y todo, se supo que era un "seis dedos" y que por mucho que lo envolvieran en batistas y encajes, esas manos, que, según doña Luisa, parecían "un nido de gusanos morados", iban a pegarse al pecho de la moza cuando le daba de mamar. Así se lo había contado, bajo el sello del secreto, Julia, la peinadora, que iba a diario a encresparle el tupé a la de Torrent. Luego le operaron en Madrid, pero las manos le quedaron como anquilosadas, y por eso siempre que podía llevaba los guantes puestos.

Aquella noche Catalina tuvo una pesadilla. Se hallaba tumbada en su cama, durmiendo, como lo hacía en días de calor, encima de la colcha, cuando soñó que un monstruo extraño, parecido a un enorme cangrejo de mil patas, avanzaba sobre su cuerpo y, deslizándose por el escote del camisón, iba a clavársele en un pecho. Lanzó un grito y despertó.

—¿Qué te pasa? —preguntó Berta, sobresaltada.

—Nada. Un bicho que me ha picado.

—Los dichosos mosquitos. Tendremos que *flitar* más a menudo —rezongó su madre, y volvió a dormirse.

Catalina, bañada en sudor, se recogió el pelo y después de un rato se levantó de puntillas y fué a asomarse a la ventana. Empezaba a amanecer. Un olor a membrillo le dió en la cara. Los riscos se erguían blancos, con aristas de nácar, en un cielo que empezaba a teñirse de rosa. De pronto oyó unos pasos. Asomando la cabeza, miró. Era Aina, que caminaba hacia las alquerías. "¿De dónde vendrá?" se preguntó asombrada. Avanzaba entre los limonares con su aire de estatua, y llevaba un cesto en la cabeza.

El círculo de los de *C'an Xura* fué ensanchándose con nuevas amistades. Menudearon las excursiones por mar y por tierra, con sus meriendas, ya en casa de alguno de los artistas amigos, ya en una cala pintoresca o en una hostería que descubrían en el sitio menos pensado.

Catalina empezó a acostumbrarse al trato con toda aquella gente, que era llana y cordial. Venciendo su timidez, fué haciéndose a sus bromas y sus extravagancias, que, vistas de cerca, tenían un mucho de infantil. Otterdahl, con sus risotadas y su entusiasmo por todo lo mallorquín, le parecía un niño grande, y Polgar, que en cuanto se trataba de chanzas no se quedaba atrás, era su digno compañero. En las horas en que no trabajaban se entregaban con embeleso a la alegría de vivir.

—¡Qué hermoso!... ¡Qué hermoso!... —exclamaba Otterdahl, abriendo los brazos cual si quisiera abrazar el panorama ante su vista. Y volviéndose a ella, añadía serio:— ¡Qué suerte tiene, niña, de haber nacido payesa!

Comprendiendo que le dirigía un máximo requiebro, Catalina no le sacaba de su error.

Sumido en su flirt con Elga, Biel le prestaba escasa atención. Mas a veces, sin que viniera a cuento, la hacía objeto de uno de sus sarcasmos. Catalina procuraba contestarle en el mismo tono, sintiéndose irritada en el fondo. ¿Por qué se ocupaba de ella? Xim, en cambio, le demostraba siempre un cariñoso interés. Hicieran los planes que hicieran, nunca la perdía de vista, hallándose siempre dispuesto a sacarla del atolladero si era necesario. Y llegó el día en que hubo de serlo. Y eso, debido a *Mateuet* Torrent, que, de pronto, empezó a menudear sus visitas a Puerto Pollensa, incrustándose en el grupo de sus primos a todas horas.

—Nos has fastidiado haciendo la conquista del *petit cousin* —le dijo Biel, una noche en que regresaban los tres solos en el coche.

Catalina protestó de que no había tal conquista.

—Esta tarde ofrecíais la estampa perfecta de "La bella y la bestia" —continuó, mordaz, el mayor de los Torrent—. Aparte de eso, el que le gustes le honra. Es lo único normal que siente desde que ha nacido.

Catalina, en realidad, no podía ya dudar de que el hijo de doña Jerónima la hacía objeto de su marcada preferencia. La miraba de una manera tan insistente, que hasta Elga la calificó de "incómoda". Le susurraba ternezas, y, lo que era peor de todo, tomó por costumbre ir a verla bañar. Se apeaba ante los pinos del Formentor del automóvil que le traía de Palma ,y, bajando a la arena, sorteaba con sus zapatos de gamuza la red de miembros forasteros y desnudos tendidos al sol, yendo a colocarse en la orilla, tan perfilado como el primer día. Catalina pensaba que acabaría dejando su albornoz en la arena casi a ras del agua. Todo menos sentir aquellos ojos pegarse a sus piernas, a sus brazos, a su cuerpo.

—No resisto a tu primo —dijo Elga a Biel una mañana en que se hallaban tumbados en la balsa de la bahía.

—Eso me pasa a mí —repuso Biel—. Habla de venir a pasar unos días al molino. Le daremos matarratas si lo hace.

Catalina rió, pero una inquietud se apoderó de ella, y cuando Xim aquella tarde acudió al emparrado a darle palique, le dijo que esperaba no irían a invitarle.

—Ese no necesita invitación. Se nos planta aquí. ¿Le tienes miedo?

Catalina señaló unos cuervos que pasaban graznando sobre sus cabezas:

—Me pasa como con ésos: me da *repeluzno.*

—No se lo vayas a decir—. Y Xim le contó una anécdota, falsa o verdadera, sobre el abuelo de Mateo. Decían que dando con su mujer, de recién casados, un paseo por el campo, ésta exclamó que los cuervos le inspiraban repugnancia, y que, para curarla de tal manía, él dispuso que había de comer carne de cuervo hasta el último día de su vida. Disposición de la que la desventurada señora de Torrent sólo pudo librarse años después, comprando la voluntad del cocinero, que le sirvió desde entonces pollo "disfrazado de cuervo".

—¡Qué espanto! —se horrorizó ella—. Quizá por eso haya salido tan raro su nieto.

Xim se echó a reír. Hijo de cuervo o no, ellos se encargarían de ahuyentárselo.

—Y ahora déjate de bolillos. He estado escribiendo toda la tarde y necesito moverme.

Cuando cruzaron delante de las masías, las gentes que, sentadas en hilera, tomaban el fresco, los siguieron con la vista. Los hombres, reservados, no hicieron ninguna observación. Pero mozas y viejas cuchichearon. Amores, no cabía duda. Mas, ¿casaríase el señor con la hija de doña Berta?

—¿Tú qué dices, Aina? —interrogó Miquela a la que se acercaba, y hubo intención en la pregunta.

Aina se alisó la blusa, ajustándola a la saya, y jóvenes y viejos apreciaron la línea firme de su pecho.

—Los señores no suelen llevar a la iglesia a sus criadas —repuso con parsimonia.

—La hija de don Eugenio —protestó *na* Francina— no es una criada.

Aina se encogió de hombros con mueca de desdén, y, dejando las otras a sus decires, se dirigió a su vivienda. Su cuarto era pequeño y encalado: una cama de retorcidos hierros, cuyo copete acababa en lámina de flores y, en una cómoda, una jofaina de loza azul y un jarro. Todo pulcro, inmaculado. Se acodó en la ventana baja, sin rejas, y miró hacia la casa grande. De pronto vió la alta figura de Biel salir del estudio. La extranjera rubia le acompañaba. "Son iguales los dos", se dijo con desesperación.

XVIII

Decidieron los Torrent resucitar para la Virgen de agosto la vieja costumbre de que se celebrase un baile payés en la *clastra* de los colonos, y la noticia causó alborozo en el predio. Los gañanes pusiéronse a templar guitarras, laúdes y gaitas, y las mozas sacaron de los arcones los heredados trajes de payesa. En el pueblo, la fiesta patronal se celebraría a bombo y platillo, con misa mayor, carreras pedestres y de caballerías, y feria de frutas, turrones, avellanas y confites, amén de la consabida lucha entre *moros y cristianos*. La agrupación de bailes ancestrales, llamados las *águiles* en Pollensa, rivales de los *cavallets* en Felanitx, de los *cones* en Montuisi y de los *judíos* en Manacor, que habían de ejecutar sus danzas frente al altar, ensayaban al atardecer.

Acudían los Torrent, llevando a Catalina, a Elga y a Felix, a presenciar tales ensayos. Se entusiasmaban con el espectáculo, e invitaban después a los danzarines a vino y café. Biel solía encaramarse en una tapia y tomar rápidos apuntes. Elga, entonces, lanzábase al baile, animando a Xim.

—Ven, aprendámoslo tú y yo.

Catalina los contemplaba, divertida. Para ella no eran nada nuevo. En época de matanzas había acudido muchas veces con su padre a los festejos de las posesiones, y desde niña tomó parte en el jolgorio.

La preparación del festejo de *C'an Xura* fué motivo de alegre agitación. Como los Torrent habían invitado no sólo a sus amigos, sino también a los amos y gañanes de los predios contiguos, *C'an Xura* quería mostrarse digno de su renombre de predio rico y bien tenido.

Los llares y hornos funcionaron con anticipación, mezclándose el humo sabroso de sus empanadas con el maduro aroma de las huertas.

—En años venideros ha de hablarse de esto —decía Berta a Catalina.

—¿No crees, madre, que yo debiera vestir también traje de payesa? —indagó ella, mientras trenzaba una de las guirnaldas de papel que habían de adornar la *clastra*.

Berta asintió. Hasta las hijas de la más noble estirpe vestían el traje popular en fiestas de caridad. ¿Por qué no iba a hacerlo la suya?

—Te favorecerá.— Y añadió que como de todos modos tendría que marchar a Palma para algunas compras importantes, le traería el vestido, que en el arca de alcanfor habían conservado durante dos siglos las de Muro.

Catalina se pasmó de nuevo al verlo. Era rico, con su ancha falda de flores, el ceñido *gipó* negro con sus cadenas y botonaduras de oro, y el rebocillo de fino encaje. Le faltó tiempo para probárselo. Y al verse en la luna del espejo, pensó que Xim no tendría más remedio que encontrarla bonita.

La fiesta empezaba por una cena servida en la casa grande y otra en las alquerías. Catalina ayudaba a los Torrent a hacer los honores. Su popularidad en el círculo extranjero iba creciendo.

—Me imagino que la *Beateta* era idéntica a usted —le decía Otterdahl—. Una criatura hecha de poesía y de modestia. Roma, al canonizarla, ha premiado en ella las virtudes más dulces de la femineidad. Si yo tuviese veinte años menos, la adoraría.

Catalina, peripuesta y fina como un grabado antiguo, sonreía entre Xim y Félix.

—¿A mí, o a sor Thomaseta?

Elga, casi pegada a Biel, le miraba provocativa. Aina, impasible y hermosa, cruzaba con sus bandejas.

De pronto, un silencio se hizo en el comedor. Recortado, planchado, impecable, Mateo Torrent hacía su aparición.

—Aunque no he sido invitado...

Sin querer miró Catalina a sus primos. "Tienen cara de arsénico", pensó. Y tuvo ganas de volver a reír, porque la admiración masculina se le iba subiendo algo a la cabeza. Mateo se le acercó:

—Buenas noches, Catalineta.

Le tendió la mano como en un reto.

—Buenas noches, Mateo.

Por primera vez encontraba divertida su presencia. Sentía que pisaba fuerte en sus chapines de terciopelo. Félix Balart le murmuró:

—Este viene por ti.

Siguió sonriendo y preguntó a Mateo lo que deseaba cenar.

—No vengo a comer —repuso *Mateuet*, digno—. Vengo a verte.

Miquela acudió a decir que en la *clastra* todo se hallaba a punto.

Ofrecía la alquería lucido aspecto. Con su patio engalanado de farolas y gallardetes, y las guirnaldas de papel enroscándose en los pilares. Los *sonadors* templaban sus cuerdas en un ángulo. Y gañanes y mozas, en su típico indumento, se miraban de soslayo, sin mezclarse todavía. La cena había sido generosa, y todos hallábanse de humor festivo. En sus sillas de enea, la gente mayor se aprestaba a observar y comentar. Los rostros nobles de payeses de blancas cabezas destacaban entre el bronceado perfil de los jóvenes, de idéntica línea de medalla. Una ardiente dulzura subía de los labrantíos. Rasgaron sus cuerdas las *xeremies* y salieron al ruedo los primeros danzarines. Xim fué a buscar a Catalina.

—Ven, vamos a bailar.

Había cogido el aire, aunque no los pasos de la danza, y después de las primeras vueltas y reverencias, Catalina imprimió un ritmo más vivo a sus evoluciones. Giraban, los brazos en alto, mirándose, como los otros, en el ir y venir del baile secular. "Es guapo —volvió a pensar ella—, con su mirada profunda y risueña." Sabía que también ella atraía a Xim, y en espontánea coquetería le sonreía, torciendo la cabeza y recogiéndose la falda, dejando ver las inmaculadas enaguas. Xim era ágil y bailaba simplemente al ritmo de la melodía, contento de tenerla por pareja. Se cruzaron con Biel, que bailaba con Elga. Miró qué tal lo hacía la extranjera. "No es lo suyo", observó. Y su sensación de superioridad se tradujo en graciosas filigranas de brazos y pies. La saya le revoloteaba en torno al cuerpo flexible.

Los payeses la contemplaban, bondadosos. Era agraciada *l'at'lota* de doña Berta, y con eso, sencilla y laboriosa. ¡Suerte sería...!

Xim y Catalina sólo dejaron de bailar cuando la orquestina se dedicó a refrescarse con largos tragos de vino. Pero él no se apartó de su lado.

—Te sienta nuestro traje popular.

Catalina se dijo: "En la fiesta de la recolecta de la aceituna volveré a ponérmelo", y se sintió feliz al pensar que un porvenir reunidos les aguardaba.

Volvieron a resonar las gaitas y bandurrias.

—Hemos de bailar con las mozas —dijo Xim—. No te me vayas, Tinóns, volveré.

Le vió dirigirse hacia Aina, que, en su igualmente rico traje, parecía esperar a alguien, algo alejada de los demás. Tocaban una jota, y salieron a la pista.

Mateo se le acercó.

—¿Tú no bailas? —le preguntó Catalina, por ser atenta.

—Nunca lo he hecho —le contestó con superioridad—. Ahora lo siento...

Había como una repentina tristeza en sus ojos, y Catalina sintió compasión por él.

—¿Probamos?

Salieron entre los demás. Fué un desastre. El baile no iba a Mateo, o Mateo no le iba al baile. Tuvieron que volver a su sitio.

—Es cuestión de costumbre —le consoló ella.

La orquestina hizo un nuevo descanso. Joan, muy

guapo, en su traje de payés, con una larga vara adornada de cintas en la mano, que marcaba su categoría de *mayordomo*, se adelantó al centro de la *clastra*. Tenía la misión de proceder a la subasta de bailes, cuyo producto estaba destinado a la parroquia. Se hizo un silencio expectante, que rompió la primera oferta:

—*Cent reals.*

—*Cent cincuanta.*

Entre un joven aparcero y el yuguero de *Son Marfell* iba la cosa. Joan repitió, retador:

—Ciento cincuenta reales. ¿Quién da más?

Otterdahl comentó entusiasmado:

—Otro legado árabe: la subasta de esclavas.— Y su vozarrón vibró, al pujar a su vez.

El doctor Thaler, ajustándose un monóculo, se lanzó también. Su mirada analítica recorría la hilera de ruborizadas payesas.

—Cuatrocientos reales —gritó un mozo bien plantado, hijo del amo de un predio vecino, cual si no quisiera que el primer baile de una de las doncellas de su tierra fuera a parar a quien no correspondía.

Fué entonces cuando sonó la voz aguda de Mateo, cambiando el valor de la moneda:

—Treinta duros.

Un murmullo sonó en la *clastra*.

—Cuarenta —lanzó, retador, el *hereu* payés.

—Cincuenta —era la voz de Xim.

—Sesenta —repuso Mateo.

Se hizo un silencio anhelante, en el que sonó, tranquila y autoritaria, una oferta inaudita:

—Doscientos duros.

Era Biel quien zanjaba la cuestión.

Un aplauso entusiasta cerró el trato. Biel se levantó, estirando su largo cuerpo. A grandes zancadas cruzó la *clastra*.

—¿Me haces el honor, niña Catalina?

Catalina se levantó azorada, alisándose el delantal. La salva de aplausos se hizo atronadora. Sonaron con brío *xeremíes, flaviols* y tamboriles, pero nadie se lanzó a bailar. Dejaban la pista libre al señor y a su elegida. Catalina cogió las castañuelas. Sentía el triunfal latir de sus pulsos. Ni por un instante tenía la sensación de que Biel había comprado algo, sino que le había rendido el más caballeresco tributo. Y toda ella, ya al iniciar las primeras evoluciones, pareció diluirse en gracia. La danza ancestral, que, al igual que todas sus semejantes, es como el rito del gran deseo nupcial de la Naturaleza, adquiría en su interpretación su sentido isleño: de recato, de sensibilidad, de innato señorío...

Biel evolucionaba a su modo, elegante y ligero. Y, las cejas contraídas, estaba atento a su menor movimiento. Mas súbitamente su cara se atirantó, alzó el brazo e hizo algo fuera de toda regla: atrajo hacia sí a su huidiza y coqueta pareja y bailó con ella un baile inventado, teniéndola fuertemente abrazada. La miraba de cerca, en sus giros caprichosos, con sus ojos amarillos y lucientes. Y Catalina sintió un sofoco interno. Comprendió que a Biel el bailar por bailar no le divertía. Que lo que le gustaba era su proximidad. "No está bien —se dijo—. No está bien." Pero de pronto sintió la presión de su cuerpo como una sorpresa y dejó de pensar. Bailaban mudos, sin mirarse. El *parado* se convirtió en *bolera* para pasar a una *mateixa*. La pista se había llenado. Les era igual. Biel giraba y giraba, y Catalina, en su abrazo, la cabeza muy erguida y algo echada hacia atrás, se sentía los pies con alas y las mejillas ardientes. La larga trenza payesa la aleteaba en la espalda. Cuando, al fin, la música paró en seco, se llevó un instante las manos a las sienes. Biel la miró fijamente. Y, como los demás, hincó la rodilla en tierra, sin apartar de ella la vista. Luego se puso en pie y la cogió por el codo.

—Ven a tomar una copa.

Al pasar entre los invitados, oyeron comentarios, bromas. Sin detenerse, le señaló él la casa con los ojos. Era como una orden. El comedor se hallaba vacío. Del aparador, cubierto de viandas, Biel cogió una jarra y llenó dos copas de vino. Le tendió una, y al hacerlo, sus dedos rozaron los de Catalina. Como ella rechazase la bebida, le llevó la copa a los labios.

—Tómatelo. —La miró beber, dócil, unos sorbos.

—Catinca —dijo luego—, eres una criatura curiosa.

—¿Por qué me llamas Catinca? —su voz sonó de pronto como de otra.

—Porque me recuerdas la muñeca de un ballet ruso que vi en París. Tenía una cara redonda y unos ojos inocentes. La compró un hombre caprichoso y la desarmó para ver lo que tenía dentro.

Catalina cogió la copa de manos de Biel.

—¿Qué era?

Estaba temiendo que dijera "serrín", pero él contestó:

—Fuego.

—¿Y cómo terminó la cosa?

—Mal.

Catalina levantó la vista.

—¿El la dejó después de rota?

—Ella acabó al romperse.

Catalina meneó la cabeza, y su cara joven, cercada de encaje, tuvo un reflejo de su misterio interno.

—No terminó mal.

—Eres una niña rara —repitió Biel, pensativo.

Iba a añadir algo, cuando sonaron cerca unas voces, risas. Otterdahl y Polgar entraban en busca de bebidas. Apartándose de ella, Biel se ocupó de servirles. Y Catalina se deslizó, silenciosa, hacia la *clastra.*

Pero al intentar recordar después, en su cama, los otros acontecidos de la noche, se dió cuenta de que se habían borrado de su memoria. Supo vagamente que había bailado con Félix Balart; que Mateo, enardecido por el vino y el ambiente, le había dicho muchas tonterías, y que le irritó que Biel bailara con Aina.

Biel... Sus labios formularon su nombre con extrañeza, cual si lo pronunciaran por primera vez. "¿Pero qué ha pasado?", se preguntaba. Intentaba razonarlo. ¿Que Biel había bailado con ella de un modo impetuoso, como lo hacía todo? Bueno, ¿y qué? ¿Que luego la había mirado con mayor atención que de costumbre? ¿Era eso motivo para sentirse tan atontada y tan feliz a un tiempo? Recordaba la fuerza con que la había estrechado contra sí y el rictus serio, burlón y violento de su cara. "Todo menos enamorarme de él", se sobresaltó.

Permaneció mucho tiempo con los ojos abiertos en la oscuridad. Su madre, que antes de acostarse se la había comido a preguntas, dormía, rendida del ajetreo. Catalina no estaba cansada. Al contrario, su excitación la mantenía alerta, consciente del menor ruido. Oía el leve entrechocarse de las palmeras y, a lo lejos, un canto de laúdes. Los gañanes, que andarían de serenata. Y Aina, ¿dónde estaría Aina? ¿De dónde volvería la otra noche? Sabía por Miquela que murmuraban de ella en el predio. Se había criado sin madre, sirviendo de fonda en fonda. Biel había bailado con ella. También Xim. Se sentó en la cama, dándose repentina cuenta de que lo que Xim pudiera hacer no le importaba. ¿Entonces...? Volvió a recostarse. ¿Para qué pensar? Con delicia estiró sus miembros en el frescor del lino. ¿Cómo era Biel de niño? Sonrió. Feo..., caprichoso... y raro... ¡El sí que era raro!... Cuando aquel día tiró por el dique a *Mateuet*... Y cuando la pintaba a ella, hecha un horror... Y cuando cazaba gatos por los aleros...

La última estampa que vió al quedar dormida no fué la del hombre que la había turbado de tan sorprendente manera, sino la de un chiquillo pelirrojo, saltando alegremente sobre el mortal desfiladero de la calle de la Portella.

Comprendió al despertar, por la brillantez del rayo que se filtraba en la alcoba, que debía ser tarde. Miró hacia la cama vecina, y la halló vacía. Saltó rápida de la suya. El reloj sobre la cómoda marcaba las diez. Su madre la habría dejado dormir creyéndola cansada por el baile.

Como sabía que no había nadie en la casa, corrió en camisón a la cocina, sacó agua del pozo y, llenando la tina del rincón de aseo, se chapuzó en ella. Gozaba al resbalarle el agua helada por el cuerpo. Qué delicia y qué dicha que hiciera bueno. Qué rico el olor del limonar que entraba de fuera, mezclado con el del café que hervía en las brasas. Se frotó con la toalla, se deslizó en un delantal de cretona y, como sentía de pronto un hambre voraz, fué a coger un tazón de un vasar y, apartando las jarras de cobre de la lumbre, lo llenó. La leche, que Miquela les traía recién ordeñada, tenía una capa de nata. En un plato halló restos de los hojaldres del día anterior, y, acercando un taburete, se puso a desayunar.

Después recogió cuanto había por medio y avió la casa. Lo hizo de prisa, canturreando. Luego alcanzó el sombrero de palmito, cogió un capacho y marchó a la huerta en busca de lo que necesitaba para el almuerzo. Al pasar frente a las cuadras vió a Joan peinando una mula, y notó que faltaba la *galera.*

—Buenos días, Joan —lanzó alegremente.

—*Tenga,* doña Catalina.

Se dió cuenta de que era la primera vez que alguien del predio la llamaba así. Aunque su madre para todos era doña Berta, a ella, debido a su juventud y a que todos la conocían desde la infancia, la llamaban simplemente Catalina, y hasta por su diminutivo "Tinóns". Adivinó que era su amistad con los señores lo que le daba derecho a aquella muestra de respeto. Como el gañán vió la mirada que había lanzado a la cuadra, le aclaró:

—Marcharon de pesca al amanecido.

—¿No se acostaron?

Joan sonrió. Era tan apuesto como sus amos, con sus facciones correctas y su pelo ensortijado. Ninguno de ellos se retiró anoche. Fueron de ronda. También los señores. Y como adivinó lo que estaba pensando:

—A su ventana no fuimos porque dijo don Biel que debía descansar.

Catalina hizo un mohín. Ni que fuera tan vieja que necesitara llenarse de sueño.

—Otra vez, venís, Joan. Te lo encargo a ti.

El gañán volvió a sonreír, secándose el sudor con el brazo.

—Iremos, Catalina —había vuelto a apearle el tratamiento.

Las eras brillaban doradas. El cielo era de un azul de loza. Los riscos lucían sus cimas color de pizarra.

Catalina siguió canturreando mientras preparaba la fritura de berengenas y tomates. Su madre, al volver, dispuso que quería almorzar cuanto antes y dormir una buena siesta. Estaba agotada. Catalina, que ya había puesto la mesa en la sala central, se apresuró a servir la comida.

—¿Qué hay de nuevo? —preguntó al sentarse.

Berta se lo contó. Las gentes se hacían lenguas de la fiesta, alabando la esplendidez de los señores, su llaneza y simpatía. Los de Palma podían decir de los chicos lo que quisieran, pero lo que es a los payeses se los habían ganado.

—Es que son simpáticos —dijo Catalina con entusiasmo.

Berta le lanzó una mirada.

—También Mateo les ha caído bien.

Catalina se echó a reír.

—¡Oh, Mateo!

Su madre frunció el ceño. No tenía por qué tomarlo a broma. Llevaba tiempo sin verle y le encontraba muy mejorado.

—Tiene hasta buena facha, aire distinguido.

Catalina alzó los ojos y la miró con guasa. La veía venir.

—Contigo andaba muy acaramelado.

—¿De veras? —intentó recordarlo. Sí, entre copa y copa, la había perseguido por todos los rincones, abrumándola a requiebros.

—No olvides de quién es hijo, madre —dijo, cortando un trozo de empanada.

Berta, por asociación de ideas, observó:

—He visto en qué forma bailó contigo Biel —ya anoche le había dicho lo mismo, pero ahora insistió:— Se comenta lo que pagó por el baile. Es un loco, capaz de cualquier atrocidad.

—No es una atrocidad dar para los pobres.

—Lo dió por ti, déjate de disimulos. Y de eso es de lo que se hablará hoy en toda la Huerta, en todas las bodegas del pueblo y hasta en las cuevas de los pastores de la serranía.

Catalina, muy seria, dejó el cubierto en el plato.

—Tú me empujaste al trato con ellos. Yo ya sabía que iba a traer disgustos —y no queriendo culpar a su madre:— Por mucho que lleves viviendo aquí, sigues pensando como una mujer de fuera —había un fatalismo en su voz joven—. Yo sabía que algo malo iba a salir de todo esto. No por mí, ni por nadie, sino porque aquí, cuando eres de esta tierra, no te puedes salir de lo establecido.

Berta se irritó. Eso eran tonterías. Lo que no se podía ni aquí ni en ninguna parte era dar el espectáculo que Biel y ella dieron anoche. No, no era aquello un modo de bailar. Cierto que ella no había nacido en aquella dichosa Isla, a Dios gracias. Pero eso no quería decir que no fuera tan seria como la que más. Y no admitía lecciones de nadie. Le había parecido bien que alternase con los Torrent mientras los dos la trataban como a una hermana. Tampoco le importó ver tan a menudo a Xim con ella. Xim era serio, buen muchacho. Pero Biel, en cambio, perjudicaba, dañaba a la mujer a quien se acercase. Máxime si era una muchacha casadera.

—Madre, no exageres y no veas el mal donde no existe —repuso Catalina—. Biel bailó conmigo como aquí no es costumbre, es cierto. Pero nada más. Tú crees que todo el que me mira me está rondando, sin pensar que en el predio, de clase superior a las mozas, no hay más que yo. ¿No es natural que unos y otros se sientan en la obligación de ser amables conmigo?

Berta la escudriñaba. Era imposible que fuera sincera. ¿Qué ocultaba? La vió quitar la mesa con sus gestos pausados, y aquella aparente calma le impuso a pesar suyo.

—Si no se repite... —concedió a desgana. Y terminante:— Pero tienes que procurar por todos los medios que no te vean con él, que no se te acerque.

Catalina, que, la bandeja en las manos, se aprestaba a salir, se volvió.

—Es mejor que corte por lo sano con todos ellos —dijo, calmosa—. Así ni tú ni nadie tendréis motivo de inquietud.

Y dirigiéndose a la cocina se dedicó a su faena. Ya no canturreaba.

Al terminar se preguntó: "¿Qué haré ahora?" No tenía ganas de entrar en la alcoba. Sintió el deseo de evadirse, de correr campo adelante, a pesar del calor. Anudándose un pañuelo a la cabeza, salió de la casa. Ardía el cielo. Un letargo candente pesaba en la atmósfera. Pasando la huerta tomó por el naranjal. Pronto un aire con olor a pinos empezó a penetrarla, en uno de esos cambios típicos del ambiente isleño. Al llegar al pie de los montes, comenzó a trepar con la ligereza de su juventud y de sus alpargatas. Hacía fresco en sus sombras. Unos tapices de flores de alcaparro ponían entre los troncos su nota violácea. Tomó por una trocha, saltando de piedra en piedra. Cuando un arroyo la cortaba, inclinándose, mojaba las manos en el agua y volvía a sentirse contenta. Alcanzó el lugar que se había puesto por meta: un *talayot* enclavado en la ladera de un risco. Mirando hacia arriba había pensado siempre que algún día treparía hasta su altura.

Al alcanzarlo, respiró profundo y miró en torno suyo. Pero no fué en el panorama en lo que se clavaba su vista, sino en la figura de un hombre que pintaba unos pasos más allá.

—¿De dónde sales tú?

Hubiera querido que la tierra la tragara. Biel la miraba con aire divertido.

—¿Es la primera vez que subes hasta aquí?

Catalina murmuró que desde que había llegado pensó que aquel sitio debía tener una espléndida vista.

—Y la tiene. Ven. A ver qué te parece esto.

Su tono era amistoso, y Catalina, serenándose, se acercó.

—¡Oh, Biel! —exclamó absorta.

Tuvo la primera impresión de una serie de manchones, y, sin embargo, el Coll Xura, en toda su luminosidad, se hallaba magistralmente captado en aquel pequeño rectángulo. Más allá del color y de la forma, el lienzo reflejaba el vivir palpitante de la piedra en toda su salvaje pureza. La roca brillaba solitaria, desnuda; y los bosques, el valle, resultaban blandos a sus pies: parásitos, complementos, medios para algo: alimentar, nutrir dar sombra y agua. Sólo la roca, en su brutal bravura, era en sí misma un fin.

Biel miraba hacia lo alto, la cabeza en la nuca. La llamarada que le ardía en el pelo parecía haberle bajado a los ojos. Apretaba los labios en una línea sinuosa.

—Tú no sabes lo que es sentirte lleno de algo a lo que quisieras dar forma. Y buscar esa forma, que ya existe dentro de tí, con tu propia intuición, con tus propios medios —le señaló los riscos—. Enfrentarte con la Naturaleza elemental, que parece reírse de tu esfuerzo. Y empeñarte en vencerla, en arrancarle su secreto. Es un ansia, una inquietud, una voluntad de posesión... —su voz tenía un timbre frío— superior a lo que puede sentirse por ninguna mujer. Por nada, por nadie.

Sus ojos seguían clavados en la cúspide. Luego volvieron a Catalina, como asombrados de que estuviera allí. Cogió el lienzo y lo observó, meneando la cabeza.

—Esto es pobre al lado de lo que yo veo en aquello.

Catalina se le acercó.

—No —dijo con inusitada vibración—. No es pobre. Es maravilloso. El Coll tiene aquí como una cara, un sentido..., no te puedo explicar. Pero da la impresión como si fuera... —buscó las palabras— un chorro de granito brotado de una fuente oculta en lo más profundo de la tierra... Algo que nos acerca a Dios.

Biel la volvió a mirar, y una sombra divertida cruzó por sus ojos. Sacó su pipa, y, cogiéndole la mano, la hizo sentarse a su lado en una piedra. Recostándose en la roca, observó:

—Tienes imaginación, Catalina.

Y ella, de pronto, comenzó a hablar, en su empeño de hacerle ver que era capaz de comprenderle. Las palabras se le atropellaban en los labios, y usaba, mezcladas con su léxico infantil, frases algo pedantes de sus lecturas. Le contaba de sus correrías con su padre cuando, refiriéndose a un castillo, unas ruinas o una aldea le contaba sus leyendas y consejas.

—Y de pronto, cuando yo sabía su historia, y las razas y los hombres que habían pasado por ellos, los encontraba mucho más hermosos. Porque tenían como un espíritu. Un alma. Eso mismo me ha sucedido con tu cuadro.

—Entonces, ¿tú no eres de los que creen que un artista es un loco?

—No, Biel. Mi padre era un poco como tú. No pintaba ni escribía, pero sabía sentir. Y enseñaba a sentir. Yo comprendía a mi padre. Y le admiraba. Y le quería.

Sintió que Biel le rodeaba el hombro con un brazo.

—Eres un encanto, niña Catalina.

Catalina sentía aquel brazo en sus hombros como si hubiera sido de fuego. Tuvo la sensación de que toda ella estaba vacía, muerta, y de que su solo punto de contacto con la vida y con las cosas era aquel brazo que tocaba su cuerpo. Una lasitud la fué ganando. Una quietud absoluta, total. Y, sin embargo, nunca se sintió más llena de ardor ni de fuerza. Y, de pronto, supo que el hombre a su lado sentía lo mismo. Que por eso no se movía, ni hablaba, ni la miraba. Sino que, como ella, guardaba silencio con su pipa entre los dientes, mirando hacia las cimas. Y supo también que aquel silencio y aquella inmovilidad los unía con mayor violencia que si sus labios se hubieran tocado.

Bajaron ya al anochecido. De los abrojos les llegaba un olor a tomillo y cantueso.

—Todo lo que apela a la imaginación es siempre aromático —observó Biel—. El bosque, el mar, la ciudad..., hasta las mujeres.

—¿Huelo yo a algo? —preguntó ella, alzando los ojos.

—A leyenda —rió él.

Inclinándose, cogió un puñado de tierra. La miró en su palma abierta, cual si la analizara.

—Eres atrozmente joven e inexperta, y, sin embargo, hay momentos en que me das la sensación de que eres tan vieja como esta tierra.

Llegaban casi al valle cuando se encontraron con Xim, que caminaba sendero arriba.

—Anda, si estás con Catalina.

Se alegró ella de la coincidencia. Su madre, al verla con los dos, no tendría motivo de recriminación. Pero apenas entraron en la huerta se dió cuenta de que algo debía suceder en su casa. Un grupo de gentes se hallaba ante su puerta, y *na* Francina salió a su encuentro. Que no se asustara le dijo; doña Berta había resbalado por una de las escaleras de la casa grande, torciéndose un pie.

—La hemos echado en la cama. Tiene dolores.

Catalina se precipitó hacia la alcoba, seguida de los Torrent. Berta, tumbada sobre la colcha, gemía, con el tobillo hinchado.

—Hay que llevarte cuanto antes al médico —dispuso Biel, y marchó a sacar el Ford.

Entre él y Xim la instalaron en volandas en el coche. Catalina, apurada, se sentó a su lado, y partieron para Inca, donde había un buen cirujano. Certificó éste una luxación y dispuso guardase unos días de completa inmovilidad hasta que le enyesara la pierna. Tenía una fisura en el hueso, y podía darse por satisfecha con que no se le hubiera roto.

—Es mala suerte —se lamentó Berta—. En plena temporada, con lo que hay que hacer.

Catalina la consoló. Razón tenía el médico, peor pudo haber sido. Ella la reemplazaría en lo posible.

Y así lo hizo desde el día siguiente. Negándose a acompañar a los jóvenes al baño, se hizo cargo de la casa grande. No era una ruda carga. Las mozas gustaban, tanto como ella, de la pulcritud, y limpiaban y frotaban, cantando. Sin embargo, a las pocas horas de su nuevo cometido sucedió un incidente desagradable.

Transmitía a Aina una orden de su madre, cuando ésta le contestó, en tono seco, que de sobra conocía su obligación.

Catalina la miró.

—No te pregunto si la conoces —repuso con súbita altivez—. Sólo te digo lo que tienes que hacer.

Era la mirada de hostilidad en los ojos morunos de la otra la que suscitó su tono autoritario. Aina sonrió de modo insolente. Erguida como estaba, era más alta que Catalina. Cruzó los brazos en el pecho.

—¿Quién sois para mandar aquí? —dijo en impersonal.

—Eso, a ti no te importa.

Sonaron unos pasos, y Catalina supo que los Torrent acababan de regresar. Sentía, como si lo hubiera visto, que Biel se hallaba a su espalda. La sonrisa desdeñosa en la cara de Aina se acentuó.

—Sois muy joven para dar órdenes. Y no sois, todavía, señora en esta casa.

Se sintió enrojecer. Pero, dominándose, contestó fríamente:

—No hay edad para ser señora, Aina. Ni existe quien pueda hacérnoslo si no lo llevamos dentro —y se volvió en redondo, dando por terminada la cuestión.

Como lo había supuesto, se encontró frente a Biel. En su cara burlona había un aplauso. Adivinó que pensaba: "¡Bien, por la niña Catalina!"

Al alejarse oyó un cuchicheo acalorado. Aina, que protestaba ante el señor. ¿O quizá no fuera ante "el señor"? Sintió un pinchazo interno y apretó los dientes. No contó nada a su madre.

La inmovilidad de Berta, aunque por un lado impuso obligaciones a Catalina, por otro la liberaba de su vigilancia. Tumbada como se hallaba, podía darle órdenes; pero una vez que las había cumplido y rodeado de cuidados, cabía que se escabullera por su cuenta.

—Voy a dar un paseo —le dijo al dejarla instalada en el emparrado, con la pierna enyesada en una silla y su labor de ganchillo—. Llamaré a Miquela por si necesitas algo.

—Váyase tranquila —le dijo la moza, acompañándola hasta la casa. De pronto bajó la voz y, misteriosa:— Aina no la quiere a usted.

Catalina la miró.

—¿Por qué?

Miquela hizo un gesto.

—No parece de la tierra —repuso evasiva—. Ha servido con gentes de fuera —una reticencia sonó en su acento—. Y los hombres de fuera son buenos para mujeres de fuera. Que nunca ha de mezclarse trigo con cebada. No da pan blanco ni pan moreno.

Catalina aguardó a que prosiguiera, mas la moza consideró que ya había dicho demasiado.

—Cuidaré de doña Berta. Cuide de sí misma.

¿Un consejo? ¿Una advertencia? Catalina, trepando por la trocha, no se entretuvo en pregúntárselo. Alzando la cabeza, miraba hacia arriba, añorando el espectáculo salvaje de la montaña.

—Te esperaba —le lanzó Biel desde lejos. Se hallaba subido en su roca frente al *talayot*. Le señaló el caballete a sus pies—. Lo he terminado.

Catalina se aproximó y cogió el cuadro entre las manos. "Es maravilloso", volvió a pensar. Había visto al pasar delante de las bodegas de Pollensa muchos paisajes de sus mejores artistas colgados en su interior, y comprobaba que éste no se parecía a ninguno. Frunciendo la frente, se preguntó en qué radicaba la diferencia. Pensó que tal vez Biel pintaba sus cuadros con esas fulgurantes tonalidades que debía descubrir en sus exploraciones submarinas: irisados verdes y amarillos, violentos carmines, azules, morados... Debían ser tonos de profundidades del océano, transparencias desconocidas..., y, sin embargo, el violento dramatismo que emanaba de la cima no estaba logrado sólo con el colorido.

—¿Qué estás pensando? —preguntó Biel. Y como ella se lo dijo:— Cada obra es un poco nuestro auto-retrato: yo siento así, yo veo así... —le explicó—. La técnica, es decir, el modo de hacer, es sólo el medio de expresión de algo mucho más profundo, más íntimo... —volvió a mirar hacia el paisaje—. Ahora ando en busca de una nueva fórmula capaz de captar esta atmósfera —la cogió por un brazo—. Fíjate, Catalina. Los montes parecen tan diáfanos que se transparentan unos sobre otros. No hay perspectivas, o, al menos, yo no las percibo. Y es esta total ausencia de planos, y esta minuciosidad visual... —se detuvo y la miró— Pobrecilla, te abrumo con mis divagaciones. Mira, voy a guardar mis trastos dentro del *talayot* y te voy a llevar a un sitio que no conoces.

Le vió deslizarse por la abertura de la construcción megalítica y reaparecer a los pocos instantes. Con gesto de caricia, puso su mano en las piedras.

—Es un vicio buscar siempre el más allá —comentó—. Me gusta imaginarme a aquellos primeros pobladores, los rodios, erigiendo esta morada, siglos antes de nuestra Era. Y ahora estamos aquí tú y yo, impregnando también algo nuestro, sin saberlo, en este granito. Porque es ley de vida que lo permanente se nutra de lo pasajero —le sonreía—. Y por muy bonita que tú seas, sólo eres pasajera, niña Catalina.

Catalina miraba su mano sobre la piedra. Una mano de creador, de dedos duros y nerviosos, que al igual empuñaban la pica y el pincel. La misma piedra prehistórica que le servía de fondo no tenía su fuerza ni su dominada potencialidad.

—Vamos —le dijo él cogiéndola del brazo.

Siguieron subiendo entre abrojos y peñas por un camino de cabras. De vez en cuando tenían que saltar de roca en roca. La mano de Biel la sujetaba entonces con vigor, cual si temiera verla rodar al barranco, que iba abriendose en un costado de la roca.

—Tenemos que cruzar por allí para alcanzar la otra ladera —le dijo, señalándole un paso tallado en la piedra—. ¿No tendrás miedo?

Catalina meneó la sabeza. "¿Miedo? —pensaba—. ¿De qué?" La cohibición que Biel le inspiraba en el valle, en su casa, entre los demás, había desaparecido. Aquí arriba sólo sentía a su lado una dichosa seguridad, algo luminoso y firme, como el mundo fantástico que les rodeaba. Los riscos, que parecían al alcance de su mano, habían perdido su dramática grandiosidad. Las cimas color de rosa, al clavarse en el cielo, que empezaba a rayarse de amarillo, tenían el contorno de un castillo de cuento.

Alcanzaron el pasadizo.

—Camina detrás de mí y cógete a mis hombros —le dijo Biel—. No mires hacia abajo; sólo dónde pisas.

Avanzaron despacio unos metros.

—¡Huy...! —murmuró él de repente.

El paso se hallaba obstruído por unas piedras.

—No tengas miedo —repitió Biel, mientras reflexionaba.

Catalina sentía entre sus manos el calor de sus hombros. Miraba su espalda, hundida y fuerte. A sus pies el desfiladero estaba cortado a pico. En el fondo, entre los matojos, corría un arroyo. Debían hallarse a enorme altura. Sus manos pesaron en los hombros de Biel. "Me gustaría que se volviera, pensó, y verle la cara." Sabía que estaba preocupado, cuando ella nunca se había sentido tan feliz.

—Agárrate a mi cuello y con las piernas, a mi cintura —le oyó ordenar—. Agárrate fuerte. Es sólo unos instantes.

Obedeció sin dudarlo.

—¿Lista?

—Sí.

Aferrándose con las manos a la pared de roca y buscando a tientas su soporte con los pies, Biel se puso a rodear el obstáculo. Sentía latir el corazón de Catalina contra su espalda y apretaba las mandíbulas. Ignoraba la resistencia que el saliente ofrecía a su doble peso. Sólo sabía que su vida y la de la muchacha dependían de su sangre fría y de su destreza. Con cautela fué avanzando. Oyó el ruido de unas piedras al caer. El sudor le corrió por la cara. Sus manos hallaron otra arista. Tanteó con los pies. No podía faltar mucho. Sintió un estremecimiento bajo sus plantas. Los brazos de la chica ciñeron su cuello. "Me va a ahogar", pensó. Alzó los ojos y fué entonces cuando vió la mata de jeringuillo como un milagro. Con que aguantase unos segundos sería bastante. Se colgó de ella y dando un impulso de péndulo a su cuerpo cayó con la muchacha en el pasadizo. El matorral, arrancado de cuajo, voló sobre sus cabezas.

Permanecieron un momento sin moverse, estrechamente abrazados. Luego Biel se incorporó, inclinándose sobre Catalina. Jadeaba.

—¿Te has hecho daño? —preguntó. Y al verla sonreír, tirada como estaba, se inclinó, brusco, y la besó.

Luego le acarició el pelo, suelto.

—Eres una chica valiente.

Catalina le miraba con los ojos agrandados. "Tú si que eres valiente", pensaba. Biel la hizo levantarse.

—Vuélvete a coger a mis hombros. Ya ahora es coser y cantar.

En efecto, habían alcanzado la otra ladera de la montaña y una explanada se abría ante ellos.

Biel se secó el sudor con el brazo, con el mismo gesto de Joan.

—¿Qué día es hoy?

—El veinte de agosto.

—Pues todos los años en esta fecha me acordaré de tí. Tú y yo acabamos de nacer.

Y ella notó que tenía la camiseta pegada al cuerpo y que su cara parecía súbitamente avejentada. Tuvo el impulso de cogerla entre sus manos y de devolverle su beso.

—Gracias a tí, Biel —dijo con dulzura.

El cabello le colgaba suave y oscuro sobre el cuello y los brazos desnudos. Biel la miraba callado, percibiendo ese inmediato placer de la belleza, que era en él una de las sensaciones más poderosas. Pensó que su cara encerraba algo del misterio y del silencio de las cosas que están muy cerca de la tierra: las plantas, los árboles... Y se dijo también que existían caras infinitamente más hermosas y más incitantes, pero que él tenía el súbito deseo de volver a besarla. Mas sólo le pasó el brazo por los hombros y la condujo hasta el borde de la atalaya.

—Mira —dijo, señalando el panorama a sus pies.

Enmarcado por la brecha abierta en el macizo rocoso, extendía el mar su llanura. En un cielo amarillo, el disco rojo del sol, como en grandiosa escenografía, cambiaba todo el colorido del paisaje. Permanecieron largo rato, muy juntos, mirando hacia abajo. Luego Biel la cogió por la mano.

—Hemos de bajar —y le señaló un sendero que conducía al valle.

Bajaron sin soltarse, con los dedos entrelazados.

—Hoy he comprendido ese dicho de que "los años son breves y los segundos largos" —observó él súbitamente. Seguía pensando en su aventura.— ¿Te hubiera importado mucho morir? ¿Te dabas cuenta de lo que en un instante podía sucedernos?

Catalina tardó en contestar.

—Sí, me daba cuenta. Lo sentía a través de tí, pero no me importaba, Biel.

—¿Por qué? —La miraba atento.

Vió un palpitar junto a su boca. Y no supo que tuvo algo a flor de labios que no pronunció.

—Porque no es divertido vivir.

Biel soltó una risa. La suya de siempre.

—Eres terriblemente joven, Catinca.

—¿Qué te ha pasado que llegas tan tarde y en esas trazas?

Fué la sequedad del tono lo que la hizo mentir.

—Dí un paseo largo y me extravié.

Berta hizo un ademán de impaciencia. Andar por las carreteras era cosa de gitanos, de maleantes, nunca de una muchacha de buena casa.

Comieron en silencio.

—¿Qué te sucede que estás tan callada?

Catalina alegó un dolor de cabeza y su madre gruñó que tenía la culpa por andar en el sol sin cubrirse.

Cuando al fin, después de ayudar a Berta a meterse en cama y de cumplir cuantos encargos le hizo, se dió cuenta de que ésta se quedaba dormida, lanzó un suspiro y se acostó de prisa. "Veinte de agosto", se decía, con los brazos cruzados detrás de la nuca. Poco sospechó aquella mañana que empezaba un día tan distinto de todos los demás. Guardaría la hoja del almanaque en su libro de misa, entre las estampas. "Los años son cortos y los segundos largos." Segundo a segundo revivió aquella tarde. Veía la cara de Biel, con sus mejillas flacas bajo los pómulos, y sus manos agarradas a las rocas con las venas salientes... Y luego la brusca dulzura de su voz, de sus ojos, de su beso...

—*Alabat sia Déu* —murmuró con felicidad.

—¿Sabes que te doy la razón, que tiene gracia esta Catalina? —dijo Biel inopinadamente.

Xim, que tumbado en otra butaca fumaba también, con un coñac en la mano, alzó las cejas.

—Espero que no irás a...

Biel echó una de sus largas piernas por encima del brazo del sofá en que se hallaba tumbado.

—¿Que no iré a qué?

Xim se encogió de hombros.

—Esa es sagrada. Es la hija de Eugenio.

Biel lanzó un silbido.

—¿Lecciones de moral a mí, don Joaquín Torrent y Algaida?

A Xim le irritaba cuando adoptaba aquel tono.

—¡Por si las moscas!

—Hoy he estado a punto de matarla.

Xim hizo una mueca.

—¿Se te resistió?

—No seas cretino. Por nada nos despeñamos. —Y le contó brevemente lo sucedido.

Xim fumaba.

—Que te sirva de escarmiento. ¡Déjala en paz! —Y cambiando de tono:— Ha venido Ulpiano. Hay una buena oferta por la casa de Andraitx.

Biel se incorporó.

—¡Hombre, vaya noticia!— Y se enteró de los pormenores.

El comprador era un rico catalán. Le había gustado la casona, y en especial tanto escudo. Ulpiano, que era un lince, afirmaba que ese picaba.

Biel se sirvió otro coñac.

—Trato hecho, entonces.

Xim le imitó.

—¿Y cuándo nos largamos?

Biel le miró por encima del vaso.

—¿Te corre prisa?

—Creo que sí —se inclinó, serio, hacia él—. Hay cosas que pueden resultar feas. Más vale poner tierra por medio.

XIX

Doña Gertrudis y doña Luisa, al enterarse del percance sufrido por Berta, le mandaron decir que deseaban ir a verla. Biel, que había acudido a enterarse del estado de su pie y oyó el recado que le trajo Joan, le manifestó que podía recibirlas en la casa grande.

—Dispón que te sirvan en el porche una buena merienda. —Se volvió a Catalina:— Y tú te vienes con nosotros a casa de Polgar, que nos está esperando.

Catalina miró a su madre. Berta, que en su tumbona, entre flores, se sentía una potentada y estaba de un humor optimista, hizo un gesto de aquiescencia.

Catalina se apresuró, pues, a ir a ponerse uno de sus nuevos vestidos de floreado percal.

Cuando fué a subirse al *Ford*, vió sólo a Biel en el volante.

—A Xim le ha dado hoy por trabajar —le dijo con indiferencia.

Sintió una alegría. "Ha tramado esto para que estemos solos", pensó. Como en el momento de partir se cruzaron con la *galera*, que había ido a buscar a las amigas de Berta, ésta ni siquiera prestó atención a su salida.

Tomaron carretera adelante, entre prados verdeantes lomas y colinas. Cruzaban alquerías, mesones; de vez en vez una pequeña iglesia blanca, con la guardia oscura de sus tres cipreses... Pasaron Sóller y su *valle del azahar*. El aire de los inmensos naranjales los envolvió en un aroma punzante. Biel le mostró la bahía. Allí fué donde, según la tradición, San Raimundo de Peñafort extendió su manto y navegó sobre él hasta la costa de Cataluña. Pasaron a lo largo de pueblos pulcros, joviales, de nombres morunos: Fornalutx, Biniaraitx... Dejaron atrás Deyá.

—Volveremos luego —dijo Biel.

El mar batía contra los acantilados. Biel paró el coche al llegar a una cruz de hierro y cogió un lienzo del asiento de atrás.

—Baja.

Una ermita, muy humilde, se alzaba en una planicie cercada de olivos. Biel hizo sonar una campanilla. Al poco, un barbudo ermitaño abrió la puerta.

—Don Biel, ya le echábamos de menos.

Catalina, inclinándose, besó el crucifijo de su rosario, y como otro anacoreta, alto y fuerte, de barba blanca hizo su aparición, Biel, cogiéndola por un brazo, la presentó.

—Catalina Muro, amiga nuestra de la infancia.

—La Beateta la bendiga. ¿Tomarán un *envinagrat?*

Biel hizo un gesto negativo. Que no se molestaran. Sólo había venido unos instantes para traerle el bosquejo que le hizo. El ermitaño cogió el lienzo y lo estudió.

—¿Qué le parece, Hermano Raimundo?

—No sé si se asemeja a mi cara, pero me parezco al Maestro —dijo con evidente satisfacción.

Y ella apreció, en efecto, en el apunte que admirablemente había captado su fisonomía, un parecido con Lulio, el gran ermitaño de Miramar.

Penetraron en el vestíbulo, pobre e ingenuo, con sus tentaciones de San Antonio, cercado de extraños monstruos. Catalina leyó, una inscripción: "El consuelo de morir sin pena vale bien la pena de vivir sin consuelo".

Biel quiso que viera el mirador, desde donde se dominaba toda la costa, la más bella de la Isla, y el ermitaño les acompañó contemplándola también, como si nunca la hubiera visto.

—No les comprendo, Hermano —emitió Biel, pensativo—. A mí todo este escenario lujurioso me estimula, me electriza, es como un trampolín que me impulsa a tirarme de cabeza en el oleaje de todas las vivencias. Ustedes. en cambio, hallan aquí su paz.

—Tú eres muy joven —dijo el Hermano .Raimundo con su deje payés—, tienes viento en tus velas. Has de empezar por soltar tus amarras. Ya volverás. —Un fatalismo profético sonó en su acento.— Todos los que son de esta arcilla y han visto la luz en nuestras calas, regresan siempre.

Los ojos de Catalina iban de la cara curtida del anciano al rostro intenso de Biel. Comprendía que el uno, a pesar de su suficiencia, estaba en su viaje de ida, y el otro, que quizá no hubiera navegado más que en barca pesquera, se hallaba en el puerto.

Pero Biel, que miraba hacia la *Horadada,* la roca mágica que devolvía en el atardecer toda la luz que había sorbido durante el día, meneó la cabeza.

—Concibo que el inmenso dinámico que era Lulio

gestara en este ambiente su obra colosal y trabajara sin descanso, "cual hombre que, hambriento, engulle grandes bocados por la grande hambre que siente"; pero que luego le acuciara la inquietud de llevar a la acción toda su filosofía: Asia y Africa cristianizadas, y, a la vez, estudios en París... conferencias en Roma, en Génova, en Montpellier... Las Universidades más famosas, alternando con Tartaria y Etiopía. Papas, reyes y sabios, con las tribus más salvajes. Luchas, anatemas, incomprensión, ¡qué importaba! Lo principal era crear obra tras obra. ¡Una vida asombrosa!

El Hermano asintió.

—Y sin embargo siempre volvió a Miramar. Hasta muerto le trajo una nave sin timón. Y es suyo el ejemplo de "un monje que salió electo abad, el cual no lo quiso ser por decir que el ser abad compete a la vida activa. Y que él eligió la contemplativa".

Lentamente metió las manos en sus burdas mangas, y Catalina pensó que entonces era cuando realmente se parecía a su retrato, con el rosario al cinto, la azada al alcance, a un lado los cipreses del diminuto cementerio y en el fondo toda aquella hermosura, a un tiempo amada y despreciada.

Biel se despidió. Volvería dentro de unos días. El Hermano trazó en el aire una bendición.

—"Vino el Amado a hospedarse en casa del Amigo, quien le previno cama de pensamientos... Y pagó el Amado al Amigo con recuerdos..." —el célebre versículo adquiría una solemnidad al pasar por sus labios.

Catalina, de nuevo en el coche, repitió para sus adentros: "Y pagó el Amado al Amigo con recuerdos..." Y a pesar de su inexperiencia pensó que "pagar con recuerdos" era, en verdad, un buen pago.

Permaneció callada hasta que Biel volvió a detener el coche:

—Quiero echar aquí un vistazo.

"La Estaca", la posesión del Archiduque Luis Salvador, trazaba frente a ellos su estampa de romance. Entre la pomposa melancolía de jardines y fuentes, la casa, blanca, se alzaba frente al mar.

—El palacio encantado de Catalina —dijo Biel, cogiéndola del brazo—. El tuyo, Catinca.

Cruzaron el claustro, que, en su fragilidad, parecía suspendido entre las llamas rojas de las adelfas.

—¿Tú crees que es posible que un hombre que podía tener en el mundo cuanto quisiera, lo dejara todo por una payesa?

Catalina alzaba la cabeza hacia él al preguntárselo. Y ella misma no sabía toda la espera que había en su cara. Biel la contemplaba desde su altura.

—Precisamente a quien puede poseer cuanto quiere le es sencillo un día abandonarlo. Has oído al ermitaño. Y no ya por el amor de una mujer, sino por encontrarse a sí mismo. —Miraba en torno suyo.— En realidad, todo lo importante que hacemos en nuestra vida no lo hacemos jamás por nadie. Ni siquiera por amor.

—Eso es una teoría egoísta, Biel —protestó Catalina.

—Pero es honrada. —Sabía que hubiera preferido oírle decir algo muy distinto, pero a la vez se daba cuenta de que a esa niña que llevaba del brazo le era imposible hablarle en otra forma que no fuera con entera sinceridad.

—Mírame a mí, por ejemplo; cuanto yo haga en mi vida lo haré siempre pensando sólo en mí. Las personas y las cosas sólo tienen para mí un valor de relatividad: su medida en la mía.

—Es tremendo, Biel.

—¿Por qué? Me has preguntado si creo que toda esta maravilla que nos rodea, estos bosques y estos miraderos y estos palacios y templetes, fueron creados por un hombre para una mujer. Y yo te he contestado que el hombre los creó para él mismo. Porque nunca se crea nada para otro. Porque el crear es de las escasas funciones humanas que lleva en sí su propio fin.

Catalina le miró. Pensaba, involuntariamente, en el Coll Xura y la impresión que sintió al ver su cuadro.

—Y la mujer a la que rodeó de todo esto, ¿qué era entonces para aquel hombre?

Biel sonrió con su peculiar sonrisa.

—Tal vez el eslabón más hermoso de su propio encontrarse.

Catalina meneó la cabeza.

—Tú eres demasiado complicado para mi.

La casa de Polgar era una de las últimas que se encaramaban en la montaña, en cuya ladera está incrustado Deyá. Sobre el fondo de unos riscos cortados a hachazos, y en arbitrario escalonamiento, las casucas, con su cortejo de higueras, cipreses y nísperos, formaban un pueblecillo tostado de sol, que coronaba, como un penacho, el campanario de su iglesia. Convivían en él, bucólicamente, aldeanos y artistas. Gentes que consideraban ir en *pelegrí* a Lluch algo así como la vuelta al mundo, junto a los que habiendo dado mil vueltas a todos los mundos se sentían dichosos en aquella calma. De una ojeada apreció Catalina, al llegar, que había caras nuevas entre las habituales. En efecto, bajo la tejarana de Polgar y tomando un té perfecto y londinense, fabricado por una risueña payesa, se encontraban, aparte de los Sinclair, del doctor Thaler y de Otterdahl, varias personas, cuyas características fué conociendo en el transcurso de la tarde. Supo que aquel hombre con melena de cíngaro y aspecto de estar en la luna, era un poeta norteamericano, enemigo fanático de toda ley y orden. La mayor parte de su fortuna había ido a parar en ayuda de anarquistas y revolucionarios de acción, presos en cárceles y penales. Habitaba ahora una pequeña alquería y se pasaba las horas jugando al mus y bebiendo cazalla con el bodeguero, el encargado de Correos y el dueño de la hostería. A su lado, una mujer pálida, de rostro algo marchito, largo cuello y ojos de gacela, era nada menos que madame Seldwyla, la célebre violinista balcánica que, venida a curarse de una crisis nerviosa, seguía siendo indefinidamente huésped de la modesta fonda.

—He aprendido aquí una lección de vida —decía en aquel instante con su francés excesivamente musical—. una lección de mesura, de armonía, de equilibrio...

—Y por encima de todo, de honradez —completó Otterdahl—. Una tierra en que los habitantes de una casa, cuando salen, dejan la llave por fuera para indicar a los trashumantes que no hay nadie, resulta mitológica.

—La Isla es en sí todo un curso de ética y de estética —dijo Tahler.

Los ojos de Catalina iban de una a otra cara: labradas, inteligentes, sensibles, tenían por lo general algo en común, como un brillo de callado contento. Miró a la señora Sinclair. Más de veinte años llevaba haciendo ella misma hasta las más nimias faenas, mientras que el antiguo comandante de la Guardia Real cuidaba del jardincillo y regaba la huerta. Y esa mujer había sido, según decían, una potentada en su país, rodeada de lujo y de sirvientes. Y él, agregado militar en Roma, en Berlín, rifado por las mujeres más hermosas... Catalina los contemplaba con una mezcla de crítica y de asombro. La voz de Biel llegaba hasta ella.

—Nunca se deja nada atrás. Todo el bagaje que se posee hay que llevarlo siempre consigo...

La señora Sinclair rió con risa ligera.

—Es usted un soberbio, Biel. Jamás he conocido a un hombre que me haya dado tanto la sensación de que no necesita para nada a los demás.

—No es eso, Jane, nadie se basta por completo a sí mismo. Antes hablé con Catalina de este mismo tema. Lo único que especifico es que no hay que hacer un mérito de lo que es un placer. Aquí les tenemos, como ejemplo, a todos ustedes: cada uno en lo suyo, han sido lo contrario de lo que el vulgo entiende por fracasados. Si hubieran sido unos fracasados, en el sentido mundano de la palabra, probablemente no estarían aquí, llevando una existencia parecida a la de esos barbudos anacoretas que acabamos de visitar. ¿Por qué han venido a enterrarse a estos perdidos rincones? ¿Como expiación o como liberación?

—No hemos venido a enterrarnos, Biel, sino a desenterrarnos —la voz de la inglesa tuvo un deje vibrante.

Polgar fumaba mirando el juego de luces sobre las vertientes. Acababa de terminar su Sinfonía y ardía en deseos de darla a conocer a este pequeño grupo, que él valorizaba más alto que todos los críticos, por brillantes y entendidos que fueran. Si estos emancipados de todo convencionalismo y todo snobismo le daban su visto bueno, ya estaba seguro. En su fuero interno sabía que no necesitaba del beneplácito ajeno. Pero le estimulaba la idea de ver un súbito brillo en las pupilas diáfanas de la que él seguía llamando Lady Jane y le gustaba el calor de la palmada en su hombro de Otterdahl, o de ese joven Torrent, tan original y dotado.

—He encontrado anoche el final de mi "Mallorca" —dijo de pronto.

—¡Oh, Polgar! —exclamaron todos, en un ruego.

—Más tarde. El aguardiente y la luna le favorecen.

Abstrayéndose de la conversación general, Catalina dejaba que su mirada se perdiera en el anochecer. Estaba descubriendo cosas ignoradas, un horizonte más emocionante que el que se extendía ante su vista. Y se dijo que si esas personas en torno suyo, que habían vivido y gozado de tantas experiencias y conocido tantos ambientes, buscaron y encontraron en aquellas grietas o montículos de su tierra su íntima felicidad, ¿por qué no podía suceder a Biel lo mismo? Sabía, y acababa de oírselo repetir, que estaba ansioso por seguir corriendo mundo. Mas ¿no cabría sujetarle? ¿No sería posible que comprendiera que aquí podía trabajar como en ninguna parte? "Volverás", había dicho el ermitaño. "No, quédate", suplicaba todo en ella.

De pronto la charla se silenció. De la casa llegaban las notas de un preludio. Polgar tocaba su Sinfonía.

Catalina cruzó las manos en la falda y le pareció, como en un sueño, que sus ideas tomaban una rara forma musical.

Una cala. El chasquido del agua, verde, verde, con

vetas más claras. Una choza, con su gran llar de campana y los boniatos hirviendo en el caldero. Fuera, las redes tendidas al sol. Y los jilgueros cantando en los mirtos. Y las mozas cantando entre los olivos, viejas tunas orientales. Y las parcas payesas hilando su rueca. Y el ruido sordo del azadón y el claro de las esquilas. Y el olor de las almazaras. Y las danzas clásicas de la vendimia. Y los bíblicos rezos nocturnos. Y las matanzas con su algarabía. Y el tronar de pronto en las rocas. Y las torrenteras. Y la tramuntana aullando en el encinar. Y todas las brujas y todos los duendes saliendo de los rincones de todas las leyendas para bailar su danza infernal. Y la risa de ese *dimoni* que tiró por el barranco al *Conde Malo*. Y luchas de moros y cristianos. Y Juan Mas venciendo con su navaja de pastor. Y Barceló barriendo los mares. Y de pronto —los siglos vienen y van, porque el tiempo no existe—, un sonar de campanitas de cenobio: los franciscanos. Los caballeros de la espiritualidad: Lulio, Fray Junípero. Y tocando a gloria, todas las voces de bronce de las catedrales... Y luego, sólo la dulzura helénica de una flauta de pastor. Y de nuevo la cala. Y la choza. Y las redes saladas tendidas al sol. Y delante de la choza, una mujer, las manos en la falda, mirando hacia el mar.

"Soy yo —pensó Catalina—. He labrado y he lavado y he guisado y he rezado. Y aguardo... Y aguardo..."

Fué sólo al oír el brusco cerrarse del piano cuando volvió en sí.

Buscó a Biel con la vista. Le vió por la ventana iluminada coger a Polgar por los hombros y abrazarle.

Un rato después vino en su busca.

—Vámonos. Es tarde.

El *Ford* pegaba tumbos por el sendero. Al llegar a la carretera, Catalina, con la cabeza apoyada en el respaldo del coche, miraba hacia arriba.

—Nunca he visto tantas estrellas —dijo, muy bajo.

—Nunca ha habido tantas, Catinca. Hoy brillan todas para tí.

“Brillan todas para mí”, pensaba ella, bebiendo con los ojos muy abiertos la hermosura de la noche mediterránea.

—Biel —murmuró—, ¿tú serías capaz de hacer lo que han hecho los Sinclair?

—¿Por qué no?

Catalina siguió el hilo de sus pensamientos.

—Tienen que haberse querido mucho para...

Adivinó que él estaba sonriendo.

—¿Dejarlo todo...?

—Para bastarse en tal forma el uno al otro.

Biel dejó de sonreír.

—Sí, Catalina, se han querido mucho. Se quieren mucho.

Catalina titubeó.

—¿Y tú crees que un amor así lo justifica todo?

Sintió que él se encogió de hombros.

—Aprende a no juzgar. ¿Ante quién crees que necesitan justificarse?

—Ante Dios y ante los hombres —la respuesta fué rápida—. Bueno, ya sé que ahora están en regla, pero...

—Y antes también. ¿Tú qué sabes de ellos? No seas pueblerina.

—Sé que estaba casada y se marchó con otro hombre.

—Imagínate por un instante que tú lo estás y que yo te propongo que nos vayamos esta misma noche a vivir para siempre al *talayot*... ¿Qué contestas?

Comprendió que se estaba burlando de ella.

—Que eres un pretencioso. —Como siempre, cuando se enfurecía, su voz sonó con frialdad.

Biel paró el coche en seco y le pasó un brazo por los hombros.

—Eres un encanto, Catinca. Cuando pinto flores pienso en ti. Tú eres como la del almendro, un típico producto de nuestra tierra: blanca, fragante, y tampoco hay que tocarte, porque te deshojarías.

Le acariciaba la frente, las mejillas.

Catalina entrecerró los ojos.

—¿No es algo cursi?

Biel la miraba de cerca.

—No, no es cursi. —No había ya ironía en su voz, sino una brusca ternura.— Nada que es auténtico puede ser cursi. Y tú eres auténtica, Catinca.

Su cara se acercaba a la de Catalina. Y ella pensó: "Me va a besar". Pero de pronto Biel se echó hacia atrás y, soltándola, empuñó el volante con ambas manos.

—Blanca, fragante y no hay que tocarte —dijo, riendo con suavidad.

Al llegar a su casa sintió un súbito temor ante la reprimenda que la esperaba. Mas se encontró con que las visitantes de su madre acababan de marcharse y que Berta apenas si escuchó las explicaciones que le dió de su tardanza.

—Ya se sabe, yendo tan lejos... —Y se puso a hacerle el resumen de la tarde.

Hundida en sus propias sensaciones, apenas si escuchaba Catalina su parloteo: que Pacita debía estar frenética al ver al Ternelles, en quinto grado, pasear ante sus narices con la hija de un rico fabricante de calzados de Inca; que las Cruxach taconeaban también inútilmente por la costa su *estampada* neurastenia, y que parecía que a María Dolores, la hija de Vicente, la andaba rondando Jaume Picó, que, aunque considerado el joven más guapo de Palma, tenía que estar loco por picar tan alto. ¡Sí que iba a consentir don Vicente con casar a su hija con un *chueta!*

Catalina pensó que la propia doña Jerónima no lo pudo haber dicho con mayor severidad. "Somos, en verdad, unas cursis", se dijo con repentina tristeza, sintiéndose a mil leguas de Biel.

Tardó horas en poder conciliar el sueño. Con los ojos cerrados evocaba su menor gesto. Se repetía todas sus frases, y una gran emoción volvía a inundarla. Un olor a madreselvas entraba por la ventana. Su inquietud se desvaneció. Era de madrugada cuando, al fin, concilió el sueño.

Pero al día siguiente no vino en su busca. Ni al otro, ni al otro. En vano se pasó largos ratos con sus bolillos debajo de la parra. "Tal vez piensa que se compromete conmigo", pensaba con amargura.

Era cierto que había vuelto a nacer la tarde del veinte de agosto, pero fué en el momento en que él la besó. Desde entonces era otra: angustiada, nerviosa, anhelante.

En los ratos en que se hallaban reunidas Berta la observaba, sorprendida ante sus distracciones.

—¿Qué te pasa, Catalina?

—Nada, madre.

Dominándose, se esforzaba en estar como siempre.

—Parece que los chicos te sacan menos. ¿Te ha sucedido algo con Xim? Ya no viene de palique.

—Se habrá cansado —replicó con paciencia—. No soy divertida.

Berta torció la boca. Tampoco Mateo había vuelto a aparecer. "Los ha espantado a todos", pensó, irritada.

Había transcurrido más de una semana cuando Biel apareció, al anochecer, en el emparrado.

—¿Vienes a dar una vuelta?

Inclinó ella la cabeza sobre la labor.

—Tengo que hacer en la cocina.

Creyó que iba a insistir, mas se despidió y tomó hacia la montaña. Berta se abstuvo de comentarios. Se acostó temprano. Catalina, alegando que por el levante no podía dormir, se quedó fuera a tomar el fresco. La luna se filtraba entre las encinas, salpicando la tierra de claroscuros. De pronto oyó unos pasos y le vió aparecer por el sendero, mirar hacia el parral y descubrirla.

—¿Por qué no has querido acompañarme? —preguntó acercándose—. ¿Te lo ha prohibido tu madre?

Catalina hizo un gesto displicente.

—Si te has pasado una semana sin verme, no sé a qué viene tanto empeño.

Le oyó reír bajo.

—¡Qué tonta eres! Durante esta semana he estado más cerca de ti de lo que estoy ahora. —De una sola flexión se acomodó en el suelo.— ¿Qué te has hecho en estos días?

—Lo de siempre.

—Yo he pintado y pintado y pintado.

—¿Y estás contento? —No pudo por menos de preguntar.

Biel se puso a encender su pipa.

—Creo que sí, Catinca.

—¿No has cenado? —Se le ocurrió a ella de pronto, sintiéndose ablandada por su sola presencia. Y como él denegó con la cabeza:— Anda, vete corriendo.

—No tengo ganas. Estoy bien aquí, contigo.

Catalina se levantó de un salto.

—Espera, entonces.

Entró en la casa y sin hacer ruido fué a descolgar de la despensa unas sobrasadas. Cogió un queso, una jarra de vino y un bocal de compota. En pocos momentos lo tuvo todo dispuesto.

—Eres una maravilla —dijo Biel cuando puso la bandeja a su lado. Hincaba los dientes sanos en el pan.— Ahora noto que estaba muerto de hambre.

Catalina cogió un pedazo de *conco*, lo untó de dulce y colocó encima una rodaja de queso de Menorca.

—Nunca he comido nada mejor —volvió Biel a admirarse.

Y ella rió bajo.

—Chúpate los dedos, que los tienes manchados.

Biel rió, chupándose los dedos. Luego la atrajo a su lado.

—Eres una niña tonta —le susurró al oído— y no te mereces que te quiera tanto.

Catalina alzó la cara hacia él.

—¿Tú me quieres, Biel? —preguntó, mirándole con duda.

—¿No te has enterado todavía?

La vió palidecer brúscamente.

—Biel —le dijo con gravedad—, esto es algo con lo que no se debe jugar.

—Por eso, Catinca. —Sus brazos la estrecharon con mayor fuerza.— Si yo me dejara ir, ¿tú sabes todo lo que te diría? ¿Tú sabes cómo te...? —Sus ojos resbalaron hasta los labios de la muchacha, pero no terminó la frase.

—Suéltame, Biel —murmuró ella.

—¿Por qué? No tengas miedo. Catinca, ¡si no fueras quien eres...! —Sus dedos subieron hasta el pelo, que crepitaba suavemente.— En nuestra lengua mallorquina se dice estimar en vez de querer. Quizá sea una mala suerte para los dos que yo te *estime,* Catalina.

—No comprendo.

La proximidad de Biel y sus caricias despertaban en ella el ansia de que la cogiera en sus brazos, de que la besara, de que le dijera que la quería. No así, en ese medio tono, sino claramente, con toda su alma.

—Biel, ¿qué quieres decir? —se oyó preguntar, anhelante.

Biel no contestó. "Si es tan sencillo —pensaba—: que me encanta, que me atrae y que si no fuera la hija de Eugenio la estaría ahora besando como un loco." Se sentía lleno del perfume de la muchacha, del dulce calor de su cuerpo, y la sentía tan suya, tan confiada... Apretó las mandíbulas.

—Es tarde —le dijo—, vete a acostar.

—¿Y tú? —preguntó ella vibrante—. ¿Te irás a Palma a divertirte? —Una ansiedad sonaba en su voz.

Biel meneó la cabeza.

—No, Catinca. Esta noche voy a dedicarme a pensar en tí.

Berta despertó sobresaltada. Le pareció oír moverse fuera. Miró hacia la cama vecina y, al resplandor que entraba por las ventanas entreabiertas, vió que estaba vacía. Cogió el reloj de su mesilla.

—¿Qué hace por ahí a estas horas?

Y como percibió un susurro que le llegaba del emparrado, se levantó y, pisando suave con su pierna enyesada, se acercó a la ventana. Al principio no distinguió nada. Luego su mirada de lince adivinó, más que vió, dos sombras sentadas muy juntas. El traje blanco de Catalina resaltaba en la oscuridad. ¿Quién era el que estaba con ella? Berta aguzaba la vista. De pronto oyó una risa, y aunque sonó bajo, no le dejó lugar a dudas. Una indignación la invadió. ¡Ese no! Alargó la mano hacia su bata. Saldría violentamente. "¿No os ha bastado con una que queréis dos?", gritaría a Biel. Pero aun en aquel momento sabía que no era con Biel con quien se enfrentaría, sino con otro. Tuvo la brusca impresión de un fatalismo, de un sino. Había gestado aquella hija con un amor maldito en las entrañas. ¿Le habría legado, con su sangre, el virus que la envenenaba? Oía cuchicheos, risas. Adivinaba lo demás. Se lo sabía de memoria. Se tachó de imbécil, de ciega A su pánico por el peligro al que había expuesto a Catalina se unía un sentimiento turbio. Una nostalgia, una desesperación: la de no ser ella la que se hallara allí, joven y deseable, en brazos de aquel hombre. No sabía si de aquél o del otro. Era igual. Pero la sensación sólo le duró unos instantes. Se sobrepuso. Sabía que si se dejaba ir a su impulso armaría a su hija una escena cuando, sigilosa, entrara luego en el cuarto. No era sistema. ¿Qué conseguiría? Tampoco le convenía enfrentarse con Biel. Al fin y al cabo era el señor de *C'an Xura,* el señor de la casa de Tremp, y ellas vivían a su costa. "Discernimiento —pensó—, habilidad." Mañana le quitaban el yeso. Podía hilvanar a su hija a sus faldas, no perderla de vista ni un instante. Había, además, otro asunto que tenía que esclarecer, relacionado con Aina. Corrían rumores feos por el predio. Y aquello podía ser un arma. Sus manos se crispaban en el reborde de la ventana, mas una serenidad la iba calmando. Vió levantarse a Biel y surgir entre las sombras en plena claridad lunar: alto, arrogante, con las greñas ensortijadas cayéndole en la frente. Catalina, a su lado, parecía muy menuda. Le vió poner las manos en los hombros de la chica y ésta alzar la cara hacia él. Y sintió que algo se le desplomaba por dentro. Había tal amor, tal ternura, en el rostro límpido que, sin reservas, se ofrecía a aquel hombre. No pudo oír lo que ella dijo ni lo que él contestó. Sólo le vió inclinarse un poco y apretarle largamente las manos en señal de despedida. Luego Biel desapareció en la oscuridad y Catalina, inmóvil, permaneció un rato en el mismo lugar. Berta, en silencio, se retiró de su puesto de observación y se deslizó en la cama.

Cuando Catalina entró en puntillas en la alcoba, sólo oyó su respiración pausada.

Desde el día siguiente, libre de su impedimento, Berta reanudó su vida habitual, marcando bien, con órdenes excesivas, que había vuelto a empuñar sus riendas. Catalina fué la primera a quien abrumó dentro de su propia casa a faenas y labores. La muchacha las recibía sin protestar. Sumida en su íntima felicidad, le bastaba con encontrarse con Biel cuando regresaba de pesca o, al caer la tarde, partir al monte con sus trastos de pintar. Al pasar se detenía y le decía en voz baja:

—Sube al *talayot*.

—No puedo.

—Eres una cobarde.

Catalina sólo le miraba con todo el alma en los ojos.

—Te espero a las once en la cascada.

—No puedo, Biel.

—Niña Catalina, si fueras de otro modo...

—Quizá no te gustara. —Se miraban de cerca y él pensó que los ojos de aquella muchacha tenían toda la hondura y claridad del mirar isleño.

—Tal vez. Pero también cabría lo contrario y que los dos saliéramos ganando —le hizo un gesto de despedida.— Piénsalo y ven —rió—, o, mejor dicho, ven sin pensarlo.

Y se alejó por el limonar, con esos pasos desgarbados y largos que daban la sensación de que, a pesar de su estatura, su esqueleto debía pesar muy poco.

Aquella noche, cuando Berta dejó a Catalina acostada, se levantó con un pretexto y, poniéndose lo primero que encontró, salió de la alcoba y se dirigió a la casa de los señores. Quería verificar sus sospechas. Se instaló en la oscuridad frente a la puerta posterior de la mansión. Ni un rumor llegaba de las alquerías. *Na* Francina había estado explícita. Era poco lo que sabía: una madrugada, que por tener que levantarse vió salir a Aina de la casa grande... Y luego, murmuraciones, críticas. Unos que decían que la habían visto con un hombre por el campo a oscuras, y que él no era un gañán.

—¿Cuál de los dos? —preguntó Berta, seca.

La madona fingió no comprender, pero como cuando Berta se proponía algo se salía siempre con la suya, acabó soltando:

—Es un bochorno, una pena muy grande.

Berta comprendió la importancia de la ofensa en las puras y recatadas costumbres de aquel medio rural. Nunca, murmuró *madó* Francina, atribulada, había atentado ningún señor de la casa Tremp contra la virtud de una moza de sus tierras, sino que, al contrario, por *especiales* que fueran, las habían respetado y protegido cual a hijas o hermanas. ¿No eran todos una gran familia cobijada a la hidalguía de sus señores?

"Qué concepto feudal —pensó Berta con impaciencia—. pero qué confianza también, qué dignidad."

Era cierto, seguía susurrando la madona, que Aina no era como las demás. Por algo que no estaba claro salió hacía unos meses del hotel en que estaba sirviendo... De no haber sido por su pobre abuela, medio ciega y baldada, jamás la hubieran admitido en el predio. Lo de ahora ya empezaba a correr de boca en boca, y desde los de *Son Marfell* hasta los de *C'an Betsabit* andaban dándole vueltas a las lenguas, y eso era malo para *C'an*

Xura, que siempre había sido un modelo de honestidad.

Berta, callaba, ceñuda. Ni por un instante dudaba de que se trataba de Biel.

De súbito, un leve ruido la sacó de su ensimismamiento. Junto a la puerta, esbelta, garrida, se recortaba una figura de mujer. Llevaba un gran cesto en la cabeza.

Berta se levantó. Y, rápida, fué a alcanzarla en el momento en que iba a entrar en la casa. La detuvo por un brazo.

—¿Dónde vas a estas horas?

Aina la miró sin inmutarse. Señaló el cesto donde blanqueaban las sábanas de lino.

—A colocarlas en su sitio.

Berta notó que una cólera la iba ganando.

—No es una hora decente para entrar en casa de los señores.

Un destello cruzó por las pupilas frente a las suyas.

—Sólo hay horas malas para la que es mala.

Berta sintió ganas de abofetearla. Con rabia, con celos.

—Vete a tu casa.

Aina pareció dudar, pero vió tal amenaza en la cara de la que llamaban "la administradora" que, girando en redondo, se alejó, altiva y silenciosa. Berta volvió despacio. La pierna le pesaba. Por primera vez en su vida se sentía vieja. Mañana tendría que afrontar el caso con Biel, ¿pero qué decirle? ¿Aina...? ¿Catalina...?

—¡Malditos Torrent! —murmuró.

XVIII

La marcha de los jóvenes al día siguiente para Palma le dió un compás de espera y tiempo para cavilar. Más que nunca observaba a su hija y discernía por su menor gesto lo que pasaba en ella. Catalina, sin saberlo, irradiaba su profunda felicidad. Cantaba a todas horas, reía sin motivo, y si su andar siempre había sido ligero y sus gestos armoniosos, parecía ahora llena de un lúminoso encanto. Luego, al ir a vigilar el aseo de la casa grande, Berta observaba, a su turno, a Aina, y al encontrarse con su hermosa y ardiente mirada, su enfurecimiento le estallaba en el pecho. Analizaba los gestos de la criada con dureza. Le pareció que evitaba el fregar baldosas, que ya no cargaba cestos o fardos con aquella alegre fuerza con que lo hacía meses atrás. En una ocasión le oyó decir a Miquela:

—Enjalbega tú por mí. No sé qué me pasa. Me marea levantar los brazos.

Berta se acercó y le preguntó si estaba enferma. Aina no le contestó, pero cogió el cubo y la escobilla y marchó a la terraza, donde permaneció horas entregada a su faena. Y a Berta le dió la impresión que más que enjalbegar parecía azotar la fachada. Sus ojos medían el contorno de la muchacha. Sí, no cabía duda. Al volver a su casa y oír desde la cocina la voz de su hija que cantaba. tuvo ganas de ir a sacudirla por los hombros:

—Cállate, tonta.

Había sido día de *xaloc*. El viento ardiente pesaba sobre hombres y bestias, y, bajo la tejarana, las gentes de las alquerías tomaban el fresco. Yugueros, mayorales, pastores y gañanes charlaban a su modo peculiar, con prudencia y largos silencios.

—Si lo ha dicho Antonio, el de don Ulpiano. Es cosa segura.

En *sen* Enric, el más anciano del predio, musitó:

—¡Si el señor conde, que su Gloria halle, levantara la cabeza!

Aún no habían firmado los hermanos Torrent la venta del predio de Andraitx, que creían llevar en el más riguroso secreto, que la noticia de aquel nuevo desmembramiento de su hacienda corría ya de boca en boca. ¡Si el señor conde levantara la cabeza! Aquel don Gabriel Torrent y Tremp, recio como un roble, justo, generoso... Ya el hijo había sido distinto... ¡Y ahora los nietos...!

—¿No será el mismo don Ulpiano quien se quede con ello? —sugirió uno de los pastores.

—Dios le castigue si así es.

Berta percibía en sus nervios todo aquel ambiente. "Acabarán vendiéndolo todo y nos dejarán en la calle", se dijo, con una inquietud menos noble que la de los payeses.

Regresaron los Torrent después de unos días, trayendo consigo a su primo Mateo, que, quisiéranlo o no, se les había pegado. A Catalina, al enterarse, le pareció de mal agüero. Había vivido durante aquella ausencia de Biel sumida en una espera febril. La nueva que le dió su madre de que el motivo de su viaje a Palma había sido vender la posesión de Andraitx, la dejó suspensa.

—Quieren dinero para tirarlo, para gastarlo en francachelas.

Sintió una congoja. No era posible. Ni el uno ni el otro eran capaces de tal desatino.

Se hallaban Berta y ella, después de rezar el rosario, sentadas fuera, en sus sillones de enea, cuando vieron llegar a los tres Torrent. Mateo, entre las altas figuras de sus primos, resultaba aún más raquítico.

—Buenas noches, madre e hija.

Se acomodaron los tres jóvenes y entablaron conversación. Catalina ignoraba lo que decían. Sólo oía la voz de Biel y su risa. Se dió cuenta de un modo vago que su madre extremó sus finezas con el hijo de doña Jerónima y que hasta la hizo ir en busca de una botella de anís y de unos confites con que obsequiarles. Cuando, al dar las doce, Biel levantó la reunión, y, al despedirse, le dió la mano, notó que deslizaba un papel en la suya.

—Hasta mañana, Berta. Adiós, Catalina.

Cogiendo el candil de la sala central, Catalina fué a meterse en la cocina. Desplegó la tira de papel. "Te espero esta noche a las dos en la cascada". Sintió que las piernas cedían bajo su peso. Rompió el papel y lo tiró al pozo.

—¿No te extraña que haya venido Mateo? —le preguntó su madre, mientras se desnudaban.

Catalina tenía miedo de contestarle. Miedo al sonido de su voz.

—Le gusta esto.

—¡Le gustas tú!

A pesar de la oscuridad se había dado cuenta de que el *hereu* Torrent y Torrent se había comido con los ojos a Catalina y, de paso, había sido atentísimo con ella.

—Hija —dijo con su tono más suave—, ese joven te está cortejando.

Catalina, que acababa de meterse en el camisón y se sacaba la enagua por los pies, levantó la cabeza.

—¿Qué joven? —y como al ver la cara de su madre adivinó sus pensamientos—. ¡Madre, estás loca! —su voz tembló—. ¡Ese engendro! ¡Ese monstruo!

Su amor por Biel aumentaba la repulsión que le inspiraba Mateo.

Berta la miró.

—No es cristiano expresarse así. ¡Qué más quisieras...!

Catalina se alzó todo lo alta que era.

—¿Yo? ¡Me crees capaz de venderme, de degradarme en esa forma, tú, mi madre! Yo, entérate bien, sólo me casaré con un hombre al que adore y al que admire más que a nadie.

Berta dió un paso hacia ella, cruzando los brazos.

—Y ese hombre es Biel, ¿verdad?

Catalina retrocedió sin contestar.

—¿Crees que estoy ciega? —continuó Berta despacio, dominándose aún—. ¿Crees que soy una imbécil? Dime, ¿qué se trae ése contigo?

La vió enrojecer violentamente.

—Nada. ¿Qué quieres que se traiga?

Berta la cogió por los hombros.

—No me mientas. Te anda persiguiendo, ¿verdad?

Y como Catalina seguía mirándola, callada, con los ojos profundizados:

—¡Si no hace falta que me digas ni una palabra! ¡Si me sé la cosa de memoria! —su voz iba destemplándose—. Te lo advertí: ¡Ese, no! Ese va a divertirse contigo, a perderte. Ese tiene el demonio en el cuerpo

—la sacudía hundiéndole los dedos en los brazos—. ¿Y tú has sido tan tonta de ir a caer con ése?

Catalina apretaba los dientes. Su madre le estaba haciendo daño, pero no lo sentía.

—¿Por qué dices eso? —hablaba sin mover apenas los labios—. Yo no he caído con nadie. Y a él apenas si le conoces. ¿Qué sabes tú de él?

—¡Todo! —gritó Berta descompuesta—. ¡Todo! —su cara se convulsionaba. Por encima de Catalina miraba hacia algo invisible—. Oyeme bien —continuó con voz ronca—. Yo le conozco como si le hubiera parido. ¿Te enteras? Es duro como la piedra y tiene un fuego maldito por dentro. Tú no eres de su clase. Nunca se casará contigo. Eres para él la hija de un criado, como esa Aina, con la que se anda divirtiendo y que ahora está en estado —se echó a reír con risa dura—. ¿Y sabes lo que él hará con ella, el muy... caballero? La dotará y se la encajará con su crío al primer sinvergüenza que se presente. El caso de Aina es el oprobio del predio.

Sintió que Catalina temblaba entre sus manos. En su rostro inmóvil, sus grandes ojos parecían vacíos. Berta la soltó. No le inspiraba compasión porque en aquel momento era incapaz de sentir compasión por nadie. Además, la estaba salvando de correr su misma suerte.

—¿Hasta dónde ha llegado contigo?

Catalina tardó en comprender. Un rubor intenso le encendió la cara.

—Déjame —se indignó—. Déjame...

Permaneció durante mucho tiempo fría y rígida en la cama. No percibía ni una pena ni un dolor. Oía a su madre dar vueltas, hasta que quedó dormida. "Es como si me hubieran apaleado", pensaba.

Ya otra vez había sentido lo mismo. ¿Cuándo fué? ¡Ah, sí, de niña! La pedrada. De pronto, inclinada sobre la suya, vió la cara de Biel. No la de ahora, la de entonces. Con pánico, con cariño. Y era por ella. Una brusca dulzura la inundó. Era mentira todo aquello. Era falso. Infundios de las amigas de su madre. Y la sucia historia de Aina, otra calumnia más.

Sentándose en la cama, tomó una determinación. Tenía que saber la verdad. Le era igual que Biel marchara después hasta el fin del mundo, pero todo menos dudar... Un lejano tañido de campana sonó en el silencio. Las dos. Si hasta entonces la idea de acudir a aquella cita no había cruzado por su mente, cambió, súbita, de parecer. De la cama vecina le llegaba un leve ronquido. Su madre dormía profundamente, y no había peligro de que despertara. Pero aunque así fuese, le era igual. No iba a hacer nada malo. Más fuerte que todo el freno de su educación y de su propio recato era su ímpetu por rehabilitar ante sí misma al hombre al que amaba. En un santiamén volvió a vestirse, y, las zapatillas en la mano, se deslizó por la puerta, entreabierta a causa del calor. Estaría de vuelta dentro de unos minutos. Evitando el camino que brillaba a la luz de la luna, se deslizó entre las sombras hasta la casa grande. Sabía que si alguien la veía estaba perdida. Pero sabía también que, después de la escena de aquella noche, su madre era capaz de mandarla a Palma en el primer camión y de encerrarla en un convento.

—Catinca...

Le vió surgir a su lado y durante un instante todo se borró. Fué ella la que se abrazó a él bruscamente, y, apoyando la frente en su hombro, se puso a temblar sin pronunciar ni una palabra.

—¿Qué te pasa, Catinca? —preguntó Biel. Y había ansiedad en su voz. Luego, lanzando una mirada en torno suyo, la condujo a la gruta, oculta entre ramajes cerca de la cascada. La hizo sentarse allí y, abrazándola, la cobijó contra su calor.

—Tu madre, ¿verdad?

Catalina alzó hacia él su mirada angustiada.

—Biel, ¿es cierto que has vendido el predio de Andraitx y que os vais al extranjero?

Asintió él.

—Sí, Catinca, es cierto. Xim y yo necesitamos de

unos años de estudio, de *hacernos*, ¿comprendes? —la abrazó más estrechamente—. Yo aún más que él. Necesito ver, necesito aprender y necesito vivir. Necesito llenarme de impresiones y de cosas. No sé todavía lo que busco ni lo que quiero. Pero para saberlo necesito saciar antes a ese demonio hambriento que hay en mí —le cogió suavemente la barbilla—. No te asustes. También tengo a mi *Doppelgaenger*. Y ese otro *yo* es el bueno. El que te quiere, Catinca.

Los labios de ella se estremecieron.

—¡Para qué me sirve, Biel, si te vas!

—Volveré —su tono era grave—. Yo sé que volveré.

—Y cuando vuelvas, a lo mejor...

Terminó él la frase por ella:

—¿Te encuentro casada? ¿Con media docena de rapaces cogidos a tus faldas? Lo sentiré con todo mi corazón.

—Entonces, ¿por qué te vas? No te comprendo. No te comprendo.

Biel la rodeaba con el brazo.

—Cálmate. Me arrepiento de haberte dicho nada —calló un rato, pensativo.— No —continuó luego—. no me arrepiento. Al menos, te dejo un recuerdo, la seguridad de que he sentido, de que siento por ti algo muy hermoso y bueno. Y que, pase lo que pase, nunca olvidaré que tú también me quieres un poco —y como la sintió pesar contra su costado:— No hace falta que me lo digas. Yo lo sé.

Sus ojos estaban llenos de una gran bondad, que ella ni siquiera pudo ver. Se inclinó y la besó en la frente. Pero entonces Catalina levantó bruscamente la cara hacia él y sus labios se encontraron.

Cuando ella abrió los ojos vió que él la estaba mirando con una profunda seriedad.

—Ven —le dijo—, quiero enseñarte algo.

Abrazados caminaron en la noche hacia el estudio. Biel abrió la puerta, y, después de encender una lámpara, fué a correr las cortinas. Catalina le miraba moverse como en sueños.

—Mira —le dijo, levantando en alto el quinqué.

Tuvo la vaga impresión de que toda la variedad del paisaje mallorquín brillaba en las paredes, y también, de un modo ajeno a ella, comprendió, quizá por la tensión en que se hallaba, que aquel hombre que acababa de besarla era mucho más que el arrogante mozo del que se había enamorado tan perdidamente.

—Esto es lo que he querido que vieras.

Biel la llevó hacia un gran lienzo que llenaba una pared del estudio.

—Tienes que verlo desde aquí. Es lástima que no tengamos luz del día.

Le extrañó que cuando ella estaba sumida en un torbellino de sensaciones, su voz sonara tan serena. Pero, de súbito, todo en torno suyo se sumió en sombras, y al resplandor de la lámpara aquel cuadro fué como una ventana que se abrió sobre un mundo blanco e irreal.

—Yo lo llamo "Mi Primavera"— le oyó decir.

A primera vista podía parecer un paisaje de nieve bajo el sol, con la escarcha reluciendo en mil irisaciones. Luego se veía que era un valle de almendros. Densas en su ímpetu primaveral, ardían las enramadas, entre chispazos rosas, azules y lilas. Y, sin embargo, todo era blanco, blanco, blanco. Hasta el cielo, que debía haber sido captado antes de amanecer. Y en medio de aquel mundo rutilante y sin estrenar, se erguía una figura femenina: la de una muchacha muy joven, casi una adolescente, vestida de un ropaje ligero, con los pies descalzos. Tenía la cabeza echada hacia atrás, los brazos caídos a lo largo del cuerpo, con las palmas abiertas, y la cara, sin facciones, levantada hacia el cielo misterioso y puro. Y toda su actitud, en medio de aquel éxtasis de la Naturaleza, reflejaba otro éxtasis humano y patético: como una espera pudorosa en la que temblaba una inconsciente sensualidad. Catalina no discernió todo aquello claramente. Sólo lo intuyó. Pero lo que percibió con una sacudida interna era que aquella muchacha se hallaba desnuda debajo de su túnica y que se veían, aunque velados, los detalles de su cuerpo. Y que aquel cuerpo era el suyo.

Suyos eran los senos menudos y el talle delgado sobre la redondez de las caderas. Suyas las piernas, demasiado mórbidas. Y la línea del óvalo sin facciones. Y la gracia del cuello. Y la masa del pelo suelto, única nota sombría en medio de tanta blancura. Y todo su pudor se rebeló. Una vergüenza íntima, insoportable, la retorció por dentro.

—¿Comprendes, Catinca, mi concepto de la primavera?

Catalina se arrancó de su brazo.

—Sólo comprendo que tienen razón los que dicen que no respetas a nada ni a nadie.— Su cara ardía. Su voz vibraba, como todo su cuerpo.— ¿Te has creído que soy otra Aina?

Biel la miró con estupor. Y de pronto también enrojeció. Sus mandíbulas se acusaron. Una llamarada le brilló en los ojos. Y ella sintió la violencia de su ira en el modo con que se estiró. Pero después, apartándose, le vió meter las manos en los bolsillos y sonreír con una sonrisa lenta.

—¡Vete al diablo, niña Catalina! —dijo con suavidad—. ¡Vete al diablo!

XIX

Fué el propio Biel quien participó a Berta que marchaban antes de lo pensado a Roma, dando por terminado su veraneo. La autorizaba a permanecer con su hija en *C'an Xura* cuanto le conviniese.

—Nosotros tardaremos en volver —dijo, poniendo un punto final a la cuestión.

Berta asintió con la misma frialdad que demostraba su interlocutor, y fué después, en la cocina, donde se enteró por Miquela, que lo sabía por el amo, que ya tenían hasta los billetes de avión para dentro de dos días. Corrió a contárselo a Catalina, que escuchó la novedad sin levantar la vista de la artesa en que estaba lavando.

—¿Qué dices ahora? ¿Quién tenía razón?

—Siempre dijeron que pronto marcharían —la chica sólo se humedeció los labios secos.

Berta la miró furiosa.

—Tú te lo has buscado —y marchó, dando un portazo.

Catalina dejó la ropa en colada y lentamente se secó las manos.

Luego, como todas las tardes, fué a sentarse fuera con su labor de bolillos. Sus dedos volaban enredando los hilos, pero permanecía con la vista clavada en el cojín. De pronto percibió unos pasos y le pareció que el mundo se paraba.

—Buenas tardes, Catalineta —dijo la voz de Mateo.

Le vió tomar asiento en el preciso sitio en que lo hacía Biel. Y, después de unas vaciedades, le oyó emitir, bajando el tono:

—Ya sabes lo que han hecho ésos. Como dice mi madre, acabarán en la *Loquería* o en el Hospital de la Misericordia.

Que Mateo detestaba a "los Algaida", a pesar de que desde que había nacido procuraba arrimarse a su sombra, lo descubrió Catalina aquella tarde.

—Son unos pedantes, hija; unos golfos, y acabarán como sus amigos, que se creen unos super-hombres y son sólo unos farsantes —miró en torno suyo para continuar:— ¡Si supieras en la de líos de mujeres que andan metidos! Se lo cuentan todo, chica, ¡con unos detalles!... Yo, siempre que vengo, me meto por las noches en cuclillas dentro de la chimenea de mi cuarto para escucharles. Se oye todo como si estuviera uno presente. Te juro que a veces me muero de asco oyendo sus risas, entre copa y copa.

Los dedos de Catalina seguían trenzando el encaje. A pesar de su velocidad, ya no enredaba los hilos. Los bolillos se entrechocaban con ruido seco. Alzando los ojos, dijo solamente:

—Sean lo que sean, no está bien que hables así de ellos. Tú también te llamas Torrent.

Mateo la miró con su extraña fijeza, y una de sus no menos raras manos fué a posarse sobre las de la muchacha.

—¿Te gusta el nombre? ¿Te gustaría llamarte Catalina de Torrent?

En un afán de desquite, del que había de arrepentirse amargamente, se lo contó por la noche a su madre.

—¿Lo dijo en serio o en broma?

Ante su gesto de indiferencia, Berta se agitó. Que no pusiera esa cara de pava. Si aquello era en serio y había intención en la pregunta, ¿cómo no se daba cuenta de su importancia?

Catalina, que acababa de peinarse el pelo en dos trenzas largas, se volvió. En su camisón celeste parecía tener trece años.

—Es inútil, madre —dijo en tono cansado—. Ignoro si lo ha dicho en serio o en broma, pero lo que yo pienso sobre *Mateuet* Torrent lo sabes de sobra —y comenzó sus rezos, arrodillándose delante de la Virgencita de Lluch, que, en su urna de cristal, se alzaba sobre la cómoda entre unas flores de caracoles.

A la mañana siguiente fué la marcha. Joan cargó el equipaje en la *galera* y sacó el *Ford*.

—Ven a despedirles —llamó Berta a Catalina.

Todas las gentes de la posesión rodeaban la casa de los señores. *Na* Francina entregaba a Joan cestas y más cestas, con frutas, huevos y empanadas. Las mozas, aunque risueñas, se secaban los ojos.

—Que no nos olviden y vuelvan pronto.

Aina no estaba presente. Xim se acercó a Catalina y la condujo unos pasos aparte.

—No estés triste —le dijo, serio—. Para ti es mejor que nos vayamos.

Catalina, pálida, le miró de frente.

—Te lo ha contado todo, ¿verdad?

—Me lo has contado tú —le cogió una mano, guardándola un momento en la suya—. Te deseo que encuentres toda la felicidad que te mereces.

Biel estaba junto a ellos. Sonreía.

—Lo mismo digo, Catinca.

Y a ella el tono y la sonrisa la hirieron mucho más que si se hubiera marchado sin mirarla.

XX

Al volver, le pareció que la ciudad se le caía encima. El barrio de la Seo, que antes le encantaba, se le antojó lóbrego. El palacio Tremp, siniestro. Y las amistades de su madre, esas amistades que en el fondo no lo eran, el colmo de lo provinciano y pequeño. Pensó que hubiera querido nacer hombre para poder coger el primer barco e irse lejos, muy lejos. A veces, sin saberlo, hacía lo mismo que su padre: se escabullía hacia el puerto, al salir de misa, y miraba los buques anclados, con sus pabellones de países desconocidos, pareciéndole que, con sus sugestivos nombres, estaban llenos de fabulosas promesas. Se imaginaba escapándose en uno de ellos, disfrazada de grumete, corriendo por el mundo las más insensatas aventuras.

En casa, su madre la regañaba por sus distracciones: cambiaba de sitio, al limpiar el polvo, los recuerdos y figulinas, y traía del mercado, en ese bolso de cretona que pareciendo de labor era el de la compra, unas chuletas de cordero con más hueso que carne.

—Hemos de alternar otra vez —resolvió Berta—. No conviene apolillarse.

Y el programa diario que trazó, abarcaba, como siempre, desde el mañanero paseo por las calles céntricas hasta el atardecer del Borne y la consabida tertulia de doña Gertrudis.

Pero un elemento nuevo había de poner su variante en la monotonía: Mateo Torrent. Catalina empezó a tropezárselo a todas horas. Se hacía el encontradizo con ella cuando volvía de la iglesia, y la acompañaba hasta su zaguán, dándole un palique en el que alternaban los comentarios locales —idénticos a los que en su tiempo escuchaba de labios de Miquel Salvá—con requiebros e insinuaciones.

—Cati, ¿no has pensado en tener novio? Ayer, en *Las Minas*, dijeron que eres una de las chicas más guapas de Palma...

A Catalina no dejaba de halagarle el parecer guapa a los caballeros de *Ses Mines*, pero la asidua compañía del *hereu* Torrent iba produciéndole una inquietud. Ya no podía pisar el Borne sin verle aparecer, con su cara descolorida, su terno impecable y sus guantes amarillos.

—Un bombón —sonreía Berta.

—Purgante —añadía Catalina, acordándose del ricino de doña Gertrudis.

Berta no protestaba. Empezaba a emplear sistemas. No le encomiaba en ningún sentido a Mateo, ni parecía conceder a su corte excesiva importancia; pero, en cambio, entraba con ella, sin que viniera a cuento, en los comercios más lujosos, animándola a probarse prendas y adornos. Luego, al salir, suspiraba:

—Eso no es para nosotras.

También comenzó a lamentarse más de lo usual de lo cara que se estaba poniendo la vida. Llegaría un día en que una de las dos tendría que buscar una colocación.

—Seré yo —resolvía, heroica—. No quiero que baje tu papel. Una empleada ya no es una hija de familia.

Como no era costumbre que los jóvenes se acercaran a la pretendida o a la novia antes de que *mostraven cara*, es decir, que hablaran con la madre, a Catalina le molestaba ver que Mateo no rehuía a Berta. "No le infunde respeto —se decía con irritación— porque no somos de su clase."

Una tarde, al ir a recoger a Pacita a su casa para dar un paseo y detenerse a arreglarse un poco ante el espejo del recibimiento, oyó voces que salían del gabinete. Reconoció la de doña Gertrudis.

—¡Qué va a ir ése en serio! Vamos, que aquí todos nos conocemos. ¡Aunque haya tenido veinte dedos en las manos y en los pies!

—Si se encapricha... La chica es muy bonita...

—Pues irá a ver lo que saca. Por algo es primo de los otros. ¿Un Torrent con la hija de la Berta Albañil? ¡No me haga usted reír, Luisa!

Catalina vió que en la cara frente a la suya se profundizaban las facciones cual si envejeciera de pronto. La tarde anterior, en el cine, Mateo le había cogido una mano, murmurándole:

—¿Por qué eres tan ingrata conmigo? *Feràs que m'enamori més y més.*

Y como era en la oscuridad y no podía verle bien, y se sentía tan sola y tan profundamente infeliz, se enterneció, hallando un consuelo en aquella declaración. "La hija de la Berta Albañil." El *la* convertía el nombre de su madre casi en un insulto. Se llevó las manos a las mejillas como si la hubieran abofeteado. Adivinaba que para aquellas señoras, que en el fondo sabía bondadosas, su madre no había llegado a ser nunca "una de ellas", sino una forastera, una extraña. Sintió una rebeldía. Su madre era una mujer decente, y el nombre de su padre, un nombre honrado.

"Si se encapricha..."

La cara en el espejo apretó los labios. Quizá Biel también había pensado en ella como en "la hija de la Berta Albañil". Tendría gracia llegar a llevar su mismo nombre: Catalina de Torrent. Y que estas señoras y otras parecidas se pasmaran al verla pasar en el landó azul. "¡Menudo gancho ha tenido la niña!" Vió a Biel de testigo en la boda. De chaqué, con una flor blanca en la solapa y untado de brillantina su pelo amarillo. Y doña Jerónima la besaría en la frente, llamándola "hija mía". "Qué guapa eres, hija mía, y qué bien educada.

Siempre he deseado para Mateo una chica a la antigua como tú." Y llamaría a su madre "mi querida Berta". Y las dos tomarían a diario el chocolate con ella, en ese salón de los tapices flamencos que figuraba en todas las guías.

Cuando después del paseo volvió a casa y dió a su madre las buenas noches, la abrazó con inusitada ternura.

XXI

Desde entonces dió alas a Mateo. No lo hizo de un modo abierto, sino con prudencia. Pero bastó que dejara de mostrarse esquiva con él, le acogiera con una sonrisa y prestara una serena atención a sus dimes y diretes para que el interesado se entusiasmara y comenzara a presumir ante sus amigos de que la niña de Muro bebía los vientos por él. En el Círculo le daban palmadas en el hombro.

—Andate con ojo, que la madre sabe latín. Acabarás cayendo.

"La madre", en verdad, estaba en la brecha. Ya ni a misa dejaba ir sola a Catalina. Por mucho que la posibilidad de que aquello acabara en boda la enajenara, sabía disimularlo. Con esos endemoniados Torrent había que andarse con pies de plomo. Sólo le faltaba que aquel esperpento —en su fuero interno Berta no se andaba con eufemismos— fuera también a tomarle el pelo.

Fué clarividente. Porque al enterarse por su sobrina Magdalena de lo que ya iba siendo del dominio público, doña Jerónima puso el grito en el cielo, y con su media voz ácida comunicó a quien la quería oír que antes de acceder a aquel noviazgo y emparentar con "la tal Albañil" prefería ver muerto a su hijo.

No tardaron las ondas de la chismografía en llegar a oídos de Berta.

—Ni que fuéramos chuetas y oliéramos a azufre —dijo

tan solo, en un tono digno de Irene López Heredia en el "Abanico de Lady Windermere"—. ¡Qué más quisiera el pobre *Mateuet*!

Sólo al llegar a casa dejó estallar el genio.

—Hemos terminado con los Torrent. ¿Me oyes? De una vez y para siempre. Si ese pelele se te vuelve a acercar y tú no te atreves, seré yo la que le cante las cuarenta.

Felizmente no hubo ocasión a ningún exabrupto, porque Mateo desapareció como si se lo hubiera tragado la tierra. Y se supo que doña Jerónima, para quitarle el capricho de la cabeza, le había mandado a Barcelona a distraerse.

A Catalina le pareció salir de una pesadilla. La vida volvió a parecerle hermosa y con renovados bríos se puso a pensar en Biel. Como sabía que se hallaba en Roma, un ansia de seguirle nació en ella. Pidió en la biblioteca circulante una guía de la Ciudad Eterna y se aprendió de memoria sus monumentos y sus calles. Leyó después libros de arte, biografías de grandes pintores, y al ir familiarizándose con ellos una duda empezó a inquietarla. "Esta Venus en su pura y virginal verdad..." A ella sólo le habían enseñado que toda desnudez era indecencia, pecado. Pero quizá los artistas no pensaran lo mismo. La idea de haber sido injusta con Biel empezó a preocuparla, llegando a convertirse en obsesión. Pensó en escribirle, buscando un pretexto, y, en sus largas horas junto a la ventana que daba al jardín interior, se repetía, a media voz, el texto de mil cartas. "Querido Biel..." Ninguna acababa de convencerla. Era muy difícil escribir a un hombre: "He sido una tonta".

Mateo volvió del Continente muy cambiado, según dijeron. Lejos de la tutela de su madre, se había lanzado a "la vida alegre", y por lo visto estaba dispuesto a hacer compatible sus nuevas aficiones con el respetable ambiente de su ciudad natal y el gélido del palacio Torrent.

—Me han dicho que su ex futuro yerno anda en malos pasos —comentó un día doña Gertrudis a Berta.

—Lo siento por él y me alegro por su madre —fué la fría respuesta.

Empezaron a correr cuentos extraños sobre el ex futuro yerno. Frecuentaba los tugurios de peor fama y derrochaba dinero con gentes equívocas.

—Como al príncipe Florencio de "La Noche del Sábado", le darán una puñalada el día menos pensado —vaticinaban las buenas almas.

Berta se callaba su "me alegraría por su madre", pero no dejó de pensarlo.

Y no andaban tan descaminados los pronósticos. Solo que las amigas de la de Muro no pudieron sospechar, al enterarse del escándalo que estremeció a la ciudad, de la resonancia que había de tener en su pequeño círculo.

Una tarde en que Berta estaba atareada en hacer una empanada con destino a doña Luisa, cuya afabilidad le convenía fomentar, oyó un timbrazo. Como no era el día de la asistenta y por motivos de economía se había visto obligada a prescindir de la criada, salió a abrir. Se encontró con un sacerdote menudo, distinguido, en quien reconoció nada menos que a don Justo, el confesor de toda la aristocracia.

—Tengo que hablar con usted, hija mía.

Ya el "hija mía" le dió buena espina. Aunque era un término corriente en un sacerdote, oírlo de labios de aquel virtuoso vate la hacía sentirse hermana de sus otras feligresas. Le hizo pasar al gabinete, donde don Justo se acomodó en una de las butacas de *peluche*, rodeándose de los pliegues de su sotana. Luego fué derecho al asunto. Venía, si no de parte de doña Jerónima Torrent, al menos con su autorización. Y al ver el súbito gesto de altivez de su oyente:

—Hija mía, si ha pecado de soberbia, bastante lo está pagando. Usted, que es tan buena madre, sabrá comprender a la que se ha obcecado en un error, precisamente por serlo.

Continuó diciendo que doña Jerónima veía a su hijo tan triste, tan apesadumbrado...

—Vamos, Padre —le interrumpió Berta, sintiendo bullirle por dentro su madrileñismo—, seamos claros: que el pollo se ha lanzado en lo que usted llama su pesadumbre, a lo que llamamos los demás la desvergüenza.

—No tanto, hija, no tanto. Está un poquitillo... disipado.

Berta sonrió zumbona y se repantingó en su butaca. "Nos necesitan". Y pensó en doña Gertrudis, que al rozar el tema del frustrado noviazgo ponía cara de novenario.

Don Justo soltó una tosecilla.

—Y aquí me tiene usted con una embajada...

Doña Jerónima había cedido. Consentía en las relaciones, comprendiendo que la muchacha, a la que por cierto conocía desde niña, podía ser la felicidad de su hijo.

—Como madre y como cristiana se ha resignado...

—¿Resignado? —resopló Berta.

—Perdón, doña Berta, no me deja terminar. Se ha resignado a no salirse con la suya. Es natural que siendo una Torrent aspirara a que su hijo contrajera matrimonio con una joven de su mismo linaje.

Berta tamborileó ligeramente en la camilla. Seguía teniendo las manos "de duquesa". Adoptando el mismo tono suave del sacerdote, le preguntó qué había de cierto en lo que en aquellos momentos era el tema general: la turbia historia en que sonaba el nombre de Mateo. El sacerdote meneó la cabeza. Una fatalidad. Sólo una fatalidad. Muy deplorable ciertamente que el muchacho se hallara en aquel lugar cuando sucedió esa desgracia, pero nada había tenido que ver con el suceso. Así lo había hecho constar públicamente el señor Gobernador, que como comprendería, estaba bien informado. La mano de Berta permaneció inmóvil sobre el verde tapete. Le parecía que aquel curita menudo acababa de colocar sobre la camilla una bandeja de oro y que en ella le ofrecía el mejor partido de Palma para su hija.

—Si usted me lo asegura, Padre...

El sacerdote bajó los ojos y tardó unos segundos en contestar.

—Considero que para Mateo será muy beneficioso casarse con una muchacha tan buena y cristiana como su hija.

Berta no preguntó: "¿Y para ella?". Quizá porque temiera la respuesta. Aguardó en silencio.

—Doña Jerónima me encarga le diga que las espera mañana a tomar el chocolate.

Berta, a su turno, bajó la vista para que el cura no viera su satisfacción. Los chocolates de doña Jerónima eran célebres en toda la Isla, por lo malo de sus ingredientes y lo selecto de sus componentes. "Ranciedad hasta en la mantequilla", solía decir Biel. Pensaba que ya le iba a dar a esa grulla de Gertrudis cara de pésame.

—Mañana me parece imposible. Deseo consultarlo con mi hija... —Y ablandándose algo confió al confesor que la chiquilla, con su disgusto, se había desmejorado mucho. Tanto era así que estaba pensando en mandarla una temporada a Madrid, con una tía suya que poseía casa propia en el barrio de Salamanca.

—Usted verá —murmuró el sacerdote, que tenía un mucho de diplomático—. Pero creo que en estos casos no convienen los aplazamientos.

Y así fué como Catalina se vió arrastrada por una corriente que había de conducirla hasta el altar. Sus protestas, su llanto, sus rebeldías, no le sirvieron para nada frente a la fuerza de las circunstancias. Su madre tenía ahora una aliada más poderosa y convincente que ella. Y fué aquella aliada quien lo hizo todo. Recibió a Catalina "en andas". La colmó de halagos, de obsequios, la paseó en el célebre landó azul —que era el último coche de caballos de la capital— y, en fin, la envolvió en tal forma en la red de su dominante voluntad que la muchacha, desalentada, entontecida, se encontró impotente para defenderse. Vino a sumarse a aquella "apoteosis de las de Muro" —que causó una ictericia a doña Gertrudis— la noticia que le dió un día Sentís, en el Borne. Volvía de un viaje a Italia, donde había estado con los Torrent. Estaban encantados, dándose la gran vida, y Biel, en especial, muy ilusionado con su trabajo.

—Está copiando Primitivos y, sin duda para inspirarse, tiene una amiga rubia que es una preciosidad.

Aquella tarde, al recibir de manos de Mateo la cruz de turquesas que le mandaba su madre, Catalina le sonrió con una sombra de gratitud.

Hasta el día de la boda vivió como en un sueño: el equipo que le encargó a toda prisa su futura suegra ("No diremos nada a nadie", y se lo contaba a todo bicho viviente), las tiendas, las pruebas, las visitas a su nueva familia (que ya no las hacían esperar, sino que las recibían con besos y abrazos) y la consiguiente estela de comentarios, envidias y parabienes actuaban como un opio sobre su espíritu. Vivía una existencia tan fuera de lo corriente que llegó a perder toda noción de la realidad, a la que había de despertar de un modo brutal cuando era demasiado tarde.

XXII

La berlina de los Paréis, desempolvada para la ocasión, bajaba por la calle de la Almudaina entre chispazos acharolados y golpear de cascos. En su interior, don Pere "no menos lustrado que este vejestorio", según pensaba, fruncía su curtido entrecejo. Jerónima le había cogido de sorpresa, presentándose en Bañalcastell con la nueva de que Sus Majestades se dignaban, desde el exilio, apadrinar la boda de Mateo, y que él tenía el honroso cometido de representarlos. El Rey, que, naturalmente, no podía estar en detalles, había querido premiar la tradicional fidelidad a la Corona de la Familia, que Jerónima, la muy cazurra, aprovechaba en beneficio propio. Aunque, para evitar posibles represalias, la noticia había de guardarse en el más riguroso secreto, la Isla entera se enteró. Y por mucho que los izquierdistas de cafés, peñas y *bodeguetes* intentaron explotarla en su favor —¡bonita andaba *la aristocracia!*—, no dejó de ser un espaldarazo al mermado renombre de los Mateo Torrent y un alto vistobueno a aquella *mésalliance*.

—Boda a todo tren, aunque en la intimidad —dictaminó entonces Jerónima, engallada de soberbia.

La Familia tuvo, pues, que refrescar sus chaqués, sus fallas y sus brocados, lamentando que la República no les permitiese sacar de los arcones casacas y lazos de maestrantes o de hijosdalgos. El matrimonio se celebraría en el palacio Torrent, como era lo establecido, al tratarse del único heredero y actual señor del mismo, lo que también permitía que el equipo y los regalos estuvieran expuestos en sus salones.

Y este era el motivo de que él, don Pere, con sus muchos años dignos y respetables, se hallara en aquella berlina adornada de azahar, luciendo, con su esbeltez de hombre de campo, el chaqué de sus días de gobernador. Cierto que algo estrecho le venía, impidiéndole moverse con soltura, mas no era esto lo que preocupaba al prócer: era la boda en sí.

—¡Qué disparate! —había murmurado María Ignacia una y otra vez, meneando su linda cabeza de marquesa versallesca.

Pensó en ella con ese cariño sin palabras que desde hacía más de medio siglo le venía profesando. "En este mismo coche..." Y ante sus ojos dejaron de pasar ventanas góticas y renacentistas, rejas que parecían jaulas y balcones barrocos, porque estaba contemplando, con emocionada gratitud, un desfile de años y años dichosos. Hoy ya ni siquiera sentía no haber tenido hijos. El y ella habían sabido llenarse mutuamente todos sus vacíos y emplear su sobrante afectivo en beneficio de sus gentes.

Cuando el coche entró en el zaguán de la Casa Tremp,

el rostro del conde de Paréis había perdido su desagrado. Al subir con su paso ágil por la gran escalera pensó, de pronto, en Gabriel, en sus hijos, en aquella dulce Margarita... ¡Mala suerte! La viuda de Muro le había pedido autorización para abrir el palacio para la solemnidad. Así su hija saldría de *arriba* y bajaría de su brazo por la escalera principal. Había accedido, naturalmente. ¿No iba a subir dentro de unos instantes, ya como futura dueña y señora, por la no menos histórica de la Casa Torrent?

Al ver unos criados de gran librea y calzón corto en el recibidor, sonrió para sus adentros. Esta "Albañil" tenía humos de grandeza. Bien, se había salido con la suya. Saludó a los domésticos por su nombre, preguntándoles qué tal les iba en las posesiones donde actualmente trabajaban, y avanzó por la hilera de salones encendidos. En el de los Tiziano, debajo del lustro de cristal, se hallaba la novia. Don Pere no pudo reprimir un gesto de admiración. Estaba hecho a ver mujeres bonitas, ¡qué diantre, por algo era mallorquín!, pero aquella se salía de lo corriente.

—¡Vaya sobrina que me he echado! —dijo, inclinándose con anticuada galantería a besarle la mano.

La muchacha no le sonrió. Muy pálida entre sus encajes, sólo le miró gravemente, y cuando él le soltó la mano, la dejó caer, cual si le pesara, a lo largo del cuerpo. Don Pere, sin saber por qué, se sintió incómodo. Miró en torno suyo y vió que estaban solos.

—¿Y tu madre?

—Ha ido a buscar el rosario que me dejé olvidado.

Le extrañó la voz opaca. Y de repente creyó ver junto a ella al bueno de Eugenio. Por una hora iba a hacer su papel. Y fué un impulso, más fuerte que su reflexión, el que le hizo preguntar:

—Catalina, ¿no estás contenta de casarte?

La chica le miraba con sus enormes ojos oscuros y serios, como si no le comprendiera. La inquietud de don Pere creció. Esa criatura parecía hipnotizada. Oyó un leve taconeo y se apresuró a decirle:

—Todavía estás a tiempo.

Unas manos apartaron los cortinajes. Berta, en su severo vestido de falla, hizo su aparición. "Parece que es ella la que hace la boda", pensó don Pere, al ver el ademán triunfal con que le tendió los dedos. Ignoraba que "la Albañil" se estaba viendo en el mismo sitio en que se erguía la blanca figura de su hija y que no percibía su palidez ni su pasividad bajo el manto de *bruselas,* sino sólo el destello de la diadema, regalo de Isabel II, con que se casaban todas las Torrent. "Mi desquite", pensaba.

Una secreta repulsa ante aquel contraste de expresiones obligó a don Pere a manifestar que necesitaría hablar con ella un minuto a solas. Ya en el gabinete bajó la voz, y acariciándose la blanca barba le dijo:

—Siento no haberme enterado de esto a tiempo, le hubiera hecho una pregunta que ahora es quizá inoportuna, pero que como jefe de la Familia me siento en la obligación de hacerle, precisamente porque Mateo es uno de los míos. ¿Cree usted que ese pobre muchacho, enfermo desde que ha nacido, puede ser un buen marido y un buen padre?

Berta enrojeció violentamente.

—No le comprendo, señor conde.

"¿También a éste vamos a parecerle poco?", se decía, venenosa. Mas, sosegándose, manifestó que si ella había accedido a aquella boda era porque don Justo Ortiz, "un sabio y un santo" había actuado de intermediario.

—Doña Jerónima me lo envió.

Don Pere la miraba con sus ojos sabios de payés.

—No dudo de que a Jerónima le convenga casar a Mateo, pero estoy pensando en su hija.

Berta sonrió con los ojos duros.

—Ese cuidado déjemelo a mí.

Había pasado la hora del servilismo, de doblar el espinazo.

El conde hizo un leve gesto de cabeza. Su responsabilidad se hallaba a salvo.

Al volver vió que Catalina seguía en el mismo sitio, y tuvo la impresión de que en todo aquel rato no debía haber ni pestañeado. Le ofreció el brazo, y como tardó en cogerlo, le tomó la mano y la deslizó bajo su manga.

En la galería aguardaban vecinas y domésticas. Miquela, resplandeciente la cara fresca, se adelantó con el ramo de azahar.

—Buena suerte, Tinóns. —Tenía la consciencia de que por última vez la llamaba así. Dentro de unas horas tendría tratamiento.

Catalina se sobresaltó. La moza personificaba algo tangible en lo que se esforzaba en no pensar. La besó en las dos mejillas.

—Llevadle la cola —ordenó Berta a los *llibreas*.

En el zaguán y en la calle, el barrio entero había acudido a ver a la novia.

—¡Viva la *Moreneta!* —lanzó una voz.

Catalina no sonrió al máximo requiebro. Su madre lo hizo por ella.

El oratorio estaba tapizado de azahar. Un vagón entero lo había traído de Sóller, y el olor era tan denso que Catalina, en su reclinatorio, ese reclinatorio recamado de oro que, según decían, había pertenecido a la desventurada Reina Doña Violante, seguía sintiéndose como anestesiada. Ella no era en realidad esa muñeca tiesa bajo su tiara de brillantes, junto a ese otro títere peripuesto, cuyas orejas separadas parecían transparentes. Y sin embargo, aquella imponente figura en el altar era, en verdad, el señor Obispo... "Qué raro es todo", pensó. A ambos lados del retablo de Santa Quiteria se alineaban los testigos. Los suyos apenas si los conocía. Eran todos de la Familia. "Qué elegantes están —se dijo—. Como para una procesión. No, no es una procesión, Catalina, es una boda. La tuya... ¡Bobadas! Ya sé que despertaré. Mamá está estupenda. Y parece tan contenta. Pobre, me alegro. Creo que los Reyes me han mandado una pulsera. Es gracioso, a mí, a Catalina Muro y Albañil... ¡Papá, papá, haz que todo esto no sea verdad! Tú sabes... tú sabes..."

Las velas empezaron a danzar ante sus ojos... arriba... abajo... arriba... Un sudor le resbaló de la diadema a la frente. "Como de una corona de espinas." Sus manos se aferraron al reclinatorio, que se hundía, se hundía. La voz del señor Obispo tronaba en sus oídos.

—Y esta estirpe ilustre, modelo de virtudes...

"Estoy en el mar —decía algo en su cerebro—. En una lancha que se hunde. Si extendiera mi manto flotaría como San Raimundo. ¿Quién me contó eso? ¡Socorro...! ¡Socorro...!" Tuvo la impresión de que lo había gritado. Pero en verdad, ni un sonido salió de su garganta.

"Yo sé que volveré un día. ¿Me esperarás, Catinca...?"

—Di sí, hija mía —le sopló el señor Obispo.

—Sí... sí... sí...

"Claro que te esperaré. Toda la vida. Toda la vida."

Y de pronto ya no estaba en la capilla, sino en medio del salón de los tapices, y unos y otros le daban la enhorabuena, y en sus mejillas, torciéndole la diadema, chafándole el velo, besos secos y besos húmedos.

—Ya nos perteneces, Tinóns.

"Y comió cuervo hasta que se murió..."

—Sonríe, hija, sonríe —susurraba la voz de su madre.

¿Qué quiere decir sonreír? Una mueca que revela alegría. Catalina se aplicaba en esbozarla.

A su lado Mateo, cuyo flamante chaqué hacía resaltar lo enclenque de su anatomía, presumía, según doña Emilia Pons, "como mona de gitanos". La Familia estaba en la gloria. Almacenaba temas para futuras chismografías, cual la cigarra de Lafontaine sus granos para el invierno. Y de paso se hinchaba en el *buffet* con las innumerables exquisiteces, procedentes de todos los conventos de la Isla. Los caballeros daban optimismo al cuerpo con vinos y licores, ¡que no contraía un Torrent todos los días! Sin duda fueron aquellos desacostumbrados latigazos alcohólicos los que impulsaron al sombrío Vicente a acercarse a Berta, que, sacado el busto en que lucía una joya de aljófar y ceñidas las sólidas caderas por un plegado bastante parisiense, recibía felicitaciones con empaque de emperatriz.

—Estarás satisfecha —fué a murmurarle.

Berta se abanicó con un guante.

—Y vosotros también —dijo, devolviéndole su mirada.

Le encontraba más guapo que de joven, con sus sienes grises y sus ojos atormentados; y por el modo con que la analizaba dedujo que estaba pensando lo mismo de ella.

—Los años te han embellecido —le sopló, en efecto, su antiguo pretendiente, después de cerciorarse de que nadie le oía—. Me gustaría que charláramos...

Berta esbozaba un mohín, sintiéndose de pronto joven y deseable. "Aquí no puedo hacer tonterías —pensó—. Pero fuera, ahora que la he colocado..." Se acordó de su tía Bibiana, que no tenía una casa en el barrio de Salamanca, sino en el de Chamberí, y la idea de ir a hacerle una visita apuntó en su mente. Ignoraba que su vecino tramaba el atraerla a aquel pisito en el barrio de San Antonio, que ya conocía.

Doña Bárbara, muy menuda, en el borde de un sillón, aplastada por un sombrero que no le gustaba, miraba a Catalina con nostalgia. "Podría ser la boda de Teresita". y se esforzaba en imaginar cómo sería aquella hija que una meningitis se le llevó tan deprisa. Para consolarse buscó con la vista a Cosme, nacido unos años después. El chaqué que estrenaba, por ser testigo de Catalina, hacía resaltar su juvenil apostura. "Pero un hijo no es lo mismo", pensó, a pesar suyo. ¿Con quién la hubiera casado? Con un chico de María Colonya, sin duda. Eran los muchachos más completos de Palma. Allí estaban charlando y riendo entre un grupo de jóvenes: guapos, distinguidos.

—¿Vienes a ver el equipo? —Jerónima apareció ante ella.

Había imitado en su atuendo a la difunta Reina Cristina, y Bárbara, por una única vez, la encontró magnífica, con su largo traje negro, sus hilos de perlas y su erecto porte. A los pocos segundos se desvaneció tan favorable impresión.

—Todo lo he pagado yo, hasta el último céntimo —le

dijo, al mostrarle el equipo, como si ya no lo supieran hasta las piedras.

Bárbara volvió a contemplar la exhibición de camisas pantalones y demás prendas que cubrían las largas mesas.

"Qué impúdica costumbre", pensó, viéndola deslizar los dedos nudosos entre las sedas. Sabía que Jerónima había encargado todo aquello por el buen parecer, para que no dijeran que su nuera iba desnuda al matrimonio, y que las joyas que decía regalarle volverían mañana mismo, bajo siete llaves, en sus estuches de pana, a su armario; los abanicos, a las vitrinas, y las mantillas y encajes, a los cofres de alcanfor.

—Esta Albañil, hija, es una... ¿Has visto cómo se nos ha presentado? Y en cambio a la niña ni esto —chasqueó los dedos.

"Toma —pensaba Bárbara, adoptando, sin querer, el léxico modernista de su hijo—, para eso carga con quien carga."

Don Cayetano, reteñido y perfumado, arrugado como un higo seco, se acercaba a las niñas apenas salidas del cascarón.

—¿Quién se casa conmigo? —preguntaba con aire picaresco—. ¿Quién se casa conmigo?

Tutú Puig de Inca se arregló el moño, que tenía la desdichada tendencia de resbalarle en la espalda. Y, siguiendo con la vista las evoluciones de Toni, su calamitoso marido, que una vez más, aunque lo disimulase, estaba como una cuba, suspiró.

—Siento no haberlo hecho, *onclo*, cuando me lo proponías.

Don Cayetano soltó una risita.

—Ya te lo dije, bonita. No hay hombres, hoy día no hay hombres. Sólo... desastres. —Y sus ojillos, ribeteados de rojo, fueron a fijarse en la novia. ¡Tener en sus brazos un cuerpo joven...! "Es atroz ser viejo —pensaba—, atroz. Atroz."

En el grupo de la juventud se iba riendo cada vez más alto. Pablo y Andrés Colonya llevaban la voz cantante. Novios soñados por todas las madres y todas las hijas, aquel ambiente de himeneo los envolvía en una aura de sugestiones; en una nube de risas, rubores y monerías. Hasta la atrasada María Soledad parecía avisparse y querer competir con Irma Sindel y Susana Santueri. Estaban bárbaras las dos, pensaba Cosme, al que deslumbraban las chicas mayores. Se lanzó un reojo en un espejo. ¡Menudo, cómo le sentaba el tal chaqué! Parecía lo menos de dieciocho años. Se acercó a Irma.

—Hola, guapa.

—¿Qué hay, Cosmito? —Y le volvió la espalda.

Se dirigió a Susana.

—Hola, preciosa.

—¿Qué hay, Cosmito? —Y siguió sonriendo a Pablo.

¿Cosmito? ¡Qué asco! Era un asco ser tan joven. Un solemne asco.

Unos metros más allá, cuatro sesudos vates discutían de heráldica.

—Las barras rojas de Aragón perpetúan los dedos ensangrentados de Wifredo, el Velloso, primer conde independiente de Barcelona, que los marcó con su sangre sobre su armadura de oro...

Les era indiferente que sus campos de trigo o de arroz se esfumaran en manos de sus colonos, pero ¡pobre del que tocara a sus campos *de azur!*

"Si mi padre no considerara a Jaume un chueta —se decía María Dolores Torrent y Cruxach—, ésta podría ser mi boda...", y su tristeza le hizo decir más naderías que de costumbre.

Unos cuantos caballeros hablaban de política, bajando la voz, cual conspiradores.

—Sí, los militares: Franco, Sanjurjo...

—Resultará otro diez de agosto —vaticinó un pesimista—. Destierros, quemas de iglesias y esta vez, a lo peor, una matanza de frailes.

Don Pere arqueó las cejas:

—¿De frailes? ¡Andate con ojo, no nos maten a todos!

—¿A mí? —se sulfuró el ave de mal agüero—. Yo no me he metido en nada.

Sentadas juntas bajo los estandartes que habían conquistado Santa Ponsa, doña Gertrudis y doña Luisa, que Berta había conseguido encajar a su consuegra, fisgaban con deleite hasta el menor detalle, crecidas ante sí mismas por hallarse en aquel medio.

—Digan lo que digan, es hermoso ser noble.

Encorvada en una butaca, casi tan secular como ella, doña Apolonia, marquesa de Truxelles, miraba el espectáculo con quietas pupilas de lagarto. La llamaban "la edad de piedra", porque la fecha de su nacimiento se perdía en el origen de los siglos. Sorda como las murallas de su palacio de la calle del Sol, vivía allí, rodeada de gatos, una existencia a su modo. Había olvidado, allá por el 900, el poco castellano que sabía y su memoria era una ensalada de personas y acontecidos. A su modo estático, casi mineral a fuer de vegetativo, contemplaba el movimiento de aquellos salones, solemnes y fastuosos, llenos de gente.

—*Bon dia*, tía —iban a gritar, en cola, jóvenes y viejos en su oído izquierdo, que aún captaba algún son.

—*Tenguen* —contestaba, como cualquier aldeana. Y vagamente se admiraba: "¡Huy qué mona está Jerónima de desposada, de no creerlo! Los encajes eran los que Clareta trajo de Cuba. Decían que el picarón de Weyler... ¿Dónde anda Clara? ¿Por qué se los había dejado a Jerónima? ¡Ah, sí, porque era su nieta! ¡Vaya vaya! Y el truhán de Pedret... —sus ojillos se fijaban en don Pere—. Está viejo, muy viejo. Señor, ¿por qué se irán poniendo así? —A Tano le repugnaba mirarlo— ¡Qué tiempos éstos! ¿Qué edad tenía esa criatura?... Ni siquiera setenta. Señor, Señor, tengo ganas de irme a casa. Me divierten más mis gatos... Y además..., con tal de que en este terciopelo no se note si..."—. ¡Hola, Tonet! —farfulló viendo al novio—. Eres tan feo como tu padre.

—Era el mío, tía —corrigió Jerónima con calma. Todos estaban hechos a aquellas confusiones.

—Y el funeral, precioso —siguió la vieja dama, queriendo decir, al fin, algo fino.

Catalina miraba todo aquello como si nada tuviera que ver con ella. Se había quitado el velo, y con su traje de raso y su diadema, muy derecha sobre el fondo de damasco granate, parecía una de esas quebradizas figuras de cristal que los artesanos mallorquines copiaban de sus émulos de Murano.

Toni Inca, muy elegante, muy serio y muy borracho se acercó a Mateo.

—Tienes suerte, bribón. Esto se llama echar perlas a los cerdos —y le deslizó al oído algo que consideraba venía a cuento.

Mateuet, sin enfadarse —admiraba demasiado a Toni—, soltó una risa. Alargó la mano y le quitó su copa. Sus ojos, por encima del vidrio, fueron a resbalar por la figura blanca. Y hubo tal expresión en su cara que doña María Colonya, que distraídamente detuvo en él su vista, sintió cómo un escalofrío le bajó por la espina dorsal.

XXIII

Catalina corría enloquecida en su camisón de crespón blanco por las estancias a oscuras de *Son Roxa.*

—Salir de aquí..., salir de aquí... —iba diciendo a media voz.

Y de pronto, entre las sombras, una lámpara en la mano, tiesa, emballenada, vió surgir a la que ya era su suegra.

—¿Qué te pasa, hija?

Ni se extrañó de que se hallara en la posesión, a pesar de que dos horas antes se despidieron, después de la boda, en el palacio Torrent.

—Quiero irme a mi casa..., a mi casa... —sollozó.

Temblaba en todo el cuerpo. Oyó un crujido y lanzó un grito. Doña Jerónima, acercándose, la cogió por un brazo.

—¿Qué te sucede, criatura? —Pausadamente colocó la lámpara en una consola.

Las enormes estancias enfundadas tenían algo siniestro en su quietud.

Catalina se aferró a ella.

—No quiero... No puedo... —le castañeteaban los dientes.

Los ojos frente a los suyos, tan parecidos a los del otro, brillaron con mayor intensidad.

—¡Qué disparate! —murmuró la señora—. Pero ¿no te ha preparado tu madre?

Una puerta se abrió con estruendo. Mateo apareció con los pelos colgándole sobre el rostro congestionado. Unas manchas blancas junto a la boca le daban aspecto tumefacto. Al ver a su madre se quedó de una pieza.

—Es una estúpida, madre —tartamudeó—. Una ñoña.

Catalina cerró los ojos. Tenía pánico a desmayarse. Pánico a los dos. Los brazos que la rodeaban parecían de hierro. Se debatió.

—No..., no... —y como él dió un paso en su dirección, lanzó un grito:— ¡No te acerques!

—¿Lo ve, madre? —chilló Mateo.

El brazo de doña Jerónima pesó sobre el cuerpo de su nuera. Sentía los espasmos de su temblor, y miró a su hijo.

—Una muchacha no es..., es algo delicado... —su voz, a pesar de ser baja, deletreaba las palabras, cual si a martillazos hubiera querido hundirlas en aquel cerebro—. Ya te lo advertí... —y a Catalina:— Anda, no seas tonta. Haz por calmarte.

Catalina se aferraba a su hombro.

—No me deje. No me deje.

La vista de la señora seguía fija en Mateo.

—Vete a tu cuarto —resolvió, despacio—. Esta se viene conmigo. Y mañana será otro día.

—¡Vuestra merced está loca!

Doña Jerónima soltó a Catalina y fué a agarrarle con una de esas manos que tenían más fuerza que las de un hombre.

—El loco eres tú. ¿Te enteras? ¡Tú! —Y en voz baja se puso a hablarle en forma terminante.

Catalina escondió la cara entre las manos. "¡Morirme! —pensaba—. ¡Morirme!" Después de un rato, que le pareció eterno, oyó el lento alejarse de unos pasos.

—Ven —dijo doña Jerónima.

Y, cogiendo la lámpara, la precedió por la hilera de estancias a oscuras. Catalina la seguía con la cabeza inclinada. Las baldosas eran menos frías que sus pies. Al pasar delante de uno de los nebulosos espejos, vió un espectro blanco, lívido, con el pelo suelto y los brazos caídos.

"Mi primavera."

Se detuvo, temblando.

"¡Biel! ¡Oh, Biel!", estuvo a punto de gritar.

Y luego, la eterna noche en el diván, envuelta en una bata de doña Jerónima, oyendo un murmullo que no entendía.

—Lo manda el Evangelio... La esposa debe obediencia al esposo... Y serán una misma carne...

¿Qué decía aquella señora, cuya ropa exhalaba un olor acre, a leño quemado?

La vió meterse, al fin, vestida en la cama y apagar la lámpara para desnudarse. Acurrucada en ovillo, Catalina retenía la respiración. Sólo cuando el leve ronquido que partía del lecho de dosel le indicó que doña Jerónima se había dormido, dió rienda suelta a su horror. Mordía la almohada para que no se oyera el entrechocar de sus dientes. La casona, a oscuras, crujía en todas sus vigas. Le pareció oír pasos furtivos y se incorporó. Un perro aulló a lo lejos. Se juró que mañana se escaparía y que si su madre la obligaba a volver, se tiraría al mar.

Pero no se tiró al mar, y a los tres meses estaba en estado.

XXIV

Fué don Conrado, el viejo médico de la Familia, el que dictaminó pasara una larga temporada en el campo. Tenía un ganglio en el pecho, que si no desaparecía pronto sería conveniente extirpar, y su embarazo, en general, se le presentaba con tales trastornos que, de no tomar serias precauciones, podría malograrse el niño. Quizá también la madre. Se lo dijo así, sin rodeos, a doña Jerónima.

—Tiene una naturaleza floja, anémica, ¿verdad? ¡Lo único que nos faltaba!

Don Conrado reconoció que, en efecto, la muchacha no era muy fuerte. Una criatura frágil, sensible...

Doña Jerónima golpeaba con el pie.

—Una niña mimada, para colmo. ¡Si ni siquiera va a servir para traer hijos al mundo!

Don Conrado se quitó los lentes de oro. Era bondadoso y prudente, pero había cosas que pasaban de la raya. Recordó a la señora ciertos antecedentes familiares: la enfermedad que, por desgracia, había conducido a don Mateo a su lamentable fin... *Mateuet*, como hijo de su padre, no era precisamente un roble. Se callaba su verdadero diagnóstico: decrepitud, fin de raza. "Llevamos practicando desde hace siglos legalmente una especie de incesto —solía decir don Cayetano—, que el resultado no es de extrañar."

No, no era de extrañar. Doña Jerónima clavaba los ojos en él.

—Si la chica llega a ser como Dios manda...

—La chica es como Dios manda —no pudo por menos de certificar el médico.

Berta, días antes, había ido a verle en secreto.

—Acudo a usted como a un padre...

Aunque seguía deslumbrada con la boda que había hecho su hija, su alarmante aspecto le preocupaba.

—Me la van a matar... —fué a decir a don Conrado—. Me la van a matar.

—Haberse dado cuenta a tiempo, señora —le contestó bruscamente.

Mas, lleno de compasión por la muchacha, que siempre le había parecido tan sana y resplandeciente como las manzanas de su huerta, decidió tomar cartas en el asunto. Hizo ver a doña Jerónima la urgente necesidad de que su nuera disfrutara de una larga temporada de absoluto reposo, y le sugirió la idea de mandarla a *Son Roxa* durante unos meses. La señora parecía indecisa. Su Mateo odiaba el campo.

—Se trata precisamente de que la futura madre esté allí sola. —A propósito le había dado aquella apelación.

—¿Sola? —doña Jerónima le taladraba con sus ojos lucientes.

Y fué entonces cuando, aguantando su mirada, explicó claramente el objeto del tratamiento. Era indispensable separar al matrimonio hasta que naciera el niño.

—¿Por qué? —la cara de la señora tuvo una expresión de ferocidad.

Don Conrado se armó de diplomacia. Había mujeres muy nerviosas, muy delicadas —sacrificaba algo a Catalina para poder conseguir lo que quería— a las que la intimidad conyugal perjudicaba en sus funciones de gestación. Era aquello bastante más frecuente de lo que se pensaba.

Doña Jerónima bajó la vista y se miró las manos.

—¿Qué dirá la gente?

¡Qué iba a decir! Don Conrado estaba lleno de argumentos. Sobre todo, si veían que ella y Mateo la visitaban con frecuencia.

Cuando se halló en la calle, respiró, aliviado. ¡Menuda papeleta!

—¡Señor! —le dijo después a don Justo, con quien le unía íntima amistad—. ¡Enfermos de alma y de cuerpo existen en todas partes! Pero, ¡qué caray!, que algunos de estos Torrent, que harían las delicias de un Freud, nos havan venido a caer precisamente en esta santa Isla, donde la gente de arriba abajo es tan profundamente buena, tan tranquila, tan sin complicaciones...

Don Justo sonreía con su fina sonrisa de hombre de confesonario.

—Hay de todo, usted lo ha dicho, como en todas partes.

Don Conrado seguía en sus trece:

—Menos que en todas partes, Padre. No se olvide que en ciertos aspectos somos colegas: que el cuerpo es la materia en que se expresa el espíritu. Esta es tierra de paz y de bien. Es honesto y sano el conde y el payés. El comerciante y el pescador. Son honestos y tradicionales ¡hasta los contrabandistas! —levantándose, fué a buscar una botella de anís de Santa María y dos vasitos. Escanció el líquido perfumado.

El sacerdote seguía sonriendo. En su cara de asceta lucía la mirada inteligente.

—Pero no olvidemos que somos mediterráneos y que Palma es puerto abierto. Piense en Marsella, don Conrado..., en Nápoles... Es cierto que aquí tenemos contra tanto virus como vienen a inocularnos en nuestra ardiente sangre latina un antídoto poderoso: la religiosidad de nuestro pueblo. Pero sepamos ser comprensivos si alguno de entre nosotros nos sale descarriado. No son muchos, en efecto...

Don Conrado degustaba su anís.

—Lo triste es que al estancársenos nuestra llamada sangre latina pecamos más de pensamiento que de obra —meditó—. Y no son las cascadas, sino las charcas, las peligrosas. Tiene usted razón en lo de los virus. Yo empiezo a padecer el filosófico. Veo inhibiciones, frustraciones y complejos donde antes sólo veía bilis o astenia. —Y como era frenéticamente isleño, añadió que era una lástima que Mallorca hubiera evolucionado y no siguiera siendo la Arcadia de hacía cincuenta años, poblada por gentes sencillas, felices y equilibradas...

Don Justo alzó su vaso. El anís tenía un brillo de ópalo entre sus dedos cardenalicios.

—No hay tal equilibrio —volvió a protestar—. Una cosa es la apariencia, otra la esencia. Recordemos una vez más que ésta es tierra de santos, de aventureros, de artistas y de poetas... De "excitados" sublimes o no, en una palabra.

—Sí, desde luego —sonrió el médico—. No citemos nombres, que ya nos los coloca el Gobernador en todos sus discursos. Pero volvamos a nuestro tema. ¿Sabe quiénes me son los más simpáticos de toda esa patulea Torrent? Los nietos de don Bartoméu. ¿Cultos? ¿Inquietos? ¿Mujeriegos? ¡Que Dios les bendiga!

Don Justo rió. Su risa era ligera como la campanilla de su monago.

—Qué apasionado y mediterráneo es usted, don Conrado...

—Y qué latino y prudente usted, don Justo...

Se sonrieron en una callada compenetración.

—Volviendo a Catalina y su desdichada boda... —insistió el médico.

Don Justo dejó de sonreír. Creía haber hecho un bien prestándose a intervenir en el noviazgo. Amargamente se reprochaba su error. Intentó salvar un alma. ¿Iría a ser el causante de que se perdieran dos? Catalina no figuraba entre sus penitentes. Seguía con don Demetrio, como siempre, y don Demetrio era un bendito, pero ¿tendría luces para orientarla en su espinoso camino?

—Empéñese en que la manden a *Son Roxa* —concretó su pensamiento—. Yo insistiré por mi lado.

Catalina se vió sorprendida por la noticia, que fué una sacudida en su atonía. La iban a trasladar al predio hasta que diera a luz. No se atrevía a creerlo. Seis meses de matrimonio la habían convertido en un ser sin voluntad, de mirada asustada y gesto encogido.

Berta fué a ayudarle a hacer su equipaje. Aunque la posesión se hallara solamente a trece kilómetros de Palma, todo traslado por más de una semana constituía un acontecimiento. Hubiera querido acompañarla en la *galera*, pero doña Jerónima y Mateo declararon que con las maletas no quedaba sitio. A pesar del nuevo parentesco, la señora volvía a tratarla como a una subalterna. Berta abrazó, pues, a Catalina en el zaguán. ¡Qué demacrada, qué estropeada estaba! Y sólo tenía diecinueve años.

—Cuídate, hijita, cuídate —le recomendó.

Catalina la miraba desde el carruaje. Se llevó dos dedos a la boca y, gravemente, le mandó un beso.

Berta tuvo el impulso de subirse al estribo gritando:

—¡Devolvedme a mi hija!

En su lugar le anunció que pronto iría a verla y que le llevaría *concos*, de esos que le gustaban tanto.

Catalina asintió con la cabeza. El coche arrancó.

"¡Malditos Torrent!", se revolvió Berta. Y marchó al Principal a sacar unas entradas para "La llama eterna". Invitaría a doña Gertrudis. Decían que era una película sentimental y triste. Le pasaba algo raro. Tenía ganas de soltar el trapo.

En el entreacto presumió a sus anchas. Catalina había tenido una suerte loca. ¡Vivir en ese *Son Roxa*, en el que la gente pagaba una peseta por entrar! Pero cuando volvieron a extinguirse las luces, y, en vez del rostro de Norma Shearer, se le apareció la carita de su hija, con sus ojeras y sus mejillas blancas, Berta, sonándose con fuerza, maldijo de nuevo a los Torrent.

XXV

Son Roxa era, en efecto, entre todos los históricos castillos y hermosas posesiones que abundan en Mallorca, uno de los más famosos. Había sido construído en el siglo XVIII por el Cardenal don Pere Torrent y Paternó, Auditor de la Rota, Arzobispo de Valencia y Patriarca de Antioquía, que, además de varón preclaro y erudito latinista, poseía, como herencia de su madre, siciliana, un culto por cuanto significaba belleza.

De su tierra natal trajo a su mansión mallorquina un tesoro en mármoles, lienzos e ideas. *Son Roxa* tuvo una galería abierta como los palacios más bellos de Palermo, estancias de techos pintados dignos de la Farnesina, una capilla barroca con tablas del Perugino y unos jardines que en su trazado y en sus fuentes nada tenían que envidiar a los de la Villa d'Este. Aunque al correr de los años muchas de las riquezas fueron desapareciendo de su recinto —debido al señorial desdén administrativo que los Torrent, de la rama que fueran, tenían en común con toda la nobleza isleña—, la casa conservaba lo que no habían podido arrebatarle: su fabuloso empaque. Y como los jardines, con el tiempo, habían ido acrecentando su poética belleza, *Son Roxa* constituía dos veces a la semana la meta de los autocares turísticos. Frente a su estanque, cercado de cipreses y de dioses de mármol, o su escalinata, entre palmeras, magnolias y ninfas —cuya desnudez cubría en parte un musgo púdico y mallorquín—, el guía, un viejo actor, campanudo e ingenuo, recitaba fatalmente los versos de Juan Alcover:

Faune mutilat
brollador eixut
jardí desolat
de ma joventut...

Los turistas extranjeros no entendían ni jota, pero se quedaban boquiabiertos.

Catalina, después de su "luna de miel", rara vez había vuelto a la posesión. Le inspiraba espanto. Pero cuando aquel día vió acercársele a Mateo para decirle, al despedirse, con cínica sonrisa:

—Que descanses y no me eches demasiado de menos —y, al partir la *galera*, se encontró sola entre la gente de la casa, no pudo concebirlo.

Lentamente subió al primer piso y se dirigió a su habitación. El inmenso aposento, inundado de luz verde, relucía de limpieza. Brillaban sus baldosas y sus maderas. De cualquier modo se quitó la ropa y se deslizó en el lecho de dosel. ¿Era posible que al correr sus cortinas de tela de llamas se encontrara sola? Incrédula, lo ensayó.

—Sola..., sola..., sola... —dijo a media voz, al verse aislada de todo en su recinto blanco y azul. Cerró los ojos y permaneció inmóvil, sin pensar en nada. Y horas más tarde, al ver entrar, quinqué en mano, a Tomaseta, la moza que habían puesto a su servicio, a preguntarle si necesitaba algo y a desearle *una bona i santa nit,* le contestó con la sonrisa que no había tenido fuerzas de dirigir a su madre.

La vela en su mesilla brillaba dulcemente en su urna isabelina de cristal. La alcoba en sombras tenía las dimensiones de una nave. La casa crujía en todas sus vigas. Las ramas del abedul del patio golpeaban en sus persianas. Catalina no sentía ningún temor. Con la cara hundida en la almohada, se puso a llorar. Era un llanto manso, de liberación.

Una existencia nueva empezó para ella. Ya al despertar le entraban sonidos olvidados por las rendijas: el cacareo de las gallinas, los gritos de los gañanes, los ruidos de las yuntas que partían. Se asomaba, y más allá de la *clastra* percibía el bullicio de las alquerías. Un olor hecho de mil olores le entraba con el aire de la tramuntana. El abedul trinaba por todas sus hojas. La hiedra que cubría los muros de la casona se agitaba con la vida de los bichejos a su amparo. Y Catalina, a pesar suyo, fué sintiéndose contagiada de aquella vitalidad. Si los primeros días se levantaba tarde, vagamente dichosa en su letargo, pronto empezó a sentir curiosidad por lo que la rodeaba. Toméu Grau, el amo, rugoso y fuerte, acudía a saludarla todas las mañanas, sombrero en mano. Ella era ahora *sa senyora.* Le consultaba, por consideración, cosas que ignoraba por completo. *Madó* Rosa, tan guapa bajo su pelo blanco como la condesa de Paréis, un nieto colgado del hombro, venía a ofrecerle unos higos negros y estallantes sobre los dedos verdes de una hoja de higuera, y toda la gañanería, hombres y mujeres, dejando a su paso su faena, la miraban con agrado.

—Si es todavía una *at'lota* —decían sus miradas—. Y poca salud tiene la pobrecilla.

Lentamente fué penetrando en un mundo de quietud y de paz. La vida en aquel predio de llanura, que fluía lenta, sin sobresaltos ni estridencias, le recordaba los días dichosos de Pollensa.

—Quien lleva prisa no puede degustar —decía el viejo sen Paú, parafraseando al filósofo—. El trabajo es bueno con prudencia, que eso de llamarlo virtud lo inventaron los vagos para animar a los que bregan.

Todo en las masías respiraba pulcritud y orden. Desde sus camas barrocas y la cegadora albura de sus linos a sus vasares enriquecidos por escudillas y cobres. Y no un orden dispuesto por manos humanas, sino como si las cosas, conscientes de su tradición, se colocaran solas en el lugar que desde trescientos años les estaba asignado. En las estancias del castillo no reinaba la misma armonía. Había una mezcla de cosas buenas y malas. Junto a una vajilla de porcelana del Retiro, la loza más vulgar de la alfarería del pueblo, y al lado de la fina arquilla incrustada de marfil, un arpa dorada con horrendos dragones orientales.

Una o dos veces a la semana acudían doña Jerónima y Mateo a visitarla. Eran éstos, días de intranquilidad en la posesión. Días de pavor para ella. Temía que a pesar de todas las prohibiciones y de su empeño por tener un hijo, Mateo no resistiera a su violento deseo. Pero, mirándola con rencor, afectaba rehuirla, yendo a tirarse en una tumbona donde se dedicaba a matar moscas con una palmeta de alambre.

—¡Otra! —decía al ver caer el cadáver—. ¡Otra!

Su golpe y la consiguiente palabra llegaron a constituir para Catalina un tormento.

Cuando al fin partía la *galera*, respiraba.

Iban también a verla otros miembros de la Familia,

ya que el ir a *Son Roxa,* con su carretera orillada de los célebres olivos milenarios, constituía un bonito paseo y motivo para una agradable merienda.

Entre los más asiduos figuraba don Cayetano, con su único mechón de pelo enroscado en la calva, su barba que parecía postiza, y su sobrina-nieta Nina, una criatura vivaz y descarada que se desgarraba los delantales subiéndose a los árboles y armaba alborotos pegándose con los rapaces. Huérfana de padre y madre, había quedado encomendada a su custodia, y el viejo *llibertino* le demostraba un cariño que no había sentido por ninguna de sus hijas ni de sus nietas. La niña se burlaba de él detrás de su espalda, imitando su engallado modo de andar y almibarados mimos.

—Es un pegajoso. Siempre me está besando.

Catalina la reprendía. El tío Cayetano era muy bueno con ella y no debía ser desagradecida. La niña se le reía en las narices.

—Es un viejo chocho. No entiendes.

Todos los martes solían venir los Vicente con sus hijas, en visita puramente convencional. Don *Vicens,* cuya neurastenia se agudizaba por momentos, no despegaba los labios en toda la tarde, fijando los ojos con aire de pesadumbre en la punta de sus afilados zapatos, mientras que doña Isidra charlaba a tontas y a locas, y "los angelitos" cogían flores, revoloteaban cual mariposas y reían sin ton ni son.

Aunque casi idénticas en apariencia, Catalina aprendió pronto a distinguirlas. María Dolores era menos fútil de lo que parecía, y dominaba por entero a María Soledad, que en su "inocencia" era casi cretina y cuyo único sentimiento definido consistía en una admiración sin límites por su hermana, a la que obedecía ciegamente. Catalina fué descubriendo algunos de sus secretos. Cuando nadie las oía se llamaban "Solita" y "Lolita" como si sus patronímicos, implacablemente mantenidos por decreto paterno, les vinieran tan anchos como los camisones heredados de su madre.

María Dolores, aunque reía más alto que María Soledad, tenía a veces los ojos tristes.

—Tú estás enamorada —la dijo Catalina, en ocasión en que se quedó a solas con ella.

La joven bajó la vista y murmuró:

—Qué cosas dices...

Catalina no se arredró:

—Si le quieres y él te quiere, ¿por qué no luchas?

La mano delgada de *Lolita* se posó en su brazo. Sus ojos, de un azul celeste, expresaban miedo.

—Papá se moriría. El corazón, ¿sabes? —y como si le confiase la peor de las vergüenzas:— Es un chueta.

—¡Si llevan siglos siendo tan cristianos como nosotros! ¡Y ni que estuviéramos en tiempo de "Jorge Aguiló"! —protestó ella, refiriéndose a un folletón romántico que plañía las vicisitudes de un joven que se creía judío, enamorado de una aristócrata.

La otra meneó sus rizos.

—No comprendes, no puedes comprender.

"Naturalmente —pensó Catalina—. Yo no soy una *botifarra,* sino una *mossona.* Y para colmo, con sangre de fuera."

Agarró a la chica por los hombros.

—¿Sabes lo que te digo? Que si le quieres, no seas tonta y no tengas miedo. Tu padre no se morirá. Descuida. Y si le haces caso, tú serás la desgraciada.

Cuando oía por el ruido del claxon que eran tía Bárbara y tío Priamo los que llegaban, corría a su encuentro. Eran sus predilectos. A veces les acompañaba Cosme, que también se fué aficionando a hacerle sus confidencias. Tenía ínfulas de intelectual y soñaba con correr mundo, como sus primos "los Algaida". Y mientras le contaba sus ambiciosos proyectos, no podía sospechar cómo latía el corazón de su vecina a la sola evocación de un nombre.

Doña Bárbara iba cobrándole verdadero afecto. Se interesaba por la canastilla y le ayudaba con sus consejos.

—Cuando vuelvas te enseñaré todo lo de Teresita. Tengo hasta el último pañal —bajó mucho la voz para que don Priamo, que fumaba con don Vicente, no la oyera.— Uno, hasta sin lavar...

Algunos días iban todos juntos, en varias *galeras*, a pasar la tarde a Bañalcastell, el castillo de los Paréis. Si su suegra y Mateo no formaban parte de la excursión, Catalina disfrutaba. Don Pere y doña María Ignacia eran para ella el prototipo de los señores mallorquines. Vivían en su legendaria mansión una existencia patriarcal, en medio de la veneración de sus gentes. Don Pere, que había sido posiblemente el único aristócrata que tuvo un bufete lucrativo en la ciudad, lo había cerrado un buen día, sin más motivo que el de retirarse a sus tierras, donde abrió otro, gratuito, en el que aconsejaba y resolvía pleitos y querellas de cuantos a él acudían, siendo un amigable componedor universal. En sus ratos de ocio traducía a Turgueneff del francés al mallorquín, y escribía unos relatos rurales llenos de recuerdos de su infancia y de leyendas y narraciones de la payesía. El Archiduque, Rubén Darío, Azorín, Unamuno, D'Ors, Riber y Galmés habían sido huéspedes de Bañalcastell; Rusiñol y Anglada inmortalizaron sus jardines, y el Steinway del salón de música había vibrado bajo los dedos de Falla y de Rubinstein. En fin, todos cuantos en la Isla sentían alguna "inquietud espiritual" eran siempre bien acogidos en el castillo.

Por su lado, doña María Ignacia era la *mumara* cariñosa y espléndida de toda la comarca.

—No puedo sustraerme a la preocupación de que tengo una responsabilidad respecto a la hija de Muro —le decía a veces al conde—. Quisiera que pudiéramos hacer algo por ella.

Y toda vez que Catalina iba a verlos, la recibían con cariño, colmándola de atenciones.

Y ella, de día en día, iba sintiéndose mejor y, con sus fuerzas, renacían sus ansias de vivir.

Su madre había marchado a Madrid a pasar una temporada con su tía, y le escribía con frecuencia cartas largas, llenas de detalles. Le hablaba de la animación de la capital, tan preciosa, con sus cines, sus tiendas y sus adelantos. "Te asombrarías al ver a las mujeres de aquí: parecen de figurín. Llevan las faldas muy cortas, y todas gastan sombrero. Yo me he comprado uno precioso, que me favorece mucho. ¡Hija, esto es estupendo! Imagínate que en la calle me piropean..."

Catalina rompía las cartas en mil pedazos y las tiraba por el retrete. ¡Si cayeran en manos de su suegra!...

Una mañana, después de un largo silencio, le trajeron una que había de dejarla estupefacta. Su madre le participaba, sin rodeos, que se casaba. "Espero que no lo tomarás a mal —le decía—. Yo me he sentido muy sola desde la muerte de tu pobre padre. Por eso me he decidido a aceptar a Ernesto, que es una bellísima persona y me ofrece un porvenir holgado y sin preocupaciones..."

Seguían una serie de pormenores que Catalina leyó con creciente pasmo. "Ernesto" era algo pariente de la tía y le había conocido en su casa; tenía una peletería en la calle del Carmen y un piso coquetón encima de su tienda. ya que era viudo sin hijos, otra gran ventaja. Como no tenían nada que esperar, habían decidido contraer cuanto antes...

Catalina dejó caer la carta. "No la echaré de menos" se dijo con desconsuelo.

A nadie comunicó la noticia. Pero cuando recibió, unas semanas después. un telegrama firmado por los dos, se sintió en la obligación de participar el hecho consumado a su marido y a su suegra. Lo hizo el primer día en que vinieron a verla, y procuró que su tono sonara natural. La miraron, no dando crédito a sus oídos.

—De tu madre nada me extraña —emitió luego doña Jerónima.

Mateo sonrió, torciendo la boca.

—¡Esa Berta...!

La mirada que le dirigió Catalina cortó cualquier otro comentario.

Pronto se dió cuenta de que su marido había caído doblemente bajo la férula de su madre. Y que sin ella proseguían satisfechos su uniforme y trivial vivir. Por muy estática que hubiera sido su presencia en el palacio de la calle de San Cayetano, había irritado a su suegra como la de una cómoda o un arcón que hubiera venido a incrustarse en el secular orden de la casa y le estorbara a la vista. En cuanto a Mateo, satisfecho su violento capricho erótico, y obligado por orden facultativa a "no tocarla", su mujer, con su mansedumbre en la que intuía cuanto no manifestaba, sólo le inspiraba un profundo aburrimiento. Era espantoso existir en un mundo tan poco ameno. Y fué sin duda para sacudirse ese hastío por lo que de pronto reanudó aquellas equívocas andanzas que tanto alarmaron a doña Jerónima y motivaron su matrimonio. Magdalena Puig, una solterona parásita que, pegándose a unos y a otros, conseguía que la llevaran alguna vez a *Son Roxa* a merendar, voló al predio a confiarle "a la pobre Catalina" que mientras la habían metido allí "como en una incubadora para que gestara un Torrent", *Mateuet* andaba en malos pasos, sin sospechar que cuantos fueran en dirección opuesta a su persona parecían excelentes a la joven esposa.

Aparte de hacer labores se dedicó de nuevo a leer. Existía en *Son Roxa* una magnífica biblioteca, estancia vastísima, en cuyos anaqueles se alineaban desde los códices más valiosos, cubiertos de polvo, hasta las más truculentas colecciones de folletines por entregas, que fueron sirviendo de excitante a su imaginación. Sin embargo, su libro predilecto llegó a ser la vida de su Patrona, Santa Catalina Thomas, que, según la tradición, había servido en el predio de criada, gustando de imaginarse a la moza, que por su abnegación y ternura hacia todos los seres había de llegar a los altares, entregada a las faenas agrícolas, recolectando la aceituna o llevando, perseguida en vano por el demonio, la comida a los gañanes.

Sentía, al irse prolongando su estancia, que las gentes iban tomándole cariño. Las mozas la servían con una solicitud que no demostraban a su suegra. La madona la mimaba.

—Doña Catalina, tiene que alimentarse más. Ha de parir un Torrent fuerte y garrido.

Y ella se decía que también para éstos no era un hijo lo que tenía que parir, era "un Torrent".

Según iba avanzando en su estado, un pánico fué infiltrándose en ella: ¡Dios mío, que el niño fuera normal! Cuando alguna de las mujeres del predio daba a luz, se apresuraba a ir a visitarla con el pretexto de llevarle un obsequio de ropa, pero, en realidad, para ver al recién nacido. Lo tomaba en sus brazos y, meciéndole, lo contemplaba con curiosidad. Una ilusión comenzó a nacer en ella: ¡un hijo! Desde entonces se dirigía a la *clastra* a ver jugar a los rapaces, y elegía entre ellos el tipo de niño que le gustaría tener. Instintivamente se fijaba en chiquillos espigados, de cara audaz y ensortijados cabellos, que el sol estriaba de amarillo. Llegó a ofrecer un hábito a la Virgen del Lluch para que el suyo fuera así.

El invierno fué duro. No le importó. Le gustaba que casi nadie viniera a verla y pasarse las horas junto a la chimenea de su gabinete tejiendo y bordando. El viento ululaba como can de pastor, sacudiendo los árboles y azotando las persianas. La lluvia llenaba de helada humedad el aire. A Catalina le era igual. Poniéndose las manos en el vientre, sentía moverse el niño. Y una dulzura la llenaba.

Como dueña y señora de *Son Roxa,* había presidido las fiestas de la recolecta, con sus alegres danzas en torno a las almazaras, y después, las no menos movidas de las matanzas. La víspera de los Fieles Difuntos repartió a todos los niños rosarios, fabricados por ella con dulces, y a sus familias, las bandejas con membrillo y pasta real.

Cuando su suegra vino a recogerla antes de Navidad para que pasara aquellos días en el seno de la familia, y se vió de nuevo en el palacio Torrent, contó las horas que le faltaban para regresar.

De vuelta en *Son Roxa,* prolongó su estancia cuanto pudo. No le hacía falta insistir. Doña Jerónima y Mateo le llevaban la corriente. Ignoraban que quería, antes de lo que la esperaba, llenarse de cierta estampa de belleza. Llegó a ser en ella una obsesión. Y amaneció una mañana en que al abrirle las persianas, Tomaseta le anunció:

—Doña Catalina, asómese, que esta noche ha caído la nieve.

Saltó del lecho y, envolviéndose en una bata, bajó de prisa hasta la explanada.

En la llanura, cual un milagro, habían florecido en una sola noche los almendros. Catalina juntó las manos. Lo que la rodeaba era el alma de su tierra brillando al sol, en toda su poesía de siglos, su pureza, su fuerza. Y él la había situado, como un símbolo, en medio de todo aquello. Y ella no lo había comprendido.

Con los ojos muy abiertos, absorbió con todo su ser aquel regalo de la Naturaleza, que para ella era un mensaje tardío.

"¿Comprendes, Catinca?"

No, no lo había comprendido. Era una pobre niña de pueblo, a la que sólo habían enseñado a malpensar. Ahora comprendía. Ahora que ya no tenía remedio.

A la semana siguiente vino Mateo a recogerla. Ya durante el trayecto sintió las primeras molestias. Y apenas le ayudó Mariana a meterse en cama, que comenzaron los dolores.

—Nada de cloroformo —oyó decretar a doña Jerónima—. Que aguante. Es lo que manda Dios.

Y entre los dolores que la desgarraban, el mismo pánico, recrudecido ante la incógnita: "¡Dios mío, haz que sea como todos los niños!"

El médico, después de dos días de martirio, declaró que el corazón empezaba a fallarle. Y, al fin, sonó el grito de triunfo de su suegra:

—¡Un niño! ¡Y es igual que tú!

Catalina sólo vió cómo esgrimían ante sus ojos un

puñito morado. "Un nido de gusanos." ¿Dónde había oído eso? Y al caer en la inconsciencia, su súplica desesperada:

—¡Llévatelo, Dios mío! ¡Llévatelo!

XXIV

Pero el niño vivió y su padre y su abuela, apropiándoselo como si hubiera sido un logro personal de cada uno de ellos, hacían gala de su deformidad.

—No puede negarse que es hijo de Mateo. —Doña Jerónima, ufana, se lo mostraba a la Familia, sintiendo no poder hacerlo a las masas, cual si hubiera sido el Rey de Roma. Su íntima humillación de madre era ahora su triunfo oficial de abuela: "Ved, no era mi culpa. También esta moza sana y plebeya ha traído al mundo *un seis dedos*".

Demacrada y silenciosa, Catalina presenciaba aquella nueva apoteosis, que esta vez ya no era de las de Muro. Solo cuando, a la hora de darle el pecho, veía agarrarse a la blancura de su carne la manecita informe de aquel pequeño monstruo que era hijo suyo, mordía un pañuelo mientras las lágrimas le saltaban de los ojos. De labios de don Conrado había oído una frase rara, algo así como que el niño era "mongólico". Le era igual saber lo que significaba. Ya lo estaba viendo en su regazo: la enorme cabeza, el cuerpo cubierto de vello y aquellas horrendas manos que le recordaban las del otro.

Fué imposición de doña Jerónima que el niño llevara el nombre de Antonio, como su abuelo materno. Las sirvientas le llamaron *Tonet*, inclinándose sobre su moisés, cubierto de batistas y lazos, y dedicándole gritos de entusiasmo cual si hubiera sido la más hermosa de las criaturas.

—¿Dónde está el sol de la casa?

—Dormidito parece un Niño Jesús.

Como lo criaba Catalina, Mariana, una sirvienta simpática que llevaba años en la casa y era de confianza, se convirtió en su niñera. Catalina, que quedó muy débil después del parto, se negaba, pretextando su estado de salud, a salir a pie. En realidad se sentía incapaz de afrontar la oleada de curiosidad que rodearía su aparición. Por su gusto, cogiendo al niño en brazos, hubiera ido a esconderse con él en *Son Roxa*. Pero cuando se atrevió a insinuarlo, Mateo y doña Jerónima la miraron con idéntica expresión.

—¿Campo? ¿Para qué? Tú lo que debes hacer es salir todos los días a tomar el sol con tu hijo. ¿Es que acaso no sientes la satisfacción de ser madre?

Doña Jerónima la escudriñaba severa. Catalina sólo inclinó la cabeza. Desde entonces, de cuando en cuando salía acompañando a Mariana.

Al hacerlo tenía la sensación de que toda la ciudad estaba pendiente de ella. De que cuantos la cruzaban la miraban con insistencia. Se imaginaba los comentarios en los gabinetes de yute de todas las doña Gertrudis: "¿Quería un Torrent? ¡Pues toma un Torrent!"

Y como aquel complejo llegó a hacérsele insoportable, acentuaba, para pasar desapercibida, la modestia de su indumento y evitaba al salir las vías populosas.

—¡Qué desastre, cómo ha cambiado! —comentaba la Familia—. Si no queda ni rastro de lo que era.

—¡La pobre...! —murmuraban doña María Ignacia y doña María Colonya, saludándola cariñosamente siempre que se la encontraban en misa.

Mas luego, mientras caminaban hacia su recorrido caritativo, no podían por menos de observar:

—Es mucha Jerónima.

—Y mucho *Mateuet*.

Sí, era mucho *Mateuet*. ¡No lo sabían ellas bien!

La misma Catalina tardó en descubrir todo lo turbio de su carácter. Halagado y mimado hasta la locura por una mujer dura y pasional, que había centrado en él toda su capacidad afectiva, sufría, no obstante, su dominio avasallador. Doña Jerónima, a la que los suyos calificaban de "obtusa", tenía un gran instinto clarividente cuando se trataba de algo de su propiedad. Por tanto conocía a Mateo hasta en su último repliegue y le manejaba como a una marioneta. Si le había casado con aquella niña cursi como remedio heroico a males mayores, buen cuidado tuvo después de que la joven esposa no adquiriese sobre su marido un ascendiente que contrarrestara el suyo. Le fué fácil conseguirlo. Mateo, que sólo sintió por Catalina uno de los pocos deseos sanos de su enfermiza naturaleza, unido a una satisfacción de amor propio, dejó de golpe de interesarse por ella en cuanto se convirtió en "su cosa".

—Es como si tuvieras en tus brazos a una muerta —le había confiado a *la Chata,* una morenaza de Lavapiés que figuraba en las pizarras de los cafetuchos de la calle del Socorro y con la que se traía sus más y sus menos. Rió ésta, guiñándole un ojo:

—Chico, ¡y habiendo tantas vivitas y coleando!

XXV

Un día en que Mariana le había pedido permiso para asistir a la boda de una prima, decidió Catalina salir sola con el niño. Hacía hermoso y a Tonet, que se hallaba algo resfriado, le convendría el paseo. Le metió en el coche en el zaguán y tomó calle abajo. Nadie le prestaba atención. "Tengo que acostumbrarme", pensó. Quizá al crecer mejoraría Tonet. Le llevaría a Madrid para que también a él le operaran. En los escaparates lucían los estampados como un presagio veraniego. Cuando marcharan al predio se quitaría el hábito —a pesar de los pesares había cumplido su promesa—. Se detuvo a mirar un hilo rosa. El rosa era un color que favorecía a las que tenían la piel muy blanca. ¿Pero para qué quería algo que le favoreciera? La idea de que Mateo pudiera volver a encapricharse de ella le causaba espanto. Por ahora la dejaba tranquila. Sabía que debía estar metido en alguna aventura. Casi no paraba en casa, y a ella la trataba con despego y desdén.

—Estás para el arrastre —le decía, maligno.

Al cruzar por la plaza de Atarazanas, delante de un cafetucho, un grupo de mujeres charlaba. Eran mujeres de la vida. Instintivamente aligeró el paso. Dándose con el codo se volvieron a mirarla. Y una morena de largos pendientes verdes se echó a reír. Le pareció la fulana que unas tardes antes vió en el callejón de Cifré esperando a Mateo. Hubiera querido cruzar de acera. No se atrevió. Para colmo, el niño se puso a llorar, agitando las manos. La mujer, que no había apartado de ella la vista, dió un paso en su dirección. Se inclinó sobre el coche y miró al niño. Al incorporarse lanzó a Catalina una mirada de sorna.

—Puerca —dijo a media voz.

Catalina apretó la barra del coche. Detrás de las mujeres aparecieron unos hombres. Unas risas sonaron en su oído. Sintió pánico. No pensó que nada podía sucederle a aquellas horas y en aquel barrio, sólo sentía que se le doblaban las piernas. "Van a sacar al niño", pensó.

Al llegar a Sagrera se dejó caer, jadeante, en el primer banco. "Dios mío. Dios mío."

Fué entonces cuando, de pronto, al alzar la vista vió a Biel. Caminaba hacia ella con su aire inconfundible. Se clavó las uñas para saber si era cierto. Y tuvo la impresión de que lanzó un grito. Biel pasó casi rozándola. Luego giró en redondo.

—¡Catalina!

Catalina le miraba fijamente, como si no lo reconociera.

Biel, parado delante de ella, contemplaba, serio, su extraña traza. Catalina inclinó algo la cabeza y unas lágrimas le resbalaron por las mejillas. Lentas, brillantes. Biel no dijo nada. Simplemente se sentó a su lado y le cogió una mano. Y ella sollozó bajo, apretando aquella mano.

El paseo fué quedando vacío. Catalina sacó un pañuelo y se secó los ojos. Luego se levantó. Daba la impresión de que a duras penas podía tenerse en pie.

—Tengo que volver —articuló trabajosamente.

—Espera todavía.

Catalina movía la cabeza.

—Tengo que volver —repitió.

Sus ojos, agrandados, le gritaban a todo lo que tenía que volver. Cogió el coche y echó a andar. Biel la siguió y como a los pocos pasos la vió tropezar contra la acera, adelantándose, le quitó el coche de las manos.

Formaban una extraña pareja. En el Borne las cabezas giraban a su paso.

—Es Biel Torrent.

—Adiós, Biel.

—Hola, Biel.

—Va con su prima Catalina.

Catalina creyó oír unas risitas, como las de aquellos otros.

—Y con el niño de su prima.

Biel saludaba en todas direcciones empujando el coche, cual si en su vida no hubiera hecho otra cosa. Y. cogiéndola por el codo, empezó a decirle frases sueltas, llamadas a obligarla a recuperar su dominio.

—Sí, son las Pedret. Hacía tiempo que no las veía... Y los Cruxach, ¿han vendido su predio?... —con fuerza le apretaba el brazo.

Catalina no le oía. "Llegar a casa. Llegar a casa."

—¿No quieres subir? —preguntó, sin saber lo que decía, cuando al fin entraron en el zaguán.

El denegó con la cabeza. Muy alto, entre las columnas de mármol, la miraba con gravedad. Y ella, inclinándose, sacó el niño del coche. Lo hizo sin esconderle. Como en un reto. La mirada de Biel fué de la criatura en sus brazos hasta su cara.

—¿Por qué hiciste eso, Catalina?

Catalina apretó a Tonet contra su pecho y se irguió. Movió los labios cual si fuera a decir algo. Luego se volvió y echó a correr escaleras arriba.

XXVI

Cosme apreció al entrar que la tertulia familiar estaba en uno de sus días de gala. *Au plein complet*, se dijo. Lo menos unos veinte miembros, entre tronco principal y ramas menores. Había de todo: señoras imponentes y señoras diminutas —todas ellas vestidas de negro o de estampados negros con alguna mota blanca— solteronas para todos los disgustos y unas solteras tan etéreas y delgaditas que, en contraste con las demás. parecían anuncios de "antes del chocolate de Jerónima Torrent". La representación del sexo fuerte era floja. Los hombres de peso hallábanse en Las Minas o en el Círculo y sólo a última hora vendrían a recoger a "sus respectivas". Como doña Jerónima no era capaz de darles ni una copita de lo que fuera, y se sabían el patatín patatán de memoria, considerábanse cumplidos con creces. *L'onclo* Cayetano se agitaba en torno a dos o tres adolescentes, frotándose las manos.

—Has engordado nenita. Y qué faldas más cortitas llevas. Tienes unas piernas preciosas.

Vicente, un codo apoyado en la chimenea, debajo del cuadro de un antepasado de peluca y casaca, los ojos cual carbones, vigilaba el menor movimiento de sus hijas. Para salvarlas de los peligros del demonio y de la carne había resuelto que entraran en Religión. Las niñas se hacían las remolonas, protegidas en secreto por su madre. Pero ya acabaría saliéndose con la suya.

La conversación, mortecina, era a ratos un entrecruzarse de frases sin ilación, como si la reunión se divirtiese jugando a las palabras cruzadas.

Magdalena deslizaba con susurro trágico:

—Me consta que llevan sus estampados del revés. Antes eran blancos con lunares negros y ahora son negros con lunares blancos.

—¡No es posible que sean tan cursis! —se escandalizó doña Emilia Pons, que aunque mucho más vieja y gorda, seguía tan isabelina y campante como en sus brillantes mocedades.

—¿Conocéis el último acaecido en El Terreno?

Las cabezas se juntaron en una jubilosa espera.

El Terreno, plagado de extranjeros, era algo así como Sodoma y Gomorra.

—*Una societat perversa i corrumpuda* —suspiraban.

—¿Sabéis que ha llegado Biel? —lanzó Magdalena, como un cohete.

Y fué en aquel preciso instante, cual por obra de prodigio, cuando el doméstico bonito y de voz aflautada que Mateo había sacado Dios sabe de dónde, anunció:

—Don Biel Torrent.

El silencio fué total y repentino, como el relámpago antes del trueno. Sólo fué cortado por un suspiro. Nadie supo su procedencia. Quizá fuera la materialización del que todas lanzaron en su subconsciente. Porque por mucho que en aquel lugar y por aquellas bocas se hubiera fantaseado contra los Torrent Algaida, la súbita aparición de uno de ellos, y en especial de Biel, el de peor fama, constituía un hecho insólito: la rendición de un rebelde. El que el rebelde fuera arrogante, como el corsario de Jeronia o como los gañanes que le cuidaban su ganado, no hacía sino doblemente sabroso el sucedido.

Por eso, en el momento en que Biel, con un gesto de cortesía tradicional que tan bien cuadraba con su insolente apariencia, se inclinó a besar la mano de su tía Jerónima, a todas las concurrentes les hizo el efecto de que había hincado la rodilla delante de cada una de ellas. Y alguna se preguntó cómo sería al tacto esa ruda cabellera de broncínea irradiación que nunca había domado el fijador.

—Felices los ojos, Biel... —Doña Jerónima le dió una palmadita en la mejilla. Resultaba a la vez maternal y gran señora. "Hemos de perdonar las travesuras del pródigo. Bienvenido sea siempre un Torrent en casa de Torrent."

Las "francachelas", las "bacanales" que a través del mundo arrastraban como una estela *los Algaida* se habían convertido en "travesuras" por obra y milagro de que Biel hubiera subido con su paso elástico la célebre escalera bifurcada y sonriera con la no menos célebre sonrisa de su padre en el centro del salón de los tapices.

Doña Jerónima no se preguntó a lo que era debida su presencia. Hasta las ovejas más descarriadas vuelven al redil, y es de buen pastor acogerlas piadosamente. ¡Y, por los cielos, que valía su perdón aquella oveja! Vaya, vaya, con el famoso Biel. Cómo se le rizaba el pelo en la frente y qué brillo tenía en los ojos y cómo le caía la ropa, tan suelta, tan natural, cual si se moviera desnudo. Apartó la idea con un encogerse interno. Ya le decía ella a Mateo que iba demasiado apretado y cruzado. ¿Dónde andaba por cierto? Le vió avanzar hacia su primo y abrazarle. ¡Menos mal! Lo que ella hubiera dado porque se parecieran. Bueno, Mateo, de un tiempo acá, había mejorado notablemente. Hasta estaba echando algo de papada y de barriga. Sonrió: el matrimonio, la paternidad. Catalina, en cambio... ¿Dónde se había metido? La vió sentada en un frailero, muy tiesa, semejante a uno de los cuadros oscuros del vestíbulo, con el hábito que le caía como ropaje de monje y su cara color de alabastro. Tenía las lacias manos en la falda y la mirada baja. "Parece de otra época —pensó—. Y nadie en el mundo le daría veinte años."

Biel la saludaba en aquel instante. Observó que ni siquiera le daba la mano. ¡Claro, la veía tan apolillada!

—Hola, Catalina.

—Hola, Biel.

Catalina no levantó la vista. "Ha venido por mí —se decía—, porque esta mañana le he dado lástima." Le pareció que echaba raíces en su asiento. Nunca se había sentido el cuerpo tan pesado.

—Tienes que conocer a mi hijo —proclamaba Mateo—. Todos dicen que es mi vivo retrato.

Catalina siguió mirando sus manos. Oyó decir a Biel:

—Ya me lo enseñarás. Déjame abrazar a tía Bárbara.

—¡Biel, chiquillo! —Doña Bárbara le besó cariñosa.— Tú sí que eres igual que tu padre. —La cogió él en volandas. Era tan menuda con sus ricillos grises sobre su cara melancólica.

Las tres hermanas Santueri le miraban fascinadas. ¡Qué fuerza tenía el condenado! Los *angelitos* alzaron, asimismo, sus rubias pestañas. Estaban sentadas, una contra otra, en el mismo asiento. "Como periquitos", pensaba Cosme. Como unos periquitos de suave plumaje y gorjeo de canario.

—Biel —trinaban ahora—. ¡Huy, qué gracioso Biel!

—Biel —repetían viejas y jóvenes, y al pronunciarlo en su suave mallorquín parecían agitar una campanilla de cristal.

—¿Y Xim? —indagó, como el clarín del Juicio Final, doña Emilia Pons, opinando que ya que *mea culpa* pública había, convenía que fuera completa.

—Está en París —mintió Biel con desenfado—, trabajando como un loco.

Besó manos y mejillas vetustas y fué a sentarse entre las solteras. Empezaron a sonar risitas.

—¡Bueno estás tú!

—¡Anda, cuéntaselo a otras!

Biel, en realidad, no decía nada de particular. Sólo que le encantaba su tierra y que por eso había vuelto antes de lo que pensaba.

—Y porque quería despedirme de vosotros. Me voy a probar mi suerte a América.

Hubo un momento de suspensión. Los Torrent, en colectividad, meditaban el alcance de aquello. ¿Iban a perderle en el instante en que le habían recuperado? ¿Ahora que podía traerles aires de fuera, aunque fueran rayos y centellas, pero algo vivo, electrizante, en la calma chicha de su monotonía?

—Eso de emigrar —dijo Mateo con suficiencia— es

cosa de gallegos que van a abrir tiendas de ultramarinos. Pero un Torrent de Mallorca... —Parecía decir un Habsburgo de Austria.

—Un Torrent de Mallorca, aficionado a la pintura, se considera encantado cuando le encargan de decorar una casa en Wáshington.

Se trataba de la de una dama de gran posición que se había prendado en París de sus cuadros. Quería cubrir todas sus paredes con frescos que representaran paisajes mallorquines. Soñaba con olivos retorcidos, almendros en flor, riscos de coral y calas de esmeralda.

—Todo eso está muy sobado —afirmó Mateo, que desde que era padre tenía opiniones hasta sobre arte.

—Está muy sobado aquí —reconoció Biel—, pero fuera es casi inédito.

Las solteras empezaban a aburrirse, agitándose en sus asientos del siglo XVI. ¿Por qué no hablaban con Biel de cosas incitantes? De amor, por ejemplo.

—Anda, ahora la empalmarás con las peliculeras —sugirió Susana Santueri, que era una de las más guapas y más despabiladas.

Todos volvieron a mirarle. Los hombres, con pensamientos imposibles de reproducir. Las señoras, compasivas.

—Te perderás —vaticinó, fatídica, la condesa de Cruxach.

Doña Emilia tuvo una de sus inspiraciones.

—A no ser que te vayas casado.

—No hay tiempo, tía.

—¿Que no? ¡Encárgamelo a mí! —Sus impertinentes recorrieron los fraileros (¡qué cara de pasmada tenía Catalina!) y pasaron revista a las Torrent por merecer. María Dolores y María Soledad, ruborizadas bajo sus claros flequillos, parecían, como siempre, dos estampas de retablo.— Encárgamelo a mí —repitió.

—Lo pensaré. tía. —Y Biel se volvió a Mateo.— ¿No ibas a enseñarme a vuestro hijo?

Hablaba en plural, englobando a Catalina.

—Está durmiendo —dijo ésta a media voz—. No quiero que le despierten.

Seguía sin levantar los ojos.

Mateo se irritó:

—Pero lo quiero yo. —Y cogiendo a Biel por una manga lo condujo salones adelante.— Chico, no te cases —le aconsejaba, mundano—. Es un desastre. Esta Catalina me ha resultado una anormal de puro insensible y sosa. Además no debe uno elegir fuera de su clase. Para eso te vas a divertir a otro lado. Oye, tú que la corres tanto, ¿conoces a...? —bajó la voz hasta que se hizo susurro. Se reía solo, con risa estridente y procaz.

Biel apenas si miró al niño.

—Sí, es igual a tí —confirmo, breve.

Cuando regresó al salón, Catalina no se hallaba en su sitio. No preguntó por ella y marchó en seguida.

XXVII

Don Conrado, después de auscultarle, recomendó para Tonet una larga temporada de campo.

—No le conviene este clima. Envíelo con su madre a *Son Roxa* —dijo a doña Jerónima.

—¿Es urgente? —se alarmó la señora.

Se hallaban en mayo y aquello venía a trastornarla en su egoísmo. Hasta julio no acostumbraban a trasladarse al predio. Reflexionaba. Si era un bien para la criatura podía, en efecto, mandarle para allá con Catalina y Mariana. Quizá hasta se animara Mateo.

Pero éste se negó en redondo.

—¿A la posesión? Ni soñarlo. —Le habían hecho presidente de no sé qué "fomento" y estaba abrumado de trabajo. (Mataba en su sillón lo menos cincuenta moscas cada tarde.)

Catalina recibió, pues, de nuevo la orden de marcha y no supo esta vez si sentirlo o alegrarse. Desde la tarde en que apareció en la tertulia de su suegra no había vuelto a saber nada de Biel. Era mejor así. El efecto que le había causado volverle a ver le hizo sentir miedo. Tenerle vivo en sus sueños no hacía daño a nadie. Ni siquiera a ella misma, ya que le ayudaba a soportar su cruz. Tenerle vivo y cerca era muy distinto.

Pensaba que seguramente habría marchado, y mientras bañaba a Tonet y le miraba debatirse entre gritos guturales, peludo y deforme como un bichejo, sus manos se hacían más suaves, más tiernas. "El no tiene la culpa." Ya ni siquiera se atrevía a pensar: "¡Si Dios se lo llevara!" Era su hijo, el fruto de su vientre, como rezaba el Ave María, y necesitaba de su amparo, de sus desvelos, más que si hubiera sido normal.

En silencio, con esos gestos mecánicos que eran ahora los suyos, recogió sus ropas.

Cuando arrancó la *galera* se acordó de su madre y se propuso escribirle con mayor frecuencia.

Y de nuevo, a los pocos días de hallarse en la posesión, la hermosura del lugar y su calma le transmitieron un poco de sosiego. Al menos se hallaba sola y con libertad de sentarse horas enteras junto a la cuna de su hijo, callada y sin pensar. Por las noches, a compas que mecía a Tonet, que lloraba con frecuencia hasta el amanecer sin que nada lograse acallarlo, pensaba en Biel. No lo hacía de un modo concreto, sino vago. "Siempre estará en mí", se decía, y no sentía ni consuelo ni pena; sólo a ratos un terrible cansancio. Tenía veinte años. ¿Cuántos le quedarían todavía por vivir?

Fué una tarde en que, intentando ahuyentar su inercia, se aprestaba a bordar un faldón, cuando una de las camareras jóvenes subió a decirle que don Cosme y otro señor preguntaban por ella. Habían venido en coche desde *Son Paternó* y andaban por el comedor, mirándolo todo. Catalina bajó sin prisa. Mas antes de entrar en la sala principal se detuvo en seco. Había oído la voz de Biel. "Estoy soñando", pensó. Pero no: era su acento el que le llegaba, claro, fuerte, mezclado con el de Cosme. Instintivamente su vista resbaló por su traje. ¿Por qué no compraría aquel corte rosa?

Estupefacta de haberlo pensado se miró los pies. Llevaba medias negras de algodón y unos zapatos viejos. Se acercó a uno de los bargueños y apoyó en él la mano. "No es compasión —pensó—. Es otra cosa." Se sintió temblar. Miró la puerta, intentando comprender que sólo unos pasos la separaban de él y únicamente los segundos que tardaría en darlos. Inclinó la cabeza. Ignoraba el por qué de su presencia, ni lo que aquello significaría para ella. Sólo estaba atenta al loco latir de su corazón.

Cuando entró en el salón lo que sentía debía brillarle en la cara.

—¿Qué te pasa, Tinóns? —preguntó Cosme—. Parece que has visto un milagro.

Su mano descansaba en la de Biel, cual, si a pesar de su ligereza, fuera de piedra. De una piedra pesada y fría.

—Catinca. —No le miraba el traje ni la facha, sino sólo en los ojos.

Se dijeron frases corrientes, cosas corrientes. Biel estaba pasando unos días en *Son Paternó*. Quería hacer apuntes de aquellas tierras. También algunos de *Son Roxa*: la escalinata, la alberca, ciertos rincones del parque... Todo ello sonaba natural, demasiado natural. Fué Cosme quien le explicó:

—Se lo ha advertido a tía Jerónima y a Mateo, que están encantados.

Catalina miró a Biel. Sus labios no formularon la pregunta: "¿Qué te propones? ¿Qué quieres?"

Biel le sonrió.

—Cosme y yo hemos hablado mucho de tí. —Su voz tenía una calidad tranquilizadora.— Y hemos decidido sacarte un poco de tus casillas. Pero para poder hacerlo sin daños y perjuicios he tenido que ganarme a tu suegra. —Y a pesar de la ligereza del tono, comprendió la intención.

Volvió a pensar que Biel sentía por ella algún afecto

y le había dado lástima y que, como aquellos parajes resultarían, en verdad, muy decorativos tapizando las paredes de una casa americana, nada le costaba, al tomar sus apuntes, distraerla un poco. La vida no era un folletín, al estilo de los que abundaban en la biblioteca. "Sí que estoy yo para pretender tener conmigo una aventura." Tuvo ganas de echarse a reír y a llorar a un tiempo.

Pero Biel no la dejó seguir analizando sus sensaciones. Anunció que quería verlo todo, elegir perspectivas, y fué a cogerla del brazo con su gesto familiar.

—Anda, vamos, Catinca.

Y según recorrieron el jardín y el parque, entre las animadas discusiones y comentarios de los dos jóvenes, ella percibía cómo su miedo se lo llevaba el viento. Miraba a Biel erguirse entre las viejas columnas, el pelo en llamarada, y mirar en lontananza.

—¿Habéis visto jamás una nave gótica más perfecta ni unas vidrieras parecidas? —Señalaba en la avenida de las palmeras los rebrillos de mil colores que se filtraban entre el filo de las hojas.— Los azules de la Seo, de Chartres, de Colonia, resultan pálidos. ¡Cuánto nos queda aún por aprender a los hombres!

Cuando al final de la tarde regresaron a la casa para merendar, Catalina se sentía llena de una felicidad febril, y por la noche, mientras dirigió el Rosario por las Animas del Purgatorio, en medio de sus gentes, tuvo que aplicarse para no caer en equivocación.

—Gracias, Dios mío —jubilaba una voz en su interior.

Pero en realidad no sabía de qué daba las gracias a Dios.

Biel se puso a trabajar con bríos. Llegaba en su carricoche, se instalaba en un rincón del parque y se dedicaba a pintar. Por las tardes, con Tonet en brazos, iba ella a echar una ojeada a lo que hacía. Se sentaba en cualquier lado y charlaban un rato. Le gustaba verle trabajar, sobre todo cuando, abstrayéndose, la olvidaba por completo. Se convertía entonces en un extraño, en un ser misterioso, de otro planeta. Gozaba viendo el gesto seco que repetía cien veces con infinita paciencia y que le recordaba el de sus brazos clavando el pico. Y la expresión cerrada y austera de su cara, en contraste con ese abrirse de su fisonomía en los momentos en que, dejando los pinceles, iba a tirarse en la hierba a su lado y aflojaba en una laxitud dichosa su tensión. Todo en él revelaba cansancio, pero sus ojos bebían la claridad y el colorido del paisaje a largos sorbos sensuales. Y ella percibía en sus nervios aquel goce que le penetraba por todos los poros de la piel. Y notaba luego que su mirada de la Naturaleza volvía a ella, y que aquella mirada le decía que la encontraba maravillosa así, con la luz en plena cara: joven, tierna y hermosa.

—Si no te tuviera pavor —le dijo en broma—, volvería a pintarte. Tal y como estás —y como vió que un carmín le inundaba la frente, levantó una mano:— Sería una Virgen: "La Madona de *Son Roxa.*" No —corrigió, y hubo una nota seca en su tono:— "La Madona de *C'an Xura*", porque *C'an Xura* es mío...

—¿Pintarías al niño? —indagó ella con timidez.

—No. A ti sola.

Por la noche, mientras se afanaba con Tonet, Catalina pensó: "Tengo que tener cuidado. No debo estar tanto con él."

Durante dos días mantuvo su decisión. Al siguiente le vió aparecer, preguntando si le sucedía algo. Tejía ella una toquilla junto al balcón del gabinete.

—Tengo mucha labor.

—Eso lo puedes hacer también fuera.

Se le acercó y, cogiendo la cesta a sus pies, se la colgó del brazo.

—Anda, ven —y su tono y toda su actitud eran tan familiares que, tachándose de estúpida, dejó que la condujera al sitio debajo de la escalinata que estaba fijando en el lienzo.

—¿A que estás mejor aquí? —le preguntó alegremente al instalarla en una piedra cubierta de musgo. Y dirigiéndose a su caballete, agregó:— Además, me haces un favor. A mí, mientras pinto, me gusta hablar.

Catalina se acordó de la paleta que tiró a la cabeza de un gañán porque fué a interrumpirle.

Mas desde entonces, ahuyentando sus resquemores, bajaba mañana y tarde a reunirse con él, una vez cumplidas sus obligaciones de madre y de ama de casa. Como una impaciencia la impulsaba a realizarlas de prisa, se empeñaba en ser meticulosa. Ella era una mujer casada, se decía, mientras empolvaba de talco el cuerpo de Tonet; una mujer respetable y respetada; pero, en verdad, ¿qué mal había en que charlara un rato con un amigo de la infancia, primo de su marido? ¿Que había estado perdidamente enamorada de aquel amigo de la infancia, primo de su marido? Eso sólo ella lo sabía. Hasta el mismo Biel parecía haber olvidado tan por completo su idilio de *C'an Xura,* que llegó a pensar que todo había sido fruto de su imaginación. Posiblemente entre tanta aventura real y verdadera no habría dado al episodio la menor importancia.

El apunte de Biel iba perfilándose, y cuando, dándolo por terminado, indagó: "¿Qué te parece?", le sucedió lo mismo que el día en que le mostró su cuadro del Coll. Tuvo la impresión de que el paisaje era una unidad brotada espontáneamente por algún mágico juego de luces sobre aquel lienzo. Algo vibrante, vivo, fatal. Pero también comprendió, al examinarlo con detenimiento, cuánto oficio, qué complejidad de medios y qué tensión de toda su capacidad había necesitado el artista para conseguir tal efecto.

Biel sonrió al ver su cara.

—Si quieres, te lo regalo.

Y como Catalina denegó con la cabeza, le dijo que el próximo lo haría para ella.

—Tú dedícate a darme conversación. —Y cogió otro lienzo. Fijaba en él ahora un girasol. Lo pintaba en forma casi angustiosa, en su más nimio detalle, cual si estuviera haciendo una miniatura.

—Este es mi modo de hacer escalas —le explicó, moviendo los dedos en el aire—. Tú cuéntame de la vida que haces en Palma.

Impulsada por sus preguntas, fué hablándole de sí misma. Empezó por cosas concretas, describiéndole los *cotilleos* de las reuniones familiares, haciendo resaltar, con una gracia sin malicia, las peculiaridades de unos y otros. Luego pasó a sus lecturas, a sus fantasías. Y, sin darse cuenta, dió forma para él a todo el mundo poético que llevaba en su interior. Biel, a veces, levantaba la vista y la miraba como si hubiera dicho algo sorprendente. Otras, se echaba a reír.

—¿De dónde has sacado eso, Catinca?

En ocasiones, y mientras daba sus microscópicas pinceladas, era él quien le contaba de sus viajes, de sus proyectos. En cuanto acabara con el encargo actual, marcharía al Japón. Le interesaba aquella atmósfera y conocer los grabados en madera de los impresionistas nipones. El año anterior había estado en Méjico, pintando entre los volcanes. Tenía también una invitación para tomar parte en una expedición al Sudán.

Catalina le escuchaba suspensa: mundos extraños gentes, aventura. Se imaginaba compartiendo todo aquello con él, flotando en un barco fantasma sobre un mar sin nombre, que la llevaría a mil leguas de Mateo y de doña Jerónima... E insensiblemente se dejaba ir a la deriva a cien leguas de Mateo y de doña Jerónima. No quería pensar en nada que no fuera el presente. No sabía por qué había venido Biel. ni lo que realmente quería. Pero le bastaba con tenerle allí. Le bastaba de una manera extraña, profunda e inquieta.

En el predio a nadie llamaba la atención verla en su compañía. Es más, miraban la presencia de Biel con agrado. Las gentes de *Son Paternó* querían a su joven señor, generoso y llano, y, por encima de todo, hijo de don Gabriel y nieto de don Biel. ¿Que le veían poco, andurreando como andaba por *l'extranger?* Ya volvería. "Que la tierra es como la sangre. Tira mucho." Los payeses de *Son Roxa* opinaban al igual que sus vecinos.

¿Que el señor de *Son Paternó* deambulaba, cual si fuese propia, por la posesión? ¡Pues para algo era el solar de sus mayores! ¿Y que su joven señora, con Mariana al alcance de la voz, le atendía con cortesía? ¡No más faltaba! Lo mismo hubieran hecho doña Jerónima y don Mateo.

Doña Jerónima y don Mateo, en verdad, ignoraban por completo la asiduidad de Biel. En la primera visita que hicieron a la posesión, éste se hallaba, casualmente, en Palma, y después fueron ellos los que brillaron por su ausencia. Un ataque de reuma clavó a doña Jerónima en la cama durante unas semanas, y Mateo, que estaba muy entretenido con una historia complicada, lo tomó por pretexto para no ir a aburrirse junto a su insípida mujer y el llorón de su hijo. En cuanto a los otros miembros de la Familia, ocupados en instalarse para el verano en sus respectivos predios. tampoco tuvieron oportunidad ni de comentarla.

Catalina y Biel siguieron viviendo, pues, tranquilamente unos días llenos de creciente compenetración. Se había hecho ella traer del pueblo unas claras cretonas y, ayudada por Tomaseta, se confeccionó unos trajecillos que la favorecían. El aire libre y la felicidad volvieron a dotar sus ojos de brillo y de color sus mejillas. Tomaseta lo comentaba en las masías.

—Cuando se suelta el pelo parece una imagen.

Y Biel, mirándola, con su suave tez pálida y la dulzura de sus ojos, se decía que a su lado experimentaba una sensación de contento y de paz que no le había hecho sentir ninguna otra mujer.

Cosme, que tenía por su aventurero pariente una recóndita admiración de colegial, aparecía alguna vez de improviso en *Son Paternó* y le acompañaba a *Son Roxa*. Solían quedarse entonces a cenar. Luego, tumbados en la explanada, Biel con la pipa en la boca, contaba a sus jóvenes primos mil cosas y sucedidos de su movida existencia. Lo hacía a su modo preciso y plástico, como si pintara. Y ante las imaginaciones vivas de aquellos dos chicos provincianos, hacía surgir visiones para ellos apasionantes, que a Cosme impulsaban a infinitas preguntas, mientras que Catalina, atenta más bien al sonido de su voz, pensaba que era maravilloso que estuviera de verdad allí y que todo aquello no fuera un sueño que se desvanecería cuando despertara.

XXVIII

—Pregunta don Biel que si vuesa merced le invita a almorzar. Que se le ha hecho tarde —vino Tomaseta un mediodía a decir a su puerta.

Contestó que se quedara y que ahora bajaría.

Se dirigió luego al jardín a echar un vistazo a Tonet. Ya desde lejos vió que Biel fumaba junto al coche, charlando con Mariana.

—Estoy muerto de hambre —le lanzó, al verla aparecer.

Catalina se inclinó sobre su hijo. Se hallaba dormido, y así, de perfil, con el pelo largo que empezaba a rizársele, le pareció distinto.

—Está mono hoy... —murmuró atónita, y cuando levantó los ojos tenía en ellos un resplandor de ternura.

—¡Si es precioso! —exageró Mariana—. ¿Verdad, don Biel? Y cada día más parecido a su madre.

Sus miradas se encontraron por encima del niño.

—Es cierto —mintió Biel.

Una doméstica vino a anunciar que estaban servidos.

Sus sitios se hallaban puestos el uno frente al otro en los extremos de la larga mesa, con los enormes candelabros de plata por medio.

Biel corrió tranquilamente su cubierto al lado del de Catalina.

—Odio hablar a gritos —sonrió a Tomaseta, que entraba con su fuente—. Tú a mí me pones siempre aquí, ¿sabes? Aquel sitio tan importante no me corresponde.

Tomaseta, que lo tomó como una deferencia a don

Mateo, le devolvió su sonrisa. ¡Era tan *comú* don Biel!

—*Tumbet*, mi plato predilecto —rió éste—. Qué suerte he tenido. —Su risa ahondaba las dos largas arrugas de sus mejillas. Un mechón rojo le colgaba en la frente. La camisa, abierta, le dejaba al descubierto la piel curtida del pecho. Comía alegremente, con los dientes brillándole en la boca.

—Qué estupendo es esto, Catinca; me dan ganas de mandar al diablo todos mis encargos y de quedarme para siempre aquí. Si lo hiciera, ¿tú qué dirías?

Catalina bajó la vista sobre el plato.

—¿Quieres más *tumbet?* —preguntó con calma.

Y él solo volvió a reír y repitió del guiso.

Una tarde que la encontró leyendo en uno de sus escondrijos del parque le cogió el libro que tenía en la falda, y, sentándose a su lado, lo hojeó.

—¡Qué cosas! Vamos a ver cómo suena —y sustituyendo el nombre de la protagonista, comenzó a leer:— Te amo, Catalina. Te amo tanto, que sólo me importa el amor que yo siento por ti. Creo que hasta me es igual que no me correspondas. El mundo me ha dado siempre lo que he pedido, pero nunca he deseado algo con violencia, sino por corto tiempo. Nunca he deseado algo en esta forma, total, absoluta, con la que te ansío y que hace de mi deseo un imperativo de vida. Cuando se llega a este grado no es el ser lo que cuenta, sino la propia capacidad de necesitar a ese ser. Ya esto sólo es digno de ser vivido. Tú tienes el don de hacerme percibir, hasta en lo más hondo de mí mismo, el sentido de exaltación de la vida. ¿Por qué, Catalina?

Su tono, que al comenzar había sido enfático, terminó siendo profundamente natural, como si en vez de leer estuviera hablando. Catalina preguntó:

—¿Eso es lo que se llama el gran amor?

—El amor, simplemente.

Biel tiró el libro y se corrió más cerca. Con dedos

ligeros cogió un mechón corto de su pelo y se lo acopló al moño.

—Algo que tú no has sentido nunca.

Ella hizo un gesto, desviando la cabeza.

—¿Tú qué sabes?

—Catinca —Biel la miraba de cerca—. La muñeca Catinca. ¡Cómo me gustaría llevarte conmigo!

—¿Para romperme y ver lo que tengo dentro?

El rostro de Biel se tornó serio:

—Me debes la contestación a una pregunta que te hice el día en que nos encontramos en Sagrera. ¿Por qué te casaste con Mateo?

Catalina tardó en responder. Luego dijo con una voz que un deseo de completa sinceridad hacía sonar áspera:

—No tengo disculpa. No lo hice por salvar a nadie de la ruina o del deshonor. como en las novelas..., sino por inercia, por debilidad, por no saber defenderme.

No tuvo el valor de añadir: "Y porque tú te fuiste." Sintió que él le cogió una mano y entrelazó los dedos con los suyos. Y que aquella palma fuerte y caliente era posesiva.

—¿No sabes que me estoy enamorando de ti?

Catalina palideció de un modo tan brusco, que hasta sus labios perdieron su tonalidad.

—¿Por qué me dices eso? —balbuceó—. Si sabes que es un imposible.

—No hay nada imposible cuando se quiere. Y tú me quieres, Catinca. ¿No te has enterado aún?

Catalina le miró con los ojos agrandados.

—Me tuviste en tu mano y no quisiste.

Los brazos de Biel se tendieron hacia ella. Su cara se acercó a la de la muchacha. Con un violencia furiosa deseaba besarla. Para que despertara. Para que supiera. ¡Arrancarle su corteza de blandura y de resignación y sentirla temblar en sus brazos! Lo deseó con una intensidad que le sorprendió a él mismo. "¿Qué es esto?"

Catalina le miró sin defenderse. Y entonces los labios de Biel buscaron su boca y la hicieron suya en un beso duro y profundo. Catalina permaneció inerte en sus brazos. Sólo una de sus manos apretaba su hombro como en agonía. Luego pugnó por liberarse. De un salto se puso en pie.

—Biel, ¡oh, Biel! —Era un grito de amor y de desesperación. Escondiendo la cara en las manos, echó a correr, perdiéndose por el camino de cipreses.

Biel no la siguió. Erguido, con las piernas abiertas, la miró huir. Su cara carecía de expresión, pero había el brillo de un gran asombro en sus ojos. Despacio recogió sus bártulos. Un pincel le cayó al suelo. Se clavó en la tierra como un estilete.

Aquella noche Catalina no se acostó. Dando vueltas por su cuarto se retorcía las manos. Se sentía como degradada y, a un tiempo, llena de una dicha ardiente. Pensó en coger a Tonet y presentarse en Palma, alegando que estaba enfermo. Si no lo hacía, estaba perdida. Se sentó en un taburete. Temblaba de pies a cabeza. Ya no era una niña inocente, sino una mujer que sabía lo que aquel temblor y aquella dulzura significaban. Tenía que tener la voluntad de salvarse. Por sí misma. Por su hijo. Fué hacia la cuna y le cogió en brazos. Le estrujó contra su pecho con un amor salvaje. El niño rompió a llorar, y tuvo que pasearlo, canturreando, hasta que se durmió.

Su suegra le mandó decir a la mañana siguiente que se encontraba mejor y que ella y Mateo llegarían aquella misma tarde. La perspectiva la dejó helada. Ahora sí que era el fin de todo. Le pareció distinto el que se lo impusieran a la fuerza que haberlo provocado por propia decisión. Se dirigió hacia una de las ventanas y miró hacia afuera. El abedul sombreaba el patio. Pensó en el día en que desde aquella misma ventana lo había contemplado por primera vez, y un horror la recorrió. Eran ya sólo unas horas las que le quedaban, ¿iba a regateárselas? Hoy se despediría de Biel, y sería para siempre.

Antes de bajar al parque se contempló en el espejo. Y al verse con su traje de flores y su cara estremecida, se asombró de su propia belleza.

Biel la miraba serio.

—¿Que vienen? Bueno, ¿y qué? Eso no cambia nada entre tú y yo.

—Por amor de Dios —se revolvió ella—. ¡Cómo no comprendes...!

Biel seguía mirándola.

—Cuando un sentimiento es fuerte y verdadero y nos llega hasta la medula, tenemos el deber de estar a su altura.

¿El deber? ¿A su altura? ¡Qué locuras estaba diciendo!

—Biel, tienes que marcharte cuanto antes —articuló excitada—. No quiero que estés aquí cuando vengan. —su voz se alzó en un timbre metálico—. Yo no sirvo para mentir, para engañar. No sirvo. ¿No lo comprendes?

La cara de Biel, frente a la suya, tenía una expresión dura.

—Por eso te quiero.

Catalina meneó la cabeza de un lado a otro, angustiosamente.

—Yo les pertenezco. Les debo lealtad.

—Tú no te perteneces más que a ti misma. Lo que sientes por mí no se lo robas a nadie. Es mío y lo quiero.

—No, Biel. Eso son frases. Yo no soy libre, estoy casada —con los puños apretados parecía luchar contra unos grilletes invisibles—. Y yo no soy una mala mujer. No quiero ser una mala mujer.— Un sollozo ronco brotó, a pesar suyo, de su garganta.

Biel la contemplaba callado. Pensó que había mujeres que nacían sólo para lo limpio, lo claro, lo bueno. Y que esta criatura habría merecido un sino distinto. Y más fuerte que el arrebato pasional que le empujaba hacia ella fué la clarividencia de su hombría de bien.

¿Qué podía ofrecer a esa desdichada? Si Catalina hubiera sido libre, no hubiera titubeado. ¿Que de la pasión nacía el amor? ¡Pues a vivirlo en la forma que fuera! Pero a esa lívida niña frente a él, tan conmovedora en su lucha, a esa víctima de bajezas y suciedades ajenas, no tenía nada digno de ella que ofrecerle. Sólo podía contribuir a destrozarla aún más.

—Si tú lo quieres, me iré hoy mismo —dijo lentamente.

Luego, midiendo el alcance de tal decisión, agregó:

—Pero como conozco el terreno, creo que es mejor que siga aquí, aunque sea durante cuarenta y ocho horas.

Catalina miraba fijamente la grama a sus pies. En aquel instante sólo deseaba que Biel se fuera. Acabar de una vez. Sin embargo, comprendía que estaba en lo cierto. Su presencia, por corta que fuese, podía librarla de nuevos males.

—Está bien, quédate.

Se miraron fijamente. Biel alzó un brazo y lo dejó caer. Y ella, sin un gesto, giró en redondo y se encaminó hacia la casa.

Doña Jerónima y Mateo llegaron aquella misma tarde con la *galera* abarrotada de bultos. La madona y las domésticas no daban abasto para satisfacer las órdenes de la señora. Todo le parecía deficiente. ¿Por qué no habían quitado las fundas? Los suelos no brillaban lo bastante; los tubos de los quinqués estaba empañados... Mateo ni siquiera preguntó por su hijo. Resoplando, se fué a tirar en una hamaca. ¡Menudo *aplatanamiento* le esperaba!

Durante la cena, Catalina anunció con labios secos que Biel seguía en *Son Paternó*. Venía a pintar en el parque.

—Hombre, me alegro —exclamó Mateo—. Así hay alguien con quien hablar.

Doña Jerónima sólo le lanzó una taladrante mirada.

—¿Le has visto con frecuencia?

Catalina desmenuzaba lo que tenía en el plato.

—Está pintando el parque —repitió, con la vista baja.

—Iré en su busca —proclamó su marido—. Y le invitaré mañana a cenar. Es un sinvergüenza y me divierte. A mí en *Son Roxa* me da neurastenia.

Y a la noche siguiente apareció, en efecto, en compañía de Biel. Entró éste con su gran naturalidad en el gabinete, besó la mano de su tía y saludó a Catalina con un gesto, preguntándole por Tonet.

—Está bien —contestó ella sin mirarle.

La comida le pareció eterna. Los chistes con pretensiones de ingenio de Mateo, las críticas de doña Jerónima, el lento servir de las domésticas: todo, unido a su excitación, la enervaba hasta el paroxismo. Cuando oía la voz de Biel y miraba sus largas manos manejando los cubiertos, y por encima de la mesa se encontraba, sin querer, con su mirada, tenía ganas de saltar de su asiento y de gritar: "¡No puedo más!"

—Y de mujeres, ¿qué te traes? —preguntaba Mateo, mascando despacio el guiso de cordero—. Ya sé que delante de estas señoras no vas a contármelo...

Biel sorbía, serio, su vino.

—Poco hay que contar. Las mujeres y el trabajo son casi incompatibles.

—¡Vamos, no seas hipócrita! —reía su anfitrión—. Luego, cuando mamá y Catalina se vayan a la cama, ya soltarás la lengua. ¡Que tú has sido siempre un pinta!

Los ojos de Catalina se cruzaron con los de Biel. Unos metros de aire los separaban, pero aquel aire estaba cargado de electricidad.

Después del café, alegando que estaba cansada, fué a besar a su suegra en la mejilla, dando a todos las buenas noches.

—Hasta luego —le gritó Mateo—. No te vayas a encerrar por dentro. Ya no tienes por qué tener miedo.

Catalina enrojeció.

—Buenas noches, Biel —dijo en tono opaco.

—Hasta mañana, Catalina —y aunque su voz sonó tranquila, ella percibió toda la violencia que hervía en él.

Unos días horrendos comenzaron para ella. Como si se hubieran puesto de acuerdo, su suegra y Mateo extremaron el hacerla blanco de sus observaciones.

—¡Anda, te ha dado por embellecerte! —reía Mateo, cogiéndola por el vuelo de su cretona—. ¿Quieres hacer la conquista del Algaida?

Doña Jerónima le miraba el escote. Pudo haber hecho más cerrado el cuerpo. Al niño también lo encontraba mal atendido, encanijado.

—Cuando mi hijo tenía su edad, yo sólo pensaba en él y no en emperifollarme.

—La tela de mi traje ha costado ocho pesetas. Y me lo he hecho yo misma.

Catalina sentía que los odiaba. ¿Y era a esos dos seres a los que sacrificaba su amor por Biel?

Venía éste a diario a comer con ellos. Cada vez que llegaba, esperaba oírle despedirse. Mas no aparentaba tener prisa. Charlaba con doña Jerónima y seguía la corriente a Mateo como si nunca hubiera hecho otra cosa. Sólo de vez en cuando sus ojos se encontraban con los de Catalina. Y ella pensaba entonces que parecían dos monedas de oro, duras y brillantes. Ignoraba que aquella situación exasperaba el deseo de Biel. Lo atizaba tanto más cuanto que, quizá por primera vez, se hallaba frente a un problema cuya solución no estaba en su mano. Y, sin embargo, había ratos en que gozaba silenciosamente viéndola tan frágil y sobrellevando con tanta valentía el choque que le causaba su presencia. Ni por un instante se quedaban solos, cual si madre e hijo se hubieran dado la consigna de hallarse siempre presentes. Y aquella imposibilidad de comunicarse con él, de preguntarle: "¿Cuándo te vas?", y de insistirle que fuera cuanto antes, enloquecía a Catalina. Por otra parte, Mateo, espoleada su fantasía por las charlas con su primo y su curiosidad por algo extraño que, sin poder definirlo, notaba en su mujer, volvía a prestarle atención.

—¿Sabes que vuelves a estar guapa? —le decía, iniciando una caricia.

Catalina se apartaba.

—Tu madre nos está viendo.

—¿Y qué? ¿No eres mi mujer?

Una noche en que se hallaban tomando café en la explanada, la cogió delante de Biel por la cintura.

—¿A que me envidias? —rió—. Bueno, ya me imagino que tú en *Son Paternó* tendrás lo tuyo.

Catalina se liberó de un tirón.

—¡No sabes lo que dices!

Como *Son Roxa* carecía de capellán, por haber fallecido unos años atrás el curita nonagenario que desempeñaba ese cargo, Catalina solía ir diariamente a misa al pueblo. Su suegra lo hacía casi al amanecer, y se hallaba ya de vuelta cuando ella marchaba. Conduciendo el cabriolet, cruzaba Catalina la pintoresca plaza con sus soportales, en que se alineaban los cestones del mercado, y se dirigía a la vieja iglesia. Su interior era tosco: entre unas imágenes modernas de pésimo gusto, un hermoso retablo, cuyos oros habían borrado los siglos. Fué allí donde, al salir, se encontró con Biel.

—Quiero hablarte a solas —le dijo en voz baja.

Le tendía con dos dedos el agua bendita. Catalina tuvo la sensación de que las mujerucas que susurraban sus preces los miraban de soslayo.

Salieron.

—Vámonos a ver el contrabando que ha llegado —dijo él, alto.

Como una autómata se dejó conducir hacia la posada, donde en mesas y bancos se alineaban "las últimas novedades" clandestinamente importadas, y a las que iban a echar un vistazo todos los habitantes de la región, incluyendo a la pareja de la Guardia Civil.

—Mira, te recomiendo este perfume. —Biel seguía

hablando para la galería. Para esas buenas gentes que, acodadas en el mostrador, bebían un trago de *palo* o de café y los examinaban con complacencia. El posadero, un hombre gordo y jovial, se les acercó. Ensalzó esto y aquello, y Catalina, sin saber lo que hacía, adquirió unas cuantas cosas.

—Ahora —proclamó Biel alegremente— te acompaño a casa, ya que almuerzo con vosotros.

Llamó a un gañán para que le llevara el coche a su posesión y, encaramándose en el de *Son Roxa*, empuñó las riendas.

—Sube —ordenó.

Rodaron un rato en silencio. En torno suyo, los milenarios olivos retorcían el tormento de sus troncos.

—Catalina —rompió a hablar Biel—. Yo tendría que irme un día de éstos. Pero no lo haré porque no quiero dejarte así.

—Es necesario que te vayas —dijo ella sin mirarle—. Y cuanto antes, mejor.

—No puedo, Catalina. Es más fuerte que yo.

Bruscamente paró el coche y, saltando a tierra, le tendió las manos.

—Baja, tenemos que hablar.

Titubeó ella. Después se apeó. Biel fué a atar el caballo a un árbol. Un bosquecillo de pinos les brindó su sombra. Se sentaron.

Biel volvió la cara y la miró. Y lo que leyó en la suya fué tan elocuente que, sin decir nada, la cogió en sus brazos.

—Es monstruoso. Es monstruoso.

La sentía llorar contra su pecho. Sin una palabra, sin un quejido.

—No te puedo dejar —dijo estrechándola contra sí— No puedo.

Empezaron a verse a escondidas. El peligro exacerbaba la violencia de sus sentimientos. Catalina aprovechaba la hora de la siesta o cualquier otra oportunidad para correr al parque. *Son Roxa* parecía haber sido construído para albergar amores secretos. Todo eran laberintos en sus jardines, cenadores en sus avenidas.

Mientras que Biel iba perdiendo cada vez más la cabeza, ella se defendía.

—No, por Dios, no debemos.

—Te quiero, Catinca. Te quiero...

Pero cuando se separaban, era ella la que, abrazándose a él, le suplicaba:

—Mírame y dime si se me ve en los ojos.

Después, en las lentas horas frente a su suegra y su marido, se llevaba a veces la mano a la cara, como si de ella quisiera borrar aquellos besos prohibidos.

—¿Por qué no habrá venido hoy Biel? —indagaba *Mateuet* con su voz penetrante.

Doña Jerónima erguía su cuello emballenado.

—Tendría algo mejor que hacer.

El tono era insidioso. Sus ojos pesaban en su nuera. Catalina iba sintiendo el ambiente cargado de amenazas. Tenía la sensación de que todo en torno suyo la rechazaba, de que los muros, los viejos muebles, hasta los mismos árboles y las praderas, la maldecían.

Llegó un momento en que ya no pudo aguantar su tensión. Doña Jerónima no la perdía ni un minuto de vista, y, quizá impulsado por ella, Mateo se le acercaba por sorpresa, esbozando una rara sonrisa.

—Vuelves a estar estupenda...

Catalina se echaba hacia atrás, percibiendo que un pánico le humedecía el pelo. Desde el nacimiento del niño ocupaba Mateo un aposento alejado del suyo, y no había intentado reanudar con ella intimidad alguna. Le espantaba volver a sentirse envuelta en su oscura mirada en la que atisbaba un deseo.

Nunca, ni aun en sus horas de mayor confianza, había contado a Biel nada de aquello, pareciéndole que si lo hacía era cuando realmente cometía una traición.

Una noche, en que llevaba horas revolviéndose en la cama en pugna con su caos interno, saltó del lecho y, poniéndose lo que encontró, voló escaleras abajo. Salió por una de las puertas traseras y corrió hacia el estanque. Por la tarde había tenido una de sus breves y enervantes citas con Biel. Y la lucha era ya superior a sus fuerzas.

El lago tenía algo maligno en su negra quietud. Pensó que las algas en su fondo debían agitar sus tentáculos. Sería corto. Creerían que había resbalado. Dirían que era distraída, despistada. No habría escándalo. Biel tan sólo pensaría: "¡Cómo me ha querido!" De pronto se dijo que no podía dejar al niño atrás. Volvería a buscarle. Era tan pequeño que no sufriría. Pero quizá se agarrara a su pecho. Y ella no podría ya salvarle. Silenciosamente se puso a temblar. En el cielo brillaban infinitas estrellas, lejanas, frías. Se arrodilló junto a una columna y posó su frente en el mármol.

—Todo tiene que acabar... —murmuraba—, tiene que acabar.

En vez de dirigirse a misa, tomó por el camino de *Son Paternó*. No miraba la ruta trazada entre almendros y olivos. Sólo contemplaba fijamente la piel del bayo, de larga cola al viento.

Una hora después entraba por las rejas de la posesión.

—¿Está don Biel? —preguntó a unos hombres delante de la casa. Y como, quitándose el sombrero, asintieron, tendió las riendas a uno de ellos y saltó a tierra—. Díganle que es su prima, doña Catalina de Torrent.

A propósito, pendiente del qué dirán aun en aquel momento, había desplegado su nombre entero. La introdujeron en la penumbra de una amplia sala. No se sentó ni miró en torno suyo. Cerrando los ojos, concentró toda su voluntad, todas sus fuerzas. Cuando los abrió, él estaba delante de ella.

—¿Qué te pasa? ¿Qué sucede?

Catalina no podía proferir ni una palabra. Su cara, blanca y vacía, gritaba su esfuerzo.

—Biel —se oyó decir con una voz que no parecía la suya—, he venido a decirte que hoy mismo te tienes que marchar.

Vió aflojarse su crispación.

—Siéntate, Catinca —dijo con suavidad.

Ella permaneció erguida, sin moverse.

—Es necesario que te vayas —repitió—. Si no lo haces...

Biel la miraba.

—¿Si no lo hago...?

—Cogeré a Tonet y me tiraré al estanque.

Fué la ausencia de toda vibración la que dió un tono de veracidad a lo que decía. Y Biel se sintió inundado de una extraña ternura. Había en ella —y en aquel momento supo que lo había habido desde un principio— una facultad de apelar a cuanto de caballeresco y de arrebatado existía en él. No la atrajo hacia sí, pero la gravedad de su expresión y su tono establecieron entre ellos algo más poderoso que el contacto físico.

—Catalina —le dijo—, he decidido llevarte conmigo. Que dejes todo este espanto y te vengas conmigo a correr mi suerte..., ¡sea la que sea!

La cara frente a la suya pareció consumirse. Sólo los grandes ojos castaños se rasgaban en ella.

—Tengo un hijo.

Biel hizo un gesto.

—Tiene a su padre.

La boca de Catalina se sumió en una expresión amarga.

—Sabes que no lo tiene.

Las manos de él apresaron sus hombros.

—Pero ¿y yo? Yo, que te ofrezco cuanto soy. Yo, que te necesito como nunca he necesitado a nadie. Yo, que te deseo locamente, que te quiero.

Catalina movió la cabeza.

—Tengo un hijo —repitió con voz baja y tozuda.

Biel la sacudió como si quisiera despertarla.

—¿No te das cuenta de lo que destrozas? No tenemos otra vida de recambio. Hay que vivir ésta —su acento era cortante—. Vente conmigo, yo te juro que no te arrepentirás.

No la cogió en su abrazo porque la quería consciente de su decisión, como lo estaba él. Sólo repitió, con mayor dulzura:

—Catalina, no te atrrepentirás.

Y pensó que había momentos en que las palabras eran pobres, como sus colores.

Catalina se tambaleó un poco. Y como él dejó caer las manos de sus hombros, fué a apoyarse contra un mueble. Por un instante quedó muy quieta, cual si se hallara al borde de un acantilado y jugara con la idea de tirarse en el vacío. Luego miró hacia la puerta, midiendo los pasos que tenía que dar para escaparse. Y Biel, con la cara acerba, retrocedió y la dejó que los diera. En la puerta ella se volvió, haciendo un gesto. No era un gesto de adiós, sino un crisparse en el aire de su mano. Muchas veces había de recordar él, más adelante, el tormento que expresaban aquellos dedos, que fué lo último que vió de ella.

XXIX

Y todo siguió exactamente igual. Catalina mecía a Tonet, lloroso de un mal desconocido, hasta la madrugada. Doña Jerónima ponía reparos a cuanto acontecía y observaba el menor movimiento de su nuera. Mateo mataba moscas y bostezaba. Y para distraerse se dedicaba a perseguir a Catalina.

—A ratos te mueves como si fueras sonámbula.

—¡Déjame! —Su gesto al rechazarle era tan elocuente que él protestaba humillado.

—Soy tu marido. Tengo derecho.

"Todo menos eso", clamaba en Catalina la voz de sus entrañas. Había sido capaz de despedir a Biel. Había cumplido. ¡Pero eso no! Si cedía a ese acoso, sin amor, sin ternura, en que sólo se sentía el objeto de una pasajera y brutal apetencia, se consideraría la última de las mujeres.

—Soy tu marido —silbaba Mateo, excitado ante su muda resistencia—. ¿Qué te has creído? Hay otras que se darían con el canto en un pecho... —Sus torpes manos avanzaban hacia ella.— No seas tonta. Nos hace falta otro crío.

Fué entonces cuando ella soltó el grito que despertó ecos en la casa. Y que él, agarrándola por un brazo, la abofeteó.

—*Bruixa, filla de bruixa!*

Los lloros de Tonet se convirtieron una noche en gemidos, en gritos de animalejo atormentado. Catalina corrió a despertar a su suegra.

—El niño está muy malo.

La miró ésta, escrutadora, entre los cortinajes de su cama.

—Vuélvete de espaldas mientras me visto.

Pero después. al comprobar el aspecto de Tonet, ordenó que fueran deprisa por el médico del pueblo. Cuando llegó, el niño expiraba entre convulsiones.

—Señora, más le ha valido —dijo el doctor a su abuela, al certificar la defunción.

Catalina lo miraba en su cuna, raro y retorcido entre las finas sábanas. Sin una lágrima, con manos heladas, le puso su mejor faldón.

Fuera oía los primeros lamentos de las mujeres de las masías.

—*L'hereu...! L'hereu...!*

Ella no le compadecía ni se compadecía a sí misma. Era mejor así.

Días más tarde, de vuelta a la ciudad, su corteza de hielo se deshizo.

—Soy yo la que le he matado, Padre —fué a confesarse, llorando—. Yo, con mis deseos.

—Los deseos, por culpables que sean, no matan, hija mía —la consoló don Demetrio, pensando que no eran precisamente los pecados de Catalina los que habían causado la muerte del infeliz Tonet.

Y mientras ella se encastilló en su sombría desesperación, un huracán venido del Continente sacudió la Isla. El 18 de julio amaneció en todos sus almanaques y los primeros aviones de la Generalitat cruzaron por su cielo.

XXX

Aunque los estruendos de la guerra civil llegaron sólo con intermitente fragor hasta las costas mallorquinas, el espíritu que alentó la Revolución Nacional fué como un temblor sísmico que cambió todo el ritmo de la vida provinciana.

Hasta el clima inmóvil del palacio Torrent llegó su vibración.

Mateo, después de despedir a los voluntarios que marchaban rumbo a Sevilla, y entre los que figuraba Cosme, a pesar de su juventud, optó por ofrecer sus servicios en la *Censura*. Su defecto físico le redimía de más altas empresas. Se desquitó luciendo un uniforme muy aparente y una boina roja, de la que colgaba una borla amarilla. Sobre las losas de San Cayetano sus lucientes botas resonaban con ritmo marcial.

—En Capitanía me han dicho que son las retaguardias las que ganan las guerras —proclamaba en el Círculo.

Y como durante ocho horas diarias se leía, con puntos y comas, cuantas cartas cruzaban las Baleares, siempre que se comentaba, ya fuese un avance guerrero o una minucia local, daba a entender, con insinuaciones y caras misteriosas, que estaba al tanto.

—Parece el jefe del S. I. M. —se burlaban los demás.

Con su madre y Catalina no se sentía obligado a tanta discreción. Les contaba con delectación los líos y las historias que creía descubrir.

—¿Pero no has jurado el secreto? —preguntaba Catalina, moviendo apenas los labios.

Doña Jerónima contestaba por su hijo.

—Una madre es una tumba. Y espero que tú...

"Como no se lo cuente a don Demetrio...", pensaba ella con sarcasmo.

En medio de aquella efervescencia su insensibilidad había llegado a ser tan total y compacta como los muros que la cercaban.

Mas hubo de llegar el momento en que el aliento patriótico había de sacarla algo de su apatía. Al principiar el invierno las señoras palmesinas se pusieron a organizar talleres y roperos para mandar prendas al frente, y fué requerida a prestar en ellos su ayuda.

Se celebraban estas reuniones alternativamente en distintas casas, pero acabaron localizándose en el palacio Colonya. Doña María así lo propuso y las otras damas aceptaron gustosas. El marco era magnífico y confortable y se servía a las *costureras* una espléndida merienda.

—Pensé que te distraería venir —dijo la marquesa a Catalina el primer día que acudió.

Y ella, al ver su mirada bondadosa, sólo hizo un signo afirmativo.

—No voy a ningún lado.

—Lo sé, hija mía. Por eso mismo.

Y no agregó nada más. Doña Bárbara, al aparecer, seguida de un criado cargado de madejas, fué a besarla cariñosa.

—Tinóns, ¡qué alegría!

Y como ella le preguntó por Cosme, le dijo que acababa de tener noticias suyas. Se hallaba con Xim en el frente del Norte. Estaba más tranquila sabiéndolos juntos.

—Dice que Biel se ha presentado también y que le han mandado fuera a no sé qué misión.

Catalina escuchaba con la vista baja.

Las otras señoras que fueron llegando eran, asimismo, mujeres de cierta edad, contemporáneas de doña María y de doña Bárbara. La presencia de Catalina entre ellas, tan sumida en su quietud y en su luto, apelaba a su instinto maternal.

—¡Pobre chica! —murmuraban, cuando después de haber permanecido durante horas tejiendo, callada, se ponía en pie y se despedía.

—¡Esta Jerónima es tan especial! —suspiraban, meneando la cabeza—. Tan poco corriente... En cuanto a *Mateuet*, ¡más vale no hablar!

Y Catalina, insensiblemente, fué tomando gusto a aquel evadirse de su casa y de sí misma. Doña María, con su suavidad, comenzó a ejercer sobre ella una influencia beneficiosa.

—Ven algo antes que las demás —le dijo ya a las pocas reuniones—. Así charlamos un rato.

No se lo hizo repetir. Y cuando se halló con ella a solas en su delicioso gabinete de confianza, templado por dos enormes braseros de plata y se sintió envuelta en su encanto, un calor interno la penetró.

María Colonya le hablaba de mil cosas. Le contaba de sus amigos, los pobres. Le leía párrafos de las cartas de sus hijos desde el frente. Y un día le habló de su padre.

Catalina, que la escuchaba con silenciosa atención, dejó caer el capote que cosía.

—Cuénteme de él...

Y la señora le relató cosas de años atrás, cuando ella y su marido iban, de recién casados, a pasar temporadas a *Son Paternó* con Margarita y Gabriel.

—Todos estimábamos mucho a Eugenio. ¡Era tan buena persona!

Catalina se inclinó de nuevo sobre su capote. Y doña María, contemplándola, a pesar de su pelo tirante y de su boca descolorida, se decía: "Sigue siendo preciosa, con esas facciones tan finas y esos ojos tristes".

Doña Bárbara, que se encontraba muy sola desde la marcha de Cosme, fué adquiriendo la costumbre de despedirse al mismo tiempo que ella. Se le colgaba del brazo y charlaba sin parar.

—Priamo se pasa el día entero en Capitanía. ¿Por qué no te vienes a acompañarme alguna vez? Luego te lleva el coche.

Bajo sus rizos grises y su risa de pájaro escondía una secreta nostalgia y gozaba contándole una y otra vez lo mismo.

—No sabes, hijita; por las noches, durante meses y meses me he despertado diciendo: "Volverá... Volverá..."

En un armario del que había sido su cuarto guardaba todas las cosas de Teresita. Entre ellas a *Titina,* una muñeca enorme que sacaba misteriosamente, deleitándose en su contemplación. A escondidas le había hecho un lujoso equipo y se entretenía emperifollándola.

—Ajajá, ahora sí que estás bonita. Verás lo que dice tu mamá cuando te vea.

¿No había viejas que le hablaban al gato o al canario? Pues ella le hablaba a *Titina*. Con el tiempo su manía había ido en aumento. Compraba, en su corretear por los tenduchos chuetas, joyitas, rosarios y medallas que iba almacenando en una caja.

—Le gustaría, ¿no crees? —decía al enseñar su última adquisición a Catalina. Esta no preguntaba a quién.

—Es muy bonito, tía. Claro que le gustaría.

Tía Bárbara se llevaba un dedo a los labios.

—Tú no vayas a contar por ahí...

—No, tía, descuida.

—Son chocheces, ya lo sé. Pero me hacen olvidar.

Una tarde, a la hora de la siesta, Mateo entró en su habitación.

—He decidido que desde esta noche voy a dormir aquí —le dijo, terminante—. Este es mi cuarto. Esta es mi casa —la miró con su fija mirada— y tú eres mi mujer.

Catalina no contestó.

En sus confesiones con don Demetrio le había dicho una y otra vez:

—Yo no puedo, Padre. No puedo.

Pero blando en otros aspectos, el sacerdote se había mostrado implacable, anunciándole que le negaría la absolución si se resistía a cumplir con sus deberes de esposa.

Mateo aguardó unos instantes a que dijera algo. Y como ella, volviéndose de espaldas, sólo se dirigió al balcón, abandonó el aposento.

Catalina miraba, sin ver, el chorrear de la lluvia sobre el paseo. Luego fué hacia su armario, arrancó el abrigo de una percha y, poniéndoselo, bajó a la calle. Con las manos hundidas en los bolsillos se deslizó por San Cayetano. El agua, que caía a chorros de los aleros, le empapó el pelo, los hombros. No lo sentía.

Nunca supo cómo llegó hasta el parque de Bellver. Ni cuanto tiempo caminó por sus senderos enfangados y desiertos.

"Mortificar el cuerpo no es nada. En mortificar el alma está el verdadero mérito", sonaba en su cerebro la voz del religioso.

Cuando se refugió en el castillo, los pies le chapoteaban en los zapatos. Se sentó en un banco entre los mármoles. Hasta que el guardián, tocándole en el hombro, fué a decirle que era hora de cerrar.

XXXI

La transformación que Mateo experimentó al hacer *las paces* con su mujer fué sorprendente.

—¿Qué le pasa, que ha perdido hasta su mala lengua? —se preguntaban sus amigos.

En verdad, de pronto, daba la sensación de que estaba satisfecho consigo mismo, con el mundo entero. El uniforme y el haberse *salido con la suya* la hacían sentirse otro hombre. En casa se mostraba más atento y hasta empezó a traer a Catalina algún que otro regalito, que, como era agarrado, se limitaba a un frasco de colonia o a una caja de polvos.

—Debes arreglarte mejor, vestirte como una mujer de tu edad y de tu posición. ¡Si casi vas como mi madre!

Catalina le daba las gracias por su obsequio; se ponía algo de polvos y echaba sobre su traje severo unas gotas de *pachulí*. Ya ahora le era fácil darle gusto en lo que quisiera. Y en una tensión de todas sus facultades se propuso mostrársele dulce y apacible. Su vencimiento tuvo como consecuencia una especie de impermeabilización de toda su persona.

Sin embargo, las gentes, y en particular la tertulia de doña Jerónima, fueron encontrándola "más como todo el mundo". Su sonrisa mecánica y su voz apagada le conferían un encanto opaco que hasta los mismos suyos ensalzaban. Pero cuando se hallaba sola, permanecía durante mucho tiempo sentada en una butaca, con los brazos caídos y las manos abiertas, en una postura de completo abandono. Sus ojos miraban entonces en el vacío con una expresión de vago asombro. No pensaba en Biel porque férreamente se había propuesto ahuyentar su recuerdo. Mas, dormida o despierta, tenía la sensación de un peso que gravitaba sobre ella. Y a veces, al mirarse al espejo, veía asomarse a sus pupilas un destello penetrante ajeno a ella, y en sus facciones, afinadas y amargas, dibujarse el rictus desdeñoso de una cara que no era la suya.

Al cabo de cierto tiempo aprendió a soportar lo que se había impuesto como una prueba de resistencia, y sentía cierta curiosidad por saber hasta dónde llegaría en su aguante.

Comenzó a hacer el mismo programa diario de su suegra. Cuando terminaba con sus devociones, no rehuía ya visitas, tertulias o tardes de Círculo, y a la hora del paseo, al dar, en compañía de Mateo, una vuelta por el Terreno en el *Fiat* de segunda mano que éste acababa de adquirir, las madres la señalaban a sus hijas:

—Ahí tenéis la prueba de que un matrimonio de razón es siempre razonable.

La misma doña Gertrudis suspiraba viéndola pasar y hacía comparaciones con el sino de Pacita, que, habiéndose prendado de un apuesto legionario venido a Palma a convalecer de una herida, se hallaba ahora malviviendo en Cáceres, con dos niños a cuestas y el tercero en camino.

—Esos estaban bien para novios de la muerte —se lamentaba con una amargura poco patriótica.

Doña Luisa asentía, pensativa. Su Miquel se había lanzado, con los clarines de la paz, al contrabando en grande, que llevaba el nombre sonoro de *estraperlo*. Aunque su padre, don Nicomedes, lo condenase con severidad, recordándole que los Salvá llevaban generaciones de acrisolado despachar malvavisco y Carabaña con fructífero resultado, el joven, que a aquellas fechas poseía ya una verdadera flota clandestina, llamada pesquera, sonreía para sus adentros. Doña Luisa —*O témpora, o mores!*— ya no hacía *frivolité* ni usaba impertinentes. Ostentaba, hasta de noche, unas gafas ahumadas, y empezaba a vislumbrar un mundo rosado a través del color de sus cristales.

—*Els diners tienen un gran poder igualitori* —decía Miquel.

Doña Luisa dejó de pasmarse ante una aristocracia que parecía opinar con *Gafim* "que la ruina es una condición inexcusable para llegar a la decadencia, que es donde crece la exquisita flor del señorío", y se puso a aprender la *canasta* y a barajar los términos *importación* y *exportación, divisas* y "*haigas*".

Como en visión de ensueño presentía un Palma floreciente de *palaces* internacionales, de lindos chalets cubistas, suizos o vascos; un puerto gigantesco, que impediría bañarse a los nativos, pero cuyas aguas estarían siempre sucias de los aceites más exóticos, y unas *boîtes* que dotarían de luces de *neón* los troncos mutilados de los molinos del Jonquet. Sí, sí, sonaría la hora en que en los lúgubres palacios se instalarían sucursales de Bancos y bares automáticos, y en que las payesas cortarían sus trenzas y junto a sus llares soñarían con medias de cristal y bolsos de plexiglás.

—Ya verá, Gertrudis, cómo la Isla será un nuevo

Lido o un nuevo Capri —vaticinaba con una voz parecida a la de la Sibila de los Autos Sacramentales.

Doña Gertrudis volvía a suspirar, y por las noches se repudría pensando en el dorado porvenir que hubiese aguardado a Pacita en aquel presentido edén si no llega a sucumbir al vano hechizo de un bigote rubio y de tres ángulos de herido.

XXXII

El reloj d'*En Figuera*, amo y señor de las horas de la ciudad, que las marcaba sin gran compromiso de exactitud por su parte —en su esfera figuraba bien claro el rótulo de *Tiempo medio*—, rodaba, calmoso, sus manillas. Días, semanas, meses, años...

Para Catalina transcurrían exactamente iguales. En sus paseos con Mateo, al mirar pasar las nubes, se preguntaba si serían siempre las mismas las que giraban como un carrusel. Y cuando su vista se fijaba en una de las innumerables norias que orillaban las carreteras, sentía por el mulo una vaga compasión.

Las tertulias de su suegra llegaron a parecerle también como uno de esos relojes de los viejos burgos germánicos, cuyas figuras de madera dan vueltas y vueltas a los sones de una pueril y anticuada musiquilla.

—A María Dolores la corteja el de Salvá. Dicen que ha hecho una fortuna.

—¡Es un *mossón!* ¡Vicente se moriría!

—Las hijas de Tano están preocupadas. Esa Nina...

—¡Ave María Purísima! ¡Si tiene catorce años!

—Las deudas que ha dejado Toni Inca...

Catalina, muy derecha, en su silla baja, tejía toquillas y más toquillas para los niños que nacían en las masías.

—¡Hija, en *Son Roxa* deben ser de un prolífico!... —decía Magdalena.

Una mañana, al despertarse, Mateo se quejó de un profundo malestar. Tenía un bulto raro en la espalda.

Don Conrado, al reconocerle, meneó la cabeza.

—No me gusta —dijo luego—. Quisiera que le viera otro médico.

—¿Qué cree que puede ser? —preguntó, alarmada. doña Jerónima.

El anciano se mantuvo evasivo. Ya se vería.

Fué llamada una eminencia de Barcelona, que, con cara seria, le impuso un tratamiento. Catalina se encargaba de quc lo siguiera al pie de la letra. Y como Mateo comenzó a padecer de insomnios, permanecía horas sentada junto a su cama prestándole los infinitos servicios que necesitaba.

Un mes después tuvo que ser operado y pareció mejorar. Aunque más débil, reanudó su vida habitual, sustituyendo el Círculo por largos paseos al campo. La gente que al atardecer llenaba los cafés del Borne, comentaba cuando cruzaba el coche, conducido por Simón:

—Ahí van los Torrent.

Y hacían la observación de que junto a su joven y guapa esposa, don Mateo parecía más consumido que nunca.

Sin embargo, Mateo se cuidaba como un monomaníaco y no sabía ya prescindir ni un minuto de Catalina.

—Mi madre no tiene paciencia. Y además es aprensiva —le decía.

Doña Jerónima, en verdad, tenía un miedo cerval a cuanto significara enfermedad y posible contagio. A pesar de la adoración que profesaba a su hijo, aquel miedo era más fuerte que ella. Años atrás se había criticado en el palacio que cuando el niño tuvo las enfermedades propias de la infancia, era Francisca la que le cuidaba y que ella, aunque entraba en su cuarto, lo hacía con mil precauciones.

Ahora, al enterarse de lo que realmente padecía su hijo, su espanto no tuvo límites. Y cuando volvió a recaer, siguiendo su curso el terrible mal, fué Catalina quien le cuidó con silenciosa abnegación.

Una de las muchas noches en que, sentada en la camilla de su alcoba, seguía tejiendo, oyó que la llamaba. Se sorprendió porque le creía dormido. Al resplandor de la lamparilla vió que tenía los ojos muy abiertos.

—Dime la verdad, Catalina: ¿qué es esto?

Se sentó ella en el borde de la cama y le dió la consabida explicación. Pero Mateo hizo un gesto.

—Dime la verdad tú, mi mujer —y como ella sólo acertaba a mirarle, buscando una salida, fué él quien pronunció la sentencia—. Es eso, ¿verdad?

—Nunca se sabe —protestó ella, movida de compasión—. Don Conrado dice...

Mateo la interrumpió:

—Yo sí sé.

Durante un rato permaneció callado. Parecía estar analizando profundamente algo.

Catalina continuó junto a él, con las manos cruzadas.

De pronto oyó, baja y clara, su voz:

—Tú has sido muy buena conmigo.

Y se dió cuenta de que él mismo ya lo ponía en pasado.

TERCERA PARTE

XXXIII

Al despertar tardó en comprender dónde se hallaba. Su cama tenía una orientación distinta. Fué el tintineo del reloj francés, sobre la consola, el que le indicó la realidad: Palma. Su cuarto.

—Desde hoy voy a tomar el desayuno en la cama —dijo a Mariana cuando acudió a su timbrazo.

Vió su sorpresa. Aquello era algo sin precedentes. Mas la sorpresa cedió a una comprensión.

—Hace bien, si le agrada a vuesa merced. Demasiado ha tardado en hacer su voluntad.

"Sí, demasiado he tardado."

Al quedarse sola se puso a pensar en lo que emplearía el día. Necesitaba moverse, aturdirse. ¿Que los demás iban a pensar que en Madrid se había vuelto loca? Que pensaran lo que quisieran.

Como respondiendo a su deseo, Mariana, al entrar con la bandeja, le preguntó de parte de doña Irma si quería ir a almorzar. Catalina reflexionó: las Sindel solían convidarla de tarde en tarde a unos aburridísimos almuerzos en compañía de doña Jerónima, de Magdalena o de alguien más de la parentela.

Indagó lo que había resuelto la señora.

—Sólo han invitado a vuesa merced.

Desayunó de prisa y saltó de la cama. Eso era que a Irma ayer le causó buen efecto. Era impulsiva y realizaba al instante lo que se le ocurría.

Una vez arreglada, salió de su cuarto en busca de

doña Jerónima. Era mejor afrontarla de una vez. La señora que, como de costumbre, escuchaba a esas horas los reportajes de Francisca, no levantó los ojos al oírla entrar.

—Buenos días, madre —y le participó que iba a salir a hacer unas compras y que almorzaría en casa de Sindel. Sin esperar su reacción, dijo:— Hasta luego —y salió de la estancia.

En la galería se miró en uno de los espejos venecianos. Estaba mucho más delgada, no cabía duda, y tenía algo desconocido en su fisonomía, más brillante, más intenso. Bajó lentamente, y, doblando por el callejón de Cifré, tomó por el Borne. El paseo la envolvió en su animación. Estaba acostumbrada a que en la calle los hombres se volvieran a su paso. Pero aquella mañana no escuchó ningún piropo, fué algo distinto. Todo el que distraídamente la miraba, aguzaba la vista con un repentino interés. Sentía que algunos se paraban.

En el tranvía —uno de esos derrengados armatostes de principios de siglo, con sonar de chatarra—, un señor le cedió el asiento. Catalina ignoró la muchedumbre que se apelmazaba rumbo a los baños del Terreno. Miraba hacia fuera. La mañana era radiante. En el bolso, que llevaba del brazo, se hallaban las revistas. Subiría luego a devolvérselas a Xim. Le extrañaría otra visita en tan corto plazo.

Las bugambilias del Terreno desparramaban sus cascadas violeta ante sus ojos. Sacó sus gafas oscuras. El tranvía cruzaba los grandes hoteles, las casas entre cipreses y pinos. Las gentes, en torno, hablaban alto. El coche era ya un anticipo de la playa familiar: bolsos de hule en todos los brazos, niños con palas y un olor a sudor y a colonia barata. En la Cala Mayor, dejándose arrastrar por la oleada de bañistas, se apeó.

Anduvo unos pasos por la carretera. Luego tomó un taxi. Se acomodó con alivio. Génova, "pueblo risueño..." Había llegado. Bolso al brazo, caminó por el sendero, entre praderas de margaritas. Las revistas crujieron. Se detuvo un instante. "Ya no faltan ni siquiera los diez días."

El amplio cuarto de estar se hallaba lleno de gente. Marta le dió unos golpecitos en la mejilla.

—Traes aires de fuera, Tinóns —conservaba una mirada muy joven bajo su pelo cano—. ¿Te has quitado el luto? Ya era hora.

Su marido, corpulento gigante alemán, corroboró:

—Estás bella, sobrina.

Marta Battle, pariente en tercer o cuarto grado de los Torrent, se había casado, en contra de los suyos, con aquel artista, escultor mediocre y excelente persona, movilizado por la primera guerra mundial, con el que llevaba más de treinta años siendo profundamente feliz.

Catalina siguió saludando a los presentes. Irma, en sus pantalones de pescador, con su melena lacia y su cara lavada, hacía que su hermana Gerda, rubia y bonita, resultara a su lado casi excesivamente femenina. Al ver a Catalina brilló una sorpresa en sus ojos. No la exteriorizó.

—¡Hola, Tinóns!

Tutú Inca, menos discreta que las demás, la cogió por los brazos y la empujó ante un ventanal.

—Chica, a ti, en Madrid, te ha pasado algo gordo.

La detallaba aguzando sus ojos de miope. Tutú Puig de Inca, hermana menor de Marta Battle, sólo tenía en común con ella su pelo prematuramente encanecido y su alegría de vivir, que si en la una estaba templada por un perfecto equilibrio, en la otra estallaba en exuberancia y *sanfichismo*. Catalina había pensado muchas veces que si no hubiera sido porque, por encima de todas sus originalidades —entre las que destacaba su despreocupación en el vestir— conservaba intacto su señorío, hubiera resultado estrafalaria. Doña Jerónima y su banda la encontraban así, naturalmente. Y no la salvaba de sus críticas ni siquiera el que fuera la condesa viuda de Puig de Inca, dueña del más romántico y destartalado de los castillos de la Isla, mujer de conducta intachable y madre de nueve hijos.

Ursula, como en realidad se llamaba, había quedado viuda muy joven con el día y la noche, y a fuerza de penas y fatigas, pero la risa en los labios, lograba sacar adelante a su prole dedicándose a lo que llamaba "sus chamarileos".

—Fausto —gritó ahora a su hermano—, ¿tú has visto esto?

Fausto Battle, que, sumido en un diván, charlaba con Irma, se levantó. cortés:

—Has vuelto muy guapa, sobrina. Cierto es que siempre lo has sido.

Era un señor menudo, todo pulcritud y distinción, que compartía con su hermana menor su pobreza, procurando ser un contrapeso a su arrollador dinamismo: un mentor, poco escuchado, para sus hijos, y un fiador de muy escasos medios cuando los *negocios* en que ella se metía le salían mal.

La puerta se abrió con estrépito, y uno de los retoños de la casa Puig de Inca, en las mismas inefables trazas familiares se precipitó sobre su madre, murmurándole algo misterioso al oído.

—Perfecto —se agitó Tutú—, corre ahora mismo a la cueva del Tuerto. Pídele la llave del chalet de San Agustín y vete a enseñárselo al tío ése. Procura derrochar salero. Si ve las goteras, le cuentas que son frescos. Que aquí pintamos así nuestras paredes desde tiempos de Jaime el Conquistador, y que por veinte dólares al mes, que es en lo que le va a salir la broma, no pida el palacio Sollerich.

Y es que entre los *asuntos* de Tutú figuraba lo mismo vender a un anticuario de París un Cristo gótico que había pertenecido al Archiduque como colocarle a un *palace* cualquiera la batería de cocina de cobre —trescientas setenta y ocho piezas— de la casa de sus difuntos suegros. o alquilarle una choza en la cala más desierta al último turista.

—Cuéntanos de Madrid —propuso Gerda.

Catalina no tuvo ocasión de contestar porque Cosme entró como un huracán.

—¿Sabéis la noticia? Biel llega mañana.

Le rodearon entre exclamaciones.

Xim acababa de recibir un radio, explicó el joven. Habían anticipado el viaje. Sin duda, por lo de la Exposición de París.

—¿No creéis que debiéramos organizar algo en su honor para mañana mismo? —propuso. Convenía anticiparse a los demás, sobre todo porque ignoraban los planes de Biel. Su visita, que sólo tenía por objeto ver a Xim, podría ser corta.

Cruzáronse iniciativas de todas clases, hasta que las Sindel decidieron que lo primero en honor de Biel se celebraría allí.

—¿Os olvidáis de Xim? —Catalina se extrañó de ser ella quien lo dijera.

—Es cierto —se apresuró a corroborar Fausto Battle—. No le vamos a dejar solo en esta ocasión.

—¿Y si organizáramos en *Sa Proa* la primera cosa? —sugirió Tutú, a la que nada arredraba.

Irma pareció dudar.

—Voy a consultárselo.

Al poco regresó diciendo que Xim no tenía inconveniente en que la bienvenida tuviera lugar en su casa, siempre y cuando se encargaran ellas de todos los pormenores. Parecía hasta ilusionado con la idea.

Durante el almuerzo se discutieron mil detalles llamados a dar lustre al festejo.

—Habría que preguntar a Xim lo de las invitaciones. Seguramente querrá que movilicemos a sus amigos artistas.

—De la Familia habría que invitar a alguien...

A Tutú le faltó tiempo para gritar:

—¡Ni un alma! Se han pasado la vida arrancándoles el pellejo, mandando a Xim toneladas de anónimos, y vamos ahora a darles por el gusto...

Se resolvió, pues, que en cuanto a parentela sólo asistirían los presentes.

Gerda se volvió a Catalina:

—¿A ti te divertirá, hija?

Fué Irma quien, lanzándole una rápida mirada, contestó:

—Naturalmente. Ni que tuviera tantas diversiones.

XXXIV

Esta vez Joan no fué a anunciarla.

—Ha dicho el señor que pase siempre que venga —le dijo con su ancha sonrisa.

Catalina sabía que también él, abandonando su adorado *C'an Xura,* cuidaba de Xim con una callada lealtad.

—Se encuentra fuera.

Catalina cruzó el cuarto de estar, con sus sillones blancos y sus escasos y magníficos muebles. Al ir a entrar en la terraza, se detuvo. La silla de extensión se hallaba algo incorporada, y junto a ella, con unas hojas en la mano, estaba Pep. Catalina no pudo ver la cara de Xim, pero oyó su risa y vió sus dedos acariciando la cabellera amarilla del niño.

—Tienes que acostumbrarte a hablar en castellano ¿De modo que has tardado media hora en hacer esto? —con los brazos en alto miraba un dibujo.

—Tiene gracia...

—Buenas tardes, Xim —dijo Catalina.

Volvió él la cabeza.

—Acércate, Tinóns. Mira qué artista nos hemos echado —y le mostró una acuarela: unos árboles, unas rocas y una cala, hechas con cuatro trazos.

Catalina sonrió al chico, que se había levantado.

—¿Lo has pintado tú?

Pep asintió, brillantes los ojos. Y ella sintió la tentación de pasarle la mano por las greñas que le colgaban en la frente; unos rizos rebeldes, que parecían llenos de humedad.

—¿Quiere sentarse, doña Catalina?

Se instaló en el sillón que le ofrecía y le preguntó lo que iba a ser cuando fuera mayor.

—Pintor, como don Biel.

—¿Por qué no escritor, como don Xim?

El niño miró a Xim, y había una disculpa en su expresión.

—Porque me da más por lo otro.

Xim se echó a reír:

—Y siempre hay que hacer aquello por lo que a uno *le da*.

Una sombra rojiza hizo su aparición en la terraza: el viejo Luzbel, flaco y achacoso. Olfateó en torno a Catalina con las fauces jadeantes, y fué a colocar la cabeza en las rodillas de Xim.

—Hola, amigo —dijo éste—. Estás bueno. Mendigando caricias como un chucho de *cocotte*.

El perro se golpeó los flancos con el rabo, sin dejar de mirar suplicante a su señor. La mano de Xim lo acarició.

—Vete a estudiar —ordenó a Pep—. Doña Catalina me hará compañía.

—¿Le traigo antes algo?

Xim denegó con la cabeza.

Catalina le miraba con ese interés que desde ayer sentía por su caso.

—¿Qué te dicen los médicos de tu enfermedad?

—¿Y si no habláramos de eso?

Movió la palanca de la silla, extendiéndola, y se puso a divagar mirando hacia arriba. Nunca había escrito mejor que ahora, decía. Ni había visto seres y cosas con mayor claridad. Al tener que replegar forzosamente su campo de acción, el cerebro se agudizaba de un modo increíble. Era curioso. Había llegado a adquirir como un nuevo sentido de percepción...

Catalina ignoraba si lo que decía le estaba destinado o si hablaba para dar forma a sus pensamientos y lo mismo se hubiera dejado ir ante Pep o ante el perro. Pero Xim pareció de repente darse cuenta de su presencia:

—Perdona, Catalina. Te estoy diciendo cosas que no puedes comprender, ¡felizmente para ti!

Catalina esbozó una sonrisa. Permanecieron un rato en silencio, siguiendo cada cual sus pensamientos, hasta que ella, como llegando a una conclusión, dijo:

—Tú, al menos, has vivido.

—¿Y tu crees que lo que llamamos *vivir* nos hace la vida más preciosa o más despreciable?

Catalina se miraba las manos quietas en la falda Y Xim dijo, al parecer sin ilación:

—Biel llega mañana.

Y ella volvió a preguntarse si sabría algo. Recordó los cuentos de Mateo. Hoy ya conocía su manía de tergiversarlo todo. Mas sabía también la gran compenetración que había existido siempre entre los dos hermanos. Y pensó que era posible que aquel hombre estuviera leyendo en su interior.

Sus dedos acariciaron la lona roja de la butaca.

—¿Te lo sigue contando todo?

—¿Todo? No. Pero por mucho que haya podido alejarse de mí el Biel de hoy, yo leo en cuanto me llega de él como en los cuadernos de Pep —calló unos instantes— Siempre me ha interesado leer entre líneas: los espacios en blanco, los puntos suspensivos...

"Sí —pensaba Catalina—, cuanto en nosotros ha existido en potencia sin llegar a realizarse. Mi amor por Biel... Y un hijo como Pep..." Frunció las cejas ante esta idea. Desde hacía unos días había seguido con la vista a todos los niños a su paso con un ansia indefinible de maternidad, como si súbitamente sintiera la necesidad de proyectarse fuera de sí misma, de transmitirse, de sobrevivir.

Xim interrumpió el silencio diciéndole que acababa de aparecer, al fin, su biografía de Lulio, y le rogó fuera a buscar el primer ejemplar que la editorial acababa de mandarle. Estaba en su mesa.

Catalina se dirigió al *living*, y, al no encontrar nada en el sitio indicado, fué abriendo cajones: cartas, cuadernos, cuartillas escritas con una letra menuda... Al tirar del último cajón, que se resistía como si estuviera cerrado con llave, sus ojos cayeron sobre un retrato de mujer recortado de una revista. Lo miró: una cara fina, cuyos ojos claros miraban de frente. Leyó el pie: un nombre muy conocido, el de la esposa de un hombre ilustre. Recordó de pronto algo que oyó contar en casa de Colonya. Entre las enfermeras, una en especial, había cuidado a Xim como a un hermano. Este era el nombre que sonó entonces. Iba a colocar el retrato en su sitio, cuando un álbum en el fondo del cajón atrajo su curiosidad. Lo hojeó. Estaba lleno de instantáneas y postales que parecían hechas por fotógrafos callejeros. En ellas se hallaba siempre la misma mujer. En una, vestida de campo, con el brazo pasado por los hombros de un niño de la edad de Pep. En otra, al parecer, en el Parque de María Luisa, dando de comer a las palomas. En otra, aún, entre un grupo de gente, teniendo a su espalda la Alhambra... Y luego, muchas sin color local, podando rosales en un jardín, jugando al golf con un hombre de aire distinguido... Eran mil aspectos de una misma vida fácil, privilegiada, aparentemente feliz...

Sintió a sus espaldas el ligero ruido de los pies descalzos de Pep y cerró el cajón.

—Doña Catalina, don Xim recuerda que ha dejado el libro en su cuarto —y desapareció, volviendo en seguida—. Aquí lo tiene.

Catalina regresó a la terraza. Se sentó en la silla al lado de Xim y le pidió que se lo prestara.

—Es pesado. Te aburrirá.

—¿Me crees incapaz de comprenderlo?

Incorporándose, le quitó Xim el tomo y buscó una página, en la que puso una señal. Aquel capítulo le gustaría. Era la Leyenda del amor de Lulio por Ambrosia del Castello.

—En realidad, mi punto de vista se lo debo a Biel. Mira, el libro le está dedicado.

Catalina buscó la dedicatoria: "A mi amigo, a mi compañero, a mi hermano Gabriel, que tanto me ha alentado y me ha ayudado". Dobló la página siguiente y leyó el frontispicio.

Los hombres que mueren, Señor, por vejez, mueren por falta de calor natural y por sobreabundancia de frialdad. Por lo cual vuestro servidor y vuestro súbdito, si así os pluguiese, no querría morir de tal muerte, antes querría morir por calor de amor...

"Morir por calor de amor..."

Catalina preguntó, despacio:

—¿Qué tenía? ¿Lepra?

Xim no necesitó que especificara.

—Cáncer.

Las manos de Catalina acariciaron la cubierta con la yema de los dedos. Era áspera y de un tono marfil.

—¿Y el cáncer entonces no tenía remedio?

—Entonces ni ahora. A no ser que se coja muy al principio y en un órgano fácil de extirpar.

Muy al principio. Vendrell había dicho que "la cosa, aun en el peor de los casos, estaba muy al principio". Y un pecho era fácil de amputar. ¡Fácil! Miró a Xim con sarcasmo, pero comprendió que era injusta. También decía su suegra que lo suyo era "castigo del cielo".

Se levantó:

—Volveré cuando lo haya terminado. —Apretaba el libro debajo del brazo.

—No, ven antes. Esta casa será ahora muy distinta. ¿No ves que Biel llega mañana?

Durante toda la noche la luz de su cabecera no se apagó. Leía ávida, devorando páginas. De vez en cuando una voz sonaba en su interior.

"¿No ves que Biel llega mañana?"

Dejaba el libro y, recostándose, procuraba abarcar aquella realidad.

Su aposento, en la penumbra. ya no era lóbrego. Los brocados de los cortinajes brillaban tenuemente. Sobre la cal de las paredes los cuadros trazaban sus rectángulos negros. Pero algo dulce temblaba en el aire.

"Biel llega mañana."

Saltándose las páginas iniciales, dedicadas a los primeros años tumultuosos del que había de ser uno de los genios del Medievo, buscó lo que la interesaba. Y fué a través de la prosa de Xim la voz de su hermano la que vibró en la estancia:

"Cómo debió amar en el secreto de su corazón aquella mujer a aquel hombre para hacerle la entrega más grande que un ser humano puede hacer a otro..."

Entrecerrando los ojos se sumió en sí misma. La coincidencia ya no le extrañaba. Tenía la impresión de un fatalismo. Que desde un principio todo había estado escrito. Recordó aquella tarde en *C'an Xura*. Se vió con su traje blanco y su ilusión. Y la expresión de Biel y sus palabras. Y sus manos trazando en el aire su idea: "Su cara pálida, resplandeciente de amor".

Acarició despacio la cubierta del libro.

"Si llega el momento se lo diré. Se lo diré todo. Y él sabrá comprender..."

Una gran calma la llenó. No siguió leyendo.

"Biel llega mañana."

El reloj, sobre la consola, tintineó una hora.

Catalina apagó la luz y con los ojos abiertos en la oscuridad esperó a que amaneciera aquel día.

XXXV

Cuando los primeros resplandores se filtraron por las cortinas, levantándose, fué a asomarse. Unas campanadas tocaban a la primera misa. Ni un alma transitaba por el paseo. Sólo un fraile y, luego, una vieja. Se sentía profundamente tranquila. Como si fuera una mujer cualquiera con un día corriente por delante. Había llegado a su meta. La espera tocaba a su fin. Y no sentía ni nervosismo ni temor. Sólo una profunda quietud. Volvió a acostarse y esperó a que dieran las ocho para llamar. Tomó su desayuno lentamente, aplicándose en los gestos cotidianos: untar mantequilla en el pan, pelar la fruta. El café, como siempre, era malo. "Me lo compraré bueno para mí sola. Debiera habérseme ocurrido antes." Pero *antes* no se le ocurrían esas cosas.

Se vistió con lentitud. Sus movimientos eran más despaciosos que a diario, cual si quisiera medir su control sobre sus nervios.

Decidió salir. Iría dando un paseo hasta el puerto a mirar los barcos anclados. La idea le produjo una excitación. Al levantar los brazos para meterse el traje sintió agudamente, un pinchazo en el pecho. Fué como la punta de un alfiler. Y era en el pecho izquierdo. Despacio volvió a realizar el ademán. Una humedad le pegaba el pelo a las sienes. Despacio. Despacio. Ya estaba puesto el traje. No había sido nada.

Al salir dijo a Mariana que si alguien llamaba, preguntando por ella, estaría de vuelta a la hora de almorzar. Era su nuevo modo de comunicarse con la señora.

Ya en la calle resolvió ir a ponerle una vela al Cristo de la Sangre. Subió por San Cayetano y la calle del Agua sumidas en silencio. La de la Concepción, en cambio, estaba llena de bullicio. Penetró en el zaguán del Hospital y compró un cirio. Al entrar en la iglesia se detuvo ante la virgen de alabastro que el pueblo llamaba la *Mamella*. En tiempos en que esperaba a Tonet le gustaba contemplarla con su hermoso niño en los brazos. Luego se dirigió a la capilla, casi a oscuras, y fué a colocar su vela en uno de los pies de hierro. Se arrodilló y alzó la cara. Dios no necesitaba que pusiera en palabras lo que en palabras no cabía. ¿Qué le estaba pidiendo? Algo que hiciera que su vida mereciera la pena de haber sido vivida.

La imagen, sobre su fondo de rayos dorados, tenía una hermosura patética. El cuerpo del Señor, de una suprema delgadez, era muy oscuro y oscura la fina cara que, bajo el peso del sufrimiento y medio cubierta por la larga cabellera natural, se inclinaba sobre el pecho. La emoción que emanaba de aquella imagen estaba en lo que había en ella de espiritual, de una espiritualidad, a la vez humana y divina, tan poderosa en su irradiación que ni el faldellín de rico bordado, con su larga guirnalda de flores, ni la alta corona de oro conseguían desvirtuarla. Al contrario, estos dones de los hombres acentuaban, con lo que tenían tal vez de excesivo, el impresionante significado de aquel cuerpo de mártir.

Catalina miraba hacia su altura con las manos cruzadas. En pasados tiempos *Sa Sang* acompañaba hasta el cadalso o el garrote a los condenados, que hacia él volvían su última mirada.

La idea de llevarle un ex-voto cruzó por su mente. Arriba, en su camerín, se amontonaban miembros de cera, cuadros, retratos... En su generalidad eran ofrendas humildes: barcas pesqueras entre olas gigantescas, pintadas de tosco modo; fotografías de niños y trajes de novia con galones militares cruzando los pliegues polvorientos. Horas de angustia, de pánico o de esperanzas, apresadas bajo una tapa de cristal.

"Si Tú quisieras hacer un milagro..." No sabía si le pedía que Biel no la hubiera olvidado del todo o que el bulto en su pecho careciera de importancia.

"¿Si tú tuvieras que elegir...?", le pareció oír una voz.

Catalina alzaba la cara hacia el Cristo:

"Te traeré un corazón de cera", resolvió.

Al fin, levantándose, hizo la señal de la cruz. De rodillas en las losas, dos soldados muy jóvenes rezaban el rosario. Sus caras de niño, fijas en el Cristo, eran intensas.

Salió del templo. El sol doraba el claustro, vertía sus chorros sobre la plaza e intentaba en vano acuchillar la sombra de las callejas. Bajó por San Jaime y el Borne. El paseo Sagrera lucía su gala de macizos a la sombra de sus palmeras. En lo alto, uno de los viejos molinos del Jonquet hacía girar sus nuevas aspas, ornadas de bombillas. Caminó hasta el Club de Regatas. Y en medio de la bahía vió el yate con pabellón americano. El corazón le dió un vuelco. Se sentó en un banco de la escollera. Biel ya estaría en *Sa Proa*. Se lo imaginó en la terraza con las manos en los bolsillos y la cabeza echada hacia atrás, bebiendo con los ojos el mar, el cielo, los montes. Y sintió una alegría al pensar que miraba árboles y tierras y cosas con las que ella estaba vinculada. A su lado unos hombres tomaban el sol: gentes de mar que, con la espalda apoyada en unos cajones rotos o en rollos de cuerda, no se movían, entumecidos en su borrachera de luz; no viviendo, *estando*, simplemente.

Bien, pensó: un día empezarían, quizá, los dolores. Los aguantaría sin que nadie se enterara. Peor de lo que sufrió con el niño no podría ser. "Nunca seré vieja —se dijo sin tristeza—. No tendré la piel rugosa ni el cuerpo seco y mis manos no se convertirán en garras. Nadie me recordará más que joven y agradable. ¿Pero es que me recordará alguien? ¿Quién? Don Baldomero. Ya no le entretendré en el confesionario con mis escrúpulos y mis dudas. "Bueno, hija mía. Bue... no..." Aun cuando lo encontrara malo."

En la biblioteca de *Son Roxa* había muchos libros de Medicina. Cuando Biel hubiera marchado se dedicaría a estudiarlos. ¿Cuando Biel hubiera marchado...? ¡Si Biel no había llegado todavía! Esa era otra de las cosas en que no tenía que pensar. Tenía que vivir minuto a minuto el presente. Tenía que aprender a aguantar la felicidad También era cuestión de disciplina.

Entrecerró los ojos. Nunca había estado el mar tan azul. En la Catedral, en días muy hermosos, ese mismo mar parecía haberse convertido en aire. Y lo invadía todo. Y le llenaba a uno el alma de contento. Un olor a brea subía del agua. Unas gaviotas pasaron chillando. Blancas, rápidas, como pensamientos felices... ¡Qué maravilloso era vivir! Sintió un profundo bienestar y permaneció un rato con los párpados cerrados.

"Yo también estoy borracha de sol —pensó—. Sólo porque sé que tú estás aquí."

Emprendió el retorno con su mismo paso calmoso. Hubiera querido no tener que volver a hablar en todo el día, estar sola hasta la noche. Cuando llegó, Simón le comunicó que la señora y doña Magdalena ya estaban sentadas a la mesa.

—¡Como tardabas tanto! —lanzó la solterona.

Doña Jerónima no alzó la vista de su plato y ella no se disculpó. Para romper la tirantez, Magdalena se esforzaba en su parloteo. Relataba minucias, hasta que para lo último dejó lo sensacional.

—Sabréis que Biel ya ha llegado.

La señora, que pelaba una pera, permaneció en su indiferencia.

—Dicen que esta noche armarán una juerga en casa de Xim. Irma y Tutú andan como locas.

—Como lo que son —fué el frígido comentario.

—Está todo el mundo que trina, en especial la Familia. Porque no han invitado a nadie, tía, a nadie.

Fué entonces cuando Catalina dijo:

—A mí, sí. —Y se sirvió más compota.

Su suegra soltó su pera cual si hubiera sido una bomba a punto de estallar.

—No pensarás ir.

Catalina volvió hacia ella una cara exenta de expresión.

—Claro que pienso ir.

Durante un instante se miraron "cruzándose sus pupilas como aceros", pensó Magdalena, que era dada a los buenos símiles literarios. Y hasta le extrañó no oír el ruido del choque. Pero el único ruido que percibió fué el de la silla de doña Jerónima cuando ésta, colocando de un golpe su servilleta en la mesa, se levantó y abandonó el comedor.

—Ya se arma —anunció Magdalena, como si certificara "ya truena". Y había en ella la satisfacción de ver cumplido su pronóstico.

Pero Catalina, como si nada rezara con ella, puso los codos en la mesa.

—¿Cómo sabes que ha llegado Biel? —Su tono era tan normal que parecía indicar un cambio de tema.

Muy sencillo, dijo Magdalena, porque había estado con Tutú en el nuevo "Maricel" de Cas Catalá a documentarse. Tomaron un vermout muy heladito y de paso vieron entrar al comedor a toda la comitiva. Ocho o nueve, pero sólo dos mujeres, una de ellas la célebre Xenia, ya sabía: la amiga oficial de Biel desde hacía años y años. Lo menos diez.

Catalina en silencio miró hacia el techo pintado. Magdalena relataba pormenores. Hija de una bailarina rusa y de un fabricante de algo, había sido danzarina clásica, decoradora de interiores y actriz dramática. Estaba divorciada por los menos dos veces y decían que tenía un éxito fantástico no sólo con los hombres, sino con el público en general. Biel la conoció recién llegado a América y fué ella la que lo relacionó en todas partes. Tenía amistades muy influyentes y se la consideraba una gran entendida en arte. ¡Ah!, porque a ratos perdidos había sido crítico de no sé qué en un diario que se llamaba no sé cómo.

—Pocos ratos perdidos ha debido tener —el tono de Catalina era neutro—. ¿La conoces? ¿Cómo es?

—Mira, es un esqueleto con *chic*. La frase es de Tutú y es gráfica. Lo que te salta a la vista es una forma de cara eslava y que tiene un aire estupendo. No parece muy joven, andará por los cuarenta. Cosme, que es quien me ha contado estos antecedentes, dice que es algo mayor que Biel.

Catalina enrolló con cuidado su servilleta y la deslizó en el anillo que llevaba sus iniciales.

—Y a Biel ¿lo has visto?

—No, pero me han dicho que está avejentado. Es lógico, ¡con esa vida! Además, hija, el tiempo pasa.

"Para unos de un modo y para otros de otro", se decía Catalina.

—¿De veras que piensas ir esta noche? ¿Vas a meterte en ese ambiente tan escandaloso?

Catalina alzó la vista.

—¿Tú no irías?

Magdalena sacó su polvera y se miró el eczema. Y como doña Jerónima no podía oírla:

—¿Yo? ¡Como un clavo!

Al salir del comedor quiso saber lo que se pondría y

le recomendó se fijara bien en todo para comentarlo mañana.

Irma telefoneó un rato después. Estando ellas muy atareadas, era Cosme el que iría a recogerla. Que estuviera dispuesta a las nueve en punto.

A las nueve en junto aguardaba en su cuarto, junto al balcón. El Borne rebosaba de forasteros y de indígenas. Vestía simplemente su traje blanco, que tan sin motivo escandalizó a su suegra a su llegada, y que con sus vuelos ligeros tenía un aire primaveral. Cosme, por una vez, llegó a la hora. Al verla aparecer en el salón rojo, la miró admirativo.

—Vámonos sin pasar por la censura.

Ya en el coche, Catalina preguntó:

—¿Qué tal los recién llegados?

Sabía que bastaba con eso para enterarse de cuanto ansiaba y no ansiaba saber. Cosme, efectivamente, tomó carrerilla. Biel había cambiado mucho, le dijo, debía haber vivido estos años muy intensamente. La gente de aquí creía que América era Jauja y que bastaba con llegar para besar el santo, como si no fuese la tierra de la máxima compentencia, que exigía del que quería sobresalir un exhaustivo rendimiento. Biel le había enseñado algunos recortes de Prensa en que le ponían como un trapo. Pero eso le pasaba a todo el que vale.

—Ya ves, a Salvador...

Catalina estaba a cien leguas de *Salvador*.

—Félix Balart ha dicho esta tarde en *la Taberna*...

Catalina seguía lejos de Félix y de *la Taberna*, pero volvió a prestar atención cuando Cosme se puso a hablar de *ella*. Aun no la conocía. Decían que era una mujer extraordinaria, es más, de positivo talento.

—Es mayor que él, pero eso fuera de aquí no tiene importancia. Como no la tiene humanamente. ¡Si a Biel le gusta y le llena...!

Catalina se sintió repentinamente vacía. Durante unos segundos no supo quién era, ni adónde iba, ni lo que significaba aquel joven que hablaba tanto a su lado. Fué una súbita pérdida de toda noción. Cuando volvió en sí, estaban llegando.

Al entrar tropezaron con Irma y Tutú, que daban órdenes a Aina. Las escuchaba ésta con su expresión hermética. Su inmovilidad y ausencia de ademanes formaba un curioso contraste con la verbosidad de las otras. Al ver a Catalina le dijo que don Xim la aguardaba, y como Cosme desapareció para echar un vistazo a los preparativos, ella se dirigió por el jardín a la terraza. Apenas había subido algunos peldaños de la escalera cuando se detuvo. De nuevo, el pinchazo. Uno... dos... tres... Eran como latidos, finos, metálicos. La sensación de un grillo que royera, cantando. Se llevó las manos al pecho y aquello cesó. Subió lentamente.

Xim estaba solo, incorporado en su silla.

—Hola, Catalina. —La miró con atención.— Acércate. Tienes mala cara. —Resultaba absurdo que él, que parecía la sombra de sí mismo en su camisa de seda y su americana blanca, hiciera tal observación.— ¿Estás enferma?

No llegó a contestarle, porque sintió a su espalda que alguien había entrado en la terraza. Y supo, por la cara de Xim, que aquel alguien era Biel. Hizo un gesto como si hubiera querido apoyarse en la balaustrada, pero dejó caer el brazo. Oyó sus pasos rodeándola y le vió erguirse de pronto junto a la silla de su hermano. Sólo entonces, al verla de frente, se dió cuenta de que era ella.

—Catinca.

Le vió poner la mano en el respaldo de la silla y mirarla. Sentía que tenía la cara raramente inexpresiva y le hizo el efecto de que sólo conservaba su estabilidad si no bajaba los ojos y permanecía inmóvil.

Biel la miraba suspenso, como si en ella viera la estampa de su propia juventud. Luego se dirigió a un arbusto de adelfas blancas, arrancó unas flores y se le acercó:

—Déjame prendértelas en el pelo. Así será completo el cuadro.

Su cara estaba cerca de la suya. Una cara curtida, duramente cincelada. ¿Mujeres? ¿Esfuerzos? ¿Lucha? ¡Qué importaba! Aquella cara tenía los ojos de Biel y aquellos ojos se encontraban con los suyos como manos tendidas. Y supo que todo seguía siendo igual. Y que si en ese instante no llega a entrar gente, aun delante de Xim, se hubieran besado.

Pero entraban los invitados. La presentaron a unos y a otros. Mujeres, hombres, antiguos conocidos y caras nuevas. En cuanto pudo se escabulló y, atravesando el *living*, fué a meterse en el baño. Permaneció un rato completamente quieta. Luego se acercó al lavabo y soltó el agua. Metió en ella las manos, dejando correr el chorro por sus pulsos. Era bueno. Un sedante. Algo fresco,... fresco... fresco... Se miró en el espejo: una mujer pálida, de ojos profundos y labios que temblaban. Las flores cayeron al suelo. Las recogió y las miró en su palma húmeda como si nunca hubiera visto unas flores blancas. No volvió a prendérselas. Las envolvió en su pañuelo y se las deslizó en el escote.

Cuando regresó a la terraza la reunión se hallaba en pleno apogeo. Se cruzaban frases en todos los idiomas. Se discutía entre risas.

Cosme vino a buscarla. ¿Había visto el fondo del jardín y los pinos iluminados? En el primer banco le pidió ella que se sentaran. Sólo un ratito. Estaba algo mareada.

—Te hace falta un *latigazo* —resolvió el joven, y marchó en busca de una copa.

Catalina la bebió de un trago, como una droga. Al poco sintió la reacción del alcohol en un tensarse de su voluntad. Tenía que sobreponerse para no ser aquella noche la mujer insignificante de siempre. Cosme, que bebía con entusiasmo, comenzó a gastarle bromas y pronto rieron los dos, muy divertidos. Solo que Catalina no sabía de lo que reían.

Irma apareció ante ellos. Cenaban en pequeñas mesas bajo los tamarindos y Biel la quería de pareja. Le vió venir en su busca.

—Reclamo a mi prima Catalina. —Lo decía subrayando *mi prima* como un derecho de posesión.

Le ofreció el brazo, y Catalina deslizó su mano debajo de aquel brazo. ¡Qué raro y qué sencillo resultaba todo! Sólo cuando tomó asiento a su lado y pudo detallarle con serenidad se dió cuenta de que, en efecto, había cambiado. Su pelo, entremezclado de canas, parecía más claro y formaba un extraño contraste con su rostro severo y atezado.

Irma y Cosme se sentaron con ellos.

—Biel, es maravilloso tenerte otra vez entre nosotros.

—Sólo al verte nos damos cuenta de lo que te necesitamos.

"¿Por qué son ellos los que dicen esas cosas?", pensaba Catalina.

Biel quiso saber de unos y otros; recordaba las peculiaridades de cada cual y de vez en cuando se dirigía a Catalina.

—¿Vas mucho a *Son Roxa?* —La miraba en los ojos de un modo tan directo que parecía penetrar en ella.

Y fué a aquella mirada a la que contestó:

—Es el único sitio en el que me siento en paz.

Asintió él, sin decir nada.

—¡He estado tanto ausente!... —observó luego.

—¡No! —protestó ella, a pesar suyo. Y al ver que los otros la miraron, completó automáticamente:— No hace tanto tiempo.

Pareció él comprender.

—Gracias, Catalina.

Irma y Cosme, en cambio, debieron pensar que había dicho una de sus incongruencias.

Cuando, terminada la cena, los dos jóvenes se levantaron para ir a ocuparse de los invitados y se quedó sola con Biel, Catalina hizo por seguir manteniendo la conversación. Pero él puso una mano sobre la suya.

—Calla, Catinca. Ya no hace falta. —Y como ella calló bruscamente, agregó:— Te quiero ver a solas. Tenemos mucho que contarnos.

Catalina le miraba.

—¿Tú crees?
—Sí. Lo creo. Lo sé.
Fué en aquel momento en que un tipo gordo, de gafas de concha, vino a precipitarse sobre su mesa.
—Xenia va a bailar.
—Bien —dijo Biel. frío.
—Arriba, en la terraza.
—Bien.
En cuanto marchó con su noticia a otra parte, Biel se levantó.
—Ven, quicro bajar a la cala.
Se dirigieron a la escalera tallada en la roca y descendieron en silencio.
Biel iba delante, pero como vió que ella titubeaba sobre sus altos tacones, volviéndose, le tendió la mano.
Catalina apretaba los dientes para no resbalar. La cala, entre las rocas, estaba sumida en sombras. Olía a algas y a sal. La noche era clara y el mar brillaba, reflejando la luz de la luna. Ninguno de los dos pronunció una sola palabra. Muy derechos, juntos, sin rozarse, sentían su mutua presencia. Y ella pensaba: "Si ahora me cogiera en sus brazos sería yo la que, con su cara entre las manos, le besaría... le besaría..."
Biel respiró profundo.
—Es hermoso haber vuelto a mi tierra. Y a tí, Catalina.

Irma y Cosme no daban abasto para observar. Por muy acostumbrados que estuvieran a tratarse con la *élite* de la extravagancia mundial, que iba haciendo de Mallorca ese anunciado *nuevo Capri*, los pasajeros de aquel yate no dejaban de ser unos curiosos ejemplares. Empezando por Dora Craig. la dueña del barco, una norteamericana más que madura, de cara de bulldog, rizos oxigenados y cuerpo fondón, que viajaba acompañada de un vizconde de incierta nacionalidad, esbelto, super-elegante, que hablaba todos los idiomas y al que presentaba como su *fiancé*.

—Pero fíjate cómo flirtea con Mendoza —observó Irma.

Era este coronel Mendoza un corpulento y galante vecino de las Sindel, autoridad local y padre de numerosa prole. Estimulado por las buenas bebidas, piropeaba a la americana, encontrándole un parecido con George Sand y recomendándole la Cartuja a la luz de la luna, los olivos *a lo Gustavo Doré,* los pueblecitos *de Nacimiento* y demás discos tan oficiales como su cargo. Su éxito fué fulminante.

—Es realmente fascinador —confió Dora Craig a Tutú. Y con esa brusquedad, hija de su temperamento y de sus millones:— Me gustaría llevármelo a un crucero. ¿Por cuánto cree que me lo cedería su mujer?

—Por un plato de lentejas.

El vizconde presenciaba el incidente con una cara que Irma tachó de "difícil".

Los otros pasajeros del yate tampoco perdían su tiempo. Lucius Harvey, el popular novelista americano, sentado junto a la rubia belleza de Gerda, planeaba una excursión a las grutas.

—Usted y yo solos —le decía—. Dora y Xenia son incompatibles con mi sistema nervioso.

En el grupo formado por Otterdahl y Polgar, venidos de sus respectivas *cuevas,* y los Sinclair, que por una vez habían abandonado también su retiro, se hallaban los restantes huéspedes del barco, en los que Irma no pudo fijarse porque Xenia reclamaba su atención.

—Acerquémonos —le dijo a Cosme—, quiero verla de cerca.

La hallaron junto a la silla de Xim, que la escuchaba con expresión atenta. Era una mujer alta, excesivamente delgada, cuyo rostro, más que hermoso, podía ser calificado de interesante. Su cara triangular, por un juego de músculos, expresaba permanentemente una mueca burlona; sus ojos eran tan claros que parecían blancos y su voz aunque dijera lo más corriente, parecía estar pidiendo siempre otra cosa. Vestía una túnica roja, de anchas mangas, cerrada hasta el cuello, que ajustaba con un cordón de oro a su delgada cintura. En el momento en que se inclinó hacia Xim para encender un cigarrillo, su rostro, iluminado por la llama del encendedor, semejaba una carátula.

"La máscara de una bacante —pensó Cosme—. Una mezcla de mujer de Leonardo y de gancho de tugurio caro."

—Tenía muchos deseos de conocerte —decía Xenia a Xim con una voz cargada de sones roncos y musicales—. Biel te llama "su mejor mitad".

—Menos mal que le queda la otra —Xim la observaba con su mirada pensativa.

Un hombre gordo, con gafas, que peinaba su melena en unos tufos detrás de las orejas, se les acercó.

—Quieren que bailes —dijo a Xenia.

Sin contestar paseó ella sus ojos por la asistencia. Durante un instante se fijaron en la respetable figura de Marta Battle. Enarcó las cejas.

—Bien. —Y la sombra burlona se acentuó en los ángulos de su boca.

Joan y el jardinero sacaban ya el piano a la terraza. El hombre gordo fué a sentarse en la banqueta. En el brusco silencio, Xenia se puso en pie. Sobre el fondo de un tam-tam de tambores, casi alucinante en su monotonía, brotó una melodía penetrante como el canto de una flauta. Irma vió que en aquel momento Biel y Catalina subían de la cala. Y de nuevo pensó que desde que estuvo en Madrid había algo profundamente cambiado en ella. A la luz azulosa le pareció casi translúcida en su traje blanco, con su cara pálida en el nimbo de su oscuro cabello. Y cuando Biel le fué a buscar una silla y se inclinó hacia ella para decirle algo al oído, una sospecha, que desechó por absurda, cruzó por su imaginación. Volvió la cabeza. Xenia empezaba a bailar. Y a los pocos instantes olvidó todo lo que no fuera aquel baile. Aunque a sus treinta años, algo emancipados, hubiera presenciado en casas de extranjeros muchos espectáculos raros, supo que estaba viendo algo *sui generis* y que aquella mujer, que parecía bailar desnuda a pesar de los pliegues de su túnica, no era una de las tantas aficionadas histéricas cuyas evoluciones le habían provocado sonrisas en las fiestas nocturnas de la Bonanova o de San Agustín. Xenia bailaba. Y cruda, desnuda de todo lo que las civilizaciones han tejido en torno a los instintos humanos, era su danza; las contorsiones de su cuerpo flaco, de sus brazos, de sus piernas nerviosas y admirablemente bellas... Todo, hasta la última fibra de su piel, gritaba pasión: un erotismo salvaje y venenoso. Irma se dijo que así debió bailar con sus siete velos Salomé ante Herodes y, precediendo los horrendos sacrificios humanos, las danzarinas sagradas de sectas milenarias. Y comprendió que el espíritu que vivía en aquel cuerpo, delgado, duro y flexible como el de una gran serpiente, era experto e invencible. Los hombres y sus destinos debían ser presa blanda en su abrazo. Miró a Biel. El también contemplaba, fumando, la escena. Y de pronto le pareció viejo y encorvado, a pesar de su porte arrogante.

"¿Qué ha hecho de él esa mujer?", se preguntó.

XXXVI

A la mañana siguiente, muy temprano, doña Bárbara llamó a Catalina. Quería haber dado un almuerzo en honor de Biel, pero estaba con un disgusto tremendo. Hedi, la niñita asutríaca de la que se había hecho cargo durante su estancia en España, ya sabía: la de la expedición de niños, víctimas de la guerra mundial, había caído repentinamente enferma. Tenía un calenturón y se negaba a tomar medicinas y alimento.

—No sabes qué desastre. Don Conrado, que habla un poco de alemán, ha intentado entendérselas con ella. Es inútil. Parece como si en el viaje se le hubiera olvidado su idioma. —Su voz, suave, temblaba en el teléfono.— Estoy loca, hijita, loca. Pero volviendo a Biel, le he dicho que venga él solo, y te llamaba para ver si no te importaba venir también.

—Sí, tía, encantada.

—No sé qué comida ponerle a Biel. Después de todo estará harto de comer cosas estupendas. Como de mujeres estupendas. Aunque *l'onclo* Tano me ha dicho que no le gusta nada esa Xenia. ¿A tí qué te pareció?

—Bien, tía.

—¿Bien? —La vocecilla lanzó un gallo.— Dirás mal, muy mal.

Catalina, apartando el auricular, lo miró un instante. "Pobre tía Bárbara", pensaba con cariño.

Como no se sentía de humor de tener una escena con su suegra, a la que no había vuelto a ver desde el mediodía anterior, se limitó, al salir, a decirle a Simón que la previniera que iba a almorzar a casa de don Priamo. "Mi emancipación va viento en popa" —se dijo, irónica.

Bajó por Cifré hacia la plaza de Cort y cruzó la de Santa Eulalia. Se detuvo un momento a mirar la escalera de la iglesia que Lulio subió a caballo en su persecución de Ambrosia. Los muros del templo relucían, rosados. Tomó por la calle de Morey, y ya iba a entrar en la casa de sus tíos cuando desde una ventana del palacio de enfrente le llegó una voz.

—¡Eh, Catalina!

Era Nina. Catalina aguardó. La calle estaba sumida en sombras. Sobre los portalones lucían los escudos heráldicos. Detrás de los zaguanes brillaban los patios: columnas, escaleras de gran empaque. Miró, pensativa, la hilera de fachadas. Baluartes, se dijo, contra los peligros del exterior, pero también guardianes feroces de secretos y más secretos internos.

Nina surgió delante de ella. Vestía una falda roja muy corta y una blusa sin mangas, escandalosamente escotada. "Escandalosa" era, en general, el adjetivo que le iba. Todo en ella resultaba estridente, empezando por su propia juventud. Criada entre los excesivos mimos del tío Cayetano y las merecidas y agrias reprimendas de sus hijas la chica siempre le había dado lástima. Era una calamidad, pero no tenía ella toda la culpa.

—Tinóns, no puedo más. Estoy dudando si me tiro al mar o me caso con el tío Cayetano.

Catalina rió con risa corta. Se estaba recordando a sí misma.

—No te rías. Es serio.

Lo que oyó hizo que agarrara a Nina por el brazo.

—¡Tienes que salir hoy mismo de esa casa!

Nina la miró, súbitamente asustada.

—¿Y adónde voy?

Era cierto. No tenía a nadie en el mundo.

—Se quiere casar conmigo —continuó.

—Te lleva sesenta años. ¿Estás loca?

—En todo caso el loco es él —la chica se encogió de hombros y sonrió con recuperada frescura—. Le traigo de coronilla. Y es muy rico, ¿sabes? —Sus ojos adoptaron una expresión soñadora.— Yo seré una viuda estupenda.

Catalina la soltó.

—¡No sabes lo que dices! ¿No te has enamorado nunca de un chico de tu edad?

La carita pintada esbozó una mueca.

—Millones de veces, ¡qué tiene que ver!

Catalina se dijo que aquello era asunto de consejo de familia. Vió al *onclo* Cayetano encerrado en un torreón. "Hablaré con tío Priamo —pensó—. Hay que hacer algo."

Volvieron sobre sus pasos. Antes de entrar en su casa, Nina le gritó:

—Oye, que es un secreto.

Catalina cruzó lentamente la calle. Tía Bárbara voló a su encuentro. Su rostro ajado resplandecía.

—Biel me la ha salvado.. Es un talento, hijita. Un encanto.

Lo que vió al entrar en el cuarto de la niña la hizo detenerse. Biel estaba sentado sobre la cama, charlando alegremente en alemán, y Hedi, muy brillantes los ojos azules, apretaba una gran muñeca contra su pecho y le contestaba a vuelta de frase.

—Se llama Titina —le explicaba Biel.

Y la niña austríaca repetía:

—Titina... —y acariciaba, como si no pudiera concebirlo, la peluca y la cara de biscuit.

Catalina sintió que una mano cogía la suya. Tía Bárbara, a su lado, miraba a la niña con la misma expresión con que Hedi contemplaba a su muñeca.

Biel volvió la cabeza.

—Hola, Catalina. Mira qué amiga me he echado.

Hedi la miró de pies a cabeza y dijo algo en alemán.

—Pregunta si eres mi mujer.

Catalina fué a besar a la niña en la frente.

Cuando llegaron don Priamo y Cosme, temiendo encontrarse a doña Bárbara y su pequeña huésped en plena tragedia, se quedaron de una pieza.

—Ha sido gracias a ti, hijito —decía tía Bárbara a Biel una y otra vez—. Tú, que tienes *ángel* hasta para las niñas.

Biel sonreía, pasándole el brazo por el hombro.

—La que tienes *ángel* eres tú, tía Bárbara. Ya verás cómo mañana está buena tu niña.

—Mi niña... —repitió, absorta, la señora.

Don Priamo les contó que al entregarle a la huérfana le habían advertido que procedía de una comarca ferozmente castigada por las invasiones. Sin duda era ese pánico que sienten los niños hacia todo lo triste el que la hacía querer olvidar hasta su propio idioma.

Durante el almuerzo, Catalina apenas si pronunció una palabra. Oía o don Priamo y a Cosme discutir con Biel de política, de literatura, de arte. Don Priamo le preguntó por sus proyectos.

—Desgraciadamente, estoy obligado a marchar en seguida, por mi exposición en París. Pero volveré dentro de unos meses.

Catalina miraba sobre la mesa el célebre centro de plata de Joan Matons.

—No debieras marcharte. Aunque sólo sea por Xim —fué tía Bárbara quien lo dijo—. ¿Qué sabes si durará esos meses?

"Querida tía Bárbara, ¡y hay quien dice que chocheas!", pensó Catalina.

Después del café, que tomaron en el salón imperio, el tío y Cosme se despidieron. Los esperaban, a uno, en el Círculo; al otro, en el "Alhambra". Tía Bárbara se escabulló. Biel, con su copa en la mano, fué a sentarse en el sofá al lado de Catalina. Le dijo que había esperado verla con Irma a la hora del baño en el hotel.

—¿Es que ya no te gusta nadar?

Catalina hizo un gesto. Con el luto...

Biel la miró, frunciendo las cejas, y ella adivinó que hacía un esfuerzo por hacerse al ambiente. Pero le oyó decir que mañana por la noche daba una cena en el *Patio* y que contaba con ella.

—¿En el *Patio?* —repitió Catalina—. ¿Crees que puedo ir?

Se arrepintió al instante de haberlo dicho. "Debe pensar que soy más provinciana que cuando me dejó." Oyó su risa y le vió menear la cabeza.

—Parece que no ha pasado ni un día por ti —miró en torno suyo—. Ni un día por todo esto.

Hablaron un rato de unas cosas y otras, sin conseguir hacerlo con intimidad. Catalina se hallaba violenta. Notaba que, sin quererlo, estaba helando a Biel. "Dentro de un momento se despedirá —pensó—. Y no volveré a verle."

Biel se levantó.

—¿Qué te parece si nos fuéramos a hacer un poco de turismo? —y como Catalina, por toda contestación, se puso en pie, marcharon en busca de doña Bárbara. La encontraron junto a Hedi, que tenía la cama cubierta de cajitas y estuches.

—Mira —dijo la niña a Biel, enseñándole un corazón de oro que llevaba colgado del cuello—. Ella lo compró para mí.

Al ir a besarla, tía Bárbara cogió la cara de Catalina entre sus manos.

—Ya ves, hijita, Dios es bueno.
Catalina le devolvió su beso.
—Sí, tía —dijo con dulzura.

Una profunda quietud reinaba en las callejas. Era hora de siesta. Bandadas de golondrinas piaban en los aleros. El pequeño San Bruno sobre la puerta de la Cartoixa pareció bendecirles al pasar. En la rinconada frente a la Portella, Biel se detuvo.

—Nuestra casa.

Cogió el brazo de Catalina y lo apretó contra sus costillas. El palacio Tremp erguía ante ellos su mole más sombría, más hosca que cuantas la rodeaban. Y su pétrea inmensidad tenía algo terriblemente inquietante y lleno de misterio.

—Hace falta haberse ido y haber vuelto para comprender todo esto —observó Biel.

Al reemprender la marcha no soltó su brazo. "Si alguien nos ve...", pensaba Catalina. Adivinaba miradas detrás de todas las celosías, carreras, cuchicheos.

El Mediterráneo desplegó ante ellos su lámina brillante.

—Entremos en la Catedral —dijo Biel.

Al pisarla, Catalina tuvo la sensación de que toda ella flotaba en la luz flúida y azul. Sentía la mano de Biel en su brazo, como si hubiera sido su único contacto con la realidad. Recorrieron el templo lentamente, sin un comentario. Sólo cuando se hallaron ante la estatua yacente de la Virgen del Tránsito, Biel observó:

—Siempre la he recordado, es triste y bella —y se preguntó que por qué en Mallorca la Asunción de la Virgen no se representaba como algo jubiloso, en su impulso hacia el Cielo, sino en forma yacente y llena de tristeza. Tal vez porque la tristeza fuera la mejor forma de poesía.

Catalina hizo un signo negativo.

—No, Biel. La mejor forma de poesía es la felicidad.

Al salir se acodaron en el parapeto delante del Palacio Episcopal. La bahía se abría a sus pies, con la ciudad circundándola y Bellver en frente, sobre El Terreno, luciendo su dibujo de castillo medieval.

Caminaron hacia Sagrera. Biel miraba la Lonja y el Consulado del Mar, frunciendo la frente.

—Todo es mucho más hermoso... —observó. Y ella comprendió que se refería a sus recuerdos. Luego, mirándola, cambió de tono—. ¿Quieres conocer nuestro yate?

Se dirigieron al Club de Regatas, en cuyo embarcadero se mecía una lancha con el nombre de *Fedora.*

—Llévenos a bordo —gritó Biel al marinero que la ocupaba.

A los pocos minutos subían al barco. El capitán los recibió en lo alto de la escalerilla. Era un hombre corpulento, de cara oscura, cuya frente cruzaba una cicatriz.

—¿Quieren que demos un paseo? Pensaba salir de exploración.

Catalina titubeó. ¿A qué hora estarían de vuelta? Y sintió rabia contra sí misma por haberlo preguntado.

Pero Biel zanjó el problema. ¡En marcha!

La condujo a proa. Una colchoneta de lona azul la cubría por entero. Biel amontonó unos cojines contra los cristales de la cabina de mando.

—Siéntate.

Unas órdenes, un movimiento, un ruido de cadenas, y el yate se hizo a la mar.

Catalina miró alejarse la costa. Era extraño estar tumbada allí, junto a Biel, como en la punta de una góndola que hendiera las aguas, dejándolo todo atrás.

Biel, recostándose, encendió un cigarrillo.

—Ahora hablemos de ti.

—¿Qué quieres saber?

—Todo.

—¡Es tan poco!

Y fué él quien, entonces, empezó a hablar. Lo hacía a su modo directo. Le contó que tardó mucho en enterarse de su viudez. Por eso no le había escrito.

Catalina permanecía callada.

Luego, a veces, al recibir carta de Palma, esperaba siempre encontrarse con la noticia de que se había vuelto a casar.

—¿Lo creías de veras?

—Era lo natural. ¡No irás a decirme que una mujer como tú vive a tu edad como una monja?

Catalina sólo meneó la cabeza.

—Te has ido muy lejos y has olvidado lo que es esto.

Biel volvió la cara hacia ella.

—No lo concibo... —pareció querer preguntar algo que no formuló.

Un marinero surgió con una bandeja, que colocó a su lado. Biel le sirvió café, y como ella intentó rechazarlo, le puso la taza entre las manos.

—Te hará bien.

Era negro, fuerte. Sintió un bienestar. Biel le tendió una copa.

—Es vodka. Pruébalo.

Catalina le sonrió por encima de la copa.

—Estoy contenta —dijo de pronto.

Biel la contemplaba.

—¿No te extraña que estemos aquí?

—No.

Biel miraba, en su cara afinada, los ojos, que parecían guardar un secreto.

—¿Por qué no te viniste entonces conmigo? —preguntó inesperadamente—. ¿Por qué no tuviste ese valor?

Catalina tardó en contestar.

—Tenía un hijo.

Biel se incorporó sobre un codo. Su boca acentuaba su línea voluntariosa.

—No. Porque fuiste cobarde. Estabas agarrotada por todo esto: tu educación, tus principios, tu ambiente. Si lo llegas a hacer, quizá a estas horas...

—A estas horas —le interrumpió ella— te habrías cansado mil veces de mí, y yo andaría sola por algún rincón del mundo, siendo aún más desgraciada de lo que he sido.

—¿Y si hubiera sido lo contrario? ¿Si yo hubiera encontrado en ti lo que no han podido darme las otras...? ¿Te acuerdas de todo lo que te dije de mi *Doppelgaenger?* Entonces me arrastraba lo que de aventurero había en mí. Pero ahora, que he saciado a ése, atiborrándole hasta el hartazgo, es el otro el que me reclama sus derechos, su ansia de sosiego, de paz... —hizo una pausa prolongada. Y cuando volvió a hablar su voz tenía un timbre más profundo.

—Yo he vuelto porque quería ver a Xim antes de que... Pero también porque quería medirme en mi propia tierra, ¿comprendes? Como si me mirase en el espejo de mi cuarto de estudiante, para saber realmente en lo que me he convertido.

La cara de Catalina estaba llena de dulzura.

—¿Y...?

Biel tardó en responder:

—Si me fuera dado volver a empezar, lo haría todo de distinta manera.

—¿Te quedarías en el predio? ¿Y tendrías una mujer y muchos hijos? —Catalina sacudió la cabeza—. No te va —se recostó en los cojines. En su derredor, el mar reposaba en una calma infinita.

—¿No eres feliz, Biel? —preguntó suavemente.

Biel no le contestó. Miraba a lo lejos con ojos agudos, y Catalina observó las finas arrugas junto a sus sienes.

—No, no soy feliz —dijo al cabo sin mirarla—. Creo que desde que me fuí no he vuelto a serlo nunca. Porque nunca he sentido equilibrio ni calma.

Catalina insistió:

—¿No has conseguido todo lo que has querido?

—No. He trabajado como un forzado, batiéndome ferozmente, y, para muchos, he triunfado. Para mí, no, Catalina. Yo esperaba de mí algo diametralmente distinto.

—No puedes quejarte. Creo que en ningún sentido puedes quejarte.

Le hizo el efecto de que Xenia acababa de surgir ante ellos, con su larga boquilla y su mueca burlona.

"Diez años", pensó Catalina. Pero en voz alta preguntó:

—¿Por qué no te has casado con ella?

—Porque nunca se me ha ocurrido verme con ella ante un altar. Y, además, es casada.

—¿Te has imaginado con alguna mujer delante de un altar?

—No, jamás —volvió la cara y la miró—. Pero de haber sido con alguna, creo que habría sido contigo.

Catalina, que, recostada, iniciaba el gesto de arreglarse el pelo, dejó caer los brazos. Biel la seguía mirando.

—¿No te extraña?

La cara de ella estaba llena de gravedad.

—No.

Un marinero apareció con una manta. La extendió sobre ellos. Biel la remetió en torno al cuerpo de Catalina.

—¿Tienes frío? —preguntó, mirándola asombrado.

Ella hizo un gesto negativo.

La manta, al cubrirlos a los dos, creaba entre ellos una nueva intimidad: física, real. El barco se deslizaba sin ruido, por un mar de oro. El poniente encendía su fuego en el horizonte.

—Es curioso —dijo Biel. Y de nuevo su vista se perdió a lo lejos—. Tú me das una impresión de serenidad y de permanencia lo mismo que todo esto: algo que no cambia y que espera siempre. Y que en su aparente dulzura tiene una tremenda fuerza —volvió la cabeza—. Te miro y miro todo esto, y es como si nunca me hubiera ido y siguiera siendo el que era.

Catalina sentía cómo el viento le desflecaba el pelo. La voz de Biel le llegaba de muy cerca.

—Xenia —era la primera vez que le oía pronunciar

su nombre— sólo concibe un estilo de vida. Tú la has visto bailar... Esa es su verdadera naturaleza.

Catalina se oyó preguntar:

—¿Tú la quieres?

—¿Quererla? No sé. Pero he estado loco por ella.

Catalina sintió que su cuerpo se hacía rígido debajo de la manta. No indagó: "¿Y ya no lo estás?"

—Hay pasiones que, al acabarse, se convierten en amistad, en cariño. Pero hay otras que sólo nos dejan ceniza en los labios —Biel hizo una pausa—. Lo que te estoy diciendo no se lo he dicho a nadie. Ni siquiera a Xim. ¿Para qué atormentarle en el estado en que está?

—Comprendo, Biel.

—No, no puedes comprender —su mirada se había suavizado—. Tú no puedes comprender. Eres demasiado inocente y demasiado buena —le sonrió—. Por eso te he querido siempre tanto.

"Yo sí que te he querido, Biel. ¡Yo sí que te quiero!" Era en ella como un grito que pugnaba por salir. Siguió callada, mas supo que su cara debía estar iluminada por lo que le emanaba del fondo del alma.

Sintió que le cogía una mano y que, como en viejos tiempos, trenzaba los dedos entre los suyos. Y que luego se recostaba a su lado.

Navegaron ya en silencio, hondamente conscientes de su mutua atracción. La costa desapareció. Frente a ellos se abría un horizonte sin límites.

—¿Y si dijéramos al capitán que tomara mar adentro y no volviéramos nunca? —murmuró Biel.

Desde el pasillo le extrañó ver un resplandor en su cuarto.

Doña Jerónima se hallaba en el centro de la estancia.

—¿Dónde has estado tanto tiempo?

Catalina se dirigió a la cómoda y se arregló el pelo.

—De casa de Bárbara saliste a las cuatro.

Catalina corrió un poco las porcelanas de la consola. Vió entre ellas una carta. Un sobre escrito con tosca letra.

"Un anónimo —pensó—. Ya empezamos." Y se imaginó a las cinco Teix trazando palotes con sus palilleros de criada.

—Vengo de dar un paseo con Biel.

La señora se irguió.

—Marchasteis solos, ya lo sé. Os han visto pasar del brazo.

Catalina la miró sin contestar. Doña Jerónima dió un paso hacia adelante.

—¿No comprendes que estás haciendo el ridículo? Biel ha tenido la desvergüenza de presentársenos aquí con esa mujer, que es su concubina desde hace no sé cuánto tiempo. ¿Y tú vas a ser tan tonta de prestarte a que te desacredite en las pocas horas que pasará en este puerto?

Catalina retrocedió.

—Por favor, déjeme.

¿Qué vió la señora en su cara? Pensó que la flecha había dado en el blanco, y optó por marcharse.

Al quedarse sola se tiró en la cama.

Pasado un largo rato golpearon en su puerta.

—Es don Biel, que llama a vuesa merced por teléfono.

Saltó del lecho y corrió pasillo adelante.

—¿Biel?

Y oyó su voz:

—Quería sólo decirte que hace mucho tiempo que no me había sentido tan feliz como esta tarde.

—Yo también, Biel.

Después de colgar se apoyó unos instantes contra la pared. Todo lo demás carecía de sentido.

Irma, al día siguiente, la sorprendió con su visita. Al pasar por allí se le había ocurrido subir. Era mejor que se entendieran de palabra, para evitar los mil oídos que escuchaban las conversaciones telefónicas. Se trataba de que Biel le había dicho anoche que quería contar con Catalina para todos los planes. Pero como conocía a la tía y no quería ocasionarle disgustos, le encargaba a ella que procediera del modo más diplomático.

—Ha estado hablando de ti con gran cariño —la miraba con atención—. Yo no sabía que erais tan amigos.

—Me conoce desde niña —una pausa—. ¿Y cuáles son los planes?

Por lo pronto, dijo Irma, una comida aquella misma noche en el *Patio* y la fiesta después en el Castillo de Bellver, ya sabía, la que se celebraba en honor de las Regatas Internacionales. A ésa no podía poner la tía inconveniente en que fuera. Iba toda la Isla.

Catalina parecía indecisa. Su ansia por volver a ver a Biel estaba frenada por la idea de Xenia. El verlos juntos le parecía superior a sus fuerzas.

—Creo que no iré. Compréndelo, Irma. Llevo tanto tiempo encerrada aquí, que me asusta la gente. Dile a Biel que lo siento.

Irma protestó:

—No admito negativas. Al salir voy a ser yo la que hable con tía Jerónima.

Catalina se puso en pie. No era eso. Ella no necesitaba permiso de nadie.

—Mejor que mejor entonces. Vendrán a buscarte Tutú y Fausto en el coche de casa. Y ponte guapa. ¿Tienes traje? —y al asentir Catalina:— Perfecto, entonces.

—Es una lástima que, como a estas horas están todas con bigudíes, no hayan venido a la tertulia —suspiró Tutú, cuando el coche arrancó del palacio Torrent— Porque te advierto Tinóns que con esta funda que me he hecho de una cortina vieja estoy estupenda.

Fausto musitó que a optimista no había quien le ganara.

—Anda, hijo, ¡para cuatro cochinos días...! ¿No te parece, Tinóns?

Catalina, en la sombra del coche, sonrió. Los veinte espejos del salón dorado acababan de reflejarle la imagen de una mujer joven, muy esbelta y armoniosa en sus gasas de un gris muy pálido. Llevaba recogido el pelo en la nuca, sin una flor ni un adorno. "Si me viera mi madre...", había pensado, agradeciéndole que se empeñara que comprase aquel vestido.

Tutú parloteó hasta que llegaron. Se imaginaba la entrada que iban a hacer en el Castillo. ¡Cómo las iban a poner! De todos los colores, hija...

Su hermano tomó la palabra. Y razón tendrían. El tampoco aprobaba que se presentaran en público en aquella compañía.

—¿Por qué? Ni que eso se pegara. Además, yo, por una vez, sigo el sistema de la Familia. No me entero de lo que no me conviene. ¿Que dicen que esa Xenia es la amante de Biel? ¡Como yo no lo he visto!... Para mí es una artista de primer orden y una huésped ilustre de nuestra ciudad. ¿Que si llega a ser española no la saludaríamos? De acuerdo. Pero *en italiano y cantado*...

La plaza de Gomila ardía de animación. Gentes vestidas de noche invadían sus pequeños restaurantes y cenaban de cualquier modo en los merenderos. Un violinista desmelenado destrozaba la *Tristeza* de velador en velador. Las luces de *neón* brillaban con nombres prometedores: *Mónaco, Titos*...

—La *place Pigalle*, como la llama Marianita Ibarra, merece esta noche su nombre —Tutú reía, asomando las narices. Esgrimía la mano en mil saludos, a la par que lanzaba nombre tras nombre—. Hijos míos, estamos en pleno Deauville.

Pararon en la puerta del *Patio*. El bar estaba lleno de uniformes blancos y de *smokings*. El dueño, corpulento y cordial, se apresuró a saludarles. Por muy en cortinas antiguas que viniera envuelta, Tutú era la condesa viuda de Puig de Inca, y Fausto, un Battle y Torrent. Podían estar arruinados y vivir cantando como las cigarras. Eso en Mallorca no tenía importancia. Allí cuando *se era, se era*. Hasta para los propietarios de tascas *chic*, hechos a recibir monarcas destronados, princesas del dólar y astros de la pantalla.

La mesa de Biel llenaba todo el fondo del local. Sus

comensales ocupaban ya sus sitios, y las Sindel recibieron a los retrasados con ligero abucheo. Los hombres se levantaron. Biel sólo sonrió a Catalina, indicándole su asiento, junto a Cosme. Marta Sindel presidía frente a él, que tenía a Tutú a su derecha y a Dora Craig a su izquierda. Catalina, al sentarse, buscó a Xenia con la vista. Se hallaba del otro lado de la mesa, entre dos extranjeros. Su pelo liso, peinado muy alto, en forma de casco dorado, acentuaba el dibujo triangular de su cara. Vestía un traje en que dominaba el verde, y varias pulseras de brillantes pesaban en sus muñecas. Entre sus largas manos calentaba el contenido de un copón de cristal.

—Lleva tomados no sé cuántos vodkas —le murmuró Cosme a Catalina—. Dora y ella beben como cosacos.

Catalina no quiso ningún aperitivo. No necesitaba entonarse. Sentía fija en ella la mirada de Biel. Y cuando empezaron a servir y se volvió hacia Cosme, sonriendo de algo que le decía, éste observó:

—Chica, estás bárbara. Si no fueras *mi prima* Catalina...

Su otro compañero de mesa, un joven poeta francés, ya célebre, muy distinguido, con manos que parecían de mujer, y que daba la sensación de que todo él vibraba de *Weltschmerz*, ese dolor nacido del espectáculo del Universo, le dijo que le recordaba el "Retrato de una Desconocida", que había visto en Orvieto.

—Tiene usted su misma expresión de haberlo superado todo.

Catalina seguía sonriendo.

Marta Battle, desde su cabecera, le hizo un gesto afectuoso. "Estás muy guapa", decía su ademán.

La comida era exquisita, y los vinos, según Cosme, de lo mejor. Qué vida se pegaba este Biel. El ya se había hecho íntimo de los del yate. Realmente eran gente encantadora. Con una moral algo rara, desde luego, pero tan cultos, tan ingeniosos... Las mujeres de este grupo le gustaban menos. Dora Craig odiaba a Xenia. Eran compatriotas y se conoce que enemigas. Quizá no le perdonara que fuera más joven ni que fuera flaca. Y, sobre todo, no debía perdonarle que tuviera a Biel. Catalina alegó que ella tenía al vizconde. Siendo americana, el título, si no el hombre, debía hacerle ilusión.

—¿Americana? ¡Por sus cuatro maridos, pero no por sus cuatro costados! Es nacida princesa Fedora Rochovsky, de una de las mejores familias del tiempo de los Zares. ¡Claro que los pobres Zares cargan con cada mochuelo!...

Después de la cena tomaron los coches para dirigirse a Bellver. La aglomeración hizo que tuvieran que bajarse en pleno bosque. En lo alto, el Castillo erguía su ruda silueta iluminada sobre un cielo casi cobalto a fuerza de claridad.

—Buenos noches, Catalina —Biel surgió de repente a su lado y, cogiéndola por el codo, se acopló a sus pasos. La riada humana que fluía hacia el foso los separó de los demás. Biel miró hacia el Castillo sin admiración alguna.

—¿Y si nos fuéramos tú y yo a un sitio tranquilo?

Levantó ella la cara.

—¿Adónde?

—A *C'an Xura*, por ejemplo.

Catalina rió con risa ligera.

—¡Vamos!

Se paró él.

—¿De veras?

Fué ella la que le cogió del brazo.

—Anda..., anda...

En comitiva cruzaron el puente levadizo. Una muchedumbre compacta llenaba la mole, paseando entre sus iluminadas almenas y ocupando las sillas y mesas que llenaban parapetos y patios.

En el recinto central, sobre un tablero, un grupo folklórico bailaba el bolero mallorquín. A los huéspedes de honor extranjeros y a la oficialidad de la Escuadra española se mezclaba la flor y nata de la Isla, que sólo surgía en muy contadas ocasiones. Mas era el primer baile en el Castillo de Bellver después de la guerra mundial y de la contienda interna: un acontecimiento.

A pesar de que entre tanta gente hubiera debido pasar desapercibida, la entrada de Biel, con Catalina a su lado, causó sensación. La gente les abría paso. Las sillas giraban.

—Es Biel Torrent —formulaban todos los labios.

Biel fijó la mirada en lo alto, ignorando aquel oleaje de popularidad, pero Catalina sintió el involuntario tensarse de toda su persona. Y percibió también que de él todas las miradas resbalaron hacia ella.

—Catalina, la de Torrent.

—Estás llamando la atención.

—Porque voy de tu brazo.

Cruzaron galerías y explanadas; subieron por una escarpada escalera de caracol hasta la torre del Homenaje. Los peldaños eran tan enormes que Biel, cogiéndola por la cintura, tuvo que alzarla casi en volandas. Cuando después de empujar una puerta se encontraron en una plataforma, les pareció que se hallaban en el cielo. De nuevo, como en el barco, la sensación de que todo el loco mundo de abajo había quedado atrás.

Biel encendió un cigarrillo. Durante un segundo la llama de la cerilla iluminó su cara.

Fueron a acodarse entre las almenas.

—¿En qué estás pensando? —preguntó al rato Catalina.

—En cosas que no quiero decirte.

Callaron. La marea de músicas y ruidos parecía romperse contra la torre. A sus pies, debajo de la mancha negra del bosque, brillaban las pequeñas luces de la ciudad. Catalina sintió junto al suyo el brazo de Biel. Se apartó.

—Tú no eres libre —dijo, con frenada violencia.

Volvió él la cabeza.

—Lo soy si quiero. A mí, frente a algo que me importa de verdad, no me arredra nada. Pero tú eres distinta. Ya me lo probaste.

—¿Es posible que en serio me lo eches en cara?

—Lo que yo sentía por ti fué serio, Catalina. Serio y bueno y grande. Al volver a verte lo he comprendido en mi emoción. Por eso no te perdonaré nunca. Me sacrificaste, nos sacrificaste sin pena ni gloria.

"Sin pena." Una sonrisa plegó los labios de ella.

—¿Te has olvidado...?

Biel la miraba.

—¿Por qué no me escribiste después que volviera?

—¿Yo?

—¡Lo hubiera hecho en el acto!

Biel —le dijo ella, despacio—, de todo esto hace diez años. No desvaríes. Piensa en lo que era entonces como lo es ahora, tu vida. Y piensa en lo que ha sido y sigue siendo la mía.

Sin que ella misma lo supiera, toda ella irradiaba dignidad y nobleza. Y él suavizó la voz para decirle:

—Desde que te he vuelto a ver no hago más que pensar: ¡Cielos, lo que yo habría podido hacer de ti! ¡Lo que tú hubieras podido darme! Y yo a ti, Catalina —la miraba gravemente—. De eso no tienes ni idea.

Catalina puso una mano en su brazo.

—Sí, Biel, lo sé.

—No, no tienes ni idea. Y eso es lo que me hace ser injusto contigo. Que yo sé y que tú no sabes —un desprecio acusó sus facciones—. Para todos he subido muy alto. Sólo yo conozco hasta dónde he caído. ¿Tú ves a Xim y su martirio? Pues le envidio con toda mi alma. Porque él sigue siendo como yo era el día en que te dije: "Vente conmigo."

Catalina alzaba la cara hacia él.

—¿Ahora ya no me lo podrías decir?

Tardó en contestar.

—Para eso haría falta que fueras mía en cuerpo y alma. Y que tuvieras un temple que nunca has tenido.

Catalina sonrió, y su sonrisa fué extraña.

—¿Te hace gracia lo que te digo?

La mano de ella pesó en su brazo.

—Biel, no sabes de lo que hablas... No lo sabes...

Y hubo en su cara tal mezcla de tristeza y de ironía, que Biel frunció la frente:

—¿Te pasa algo, Catalina? Díme lo que te pasa. —Le cogió las manos, mirándola inquisidor.

Catalina permaneció un rato silenciosa. Todo en ella clamaba: "Cuéntale tu miedo, haz que te ayude, que te ampare."

Le miró, pensando en la dulzura de cobijarse en sus brazos. Pero sólo dijo:

—Siempre ha habido un obstáculo entre tú y yo. Cuando los dos éramos libres, tú no quisiste. Luego yo no pude. Hoy hay en tu vida una mujer a la que estás atado. Y en la mía...

Las manos de Biel subieron hasta sus muñecas.

—¿Qué hay en la tuya, Catalina?

—Algo —repuso cortante.

—¿Un hombre?

Meneó ella la cabeza.

—No. Algo peor.

—Dímelo —ordenó él—. ¡Dímelo!

Se miraban de cerca, erguidos y vibrantes. Luego Catalina pugnó por soltarse, y él la dejó ir. La vió, de espaldas, ir a acodarse en el parapeto. Y como no la quería forzar, aguardó.

—Te lo diré otro día —su voz sonó lejana.

Oyeron un ruido a su espalda.

—¡Menos mal que os encuentro! —la cabeza de Cosme apareció por el hueco de la puerta; saltó a la plataforma—. Xenia me manda a buscarte. Quiere marcharse.

—¡Que se vaya!

La mirada de Cosme iba del uno al otro.

—Conviene que vengas. Se empeñan en ir a recorrer el barrio chino.

Una irritación coloreó los pómulos de Biel.

—Diles que... —pero se contuvo.

Catalina intervino.

—La que me voy soy yo. Cosme, ¿quieres llevarme en un momento?

—Te llevo yo —resolvió Biel.

Catalina alzó una mano. Que bajara a reunirse con sus invitados. Era mejor.

—Te llevo yo —repitió Biel casi brutalmente.

Catalina alzó en silencio la cabeza y se dirigió hacia la puerta. Los dos hombres la siguieron.

—¿Les digo que vuelves dentro de un rato? —preguntó Cosme, cuando llegaron entre la gente.

—Diles lo que quieras.

El joven miró a su primo cual si quisiera hacerle una advertencia. Le vió tan hosco que no se atrevió.

—Hasta luego —se limitó a decir.

Siguieron bajando entre muchedumbre, bullicio y música, hasta alcanzar el puente levadizo. Biel la cogió del brazo y se internaron en el bosque, abarrotado de coches. Cuando encontró el suyo, la hizo subirse y empuñó el volante.

—¿Por qué no te quedaste arriba? —preguntó ella a media voz—. Les extrañará.

Decía *les* por no decir *le*.

—Me es igual.

A pesar de las revueltas, bajaron a toda marcha. Catalina veía sus manos en el volante, duras, voluntariosas. Hasta que llegaron al palacio Torrent, ninguno de los dos pronunció una palabra. Catalina, en el portal, le tendió la mano.

—Adiós, Biel.

Pero él no la cogió.

—Subo contigo.

Titubeó ella. Después cruzó el zaguán y subió despacio. Sentía los pasos de Biel a su espalda, su presencia, su aliento. Levantó una mano como para agarrarse a la baranda, y luego la dejó caer. Habían llegado a la puerta. Inclinándose, buscó la llave debajo de la alfombra. Había dispuesto que nadie la esperara.

—Adiós, Biel — repitió, volviéndose.

Mas él le cogió la llave y abrió.

—Pasa.

Catalina no se movió de su sitio.

—Vete —suplicó.

—Pasa —volvió él a decir. Y era tal su tono, que ella entró en el recibidor. Le sintió cerrar la puerta y con dedos que temblaban pulsó la luz, que él volvió a apagar.

—¿Qué quieres de mí? —le preguntó en un susurro.

Sintió que se le acercaba, y retrocedió a tientas.

Pero sus brazos la encontraron en la oscuridad. La estrecharon con fuerza.

—Te quiero..., te deseo..., te necesito...

Su boca se aplastó en la suya. Catalina sólo supo que en un sobresalto se liberó al fin y que, tambaleándose, fué a dar contra una arqueta. Se aferró a ella. Sus dedos se clavaron en sus aristas.

—Estás loco —murmuró—. No tienes derecho. Si algún cariño sientes por mí, vete y no vuelvas.

Le oyó reír bajo.

—¿No crees que ya hemos jugado bastante con nosotros mismos? ¿No crees que ha llegado nuestra hora?

—Esa ya pasó. Vete, Biel, vete.

De pronto oyeron un crujido cercano. La sensación de unos pasos. Permanecieron inmóviles. Catalina sentía, alto, el latir de su corazón.

—¿Quién anda por ahí? —preguntó la voz de doña Jerónima.

Catalina se irguió. Un instante más y lucirían las luces.

—¡Soy yo, madre!

Los pasos se detuvieron.

—¿Qué hora es? —indagó, seca, la señora.

—Temprano, pero estaba cansada.

Salió a tientas del recibidor, y, apartando los cortinajes, fué hacia la galería a su encuentro. Y fué ella quien encendió los faroles.

Doña Jerónima, en bata, la palmatoria en la mano, le lanzó una mirada.

—¿Has cerrado?

—Sí.

Pensó que su nuera tenía mala cara y que el pelo revuelto no le favorecía.

—Hasta mañana, madre —dijo Catalina.

—Hasta mañana.

Cuando la vió alejarse, apagó la luz y la siguió. No se dirigió a su cuarto, sino al gabinete, que daba sobre San Cayetano. Con la frente ardiente pegada a los cristales aguardaba. Se le hizo eterno hasta que oyó arrancar el coche.

XXXVII

Fué después de almorzar cuando dijo a su suegra:

—No me siento bien. Quisiera ir a descansar unos días a *Son Roxa.*

En las largas horas en vela había tomado aquella determinación. ¿Que Biel la seguía hasta allí? Pues bien, en *Son Roxa* tendría, al menos, libertad para poder enfrentarse con él. Para decirle: "¿No has vivido diez años sin acordarte de mí? Pues vete con esa mujer que te tiene tan atado y no vuelvas jamás."

Doña Jerónima la escudriñaba. Volvió a encontrar que tenía mal aspecto. Si una sospecha cruzó por su mente, la ahuyentó. Como tenía noticias de que la amante de Biel "era de lo peor", y lo mismo la gente que los rodeaba, supuso que Catalina había entrado en razón.

—Te acompañará Magdalena.

Catalina se irritó.

—Quiero irme sola. Quiero estar sola. —Y fué su tono el que zanjó el asunto.

—¿Sabéis que Xenia ha tomado el primer avión para París? —soltó Cosme al entrar en casa de Sindel. Y se apresuró a satisfacer la curiosidad general. Biel, les contó, estuvo toda la noche del baile de un humor de mil demonios. Y Xenia, irritada, extremó su insolencia de excéntrica. Escupió burlas y sarcasmos que hacían retorcerse de risa a sus satélites, pero que ensombrecían cada vez más la cara de Biel. Parecía a punto de estallar. Luego, cuando ella consiguió arrastrarles a aquel recorrido estúpido, ya fué un desastre. En uno de los cafetuchos tuvo el capricho de saltar al tablado, y, sentándose al piano, tocó una música infernal que electrizó a todo el antro, dando como resultado una bronca entre unos marineros griegos y unos tipos turcos. Abriéndose paso a empujones, Biel fué a cogerla por un brazo, arrancándola de allí. Dora y ella iban soltando carcajadas. El pobre Félix debió dejarse unos cuantos pelos de la barba en la refriega.

—Menos mal que tuvisteis el buen sentido de no acompañarnos. Me temo que hayamos salido en los sucesos.

—¡Pero bien que nos hemos exhibido con ellos en Bellver! —rió Tutú—. Los anónimos en la Familia deben estarse tirando a estas horas con ciclostil.

Irma preguntó a Cosme si Xenia había dado una explicación de su marcha.

—Que su empresario ha llegado inesperadamente a París y no tenía más remedio que marcharse. Me besó en la boca y me encargó os diera recuerdos de su parte. Estaba elegantísima. Será lo que se quiera, pero tiene clase.

Tutú arqueó las cejas.

—¿Así se llama a eso ahora?

XXXVIII

Como siempre, fué recibida con afecto.

—¿Cómo no ha avisado vuesa merced?

Catalina se deslizó en silencio a través de la casa. Las sillerías enfundadas, las cómodas de caoba, el arpa con los dragones... Se dió cuenta de que sentía por aquella mansión un profundo cariño. Pero también percibió al instante algo más: que a fuer de haber estado allí mucho sola, la casa estaba llena de Biel. Todo respiraba su recuerdo. Cada uno de los muebles parecía haber sido tocado por sus manos.

Al atardecer dió un paseo por el parque, y su sensación se acentuó. Se sentó en la escalinata de piedra, desde donde le miraba pintar. "Toda una vida", pensaba. Y súbitamente sintió el deseo violento de que viniera. Y supo que sólo por eso se hallaba allí. Ignoraba el resultado de su encuentro. Sólo ansiaba ya vivir aquella hora. Oírle decir que ella había significado algo para él, y contestarle, quizá sólo con los ojos, que siempre había sido suya en cuerpo y alma.

A su lado, unos vencejos levantaron, gritando, el vuelo. Los miró perderse entre los cedros. El ruido de un avión la estremeció. Alzó la cabeza. Era un aparato grande, poderoso, con cuatro motores. Pensó que quizá Biel marchara en él. Al hacer un gesto sintió, de repente, el pinchazo en el pecho. Agudo. Afilado. Pertinaz. "¡Dios mío!", murmuró. Pero se daba cuenta de que el miedo ante *aquello* había pasado a segundo término. Levantándose, se puso a caminar de prisa a través del laberinto de troncos y hojas. Unas palomas, saltando de las estatuas, revolotearon en su derredor. Caminaba a ciegas, corriendo casi, como si de esa forma quisiera obligar al tiempo a correr también.

Volvió a la casa y cenó frugalmente, con la falta de apetito que la aquejaba desde su vuelta de Madrid y la había hecho enflaquecer tanto.

Luego fué a tirarse sobre su cama. ¿Qué habría hecho Biel? ¿La habría llamado? ¿Sabría por Irma o Magdalena dónde se hallaba? Quizá hubiera resuelto no volverla a ver. Xenia le tenía atado, agarrotado. Si al encontrarla de nuevo había vuelto a sentirse atraído por ella, fué por la fuerza de un recuerdo. "Medirme en el espejo de mi cuarto de estudiante." Mas lo otro era lo real, lo verdadero. Emitió un sonido raro, salido de lo más profundo de su ser, y comprendió que era un sollozo. Pero no lloraba y, de pronto, sintió que la mesita a su lado se ponía a temblar, y la miró con asombro, hasta que percibió que tenía una mano puesta en ella y que era la mano la que temblaba en bruscos espasmos.

"Biel, tú no lo sabes —susurró de un modo raro— pero yo estoy tal vez condenada a muerte. Un día recibirás una carta: la pobre Catalina Muro y Albañil tenía algo terrible. Nadie lo hubiera dicho. Ayer fué su entierro. Resultó imponente. Todos los Torrent y toda la nobleza maquina. Y tú, que estarás pintando a Xenia de *Madona de las siete lunas*, permanecerás pincel en alto: ¡Pobre Catinca, pobre absurda y romántica Catinca...! Biel, te quiero... Tú no lo sabes... No lo sabrás nunca... Me has llamado cobarde... Y no sabes que soy tan desatinadamente valiente que me he jugado quizá la vida por unas horas contadas. *Sólo tú puedes ayudarme y salvarme.* ¿Qué quieres decir con eso? Yo siempre he estado aquí. Esperándote. Eres tú el que no ha venido. Y ahora ya es tarde. Para todo es tarde..."

Un ruido le llegó del patio: el de los cascos de un caballo. Luego, unas voces.

—¿Está la señora?

Saltó de la cama. Abrió la puerta como si la arrancara.

—¡Ya bajo, Tomaseta!

Con los pulsos latientes encendió uno de los candelabros de la cómoda y, cogiéndolo en alto, fué a bajar despacio.

Biel, muy erguido, la miraba bajar sin hacer un gesto. Tomaseta indagó, tímida:

—¿Trae alguna noticia, señor?

Biel movió una mano.

—Pasa —dijo Catalina, con voz helada y clara, señalando el salón. Y a la doméstica:— Te llamaré si se ofrece algo.

Pausadamente fué a colocar el candelabro en la consola. Y todo lo que Biel vió, al avanzar hacia ella a la luz de los cirios, fué una oscura catarata de cabellos y, en el espejo, una mancha blanca.

XXXIX

Tendido sobre la hierba, que formaba un tapiz muelle, cerró los ojos y estiró su largo cuerpo en un total abandono... Se sentía maravillosamente dichoso... colmado... lleno de júbilo y de paz... Abriendo los brazos hundió los dedos en la hierba: suavidad, dulzura. A través de sus párpados cerrados sentía filtrarse la luz clara y limpia de Mallorca. La luz de Sorolla..., de Manet... de Sézanne... La luz que los hermanaba a todos en Goya... Volver a empezar: limpiarse, redimirse... Otterdahl en su cenobio de Orient... Polgar encerrado en Deyá... Y él...

"Catinca", pensó con emoción.

Pero no abrió los ojos. Sabía que estaba sentada a su lado, con la espalda apoyada en un árbol, y veía, sin mirarla, su cara lisa, blanca, llena de dulce certidumbre.

Dios santo —se dijo— cuántos años tirados, derrochados, enfangados en histérica trepidación y goces ficticios. ¡Cuando ésto le estaba esperando! Este don. Esta verdad. Esta dicha sin igual... Píldoras para dormir, píldoras para despabilarse y otra dosis para lanzar a mil por hora su motor. Ser *original*, crear cosas que asombren, ganar dinero... Un estudio sobre el Hudson, sobre el Sena o sobre el Támesis, escandalosamente caro, que Xenia amueblaba con lo más caro que encontraba...

Ante sus ojos cerrados fluía el río de su vida: remolinos, ventiscas y barcos que no llegaban a ningún puerto. Y la frase de una carta de Byron, escrita con eso que llamaba su *better self*, le vino a la memoria: "Siento, lo siento amargamente, que un hombre no debe consumir su existencia al lado y sobre el pecho de una mujer, de una extraña..." Era curioso, hoy, de pronto, se daba cuenta de que Xenia, aun en pleno arrebato pasional, siempre había sido para él *una extraña*. No quería ser injusto con ella ni ingrato. Grandes defectos y alguna gran cualidad. Pero no una mujer. Un clown genial que hacía juegos malabares con hombres, ideas y cosas y destrozaba, no, desintegraba, con su fuego o con su hielo, hombres, ideas y cosas.

Y como *clima*, la llamada bohemia. Un día no tener con qué cenar y al siguiente el más loco derroche. Y ella de repente, triunfando en lo que fuera mientras él seguía siendo un desconocido. ¡Aquellas manos flacas llenas de billetes! *¡La Danaé!* Y él queriendo llenárselas con oro *suyo*... Y para conseguirlo, la prostitución: ya no crear adorando su trabajo, sin pensar jamás en sus consecuencias. Ya no volver a mirar un lienzo o una pared en blanco como un apasionante problema..., sino coger su Stradivarius y obligar a sus cuerdas de colores y luces a chillar música de negros... Y escaparates, carteles, escenarios... ¡Hollywood...!

Gabriel Torrent, *el oportunista*. Una vida dorada: fama, lujo, viajes y, a su lado, una compañera que los que iban quedando atrás le envidiaban: erotismo, inquietud, excentricidad. ¡Oh, la delicia de vivir con un bufón con insaciable cuerpo de diosa, vestido por no sé quién! Y las peleas que acababan siempre en lo mismo: en un acto ávido y desesperado. Y en las células del cerebro el asco secreto: "No es esto. No es esto". Y la exasperación de sentirse vaciado, impotente. De despreciarse y despreciar sus obras y de refrenar el impulso de entrar en sus exposiciones gritando: "¡Cretinos! ¡Cretinos!", a la masa boquiabierta.

Y mientras tanto, todo esto existía. Le aguardaba. La mujer, la tierra, la casa, la paz. Y todo era suyo como un fabuloso regalo del Destino. Todo se le ofrecía sin pedirle nada. Con inefable generosidad.

—Habría tanto que hacer, don Biel,—le había dicho hacía unas horas el colono—, si vuesa merced quisiera...

"¡Tanto que hacer!"

Biel abrió los ojos. Catalina le estaba mirando. Alzó un brazo y la atrajo hacia sí.

—Catalina —dijo con voz sorda—, durante todo este tiempo te he echado terriblemente de menos.

No mentía. Ahora sabía que algo en él había clamado oscuramente por ella y por cuanto ella significaba. La estrechó como si temiera verla desaparecer, sintiendo con gozo su suave latir de vida. Su cara se había atirantado.

—Me has dado lo que nunca he recibido de nadie: un pleno de amor y de ternura. —La acariciaba suavemente. "Tan pequeña, tan frágil y tan mía", pensaba. Cogiéndole la cara entre las manos le miró con asombro los ojos, la suave piel, la boca... ¡Qué gran misterio, una cara! ¡Y qué don! Inclinándose, la besó largamente en los labios. Luego la cobijó contra sí, y esforzándose en hablar con tono normal, para no desvirtuar la emoción que sentía:

—Te quiero para siempre —murmuró.

Catalina apoyó una mano con fuerza contra el tronco a su lado, cual si aquella postura forzada le ayudara a sobrellevar su tremenda dicha.

—Pensar que podríamos llevar años... —continuó él—. Bien, no importa. Yo sabré compensarte de todo... Y tú me ayudarás a volver a empezar...

Catalina clavaba la mano en la corteza hasta hacerse daño. ¿Era ella la que estaba viviendo aquello? Sentía pesar en su cuerpo los brazos de Biel. Era su pulso el que latía contra el suyo. Su calor. Su aliento...

Como en un sueño, le oía hacer planes. Se arrancaría de todo y cuando regresara de París no volverían a separarse.

—Viviremos en *Son Paternó*... Y tendremos un nuevo Gabriel Torrent... y una nueva Catinca.

Y, cual si sólo por nombrarles les hubiera dado vida, ella vió de pronto a dos chiquillos, de caras agudas y greñas revueltas.

—*Mumara*...

Y supo que le reservara lo que fuese el porvenir, ya habría tenido su hora de felicidad.

—Biel...

El la acariciaba, bebiendo su cara pálida. "Que esto exista —se decía—. Y que me haya tocado a mí..." Se sentía fuerte, libre y, a un tiempo, estremecido hasta en su última fibra.

Catalina había alzado una mano y tocaba con la punta de los dedos las sienes, que empezaban a blanquear.

—¿Cuántos días nos quedan? —preguntó blandamente.

—¿Ahora? Cuatro. Luego... —Biel se inclinó sobre ella y no terminó la frase.

Y comenzaron los cuatro días. Catalina, que no quería contar sus minutos, dejó de dar cuerda a los relojes en torno suyo.

—Doña Catalina, pasa algo muy raro —vino a decirle Tomaseta.

Al mirarla dejó la frase en suspenso. Catalina le sonreía. Y había algo tan maravilloso en su expresión que la moza quedó quieta.

—No te preocupes...

No sabía que Catalina acababa de pronunciar su propia consigna.

Unos pasos sonaron a su espalda. Y la doméstica, al echar un vistazo al que entraba, pensó que tenía un parecido con su señora. Como si también él se moviera en el aire de un contento sin nombre.

Sin hacer ruido salió y cerró la puerta.

Biel y Catalina se miraron sin moverse. Con el agudo placer de prolongar la espera. Luego fué ella la que, lentamente, avanzó hacia él con los brazos caídos.

Apenas si se separaban. Habían pasado los tiempos en que a Catalina podía importarle el qué dirán, y si apelaban a ciertos subterfugios era porque Biel se empeñaba en ello. No quería "que nada empañara el nombre de su esposa".

Catalina se burlaba.

—¡Mallorquín!

—*Alabat sia Déu!*

Y, cogiéndola por la cintura, la besaba.

Todas las mañanas Tomaseta la despertaba llenándole la cama de flores que había traído un coche de *Son Paternó*. Y ella, saltando del lecho, iba a mirar por una de las ventanas. Y cuando el sol la bañaba se sentía traslúcida en su blanco camisón. "Ahora sí soy *su primavera*".

El abedul trinaba por todas sus hojas. Qué hermoso era estar viva... Corría al espejo. "No pensar. No pensar. Sentir solamente. Y decirse siempre lo mismo. Es cierto. Es verdad. Dentro de una hora volveré a estar en sus brazos."

Cuando oía el ruido de los cascos, bajaba de prisa. Y, era el primer volver a encontrarse de sus miradas.

—Buenos días, Catalina.

—Buenos días, Biel.

Se miraban, serios, delante de los domésticos, vibrantes de su secreto.

Al correr por la carretera, camino de *Son Paternó*, cruzaban carros entoldados, cargados de fruta, con sus enramadas de acerolas y membrillos. Los hombres se quitaban el sombrero.

—Vayan con la paz de Dios.

—Parecen asombrados.

El chasquido del látigo sonaba triunfal.

—Ya se acostumbrarán.

Cogidos de la mano recorrían el predio de punta a punta. Biel se empeñaba en dárselo a conocer hasta en su menor detalle. Y ella, sobre sus zapatos planos, corría alegremente a su lado, ligera como el aire.

Y cuando a veces un dolor agudo taladraba su carne, apretaba los dientes, sin dejar de sonreír.

—¿Te acuerdas, Catinca? —le decía él de repente.

—Me acuerdo de todo, Biel. "Y pagó el Amado al Amigo con recuerdos..." Pregúntame... Me acuerdo..., me acuerdo...

No le decía que hasta su último gesto y su menor palabra seguían tan vivos en ella como los de hoy. Que todas las inflexiones de su voz y los movimientos de su cuerpo y la dulzura de sus caricias le eran íntimamente conocidos. Como si todo lo actual ya lo hubiera vivido cien veces. Como si desde antes de nacer ya hubiera sabido lo que era el ardor de su abrazo y la suavidad de sus manos.

Cuando, sentado a sus pies, Biel, la pipa entre los labios, alzaba la cara hacia ella y le sonreía, sentía que toda su larga espera había cobrado su sentido. Y que sin aquella prueba y sin ese sordo pánico que se empeñaba en triturar en su interior, su dicha no habría podido alcanzar aquella cumbre de emoción. Y sabía también que ella y su amor tenían hoy para Biel el inmenso valor que nunca hubieran podido tener sin las violentas experiencias que los dos habían sufrido.

—Yo no merezco esta suerte —le decía—. No te merezco, Catinca.

Y ella, mirando su expresión conmovida, con las pupilas profundizadas de ilusión, pensaba: "No puedo estropear esto. Afrontaré sola lo que sea. Y cuando vuelva..." —Se clavaba las uñas hasta herirse.— "Cuando vuelva..." No pensar en el mañana. Hoy. Sólo hoy contaba.

Y luego, al ver a Biel saltar de su sitio y arrastrarla a través de la casa para enseñarle las reformas que quería hacer, le seguía la corriente.

—Sí, Biel. Dejaremos esa alacena.

—No, Biel. Esta arqueta me encanta. No la toques.

"Estamos jugando —pensaba— como de niños. Pero él no lo sabe."

Iba a través de la enorme mansión, familiarizándose con ella, tocando con una especie de incredulidad sus muebles y objetos.

"Es posible que algún día viva aquí", se decía. Y sabía que si llegaba aquel día todo aquello sería secundario porque se pasaría las horas metida en un rincón del estudio de Biel, con las manos lacias en el regazo, sólo mirándole.

Procuraba comprender que esas paredes que la rodeaban le pertenecían, que esos muebles que parecían flotar en la luz verdosa que entraba de fuera eran suyos... Vió su pipa sobre una mesa, sus libros, sus lápices... Cosas vulgares, insignificantes, pero que cobraban un impresionante sentido cuando se vivía lo que ella estaba viviendo. Y a pesar de todo su dominio, algo extraño debió de pronto reflejarse en su cara, porque vió a Biel ir súbitamente hacia ella y, alzándola en sus brazos, ir a acostarla en un sofá. La miraba con inquietud.

—Es sólo... —murmuró.

Biel no la dejó terminar.

—Ya sé, Catinca... Te quiero... Te quiero...

Por las tardes daban largos paseos por el parque, contentos de sentir sus cuerpos moverse a un mismo ritmo, compenetrados y trémulos. En un anticipo del otoño, las primeras hojas rojas crujían a sus pies. *Son Roxa* los envolvía en su hechizo, romántico y salvaje. Delante del estanque se detuvieron. Brillaba, negro, al sol. Las algas, en su fondo, debían agitar sus tentáculos. Catalina se estremeció. Biel no preguntó: "¿Te acuerdas?". Pero en silencio la estrechó contra sí. Y a Catalina le hizo el efecto de que repitió: "Tendremos un nuevo Gabriel Torrent..."

Caminaban muy juntos, calladamente. Ya, fuera del parque, cruzaban los labrantíos, avanzando por la carretera entre los olivos. Miraban los arados, removiendo los surcos. Olía a *hierba-sana,* a tomillo. Las entrañas de la tierra eran color de sangre. En el lento bregar de hombres y bestias se sentía el afán viril de la nueva fecundación. Biel pasaba sus ojos amarillos del ramaje de los olmos a la umbría de los lejanos barrancos. "Mi terruño

—pensaba con orgullo—. Y junto a mí, de mi brazo, mi mujer." Un recuerdo le hizo preguntar:

—¿Qué me ibas a decir aquella noche en el Castillo?

Catalina le miró.

"Es tu momento" susurró algo en su interior.

—Nada, Biel —dijo suavemente—. Algo que ya no tiene importancia.

Sin embargo, cuando, al llegar a los linderos de *Son Paternó,* vió una pequeña hondonada entre cipreses y frutales, se detuvo.

—Biel, el día que me muera quisiera ser enterrada allí.

—Bien, Catinca.

Supo que lo tomaba como un deseo de su actual exaltación.

—Ponme una lápida con una sola sílaba: "Tu".

Sintió su mano, brusca y caliente, en su boca.

—Calla.

Le miró por encima de aquella mano.

—No se te olvide.

Pero horas después, acurrucada a su lado, oyéndole hacer proyectos para el porvenir, fué ella la que le preguntó:

—¿Te has dado cuenta de que iré a ti desheredada de todo?

Biel hundía los dedos en su pelo.

—Quiero que vengas a mí sólo vestida de almendros.

Catalina se apartó un poco.

—He leído el libro de Xim. Todo en la leyenda de Ambrosia son palabras tuyas. ¿Sigues pensando que el don más hermoso...?

—El don más hermoso es la entrega total de dos seres que se quieren. Es el que tú y yo nos hemos hecho mutuamente. —El tono de Biel era serio.— Por eso, Catalina...

Y fué entonces cuando le contó su pasado, sin atenuantes ni disculpas.

—Dices que tú vienes a mí desprovista de todo. ¡Cielo santo! Tú vienes limpia, clara, como lo has sido siempre.

En cambio, yo... Tendrás que ayudarme..., que alentarme...

—¿Tienes miedo a algo o a alguien, Biel?

—¿Miedo? No. —Su voz era tajante.— Pero te necesito a mi lado.

"Es él quien me necesita", pensaba ella absorta. Su mirada se fijaba en el vacío. Con un vago estupor le oyó decir:

—Porque de nosotros dos eres tú la más fuerte.

Tuvo el impulso de estrecharse contra él, temblando: "¡Oh Biel! No sabes..., no sabes..." Pero únicamente articuló:

—¿Y si fuera yo la que te pidiera que tú me ampa rases?

Biel rió bajo y, cogiéndole las manos, le besó las palmas y hundió en ellas la cara.

La oscuridad iba penetrando en la estancia. Sólo el rectángulo de la ventana retenía algo de luz. El tronco del abedul lo rayaba de negro.

A veces Catalina pensaba en lo que, si todo salía bien, escribiría a su madre.

"Me caso con Biel, *mumara.*"

La veía correr, escaleras abajo, con la carta en la mano.

—¡Ernesto! ¡Ernesto!

Pensaba en lo que diría su suegra.

—Un chiflado, un juerguista, un muerto de hambre, que sólo tiene hipotecas y rarezas.

Y la conmoción que la noticia causaría en la ciudad.

—*Sabeu que es de gros?* ¡Catalina, la de Muro, con Biel Torrent...!

Y todo su ser gritaba: "¡Ay, Dios mío, haz que sea cierto! No me castigues. Ten compasión. Soy tan feliz."

XL

—Catalina, no tengo más remedio que marchar hoy.

Los cuatro días habían tocado a su fin.

—Volveré en cuanto pueda. Dentro de unas semanas, a lo sumo, me tendrás aquí.

Biel daba vueltas por el gabinete con las manos en los bolsillos y la frente contraída.

Catalina permanecía silenciosa. "Es tu última oportunidad", decía una voz en su interior.

—No tengo más remedio. Dime que lo sabes. Que lo comprendes.

Ella hizo despacio un signo de asentimiento. Sí, sabía todo lo que aquella exposición significaba para él. Su posible triunfo en París. La señal de que se había equivocado: de que todo no estaba perdido.

Le miró.

—¿Y si yo te pidiera que no te fueras?

"Me quedaría." ¡Ansiaba oírlo! ¡Necesitaba oírlo! Pero Biel, sentándose junto a ella y tomando sus manos entre las suyas, dijo:

—No me lo pedirás.

"No, Biel, querido Biel, no te lo pediré. Pero ¿y si te lo pidiera?"

En voz alta pronunció:

—Una vez te dije "¡Vete!" ¿Por qué no he de decirte "¡Quédate!"?

—Porque tienes confianza en mí. Y sabes que me quedaría. Y que no debo quedarme.

Catalina inclinó la cabeza. Su cuello tenía una patética fragilidad.

—Biel..., ¿y si yo tuviera miedo?

—¿Miedo? ¿De qué?

—De todo...

—No comprendo.

Catalina calló unos instantes. Le parecía que seguían jugando y que era ella quien tenía el ganar en su mano.

—Tú mismo me dijiste que estabas encadenado —contemporizó.

—¡Por amor de Dios! —Con una mano le echó hacia atrás la cabeza y se inclinó sobre su cara.— ¿No comprendes que nos denigras con tu duda? Te he dicho que me has dado lo que nunca he recibido de nadie. Y yo te he dado lo que tampoco he dado nunca a nadie. Oyeme bien: te quiero con todo lo mejor que hay en mí. Tú has vuelto a hacerme el que era. Y yo voy a arrancarme de todo lo que no seas tú. No es por lo que tú me quieres, Catalina. Sino por lo que yo te quiero, te deseo y te necesito a ti.

Los ojos, muy abiertos, de Catalina bebían sus palabras.

—Biel...

El la acarició como si fuera una niña.

—¿Qué son quince días..., un mes?

"Biel, puede ser lo irremediable." Pero no lo pronunció. No podía pronunciarlo. De repente se dió cuenta de que nunca le había dicho: "Te quiero..." Pero sólo le cogió la cara entre las manos y, con dulzura, le besó en los labios.

—Vuelve pronto —le dijo.

XLI

Catalina decidió permanecer una semana más en *Son Roxa*. Eran tal vez sus últimas horas de felicidad y quería prolongarlas. Por otra parte sabía que don Conrado había marchado a Barcelona por algún tiempo y que no resolvería nada volviendo a Palma. Las cartas por avión le llegaban casi a diario. Eran, a veces, sólo unos renglones, escritos con lápiz, palpitantes de pasión y de cariño. Pero una amargura sonaba entre líneas. La exposición de París había resultado un fracaso. La crítica, casi unánime, proclamó aquel juicio de Xim: "Pintura cerebral, académica, con sobra de técnica y falta de inspiración". Los recortes de Prensa que le enviaba señalaban el abismo existente entre las obras de su primera época —"que dieron a conocer a un joven y formidable poeta del pincel"— y estas últimas, que si bien seguían confirmándole como un magnífico dibujante y brillante colorista, distaban mucho de ser las de un creador genial.

"Tengo que volver a tí y empezar desde un principio —repetía Biel—. Lo haré con una ilusión y una alegría que me tiene en un estado de impaciencia y de fiebre..."

Catalina, con la carta en la falda, inclinaba la cabeza. Llevaba unos días sintiéndose mal. "Hay que actuar" se decía.

Llegó a Palma en una mañana de calor aplastante. La ciudad yacía en su sopor. Doña Jerónima la recibió con indiferencia y observó que no parecía haberle sentado el campo.

Resolvió ir a ver al médico. Antes entró en la Catedral. Se sentó en un banco. con las manos cruzadas. No rezaba, y sin embargo todo su ser suplicaba: "Apiádate de mí."

En casa de don Conrado le dijeron que el doctor no regresaría hasta fines de semana.

Al cruzar la galería del palacio oyó ruido de voces en los salones. Impulsada por un súbito temor a estar sola, entró. Susana Santueri, que para poder alternar dignamente en los hoteles del Terreno devoraba publicaciones extranjeras, blandía el *Time* con gesto triunfante.

—Fíjate, Catalina, fíjate qué noticia.

Bajo el epígrafe de "El mundo y los artistas", sus nociones de inglés le permitieron comprender que se trataba de Biel y de Xenia. Susana se apresuró a traducirle: "Ayer han salido en el mismo avión desde París a Nueva York, Gabriel Torrent, el discutido pintor español, y Xenia Askar, cuya personalidad no necesitamos descubrir a nuestro público. Gabriel Torrent, cuya decadencia parece haber confirmado la reciente exposición de la Sala Grandet, ha tenido un golpe de suerte al recibir el encargo de las pinturas murales de la Universidad de Nueva Orleans.

Consultado en Le Bourget por los periodistas, declaró que le ilusionaba mucho tal empresa. Respecto a que si la presencia de Xenia junto a él significaba la continuación de una colaboración artística o de una *entente* sentimental, se mantuvo en rigurosa reserva. Xenia, en cambio, fué menos discreta: "Ahora representaré el triunfo de la espiritualidad sobre el materialismo. Seré una *anti-Danaé!*" "Llevaba un abrigo sangre de toro y un capuchón en la cabeza." La revista añadía en su comentario: "Quizá lo de "sangre de toro" fuera en homenaje a España".

—¡Qué disparate! ¡Qué barbaridad! Eran las voces de los tíos

—¡Qué estrafalaria! ¡Un capuchón! —Eran las de las tías.

Catalina no hizo ni un movimiento. Si hubiera metido la mano en un bolsillo habría sentido el crujir de la última carta de Biel.

—Es muy curioso —se limitó a decir, con frase usual en la Familia.

Con el desayuno le entró Mariana un sobre de avión que le remitían de *Son Roxa.* Lo miró durante un rato. Luego lo rasgó.

"Sé que lo comprenderás, Catinca. Es mi gran oportunidad. Voy a intentar con todas mis fuerzas hacer algo bueno... Y, por amor de Dios, te lleguen las noticias que te lleguen, *ten confianza en mí...* ¿Qué son, en verdad, tres meses si tenemos por delante...?

La carta se deslizó en su falda.

Durante unos días permaneció sumida en el letargo que entumecía a la Isla, sin fuerzas ni para sufrir.

Sólo al saber por Irma que Xim necesitaba verla con urgencia, decidió hacer un esfuerzo y pidió un taxi. El calor del *xaloc* pesaba sobre la ciudad. Las calles se hallaban desiertas. Catalina no sentía el bochorno. Cerró los ojos y recostó la cabeza. Cuando el coche tomó sendero arriba entre los pinos, sintió un alivio.

Joan puso una cara rara al verla.

—Me parece que don Xim no puede recibirla.

Pero le dijo que aguardase. Catalina entró en el vestíbulo. El gran espejo barroco le enviaba su imagen. "No parezco yo", pensó vagamente.

Fué Aina la que abrió la puerta del cuarto de estar. Con un gesto le indicó que pasara.

—Sé que la ha mandado llamar. Pero ahora tiene visita.

Catalina se sentó en la primera silla.

—Aina, estoy algo enferma y me ha costado subir. No quiero irme sin haberle visto.

Aina la examinó y sin duda vió que era cierto lo que decía.

—Tendrá que volver. —Su voz era dura.— Es ella la que está dentro. Ha llegado hoy. Tardará en marcharse.

—¿Ella? —preguntó Catalina.

Un odio se reflejó en la cara frente a la suya.

—La forastera. Ya sabe.

Catalina hizo un gesto de ignorancia. Y Aina continuó:

—Hacía dos años que no venía. A pesar de lo que él la ha llamado. —Una mueca le afeó la boca.— Mucho amor, pero a la hora de la verdad... —dió un paso en su dirección, y estallando:— ¡Qué sabe esa de quererle!

Fué como si la máscara cayera de pronto de su rostro, dejando ver su verdadera cara. Se acercó a Catalina con las manos juntas. Las palabras se le atropellaban en los labios. ¿Qué sabían esas mujeres *de fuera* de querer? Esa era como las demás. Xim —le llamaba por su nombre, sin recato ya— la había colocado como en un fanal. —Rió con una risa que semejaba un ladrido.— Decía que era distinta a todas. ¡Y tan distinta! Esa no se jugaba ni un pelo de la ropa. "Mi marido, mi posición, mi hijo." Aflautó la voz: "Vendré a verte cuando pueda, amor mío. No sabes a todo lo que me expongo por tí..." Y él, el pobre burro, se lo creía. —Se golpeó el pecho.— Y otra pobre burra, mientras tanto, duerme a sus pies, como si fuera Luzbel. Y está pendiente de sus quejidos y le enjuga el sudor y adora toda la miseria de su espantoso martirio. Y comparte su angustia: "¿será hoy?, ¿será mañana?". Y conoce su miedo, sus rebeldías, sus vergüenzas secretas... La pobre burra —se golpeaba la frente—, la pobre burra...

Catalina no sabía si eran exactamente esas las palabras que Aina pronunciaba en su desvarío. O sólo su sentido. Era igual. De repente sintió el impulso de rodearla con los brazos.

—Aina. Querida Aina.

Vió una mirada de asombro en los ojos morunos y oyó un sollozo.

—No te creas tan desgraciada —continuó—. Eres tú la que tienes la mejor parte. Tú estás aquí, a su lado. Puedes cuidarle, aliviarle. ¿Qué haría él sin tí? —Un recuerdo le hizo añadir:— Y tienes a Pep.

Sintió el estremecerse de la espalda bajo su brazo.

—Pep —repitió Aina con un súbito orgullo—. Le ha prohijado, ¿no lo sabe? Se llama José Torrent.

Catalina asintió en silencio, sin asombrarse.

—Aina —gritó la voz de Joan desde fuera—. Se va la visita. Voy a llevarla en el coche.

Aina se soltó. Y, brusca, se secó las lágrimas con el puño. Volvía a ser la sirvienta de severo empaque.

Una señora vestida de azul salió por la puerta de la alcoba. Al ver a Catalina se detuvo. Luego, inclinando la cabeza, pasó de largo. Dejaba atrás una mirada del color de su traje y un tenue rastro de perfume.

La cara de Xim sobre la almohada la impresionó. Le vió luchar visiblemente por concentrar sus ideas.

—Te he llamado, Catalina, porque quería hablar contigo.

Corriendo una silla se sentó ella al lado de la cama.

—¿Has tenido carta de Biel? ¿Estás enterada de lo último?

Catalina se limitó a hacer un gesto de asentimiento. No le extrañaba que Xim afrontara tan directamente la cuestión. Tampoco tenía tiempo que perder.

—¿Por qué no vas a reunirte con él?

—¿Yo?

—Sí, tú. Si en verdad le quieres, tienes que hacerlo.

Catalina no contestó. Y oyó su voz que iba recobrando su antiguo tono.

—Si le quieres y eres lo bastante mujer, tienes que demostrárselo.

—¿Yo? —volvió a decir Catalina. Y había un inefable deje en la sílaba.

—Sí, ¡tú! —recalcó Xim—. Coge el primer avión y plántate en Nueva York. Y si Biel te importa, lucha por él.

Catalina tardó en contestar

—Es imposible.

Xim se incorporó.

—¿Es imposible? ¡Claro! Porque vosotras, las mujeres que os creeis buenas, sois todas unas egoístas, unas cobardes.

Catalina sabía que no estaba pensando en ella. Oyó la acritud en su acento:

—Es muy cómodo alegar que estás aprisionada por mil cosas. Que no puedes jugarte ésto o aquéllo. Es muy fácil. Y mientras tanto la otra, que no tiene tus escrúpulos y es un bicho venenoso... —no terminó la frase—. ¡Y después te quejarás!

Catalina le miraba seria.

—No me quejo, Xim.

Rió él con una risa cargada de rencor.

—¿Te ha bastado con lo que has tenido?

Se levantó ella despacio, lívida bajo la afrenta.

—Tú sabes, naturalmente, lo que ha habido entre nosotros. —A pesar de que hablaba bajo, su voz tenía una aguda intensidad.— Claro que lo sabes, puesto que os lo contais todo.

Xim la miraba en silencio, sin protestar.

—Lo sé por Mateo, que se metía en cuclillas en la chimenea de su cuarto en *C'an Xura* para escucharos. Oía vuestros cuentos y vuestras carcajadas. —Una amargura atirantó sus facciones.— Cada Torrent, por lo visto, se ha divertido siempre como ha podido. —Su cara iba adquiriendo una tonalidad alarmante.— No sé lo que te habrá contado ahora Biel, pero soy yo la que te voy a completar la historia. —Se acercó a una silla y se agarró al respaldo. Y de pronto se irguió y pareció crecerse por encima de sí misma.

—Biel ha sido el amor de toda mi vida —dijo despacio—. Desde niña le he querido locamente, con toda mi alma. Y durante años y años he podido vivir en un infierno, mucho peor de todo lo que tú puedas estar sufriendo, porque ese amor me ha dado fuerzas para aguantarlo. Yo he querido y quiero a Biel como vosotros dos no tenéis ni idea de que se pueda querer.

Xim la contemplaba callado. Y con esa lucidez de quien ya se halla por encima del bien y del mal, leía en su cara oscurecida su tremenda sinceridad.

Catalina siguió hablando con voz neutra, como si recitara una proclama de fe.

—Cuando Biel vino a mí en vida de Mateo, yo le rechacé. Pero desde entonces no me he mirado una vez al espejo que en mis propios ojos no haya visto su mirada. Mi cara llegó a ser como un reflejo de la suya a fuerza de evocarla. Mi menor gesto, lo más insignificante que yo haya podido hacer, sólo ha tenido un fin: Biel. No he necesitado pensar en él, porque estaba dentro de mi pensamiento, de mi sangre, del aire que he respirado. —Hizo una pausa—. Ya sé que ni tú ni él podéis concebir una cosa así. Tú y él habéis ido silbando a través de la vida, siguiendo sólo vuestros impulsos, vuestros caprichos...

Xim la miraba sin protestar. "Sí, pensaba. Por *silbar* me veo como me veo. Por *silbar* he dado mi nombre al hijo de un gañán. Por *silbar*, amando con desesperación a una mujer, ni siquiera le ha merecido el cadáver que soy un beso de despedida."

Catalina no supo interpretar su expresión.

—Dudas, ¿verdad? ¿Crees que te estoy haciendo una escena de...?

Xim rió.

—... Literatura de tu circulante?

Se miraron como dos adversarios. Ella se inclinó lentamente sobre él.

—Me has llamado cobarde y egoísta —dijo a media voz—; tenéis un modo raro de valorizar los dos hermanos. Pero voy a seguir diciéndote todo lo que no le he dicho a él. —Se sentó en el borde de la cama y miró a Xim durante unos instantes. Su expresión había cambiado. Era dura y fría. Pero su tono sonó natural.—Es posible que tenga cáncer. Tengo un bulto en el pecho. Ya me duele. Y también me duele la espalda. Sólo fuí a Madrid para consultar a un cirujano. Quería operarme aquella misma tarde. No me dejé porque Biel llegaba en esos días.

Xim se había incorporado sobre los codos.

—¡Estás loca! —murmuró.

—Esto ya es una realidad. Aquí no caben fantasías ni romanticismos.

"¡Oh, Catalina!, pensaba él, qué equivocada estás. Eres de la casta de todos los grandes fanáticos, que pagan con su sangre su tributo a una idea."

—Un bulto en el pecho puede ser mucho y puede no ser nada —dijo en voz alta. Y como Catalina sólo se encogió de hombros la agarró por las muñecas:— ¿Qué te dijo el médico? ¿Cómo te dejó marchar? ¡Qué responsabilidad la suya!

—Ninguna. Ni siquiera sabía mi nombre verdadero. No pudo hacer más.

—¿Por qué va a ser cáncer? —gritó Xim—. Piensas en Mateo. Y es sólo tu aprensión la que te hace ponerte en lo peor.

Catalina le miraba con desprendimiento.

—Siempre me ha tocado en suerte lo peor.

Xim denegó con la cabeza.

—Catalina, Biel me ha contado sus proyectos. Sé que los cumplirá.

La vió sonreír en silencio y su agitación fué creciendo.

—Tú no conoces a Biel. Lo dejará todo. Lo tendrás a tu lado. Revolverá cielo y tierra por tí.

Sintió que las uñas de Catalina se clavaron en sus manos.

—No hará nada de eso, ¿te enteras? Porque no lo sabrá. Yo te prohibo que se lo digas. Te lo prohibo. No quiero que vuelva. ¿Me oyes? Yo le he dejado marchar. Y este no es asunto tuyo, sino mío.

Xim procuraba coordinar sus ideas. Involuntariamente pensó en su obra. Y en lo absurdo de querer catalogar las reacciones humanas. Pero sabía lo que tenía que hacer. Después de la triste escena anterior, este problema ajeno actuaba como un latigazo en sus nervios. Todavía podía servir para algo. Agudizaba su cerebro, con las muñecas de Catalina entre los dedos. Las sintió frágiles, casi descarnadas. Tuviera lo que tuviera, había que darse prisa. Recordó que había sido su primer amor. La vió con su delantal lleno de piedras, corriendo entre la refriega y luego la sonrisa en la carita herida. cuando él le gritó: "¡Nosotros!"

"Nosotros" —pensó ahora con brusca solidaridad.

—Escucha, Catalina —dijo en voz alta—. Voy a telegrafiar a Thaler. Creerá que es para mí y vendrá inmediatamente. Y tú harás a ojos cerrados lo que él disponga.

Catalina pugnó por soltar sus manos.

—¿Para qué quieres que siga viviendo en el caso de...?

—Porque ni tú ni nadie tiene el derecho de disponer de su destino. —Su acento vibró.— Has dicho antes que no podía comprenderte. ¿Crees que yo no he conocido todas las tentaciones de la desesperanza? ¿Por qué supones que mil veces no he dado un impulso a mi maldita silla de ruedas y he ido a acabar allá abajo en unos instantes?

Catalina sintió que no podía seguir manteniendo su fachada.

—Yo ya no puedo sufrir más —murmuró—. No tengo fuerzas.

—Catalina, tú sabes como yo que hay Algo por encima de todas nuestras miserias.

—Lo he sabido, Xim. Pero ahora ya no sé nada.

—Daba la impresión de un absoluto desamparo.— Todo en torno mío es negro y vacío. —Su voz sonó ronca:— Ya ni siquiera puedo rezar.

Una gran bondad profundizó los ojos de Xim.

—Cuando se posee tu valentía, cuando se ha sobrellevado con entereza lo que tú has sobrellevado, sin traicionarte jamás a tí misma, es porque, aparte de un gran temple, estás toda tú ungida de Fe, Catalina.

Catalina se soltó brusca y, levantándose, fué a acodarse de espaldas a la ventana. Xim vió el rítmico estremecerse de sus hombros. Se recostó despacio.

Al cabo de un largo tiempo Catalina se volvió.

—Xim, haré todo lo que tú me mandes. Pero bajo una condición.

Se acercó a la cama y puso una mano en la almohada. La cara de Xim estaba alzada hacia la suya. Sus ojos, allá en el fondo de sus cuencas, tenían la misma expresión solitaria de los ojos de Luzbel.

—Que, pase lo que pase, tú me ayudarás hasta el final.

Le vió sonreír con una extraña sonrisa.

—¿Es un pacto, Catalina?

Y ella, inclinándose, le besó en la frente.

—Sí, es un pacto.

Y también le sonrió.

Puerto Pollensa, septiembre 1953.

LA PRESENTE EDICION TERMINO DE IMPRIMIRSE
EN LOS TALLERES DE ARTES GRAFICAS BENZAL, S. A.,
DE MADRID, EN EL MES DE JUNIO DE 1982.